करमनासा

उपन्यास

आशुतोष कुमार तिवारी

REDGRAB books
redgrabbooks.com

RG books

Published By

Redgrab books Pvt. Ltd.

942, Mutthiganj, Prayagraj, 211003

www.redgrabbooks.com

contact@redgrabbooks.com

First published by Redgrab Books in 2022

Printed and bound in India

Cover Design & Typesetting by Redgrab Books team

ISBN : 978-93-90944-74-3

समर्पण

उन नालायक युवकों को, जो जिंदगी से जूझते हैं और फिर अपने फौलाद से सीने को दुश्मन के समक्ष तानकर खड़े हो जाते हैं; निजी जिंदगी को वहीं पास में छोड़कर।

अस्वीकरण

पुस्तक में दर्ज विचारों का लेखक के व्यावसायिक जीवन अथवा संस्था से कोई सम्बन्ध नहीं है।

अनुक्रम

संस्कारशाला

कहने को तो यहाँ एक पूरा का पूरा शिक्षा संकुल ही विद्यमान था। गाँव के सिवान में ही प्राथमिक विद्यालय से लेकर हाईस्कूल तक विद्यमान होना कोई मामूली उपलब्धि तो कतई नहीं थी। अगर एक प्रखण्ड के समस्त भौगोलिक क्षेत्र में एकमात्र उच्च विद्यालय हो और वो भी आपके अपने गाँव में, तो गर्व तो सर्वोचित सा भाव होगा न! कहाँ अभी एकाध पीढ़ी पहले तक गाँव के लोग चार-पाँच कोस की दूरी नापते, तब जाकर माध्यमिक विद्यालय का मुँह देख पाते और कहाँ आज का जमाना कि बच्चा झाड़ा करने अगर ठीक से लोटा उठा के चला जाये तो पक्का यकीन है कि श्री नेहरू उच्च विद्यालय के प्रांगण तक तो पहुँच ही जायेगा। लेकिन इतना सब होने का ये मतलब तो कतई नहीं था कि इहाँ शिक्षा का दीपक कहीं विद्यालय के किसी क्लास में जलता हो और गाँव के चौपाल तक रौशनी पहुँच जाती हो। वैसे भी गाँव के लोगों का ये सर्वसम्मत मत था कि ये मास्टर-वास्टर पढ़ाने लिखाने थोड़े न आते हैं, अरे सबको मोटी तनख्वाह मिलती है तो जाहिर है गाँड़ भी मोटा हो गया होगा तो ऐसे में कौन भला पढ़ाने आयेगा इहाँ! गाँव के दक्षिणी सिरे से एक आलीशान सड़क गुजरती थी, जिसपर अगर ढंग से साइकिल लेकर निकल जाइए तो गारंटी थी कि उधर से अपना कलेजा ही अलग से तरहथी पर लेकर आयेंगे। उस सड़क पर सवारी गाड़ी के नाम पर इकलौता विष्णु कोच चला करता था। वैसे तो विष्णु कोच का कोई घोषित अघोषित स्टैंड जैसा कुछ भी नहीं था। कहीं भी हाथ दीजिए और सवार हो जाइए बस के अंदर। अरे छोड़िए भाई क्या मजाक करते हैं! बस के अंदर तो आपकी आत्मा भी न घुस पाये। खैर हम बड़वा गाँव वाले वहाँ भी अपना ये भौतिक देह घुसेड़ लेते थे, जहाँ आपकी साँस भी रास्ता खोजती कि साला निकलना किधर से है। बस का ड्राइवर शायद ही अपने जीवनकाल मे ये भी जान पाया हो कि बस मे एक्सलेटर नाम की भी कोई चीज होती है। बस, ब्रेक और ब्रेकर इन्हीं के सहारे विष्णु कोच चलता रहता। पूरे अठारह किलोमीटर की

दूरी बड़े शान से ढाई घंटे में तय करता विष्णु कोच आढ़े-गाढ़े वक्त के लिए तारणहार था। अब चाहे कोर्ट-कचहरी हो या दवा-दारू, सहारा वही विष्णु कोच ही था न। विष्णु कोच के अलावा सफ़र का कोई साथी था तो वो था ग्यारह नम्बर का बस। अब बस थी, सड़क थी तो जाहिर है कुछ और विकास उकास तो होना ही था न... सो पिछली बार लोकसभा चुनाव के लिए सांसद महोदय जब चक्कर लगा रहे थे तो गाँव की जनता ने एक माँग रख ही दी थी कि नहीं अबकी भोट तभी मिलेगा जब गाँव में भी कुछ मिलेगा। कुछ विकास उकास इहाँ भी होना चाहिए कि नहीं। कोई नेता टाइप का लड़का बोलता कि रोड पर आने-जाने वाली पब्लिक की सुविधा के लिए कुछ बनना चाहिए। साला गर्मी, घाम, बरसात में जाकर घंटों खड़ा रहिए, भिगिये, घाम सहिए तब जाकर बस मिलता है। सांसद महोदय मुँह फाड़कर देखते कि ई पब्लिक इतना मंगन कब से हो गयी। उनको लगता बहुत जागरूक जनता से पाला पड़ा है। तुरंत बोलते "अरे ई राज्य सरकार का न सड़क है जी, अब राज्य में जो आपकी पार्टी है उससे माँगिए ई सड़क-वड़क, हम कहाँ दिल्ली देखें आप लोगों के लिए या रोड गली बनवाते चलें।"

लोगों को भक मार देता, खुसर-फुसर होती।

"नहीं सहिये बोल रहे हैं विधायक जी भाई।"

तब तक कोई बोलता "विधायक नहीं सांसद महोदय हैं ये।"

सामने से एक बुजुर्ग गरिया देता "ईहे राजनीति करते हमारा बाल सफ़ेद हो गया आ तुम आ गये बुध्दी सिखाने हमको।"

बेचारा सांसद विधायक का अंतर समझाने वाले को काठ मार जाता। तब तक आवाज आती कि अरे छोटी सी तो माँग है हमारी कि उहाँ रोड पर एक स्टॉप बना दिया जाये थोड़ा आड़-ओड़ हो जायेगा। अब मरद मानुष के लिए तो तब भी चल जाता है, लेकिन कनिया-बहुरिया अब रोड पर आकर खुले में खड़ी रहें तो उचित नहीं लगता न! अब हम लोग गाँव के हैं। का दिल्ली आ का पटना सब बरोबरे न है, तो कौन का करता है इससे मतलब नहीं। बस हाकिम की कृपा हो जाये और उहाँ एक स्टॉप जैसा बन जाये तो थोड़ा बढ़िया हो जाये।

ताजे गन्ने के रस को गले के नीचे उतारते हुए सांसद महोदय राहत की साँस लेते और राजनीतिक इतिहास में पहली बार किसी ने अपना वायदा जीतने

के बाद पूरा किया। बड़वा गाँव के दक्षिण की तरफ से गुजरती सड़क पर खड़े आलीशान बरगद के पास एक यात्री पड़ाव के नाम से पक्का बस स्टॉप बन गया। हाकिम ने कृपा की और वहीं पर हाकिम की कृपा से राजू ने झोपड़ी जैसा कुछ डालकर पान दुकान खोल लिया। झोपड़ी धीरे-धीरे खिसकते हुए यात्री पड़ाव में समाहित हो गयी और हाकिम की कृपा से बने यात्री पड़ाव की दीवालों पर किसी हकीम साहब की विज्ञप्ति अंकित हो गयी तो श्री नेहरू उच्च विद्यालय के साथ शिक्षा के असल और व्यावहारिक केंद्र के रूप में धीरे-धीरे यहीं राजू पान भण्डार विकसित हो रहा था। अब गाँव की युवा होती जनसंख्या के लिए यह अपरिहार्य-सा हो चला था कि श्री नेहरू उच्च विद्यालय का सनद मिले या न मिले, लेकिन राजू पान भण्डार वाला सनद अवश्य होना चाहिए। यहीं बैठे विशेषज्ञों ने देश दुनिया के बारे में तरह तरह के निष्कर्ष निगमित किये थे, यथा... श्री नेहरू उच्च विद्यालय का हेडवा गीता मैडमवा को रखा हुआ है। अँगरेजिया वाले गुरूजी की मेहर किसी और से सेट है आ इसी गम में वो मरद दारू पीता रहता है। आजकल के मास्टरों को कुछ आता-जाता नहीं है, पहले का मैट्रिक फेल आ आज के ज़माने का एमए पास सब बरोबर हैं... साला आज का एमए वाला मजाल है क्या पहले के आठवीं पास के दो सवालों का जवाब दे दें। चहेटन ककवा की गणित बहुत स्ट्रांग है और बहुत सारे गुप्त सिद्धांत भी यहाँ स्थापित होते। समाज में मरद बनकर रहने के नुस्खे यहाँ बैठा हर व्यक्ति दे सकता था, बाकी मर्दाना कमजोरी का नुस्खा वो दीवार पर छपे हकीम साहब के पास था, जिन्हें शायद ही कभी किसी ने देखा हो।

तो इस तरह से जब तक खड़िया की जगह कलम पकड़ने का सहूर हम सीख पाते तब तक शर्तिया तरीके से जीवन के कई गुप्त राज जान पाने का वहम तो कम-से-कम पाल ही बैठे थे। गाँव के कई कूट वाले शब्दों से हम होश सँभालते ही परिचित हो चले थे... जैसे गीडगाड सिस्टम जो एक हिसाब से हेड साहब का गीता मैडम के साथ था... या पड़ोस के नकुल सिंह का आसपास के दो चार गाँव में उनके मैनेजर की बीवियों से होता था। इसी तरह के अनेक कूट शब्द थे, जिनका वास्तविक अर्थ तो हम शायद ही कभी समझ पाते, पर सारांश जैसा कुछ तो जरूर ही बूझ जाया करते थे।

यहाँ के अपने अलग वैज्ञानिक प्रतिमान थे। यहाँ का चिकित्सा ज्ञान भी अपनी श्रेणी का अनूठा होता। वैसे बड़े होने के बाद हमको पता चला इन

मामलों में अपना बड़वा गाँव कोई अजूबा नहीं था... बल्कि वो तो एक छोटा हिंदुस्तान ही था। जैसे हमारे हिंदुस्तान का अपना वैज्ञानिक प्रतिमान होता है वैसे ही कुछ बड़वा गाँव का भी था। यथा फेफेड़े में जान लाने के लिए जरूरी है कि दिन में कम-से-कम पंद्रह मिनट के लिए चिल्लमासन का अभ्यास किया जाये। यह विशिष्ट आसन था जिसे किसी अनुभव प्राप्त दक्ष गुरु के सान्निध्य में ही सीखा जा सकता था... किसी अनाड़ी गुरु के चक्कर में पड़ना मतलब फेफड़े का सत्यानाश। अब इस मामले में गाँव के चहेटन काका से बेहतर गुरु कौन हो सकता था भला। साला पूरी की पूरी तीन पीढ़ियों को यही चहेटन काका ही थे जिन्होंने चिल्लम का अनमोल ज्ञान दिया था... इस प्रकार से वो ब्रह्माण्ड गुरु थे। गाँव के बाहर वाले शिव मंदिर वाले शिव जी की विशेष कृपा थी उन पर। ऐसा लगता था कि साला शिव जी को दुनिया में कोई काम नहीं था सो कैलास से त्रिशूल कबार कर यहीं बड़वा गाँव में आ बसे थे आ इहाँ आने के बाद चहेटन और गाँजे का ऐसा साथ मिला कि फिर कैलास भुला ही गये थे। वो तो अब लगता है कि साला दुनिया के गँजेड़ियों ने एक अच्छे खासे भोले-भाले मस्तमौला से भगवान को नाहक ही बदनाम किया हुआ है। पर तब कोई ई बात बताने वाला कहाँ था जब बाकायदा गाँव के शिबाला पर औपचारिक रूप से शिव-शंकर को गाँजा अर्पित कर हमारा शिष्योपनयन किया गया था। अब एक मात्र यही संस्कार तो था नहीं जो यहाँ मुलभूत विज्ञान का शिक्षा प्राप्त करने के लिए अर्जित करना होता था... बल्कि इसी में से एक था कब्ज और उदर विकार से मुक्ति हेतु वैद्यक विधा से शोधित बुद्धिबर्द्धक चूर्ण। अब सिम्पल सी बात थी भाई, जिस चूर्ण के प्रचार प्रसार का जिम्मा स्वयं देश के प्रथम राष्ट्रपति को सौंप दिया गया हो उसका कोई खुल के प्रतिरोध कैसे और क्यों करता। चहेटन काका बताते और बाकी सब सुनते। साला मास्टर ने बड़े मन से पेपर सेट किया था। एकदम तन के बैठा हुआ था कि हो मजाल तो कोई पास करके दिखाये। तब के मास्टर भी होते थे भाई कि मतलब साला पूरा का पूरा ग्रन्थ एकदम कूट के भरे हुए हैं दिमाग में... ज्ञान का खान-खजाना... कोई आज के मास्टरों की तरह थोड़े न कि चोरी चकारी करके फर्जी डिग्री बटोर लिया आ बन गये मास्टर... आ जहाँ चार ठो सवाल दाग दिया कोई तो मुँह बा के देख रहे हैं। तो भाई जब मास्टर ज्ञानी थे तो विद्यार्थी भी तो वैसा ही चाहिए न! तो गुरूजी निश्चिन्त बैठे हुए हैं। परीक्षा शुरू हुए आधा घण्टा से ऊपर बीत गया है। तब तक एक विद्यार्थी अंदर

आता है, आके गुरूजी से पेपर माँगता हुआ बैठ जाता है। गुरूजी विद्यार्थी पर खिलखिला के हँसते हैं कि ससुर ई आये हैं तीसमार खान बनने... छोड़ दो पेपर, बाप का नाक कटाओगे पेपर देकर। पर लड़का हँसकर बोलता है कि कोई नहीं गुरूजी पेपर तो दे दो। गुरूजी लाकर देते हैं पेपर आ कॉपी लेकिन हँसते हुए। तब तक लड़का वही चूर्ण निकालता है और चमकती हुई चुनौटी से चूना और सुर्ती निकालकर हथेली पर आ जाते हैं। लड़का इत्मिनान से वही अस्सी चुटकी न दे ताल के हिसाब से खैनी रानी को तैयार कर होंठों के नीचे रखता है आ कलम ससुरी एक सौ अस्सी के स्पीड से भागना शुरू। गुरूजी चकचिहाये हुए देखे जा रहे हैं। कहाँ पूरे परीक्षा हॉल में सबको पसीना आ रहा है आ कहाँ ई मरद चापे जा रहा है। अभी परीक्षा ख़त्म होने का घण्टा भी नहीं बजा था कि लाकर लड़के ने उत्तर पुस्तिका पटक दिया वहीं गुरूजी के टेबल पर। गुरूजी को जो भक मारा कि कभी लड़के की कॉपी देखें कभी लड़के को। साला एक एक सवाल का चौदह-चौदह तरीके से उत्तर। कहाँ गुरूजीउवा को भी दो तरीके से ऊपर के जवाब नहीं पता थे आ कहाँ लड़के ने चौदह-चौदह तरीके के जवाब चाप दिये थे। गुरूजी ने कलम उठाया आ लिख दिया अँगरेजी में तुरंत कि इक्जामिनी इज बेटर दैन इक्जामिनर। समझे तुमलोग! कहाँ समझोगे... अब अँगरेजी ढंग से पढ़ोगे तब न बुझायेगा। खैर उ लड़का जो था न, वही आगे चलकर राजेंदर बाबू के नाम से प्रसिद्ध हुआ... आ उ जो कमाल था न वो इसी खैनी का था जो आज तुम लोग के सामने है। अरे ई कोई ख़राब चीज थोड़े न होती है भाई... साला बुद्धि बढ़ेगा, कब्ज दूर, पैखाना साफ़, शक्ति अलग से। तो बड़ा से बड़ा आदमी देखना उ खैनी जरूर खाता मिलेगा। आ राजेंदर बाबु का दिया इसका नाम बुद्धिबर्द्धक चूर्ण सार्थक होता मिलेगा। इस तरह खैनी तमाम विकारों का शमन करती हुई पीढ़ी दर पीढ़ी हस्तांतरित होती रहती। वैसे कुछ नवप्रवेशी भी थे जो खैनी के एकाधिकार को चुनौती देते... यथा तिरंगा, पनकी, चुटकी और पता नहीं क्या क्या। इनके साथ एक प्लस पॉइंट ये था कि इनका आवरण सज्जा उत्तर आधुनिक फैशन से तादात्म्य में होता। तरह तरह के फैशनेबल ड्रेस में लिपटे ये चव्य पदार्थ गुटखा या पान मसाला के रूप में जाने जाते। इनके साथ आया नया-नया वैज्ञानिक शिक्षण का शाखा और शोधपत्र इन्हें मुखशुद्धि और ऊर्जा के अविरल बहते स्रोत के रूप में इनकी महत्ता स्थापित करते। आप अपने जीवन में उतना ही सफल होते जितना सफल तरीके से आप ओंठों को सिकोड़

के एक विशेष तरीके से दाँतों के मध्य से पतली धार छोड़ते हुए, एक विशेष प्रक्षेप निर्मित करते हुए, दुर तक पतली पीक छोड़ पाते। एक विशेष अनुमान के अनुसार मंगल ग्रह पर जाने वाले यानों में ईंधन और प्रक्षेपों का निर्माण इन्हीं विशेष खोजों से प्रेरित हुआ करता था। खैर छोड़िए... अगर आप बड़े हो रहे हों और इन नवआगन्तुक फैशन और ज्ञान से अनभिज्ञ रह जायें तो निस्संदेह आप कहीं -न- कहीं पिछड़े होने के तमगे से नवाजे जायेंगे। पर जैसा कि हमेशा से होता आया है कि भौतिकी विज्ञान में एक नियम होता है जिसे न्यूटन का नियम कहा जाता है... उस नियम अर्थात जड़ता के सिद्धांत वाले नियम के अनुसार पुराना हमेशा नये को देख के जलता है आ उसका विरोध करता है... तो खैनी खाने वाली पुरानी पीढ़ी ने नये गुटखा वाली पीढ़ी का विरोध किया और जम के विरोध किया। क्रिया के बराबर प्रतिक्रिया के सिद्धांत के अनुसार नवका गुटखा वाले लण्ठ करार दिये गये तो तो नवका वालों ने उतनी ही तेजी से अपने पीकों की तीव्रता बढ़ा दी थी... फलत: अब दीवालों पर, गलियों में नये कलाकारों की नई-नई पेंटिंग वाली कलाकृतियाँ ज्यादा दिखती थीं और खैनी यत्र-तत्र किसी गुजरे जमाने की मृत्तिका कला की तरह सिमटी रहती थी। पर वो तो अलग बात थी कि नवा नव हाथ आ पुराना सदाबहार के हिसाब से खैनी का रंगत न कभी गयी थी न कभी जायेगी वाला हिसाब अब भी स्थापित है। इस तरह राजू का पान दुकान पान कम, गुटखा और खैनी से ज्यादा गुलजार रहता। अब जब ज्ञान-विज्ञान की इतनी बड़ी-बड़ी बातें जहाँ होंगी वहाँ दिमागी टॉनिक न हो वो कहाँ से सम्भव है... सो प्लास्टिक की पन्नियों में भरे हुए विशेष तरल पदार्थ भी यहाँ अनेक मौकों पर उपलब्ध रहते। पर सबसे जो मस्त वाला आइटम था वो भोला मुनक्का वटी उर्फ़ लहरी का था। इसकी महिमा से आप सभी आगे जैसे-जैसे कहानी बढ़ेगी, परिचित होते चलेंगे। तो इन सब अखण्ड संसाधनों से जो गाँव सम्पन्न हो, वहाँ शिक्षा का दीप न जले भला ऐसा कैसे हो सकता है।

मेरे साथ तो कुछ और भी प्लस पॉइंट थे। मेरे बाप अर्थात् रामभजन जी, अरे नहीं पूरा नाम सम्मान से लेना चाहिए, तो श्री रामभजन चौबे जी जो दुनिया में वैसे ही घर्षित होकर भजन बन गए थे... जैसे मैं अर्थात शिवबाबू बउवा हो गया हूँ, इत्तेफाक से एक मास्टर भी थे। इत्तेफाक से ही कहना सर्वोचित होगा, नहीं तो कहाँ आज दुवार पर विद्यालय गाज रहा है आ कहाँ तब मुझसे पूर्व की पीढ़ी, मतलब मेरे पिताश्री उच्च विद्यालय निमियाँ कला या कहीं किसी और

विद्यालय में जाया करते थे... ऐसा उन्हीं के मुँह से मैंने सुन रखा है। बिलकुल पैदल, कोई तीन कोस की दूरी नापते हुए। जाड़ा गर्मी तो तब भी चल जाता, पर बरसात, खैर पूछिए ही मत। कहा जाता है अगर गंगा किनारे हों तब गंगा तैर के पार करना उतना दुरूह नहीं, जितना दुरूह इहाँ करइल माटी को पार करना। यह माटी भी बहुत मायावी चरित्र रखती है। उपज के लिए खान की तरह होती है, बरसात में इस माटी की ऊपरी सतह वर्षा जल से मुहब्बत में इतना लभरा जाती है कि नीचे की मोहमाया छोड़ देती है। ऐसे में मजाल क्या वर्षा जल से लभरायी इस माटी के ऊपर अपनी खड़ाऊँ रख दे कोई। माटी खड़ाऊँ से चिपकती जाती और जनाब ऊपर उठते जाते, फिर सौ ग्राम की खड़ाऊँ जैसे क्विंटल की हो जाती एक ही तरीका होता पैदल नापीये... पर ऐसे में साँप, बिच्छू, गोजर, गोह सब आपके स्वागत में बैठे होते... आइए महाराज, हम आपको अपनी दुनिया में ले चलते हैं। गर्मियों में यहीं माटी मुँह बा कर खड़ी हो जाती। बिता-बिता भर की दरारें, दरारों में छिपे बैठे जिया जन्त... ऊपर से माटी की धोखे वाली प्रवृति। आप अंदाज लगाकर पाँव बढ़ाते कि नहीं यहाँ तो एकदम सूखी जमीन है, पता चलता आपका पाँव नीचे की तरफ धँसने लगता। खुद को सँभालने में दूसरा पाँव बढ़ाते, फिर कीजिए ऐश। हालाँकि ऐसे में कोई सहपाठी मदद को हाथ बढ़ाता, पर ज्यादा बेहतर यही होता कि अनुभव बटोरिये आ सँभल के डेग डालिए। रामभजन चौबे इसी चक्कर में हाईस्कूल पास नहीं कर पाये थे। स्थानीय भाषा में नन मैट्रिक ही रह गये थे। पर किसी तरह से जुगत भिड़ाये और मध्यमा बोर्ड की कृपा से बिना कोई इम्तिहान दिये, सनद जुगाड़ लिये थे... ऊपर से उनका रुतबा था, जुगाड़ था, सो नौकरी पा गए, वो भी प्राथमिक विद्यालय में मास्टरी की। सो शान से बच्चों को पढ़ाते बोलो बच्चों कौआ 'क', खड़ाऊँ 'ख', बच्चे चाहे अनचाहे में अलापते। उन्हें गुरूजी से कम, गुरूजी के सोंटे से ज्यादा भय लगता। रामभजन गुरूजी को भी खुद से ज्यादा सोंटे पर भरोसा था; उनको पता था मिला जुलाकर इसी सोंटे के सहारे वो थोड़ी बहुत विद्या इन वरदराजों के माथे में घुसाड़ पा रहे हैं, नहीं तो ये साले... अरे इनका कर्म ही नहीं है पढ़ने वाला। अरे जब बच्चों का आधार नहीं मजबूत होगा, तो उ आगे करेंगे क्या। सो रामभजन गुरुजी का सोंटा अक्सर बच्चों के आधार पर ही गिरता। हाँ ये बात जरूर थी कि उनको यह पता था कि दूसरी क्लास के बाद के बच्चों को वो नहीं पढ़ा सकते... एक तो सिलेबस भी भास्ट हो जाता है, ऊपर से बच्चों का दिमाग भी पथरा जाता

है। खैर छोड़िए ये सब, मूल मुद्दे की बात करते हैं; तो मूल मुद्दा ये था कि हमारा बाप मास्टर था, तिस पर ये कि हमारे घर में पैसा कोई गेहूँ बेचकर नहीं आता था ऐसा स्वयं भजन मास्टर ने ही उद्घोषित किया था। खैर...पैसा सच में आता था ई बात सिर्फ भजन मास्टर ही बूझ सकते थे, नहीं तो कहाँ हमारा जीभ रकटता रहता था आ कहाँ साला बाप की जेब से दस का नोट भी नहीं निकलता था। अरे उ तो माई थी जो जिन्दा रखे हुए थी, नहीं तो साला क्या मजाल जो हम राजू पान दुकान पर उधार खाता चला पाते। लेकिन एक और प्लस पॉइंट था हमारे जीवन में... उ था कि हमरे कपार पर एक अलग से मास्टर रखा गया था... भारत राय मास्टर साहब, जो एक संयोग से ही मास्टर थे... पर संयोग ऐसा कि दो पैसे की नौकरी के चक्कर में घर-परिवार से वियोग काटने इहाँ बड़वा गाँव में भजन मास्टर के बैठका में आ विराजे थे। अपने जमाने के दो-दो एमए थे राय मास्टर साहब। इतिहास भूगोल कुछो चापना है राय जिउवा से बेहतर का कोई नहीं चाप पाता। साला पूरा का पूरा बड़वा पहाड़ गूँज उठता जब राय गुरूजी किसी डेमोक्रेसी का परिभाषा उच्चारते तो। सच तो ये था कि श्री नेहरू उच्च विद्यालय के बच्चों को वर्णमाला आ प्राथमिक विद्यालय के बच्चों को उ डेमोक्रेसी वाली परिभाषा, दुनुं हमरे घर बैठे दो शनिचर लोग ने याद करा दिया था।

सब मिला-जुलाकर हम भी अब धीरे-धीरे बड़े हो रहे थे। कम-से-कम हमारे मन को तो ऐसा गुमान हो ही चला था। सो कुछ नये शौख भी चर्रा रहे थे... साथ ही मौका-बेमौका राजू पान दुकान वाली पाठशाला में एडमिशन का प्रयास। वहाँ सुनी-सुनाई जाने वाली गल्प कथाओं में विशिष्ट रस की अनुभूति धीरे-धीरे ही सही, पर हमको भी प्राप्त होने लगी थी। अब मैं चलते चलते अपने बालों पर उँगली फेरता। साला बालों में उँगलियाँ उलझ जातीं। उँगलियों को पीछे गर्दन की तरफ ले जाता तो बाल सफाचट मिलते। तब तक मन के अन्दर कहीं राजू पान दुकान की दीवारों पर चिपके हुए पोस्टरों में लगी तस्वीरें जीवंत हो जातीं। पीछे की तरफ गर्दन पर जाकर मुड़े बाल के साथ खुली केश वाली नायिका के कमर पर छिहलाती हथेलियाँ... वाह! मन में एक अजीब-सा रोमांच बढ़िया जाता। नया शौक चर्रा जाता, ना बाल हों तो मिथुन की तरह। पर ये बाल पीछे जाकर गर्दन पर मुड़ते कैसे हैं... घर जाकर आईने के सामने उलझ जाता। आधा घर अभी भी मिट्टी का था। आँगन में प्रवेश की तरफ से पक्का मकान और पीछे मिट्टी का बना कोठेदार खपड़ैल। बचपन में इस घर में ऊपर बना कोठा ही

कभी आश्रय हुआ करता था। गाँव भर के लड़के-लड़कियाँ इकट्ठा होते, फिर गुड्डे-गुड्डी का खेल। कोठे पर रखी मसहरी को चादर ओढ़ा दिया जाता। इस तरह वह दूलहे-दुलहन का कक्ष हो जाता। उसी कोठे वाले कमरे की दीवाल से जड़े आईने के सामने बाल को बड़े जतन से मोड़ने की कोशिश कर रहा था मैं... बीच-बीच में किओ-कार्पिन का तेल स्नेहन हेतु प्रयुक्त हो रहा था। शृंगार हेतु यह तेल अनुपम साधन था, जिस पर यह आरोप था कि वह अपनी बोतलों में किरोसिन तेल भरकर आ जाता है। माथे का दर्द भगाने के लिए हिमगंगे, ये दोनों साज-सिंगार के महत्वपूर्ण साजोसामान में शामिल थे। ये सामान मेरी बड़ी बहन पिंकी और माँ एक फेरी वाले से लेती थीं, जो साप्ताहिक रूप से गाँव आता और औरतों का मजमा बटोर कर बिक्री करता। लगता कितना रंगीन काम है न। मैं सहसा निर्णीत करता बड़ा होकर मैं भी फेरी लगाऊँगा। आईने की तरफ देखता तो लगता बाल हैं कि मुड़ने का नाम ही नहीं ले रहे। सीधे गर्दन को पकड़ के नीचे की तरफ बढ़े जा रहे हैं। लगता जैसे सपना मिट्टी में मिल गया हो। पर भरत गुरुजी कहते हैं न कि मानव जब जोर लगाता है, पत्थर पानी हो जाता है। चहेटन दादा भी तो बोलते हैं मर्द के औलाद हो कौनो काम मुश्किल कैसे। लगता कि नहीं कैसी मर्दानगी जब बाल भी टेढ़ा न कर पाये तो। लग जाता फोकस होकर, आखिर एक मुकम्मल भविष्य का प्रश्न जो सन्निहित था। नजर पुनः कोठे पर अटकती, सुदूर बचपन की यादें अपनी तरफ खींच ले जातीं। कोई चार पाँच वर्ष पूर्व की यादें... दुलहा-दुलहन खेलते हम, सुषमा, प्रभा और राहुल। सुषमा आज पूरी तैयारी से आयी थी। एक छोटी सी झोलकी में एक आईना, एक लिपस्टिक, पाउडर, फेयर लवली क्रीम, एक शीशी मँजनुआ सेंट। आज सुषमा खुद भी शृंगार कर रही थी, प्रभवा को भी तैयार कर रही थी। उसके पास रुमाल वाली चुनरी भी थी। सुषमा ने बउवा और राहुल से बोला टुकटुक ताक क्या रहे हो दुलहा बनना है न... तो जाओ तुम लोग भी तैयार हो जाओ और मन से। तब पहली बार अपने हाथ से तेल लगाये थे। हालाँकि तब मिथुन बनने का कोई ख़्वाब नहीं था। मसला बस इतना था कि खेल शुरू हो... पर नहीं पता था आज का खेल इतना दिलचस्प होने जा रहा है। सुषमा की नयी-नयी भाभी आयी थीं। सुषमा दुलारी ननद सो... चिपक के भाभी के साथ सो गयी थी। रात में उसने अधखुली आँखों से बहुत कुछ देखा था शायद... तो अच्छा असली दुलहा-दुलहन ऐसे खेला जाता है। तब तो हमलोग आजतक खेल ही नहीं पाये।

तो आज सुषमा पूरा साजोसामान लेकर आयी थी ताकि प्रभा, बउवा और राहुल को भी राज की बात बता सके जो बड़े उनसे साझा नहीं करते। मैं और राहुल धूमधाम से बरात लेकर पहुँचे। सुषमा और प्रभा ने एक-दूसरे की विदाई की, फिर मसहरी के नीचे दुलहा-दुलहन अपने-अपने कमरों में स्थापित हुए। सुषमा ने मेरे माथे पर, गाल और ओंठ पर चुम्बन जड़ दिये। ताकता रहा था मैं... बिलकुल अचम्भित... ये तो था नहीं खेल का हिस्सा फिर ये कहाँ से आ गया! सुषमा बताती अरे पागल चकचिहा काहे रहे हो, असली वाला दुलहा-दुलहन ऐसे ही खेला जाता है, चलो अब तुम भी चुम्मा दो मुझे। घबराते हुए सुषमा के गाल और ओठ को मैं भी चूम लेता।

"चलो अब अपने कपड़े उतारो, हम अपना उतार रहे हैं।" सुषमा बोलती।

लगता नहीं यह बेइमानी कर रही है सुषमा... भला खेल में ये था कि दुल्हन खाना पकाकर दुलहे को खिलायेगी। रोज दुलहन दालमोठ बिस्कुट ले आती थी, उसे प्लेट में रखकर नकली चूल्हे पर पकाती, फिर दूल्हे को परोसती। कई बार, टमाटर, भटकोआँ, बेर, मकोय यह भी खेल के हिस्से बनते। फिर दुलहे बाहर काम करने जाता... वापस आकर घर पर पानी माँगता। दुलहन, दुलहे से झूठ-साँच बोलकर पैसे माँगती, कभी-कभी हाथ पाँव में तेल लगाती। पर ये नंगा होने वाला तो नियम था ही नहीं, जरूर ये सुषमा कोई बेईमानी सीख के आयी है अपनी भौजाई से। अब तक निर्बाध चल रहा खेल रुक जाता, क्योंकि हम सुषमा से लड़ पड़ते।

"तुम बेइमान हो, ई बेइमानी वाला खेल हम नहीं खेलेंगे।"

"अरे यह खेल इसी तरह से खेला जाता है, हमने खुद अपनी आँखों से देखा है।"

"तुम बेवकूफ हो।"

हममें और सुषमा में झोंटाझाटी हो जाता। छुड़वैये के रूप में पिंकी दीदी आतीं। सुषमा भाग जाती।

"नहीं खेलना तुम्हारे साथ, तुम एक नम्बर के बेइमान हो"।

"बेइमानी तो तुम सीखकर आयी हो जो खाना बनाने की जगह नंगा करा रही थी। भला दुल्हन ऐसा करती है क्या!"

बात सुषमा के घर तक पहुँच जाती। पता नहीं सब सुषमा को कोई बड़ा

कसूर का दोषी मान लेते और दुलहा-दुलहन का खेल इतिहास का भाग हो जाता। गाँव की औरतें मुह बा कर ओंठों पर हाथ रखते हुए नज़ाकत से बोलतीं "हाय रे भगवान जी, ई बीत भर के बेटवा बिटिया आ अकल जवान हो गयी।"

सुषमा पर तो घर से निकलने पर भी पाबंदी लग गयी थी कुछ दिनों के लिए। अपनी कक्षा में फर्स्ट आने वाली सुषमा का इसी दिसम्बर में बियाह हो गया था... इसी बिना पर की लड़की है का पता आगे कोई काण्ड कर बैठी तो फिर इज्जत मिट्टी में मिल जायेगी। बचपन का एक खेल सुषमा का आज तक पीछा नहीं छोड़ता। इस तरह मेरे जीवन की पहली हिरोइन विदा हो गयी थी अपना घर-संसार बसाने। मैं वर्तमान में आ जाता। बाल ससुरे और सीधे हो गये थे, पर शरीर के रोएँ खड़े हो गये थे... एक अजीब तरह की गुदगुदी महसूस कर रहा था। तब तक पिछवाड़े पर भरपूर प्रहार हुआ "ज्यादा हीरोपंथी सवार हुई है तो बोलो निकाल दें।"

पीछे देखता तो रामभजन चौबे भूत की तरह आँगन में खड़े थे। अपने तो कभी शौक-सिंगार किये नहीं, अब हमको भी खुद की तरह भूत बनाकर रखना चाहते हैं। अरे हाईस्कूल में चला गया हूँ, सारे लड़कों के बाल कितने स्टाइल में रहते हैं... इनका वश चले तो मुझे लालू यादव कट में भेज दें, जाओ बेटा शिव बाबू जाओ पढ़ आओ। आँखों पर पूरा जोर डालता कि घूरकर देख लूँ, पर फटे पिछवाड़े से आँखों पर तेज नहीं लाया जा सकता ये सद्ज्ञान मुझे आज प्राप्त होता। बस हारकर गर्दन झटकते हुए चल देता कोठेवाले कमरे में... जाकर माई के गौने में मिले पलँग के ऊपर निढाल ही होने वाले होते तब तक पिंकिया चीखते... हुए आ जाती।

"कहाँ चले, सारा तेल तकिया में चुपड़ दोगे क्या।"

अनसुना करते हुए माथा टेकाता तो सामने से आशीर्वचन फूटने लगते "गड़ना मर भी नहीं रहा है, इसको काली माई भी नहीं ले जा रही हैं, जब देखो तब हमको डाहता रहता है।"

उठता और एक जोरदार मुक्का अपनी बड़ी बहन के पीठ पर घमक देता "का हल्ला कर रही हो, हम मर जायेंगे तो जाकर रमवा मुसहर को बाँध देना राखी।"

कुहराम मच जाता। श्रीमान रामभजन जो थाली में भोजन लेकर अभी बैठे

ही थे कि स्टार्टर के रूप में आकर मुझको घमक देते। मैं चिल्लाता हुआ बाहर चला जाता "हमारी का गलती थी, पिंकिया को काहे नहीं मारते हो, काहेकि उ तुम लोग की बिटिया है। हम तो जैसे घूरा पर से मिले हैं। "

घर में माता जी पिंकिया को कोसतीं और जम के कोसतीं... जाओ अब करेजा ठण्डा हुआ न, मेरे लड़के के पीछे पड़ी रहती हो; अरे मरना ही है तो तुम मर जाती, दहेज बचता। पिंकिया को कुछ समझ नहीं आता। राख लेकर आँगन में चापाकल के नीचे बैठ जाती बर्तन धोने। रामभजन गुरुजी जल्दी जल्दी भोजन हलक से नीचे उतार के बैठक की तरफ़ भागते।

मैं सीधे अड्डे पर चला जाता। वैसे अड्डे की औपचारिक सदस्यता तो हमें नहीं मिली थी, लेकिन दर्शकदीर्घा तक पहुँच तो हो ही चुकी थी। अड्डे पर दहला पकड़ के नाम से विश्वप्रसिद्ध खेल जमा हुआ था... बीच-बीच में ताश के पत्तों को पटकने के साथ तरह तरह की डायलागबाजी चलती। यहाँ के प्रवचन के, किस्सों के, कहानियों के अपने ही आयाम होते। ये गाँव का वास्तविक विद्यालय था जहाँ से हम शुद्ध और भदेस गँवई होने का संस्कार पाते। ताश की बाजी खेलते हुए बेगम-बादशाह के बीच से कब स्वीटीया निकल आती पता ही नहीं चलता। लोग अपने मोहक चित्रण से कैसे एक सीधी सादी सी कहानी को एक मस्तराम सा साहित्य बना डालते ये यहीं आकर पता चल सकता था। सच पूछिए तो साहित्य जगत् इनकी रचनात्मकता से अभिसिंचित न हो पाने के कारण ही अब तक वीरान पड़ा हुआ है। कहाँ साला देश की तमाम रचनात्मक प्रतिभाएँ ताश के ठीहों आ पान दुकान पर बैठी हुई हैं, आ कहाँ देश का साहित्य-जगत् विश्वविद्यालयों में रचनात्मकता का संसार खोज रहा है। नायिका के सौन्दर्य का वो वर्णन तो कालिदास भी न कर पाये होंगे, जितना मूछों पर ताव देते हुए खरपत चौबे कर दिया करते थे।

“लाल-लाल भटकोआं की तरह स्तन, एकदम पके हुए देशी टमाटर की तरह गाल, आ केला के डाढ़ की तरह चिकनी जांघे; नकुल सिंघवा की बेटी एकदम मलाई है मलाई।”

खरपत, मूछों पर ताव देते हुए बेगम को झटके से सामने पड़े गमछे के ऊपर पटक देते। बेचारी बेगम कराहती हुई बादशाह के प्रेम में फ़ना हो जाती। दर्शकदीर्घा में बैठे हुए हम जैसे कहीं दूर किसी बगिया में भटकोएँ की खोज में भटक जाते। कालिदास अपनी साहित्य-सर्जना के साथ कहीं किसी गुफा में

अज्ञातवास पर चले जाते।

कथा कहानी जारी रहती, साथ ही साथ हम लोगों का संस्कार-सर्जन भी होता रहता। पास में ही किसी के मन में बैठा कथाकार कुनमुनाता... अपनी जाँघों को एक हथेली से ठोकते हुए दूसरे हाथ से ताश के पत्ते को जोर से पटकते हुए रामू बो भौजाई के नितम्बों की बनावट और बुनावट का सजीव चित्रण कर डालते। तब तक सामने से कोई चाल चलता और उस बनावट का कारण स्पष्ट कर देता।

"गाड़ियों के टायर की घिसावट देखकर ड्राइवर का अंदाज तो लगाया ही जा सकता है; ई ससुर रामा तो नाहके लाइसेंस लिए घूम रहे हैं, ड्राइवर तो उ नकुलवा है ससुरा।"

ड्राइवर, टायर, लाइसेंस इत्यादि कई गूढ़ और रहस्यात्मक शब्द हमारे वय प्राप्त करते मन के किसी कोलम्बस टाइप के जीन के अंदर डिकोड होने के लिए अंकित हो जाते। मन भटकता हुआ दूर निकल जाता, पर दिमाग के अंदर दर्ज शब्दकोश जवाब दे देता। साला समझ में नहीं आता कि इन सब शब्दों की क्या माया है, पर सब हो-हो हा-हा करके हँस देते... लगता जरूर हो न हो ई बात तो मजे वाली ही होगी कोई, तो हम और हमारे जैसे कुछ और दर्शक भी अपनी जिज्ञासा के साथ चेहरे पर मुस्कान ला देते। कुछ लोग खुल के भी हँसने लगते। खरपत चौबे मेरे जाँघ पर जोर से ठोकते हुए बोलते "लगता है बुद्धि खुल रही है भजन भइया के लाल की।"

वो मेरी गालों पर चिकोटी काटकर बोलते "तुम्हारा गाल भी तो बेटा तुम्हारी माँ की तरह ही है।"

मैं गुस्सा के तन जाता। वो बोलते रहते अरे त काहे गुस्सा रहे हो भाई, तुम्हारी माँ हमारी भौजाई हैं, कई बार इन्हीं हाथों से उनकी गालों पर रंग लगाया है। तब तक कोई उनकी तरफ से ही तान मिलाता "भजन बो भौजी भी जवानी में मलाई थीं मलाई।"

लगता गरिया दूँ सबको, पर पता था कि ज्यादा क्रांतिवीर बनने पर आगे का शिक्षण-प्रशिक्षण पक्का प्रभावित होता, सो दम साधकर मुस्कुरा लेता।

ताश के खेल के साथ मुद्दा घूम फिरकर पुनः नकुल सिंह की जवान हुई बिटिया स्वीटीया पर आ जाता। उसी स्वीटीया पर, जो अभी पिछले साल ही

आसपास के दर्जनों गाँवों के लड़कों से भी ज्यादा नम्बर लाकर मैट्रिक की परीक्षा पास की थी। पर चर्चा का वजह उसका मैट्रिक पास होना नहीं होता... वैसे भी यहाँ गाँव समाज का स्पष्ट मानना था कि कोई पढ़-ओढ़ के मैट्रिक नहीं पास करता आजकल के जमाने में। भाई कलयुग है कलयुग... आ कलयुग में मास्टर साहब पाद भी बिना पैसे का न दें, नम्बर तो बहुत बड़ी चीज है; ऊपर से ई का गारंटी है कि मास्टर अगर नम्बर दे ही दिया तो बोर्ड ऑफिस में बैठा बाबू वही नम्बर मार्क्स शीट पर छाप दे। सो पहले हरेक कॉपी में पाँच-पाँच सौ की नोट नत्थी करिए, फिर बोर्ड ऑफिस में अलग से चढ़ावा चढ़ाइए, तब जाके फर्स्ट डिविजन बनता है... वो भी इतना आसान थोड़े न है। ई सब के बाद भी जुगाड़ होना चाहिए जुगाड़। सो नकुल सिंहवा हरेक तरफ से मजबूत है मरद, अब ऐसे में उसकी बिटिया फर्स्ट नहीं आये तो कमेशर के शिवमुनि आयेंगे का। ससुर का पढ़ते-पढ़ते गाल धँस के भीतर चला गया, तबो दो विषय में लटक गये... आ कहाँ उ नकुलवा की बेटी पूरे जवार में जोबन दलका के भी फर्स्ट डिविजन से पास कर गयी। तो आज तुरंत तुरंत एक और शब्द हमारे संस्कार के शब्द में अर्थ और व्याख्या के साथ दर्ज हुआ था और वो शब्द था 'जोबन' और इसी जोबन वाले प्रसंग की चर्चा चल रही थी यहाँ।

पड़ोस के गाँव से लहराती हुई सड़क से हाल-फिलहाल में जवानी की दहलीज पर कदम रखती स्वीटीया घर की दहलीज लाँघकर रेंजर साइकिल की घंटी टनटनाते हुए स्पेशल बुनावट वाली सड़कों से गुजरती। बिहार की जनता के विशेष माँग से बनायी गयी सड़क स्वीटीया को ऊपर-नीचे उछालती और आह भरती नजरें जाकर उसके विशेष उभार वाले अंगों पर टिक जातीं। शाम के चार बजते-बजते एकाएक सड़क के आसपास का जनघनत्व बढ़ जाता... सब पता नहीं कहाँ से तरह-तरह के काम निकालकर वहीं सड़क के आसपास जम जाते। का बुड्ढे का जवान, सब किसी अलौकिक आनन्द के इंतजार में लगे रहते। चहेटन काका जैसा धरम-करम आ आदर्श की बातें पेलने वाला आदमी भी किसी पारलौकिक तेज से युक्त गोले के लिए टकटकी लगाये रहता... वहीं भैंस खोलकर सड़क किनारे छोड़ देते आ खुद बिजलिया बाबा के चबूतरे पर आसन जमा लेते, वहीं दूर से आती सड़क की तरफ टकटकी लगाये।

"क्या काका गोला गुजरा? "

कहके टिहकारी लेने वाले पर काका बमक जाते "मैया च्चो जाकर पढ़ना

लिखना नहीं है, घूम-घूमकर गोला देख रहे हैं।"

"क्या काका आप तो बुरा मान गये, आइए इहाँ चबूतरे के पास बैठिए, नहीं तो आँखें चश्मे से बाहर निकल आयेंगी।"

काका धीरे से आकर बैठ जाते। धोती के किनारे फोल्ड करके रखी हुई चुनौटी निकालते हुए बोलते "लो बेटा बेचन थोड़ा सुर्ती मलो।"

"पर हम तो खाते नहीं काका।" बेचन जवाब देता।

"अरे तो हम का माई के पेट से सीखकर आये थे खाना; आ जानते तो तुम भी नहीं थे, अब रोड पर गोला देखने आने लगे न, सीख जाओ काम आयेगा, झाड़ा साफ होगा आ बुद्धि बढ़ायेगा।"

बेचन पहली बार चुनौटी हाथ में पकड़ लेता। चहेटन काका प्रवचन जारी रखते "साला घोर कलयुग आ गया है; बेटा हो, इज्जत ढाक तोप के रखने की चीज होती है, सड़क पर पर्दे की चीज निकालोगे तो लोग देखेंगे, रस लेंगे... किसी का मन मिजाज बिगड़ गया तो लेने के देने पड़ेंगे। अब देखो नकुलवा को, साला बेटी जवान हो गयी है, बियाह-शादी खोज के करना चाहिए, तो बाँध दिया न प्रदर्शनी चार गाँव के लिए, इसमें इज्जत किसका खराब होगा।"

चहेटन काका जारी रहते। बेचन की नजर इधर उधर जाती। लँगोट के नीचे से चहेटन काका की दोनों गोलियाँ और बेजान सा सिकुड़ा बटुरा अंग बाहर झाँकते रहते, साफ एवम स्वच्छ हवा की तलाश में। बेचन टोकता "काका उ आपके पर्दे की इज्जत, अरे देखिए कुछ बाहर झाँक रहा है।"

काका फिर बमक जाते "मरद मानुष का अंग है, थोड़ी आवारगी तो होगी न इसमें, भगवान खुदे शान भर के भेजते हैं, नहीं तो चिपका नहीं देते जनाना की तरह।"

बेचन को बात तार्किक लगती। काका जारी रहते।

"बेटा हम इहाँ सिर्फ इसलिए खड़े रहते हैं कि बड़ जात की इज्जत का ख्याल बड़ जात वाले नहीं करेंगे तो कौन करेगा फिर। अब नकुलवा नालायक हो गया है, निकाल दिया है घर की इज्जत सड़कों पर, तो हमें तो ख्याल रखना पड़ेगा न, नाहीं त का भरोसा, कोई नान्ह चमार, राम राम, छी छी, कुछ कर दिया तो पहेट चुकीं साइकिल।"

घण्टी की आवाज के साथ साथ काका अपने चश्मे का फ्रेम ठीक करने लगते।

"साला बोला था कि एकदम इंद्रलोक की अप्सरा दिखाई देगी लगाने पर, आ इहाँ साला पड़ोस का पोखरा भी नहीं दिखाई देता है।"

सब अपने-अपने हिसाब से अंदाज लगाते। गड्ढों में उछलती-कूदती साइकिल के साथ हिलते-डुलते नवविकसित उरोज के साइज को सब अपनी-अपनी आँखों की लेंस की क्षमता के हिसाब से नापते। चहेटन काका के मुँह में भी पानी आ जाता। तस्वीरें आँखों में धुँधली-सी बनतीं, पर दिमाग में कोई कलाकार कूची चलाकर कूचें उकेर देता।

“वाह बिलकुल लाल भटकोईं की तरह टह-टह लाल, छोटे-छोटे, अभी तो इन्हें उभरना है, टाँगें इतनी गौरांग हैं तो बाकी, बाप रे मलाई होगी मलाई!"

"बाबू बेचन! जानते हो ई रबड़ी-मलाई जब तक सिकहर पर रहता है, बिलार का मन ललचाता रहता है, सिकहर टूटा नहीं कि ललक गायब।"

चहेटन काका बेचन को ज्ञान पेलते, पर बेचन अपनी कल्पनाओं में खोया रहता। अरे बेचन को छोड़िए, वहाँ सब अपनी ही कल्पनाओं में खोये रहते। सब चित्रकार थे यहाँ। बड़वागाँव, कला की आदिभूमि रही है। ऐसा जरूर यकीन हो जाता, अगर आप में लोगों के दिमाग के अंदर बन रही तस्वीरों को देख पाने का माद्दा होता तो।

शाम को पाकड़ के पेड़ के नीचे बैठकी होती। साइज, रंग रूप, स्वाद की सप्रसंग एवं शुद्ध साहित्यिक व्याख्या के बाद मर्दानगी बखानी जाती।

"अरे उ तो भगवान का भला मनाएँ नकुल सिंह कि हमलोग जाकर खड़े हो जा रहे हैं, तो लाजे-लिहाजे भा डर से दुसाध चमार लोग नहीं ठेक रहे हैं, नहीं तो चला चुकी थीं साइकिल उनकी स्वीटी, सब स्वीटी को तुरंत नमकीन बना डालते।"

"अरे आयें तो लोग, यहीं तेल लगाया हुआ सोंटा गाँड़ में डाल के चीर देंगे; खैर गलती नकुल सिंहवा की भी कम नहीं है, लगता है माधरचो वहीं एक बेटी पैदा किये हैं।"

"बेटी नहीं नगर वधू है।" कोई मैट्रिक पास लड़का अपना संभ्रांत विचार रखता। फिर सप्रसंग व्याख्या चलता रहता। यहाँ हर उम्र के लोग चर्चा परिचर्चा में प्रतिभाग करते।

"धत बुड़बक, नगरवधू नहीं ग्राम्यवधू, समझ में आ गया ई कमेशर गोबर में ही घी सूखा रहे हैं। का त कॉलेज जा रहे हैं बबुआ आ ग्राम्य आ नगर में अंतरे नहीं पता!" चहेटन काका जोर जोर से दाँत चिहारते आ बाकी के लोग उनका साथ देते। एक यही काम था जिसमें सबका साथ सबके साथ होता था, वो था मजाक उड़ाना। यह बात दीगर है कि बारी सबकी आती। आज बारी कमेशर चौबे के बेटवा शिवमुनि की थी, जो बेचारा किताबी कीड़ा का दर्जा प्राप्त था। यदाकदा ही वो गाँव के चौपाल पर उपस्थित होता। चहेटन काका शिवमुनि को आज तक चेला नहीं बना पाये थे और इस बात का मलाल तो था ही उन्हें... नहीं तो कोई लड़का, मजाल था क्या कि वो हाईस्कूल तक बिना चिल्लम पकड़े चला जाये। ससुर फेफड़े में दम तभी न आयेगा जब एक कश में चिल्लम सुलगा देने की कला आ जाये। कमेशर वहीं बगल में खड़े थे, चहेटन काका पर बमक गये।

"उमिर नहीं देखे हैं अपना चले आये लड़कों के बीच टाँग अड़ाने।"

"कौन है हो कमेशर भाई?" कोई राह चलते चौपाल की तरफ मुखातिब होता।

"वही तुम्हारे खरदूषण काका हैं, मारे हैं कि पूरे गाँव को बर्बाद करके रख दिये।"

मामला मूल मार्ग से भटक के कहीं और चला जाता। चौपाल दो हिस्सों में धीरे-धीरे स्पष्ट रूप से बँट जाता। दोनों तरफ से अस्त्र-शस्त्र के रूप में हाथों में लाठी आ जाती, पर चलते मुखास्त्र ही। इस तरह स्वीटी कथा, ओट के पीछे चली जाती।

खैर साइकिल दर्शन शुरू होने के हफ़्ता भर के भीतर ही खत्म हो गया। अब जवान तो नान्ह टोला के भी लड़के थे, सो वो लोग भी आ गये इन पलों की गवाही लेने। बात-बेबात मामला बिगड़ गया। मामला धीरे-धीरे ब्राह्मण वर्सेस नान्ह जात का हो गया। ब्राह्मण टोली की तरफ से ठाकुरगाँव के राजपूत भी आ गये। यह अभिमत बना कि बड़वा टोली के बाभन अगर नहीं इकट्ठे होते तो ठाकुरगाँव के इज्जत की मिट्टीपलीद होते देर न लगती। सब नकुल सिंह को खूब सुनाये। नकुल भी जाकर बिटिया के ऊपर बमके, नतीजतन साइकिल वाला चेप्टर क्लोज हो गया। अब स्वीटी को बैडमिंटन का रैकेट दिया गया जो अपने घर की चाहरदीवारी के अंदर खेल सकती थी।

पर आज जब वही प्रसंग उभरा था तो पूरा का पूरा मामला अलग ही एंगल से चित्रित हो गया था। सब ने तर्क और तथ्यों का जो संजाल बुना कि यह सायास लगने लगा कि तब स्वीटीया के अन्दर जवानी की कोई आग नयी-नयी

भड़की थी... वो तो बस उसे शांत करने के लिए निकल पड़ती थी सड़कों पर। हम बस ध्यान लगाकर सुनते; अच्छा तो ये जवानी की भी कोई आग होती है जिसके भड़कने पर लड़कियाँ सड़कों पर निकल आती हैं। लोगों की व्याख्याएँ जारी रहतीं। हम धीरे धीरे तर्कणा की अभिगम प्रणाली में दक्षता प्राप्त करने की कोशिश करते। मिला जुलाकर निष्कर्ष यही रहता कि जब जवानी की आग भड़कती है तो एड़ियों में अजब सी गुदगुदी होती है, पूरा देह टूटने लगता है, बेचैनी में वो किसी मरद को खोजती हैं। अगर तभी कोई ध के चाप दिया तो ठीक, नहीं तो खेला दिखाने को स्त्री सड़क पर तो आयेगी ही न। साला तब हमें पहली बार पता चलता कि अच्छा तो लड़कियाँ भी लड़कों की सोहबत खोजती हैं। तब तक खरपत चौबे धीरे से चुनौटी हमारे हाथ में थमा देते।

"तो तुम भी बहुत मन लगा के सुन रहा है बाबू..."

हम हाथ में चुनौटी थामे हुए उनकी तरफ किसी अबोध बालक की तरह देखते।

"अरे तो बउवा अब बच्चा थोड़े न रह गया है, अब मूछ पर पानी आने लगा है भाई, आ आप अभी इसको बालक ही समझ रहे हैं।" कोई और प्रसंग को आगे बढ़ाता।

मैं शरमाता और पलकें अनियंत्रित हो जातीं। साला समझ में नहीं आता कि मर्दानगी के लिए प्राप्त सनद पर रिएक्ट कैसे करूँ।

"अरे अभी तक इसे पकड़े ही हुए हो, धीरे धीरे सीखो इसे भी।" खरपत चौबे चुनौटी अपने हाथों में ले लेते। थोड़ी-सी सुर्ती और चूना निकालकर मेरी हथेलियों पर रख देते।

"अब इसे आहिस्ता अहिस्ता चुटकी से रगड़ो।"

"हाँ शाबाश! बिलकुल ऐसे ही।"

"अरे जल्द ही तुम मास्टर हो जाओगे।" अपनी हथेली से उसी सुर्ती पर ताल देते हुए काका उसे मुँह में नीचे की तरफ दबाते हुए बोलते। मुझे खाँसी जैसे किसी प्रतिक्रिया का एक दौरा पड़ता। लोग हँस देते- कोई नहीं जल्द ही पारंगत हो जाओगे।

तो ये गाँव समाज का संस्कारशाला होता जहाँ हम जीवन के गूढ़ संस्कार सीखते हुए क्रमशः बड़े होने की सनद हासिल कर रहे होते।

पाठशाला

बचपन में कभी माई जब हमको सुबह-सुबह बड़े दुलार में उठाती तो बोलती "हे उठ जाओ बालक बलवान, लड़का से सेयान, आ बुढ़वा ले जवान।" समझ में नहीं आता साला ई कौन सा ख्वाब माई छिड़ककर चली जा रही है। पर वक्त जब अपनी नियत गति के साथ भागता है तब आपके सामने ख्वाबों की मोती छिड़क देता है, ओस की बूँदों की तरह, जो जिंदगी के यथार्थों के ताप में भाप ही बन जाने होते हैं।

तो ऐसा ही कुछ ख्वाब वक्त हमें भी परोस रहा था। प्राथमिक मध्य विद्यालय से थोड़ा उत्तर की तरफ हट के जो उच्च विद्यालय का प्रांगण था, वो ख्वाब ही तो था, जिसे जिंदगी ने परोसा था। कुल मिलाकर आठ-नौ कक्षों वाला, एक बहुमंजिली इमारत से युक्त विद्यालय, जिसमें मिला-जुलाकर छः-सात शिक्षक भी थे। पर ख्वाब इससे अलग अलहदा था। ख्वाब था उन सौंदर्यों में जो उच्च विद्यालय के प्रांगण में उपस्थित होतीं। कहाँ मध्य विद्यालय तक नेटा-पोटा बहाती लड़कियाँ, जिन्हें सजने-सँवरने का कोई लूर-सहूर नहीं होता, आ कहाँ उच्च विद्यालय का प्रांगण... ख्वाब तो यूँ भी जग जाने थे। लगता कि जब हम उच्च विद्यालय में होंगे तो जिंदगी राजू के दुकान पर लगे पोस्टर्स की तरह रंगीन हो जायेगी। पर तब तक कोई आकर रंग में भंग घोलता आ सुनाकर चला जाता "मिडिल में मिठाई आ मैट्रिक में जात-जात, गाँड़ फड़फड़ाई।"

पर मिला-जुलाकर वक्त का परोसा वो ख्वाब हमारे सामने था। आ हम श्री नेहरू उच्च विद्यालय, बड़वा कला के औपचारिक शिक्षार्थी थे। एक औपचारिक तरीके से सनद जमा करने के बाद हमको भी कक्षा आठ में प्रवेश तो दे ही दिया गया था। गुरूजी ने यहाँ आते ही मन्त्र दिया "काग चेष्टा, बको ध्यानम..." आ हमने एक आदर्श विद्यार्थी की तरह लपक के ग्रहण कर लिया। दूर कोने में खिड़की की तरफ बैठी दिव्यवा पर हमारा काग चेष्टा, बको ध्यानम वाले दोनो लक्षण जाग्रत हो गये। किसी महान व्यक्ति ने कभी कहा था कि स्त्री, पुरुष के

अंदर गुप्त क्षमताओं को जाग्रत कर पाने में प्रेरणा स्रोत होती है। तो मेरे अंदर के विद्यार्थी को भी एक स्त्री ही आज जाग्रत कर रही होती। ये स्त्री थी दिव्यवा, जिससे आपलोग आगे परिचित होंगे... पर फिलहाल हमारे पाठशाला से भी तो परिचित हो लीजिए।

बड़वा पहाड़ी की तलहटी में बसा श्री नेहरू उच्च विद्यालय, जिसे इस गाँव देहात के लोगों ने बहुत ही त्याग के साथ पुरुखों की कमाई जमीन देकर स्थापित किया था; संसाधनो के मामले में कम-से-कम इतना तो सम्पन्न था ही कि बिल्डिंग और मैदान किसी महाविद्यालय से होड़ कर सकते थे... बाकी का मामला गुरुदेवों पर अटक जाता था। विद्यालय में कुल मिलाकर छः शिक्षक थे; एक तो वही भरत राय सर, जो औपचारिक रूप से नागरिक शास्त्र पढ़ाते थे और दुर्घटनावश इतिहास और अँगरेजी के भी शिक्षक थे। दूसरे थे महापण्डित सर्वानंद शास्त्री, जो संस्कृत के शिक्षक थे और संस्कृत के प्रेमग्रंथों से इतने प्रभावित थे कि प्रेम की खोज में कुल तीन विवाह कर डाले थे एवं चौथी पत्नी की खोज में थे। उनकी रुचि प्रेमकथाओं और बच्चों के मध्य प्रेम-प्रबोधन में ज्यादा थी। उनका स्पष्ट मानना था कि बच्चे एक ही उत्प्रेरणा से पढ़ सकते हैं कि उन्हें कॉलेज के हसीन सब्जबाग दिखाये जायें। वो इसमें सफल भी थे। बच्चे अक्सर किसी फिल्मी कल्पनाओं के साथ येन-केन-प्रकारेण हाईस्कूल पास करते कि वहाँ कॉलेज में हुस्न का मेला लगा होगा। पर जब पास के कस्बे के ढहे-भिहलाये कॉलेज कैम्पस तक पहुँचते तो शास्त्री जी को जम के गरियाते। ससुर सपना दिखाये थे कि इहाँ आकर अरुण बनेंगे, पर इहाँ सपना का अकाल पड़ा हुआ है। पर शास्त्री जी का इसी बहाने इतना तो योगदान था ही कि मिला-जुलाकर पास के कस्बे के कॉलेजों को कुछ लायक, कुछ नालायक विद्यार्थी उपलब्ध करा देते। गलती से कुछ ज्यादा होनहार शिकायत लेकर पहुँचते तो हँसकर टाल देते।

"अरे तो हम तो युनिवर्सिटी की बात करते थे नू, अब तुम लोग थोड़ा-सा मेहनत करो आ ग्रेजुएशन में पहुँच जाओ युनिवर्सिटी, फिर जलवा न हो तो कहना।" बेचारे बच्चे लौट आते अरुण बनने का ख़्वाब सजाये।

गुरुजी वहीं विद्यालय प्रांगण में ही ऊपर के एक कमरे में पिछले चार साल से आवासित थे। अपनी पत्नियों से दूर, विरह-वेदना में तड़फड़ाते हुए। तीसरे थे ठाकुर मनोहर सिंह, जो अँगरेजी पढ़ाते, पर 'देसी' के इश्क में अक्सर कहीं लोटते हुए मिल जाते। वो प्रतिष्ठित ठाकुर खानदान से थे। किसी जमाने में किसी

जूलिया के इश्क में लहालोट हुए थे, पर किस्मत की मार कहिए या नौकरी की माया, आज अपनी जूलिया से दूर कहीं इन जंगलों में 'मधू रस' के आसरे जीवन बिता रहे थे। इस स्कूल का एक कमरा उनके जिम्मे था, जहाँ वो अपने मयखाने के साथ विद्यमान थे। वो अक्सर पास के कस्बे में ठेके की दुकानों पर दिख जाया करते थे या सड़क पर एक हाथ में ढिबरीनुमा बोतल और दूसरे हाथ में दुर्गा दालमोट लिये दिख जाते थे। कहा जाता था कि वो जिस रूम में रहते हैं, वहाँ दिये की जरूरत नहीं। वैसे कभी जलाना भी पड़ा तो ठाकुर साहब मिट्टी के तेल की जगह कलयुगी सोमरस जलाते हैं। चौथे हिंदी गुरूजी जो बेचारे साइकिल घसीटते-घसीटते ही परेशान थे। रोज का पचासों किलोमीटर का सफ़र, बस आना-जाना और हाजिरी लगाना कोई मामूली बात तो कतई नहीं थी। पाँचवीं थीं शिक्षिका विद्यावती जी, जो अक्सर जोड़ों के दर्द से परेशान रहतीं... महीने दिन में एक दिन कभी कोई साधन-वाधन का जुगाड़ होता तो विद्यालय आतीं, फिर पूरे महीने की हाजिरी लगाकर एहसान जताते हुए चली जातीं। एक तो जुग-जमाना खराब था, ऊपर से वो महिला थीं; तीसरी बात ये कि जोड़ों के दर्द से परेशान रहतीं, सो कोई टोकता नहीं था। पर दबी जबान से यह बात सार्वजनिक थी, यहाँ तक कि नये-नये प्रवेश पाते बच्चों को भी पता चल जाता कि उनका हेड सर से वो सब चलता है- गीडगाड वाला सिस्टम। सो उन पर हेड सर ज्यादे ही मेहरबान रहते हैं। इसके प्रमाण के तौर पर लोग बताते कि देखते नहीं हैं जब मास्टराइन को आना होता है तो हेड सर अपने राजदूत पर बैठाकर ले आते हैं। जाइए कभी सासाराम, हेडवा वहीं टँगा मिलेगा, मस्टराइन के घर पर। शास्त्री सर बोलते कि ससुरा हम भी उ दूसरे लिंग वाले होते तो इहाँ गाँड़ नहीं घसीट रहे होते। खैर यह बात दीगर थी कि बड़वागाँव आने वाली सड़क पर तब के समय में कोई पैदल भी यात्रा कर ले तो जोड़ों में दर्द स्वाभाविक था। खैर उसे सड़क कहना सड़कों की बेइज्जती होगी, इसलिए बिना किसी सिस्टम के भी विद्या मैडम की बातों को स्वीकार किया जा सकता था। छठवें तो स्वयं प्रधानाध्यापक महोदय ही थे। उनकी ख्याति तो खैर कालजयी थी, सो उनका परिचय देना बेकार होगा... हाँ चूँकि वो प्रधानाध्यापक थे, सो वो बेचारे क्लास कहाँ से ले पाते; वो सिर्फ तभी आते जब उन्हें इस बात की सूचना पहुँचायी जाती कि किरानी की जेबें फटने को अब-तब हो रही हैं। वो आते और भारी जेबों के साथ दिन ढलने से पूर्व निकल लेते। खैर जुग जमाना भी सही नहीं था, कोई

किसी को भी ठेल के कुछ भी छीन सकता था।

इस तरह श्री नेहरू उच्च विद्यालय का मानविकी संभाग अच्छा खासा सम्पन्न था, पर विज्ञान वाले विषयों के शिक्षक थे ही नहीं। हालाँकि पुरा-कथाओं में कोई आईएससी गुरुजी विद्यमान थे, जो गणित के मूर्द्धन्य विद्वान थे, पर आज के बच्चों को बस पुरा-कथाओं पर काम चलाना था। वैसे सरकार ने बच्चों को और बच्चों ने स्कूल को दूर कहीं पटने में छपने वाले एटम बम के सहारे छोड़ रखा था। वैसे भी विज्ञान पढ़ के कोई न्यूटन तो बनना नहीं था इनको... सो जो थे, वो सब एक-दूसरे की इज्जत सँभालते। नागरिक शास्त्र वाले अँगरेजी और इतिहास सँभाल लेते, संस्कृत वाले अक्सर जीवविज्ञान सँभाल लेते, हिंदी वाले अर्थशास्त्र सँभाल लेते, अँगरेजी वाले ठाकुर साहब अक्सर खुद को सँभालते, इतिहास वाली मैडम जी को हेड सर खुद सँभाल लेते और पूरे विद्यालय को बच्चे सँभाल लेते... बचा खुचा किरानी और नाइट गार्ड साहब सँभाले रहते। विद्यालय चलता रहता... बिलकुल वैसे, ही जैसे देश के अन्य विद्यालय चलते रहते हैं।

****

तो सब मिला-जुलाकर हमारा संस्कारशाला के इतर जो पाठशाला था वो यही विद्यालय था, जिसे श्री नेहरू उच्च विद्यालय, बड़वा गाँव के नाम से जगत् प्रसिद्धि प्राप्त थी। यहीं पर कभी हमारे मन में प्रेम का पहला बीज अँखुआया था। जब मन के अन्दर से हिलोर ले रही जवानी को गाँव के संस्कारशाला से सनद मिला था कि अगर बाबू लड़की देखकर मुस्कुरा दी आ तबो बात नहीं बूझे, त समझ जाओ घोर नरक में जाओगे घोर। साला समझ में नहीं आयी थी तब बात कि बूझना क्या होगा, पर जब पहली बार स्कूल में लाल फ्रॉक पहनी हुई, गोरी-सी, छरहरी काया वाली लड़की, जिसके बाल कंधे तक कुछ यूँ पहुँच रहे थे जैसे गाँव के लल्लन पेंटर ने बहुत सारा आधा "ल" लिख डाला हो। उसके बालों में लाल हेयरबैंड जिस पर नीले पंखों वाली तितली बैठी थी। पैरों में चमकदार सैंडल और सैंडल के पास ही टखने के पास बँधा काला धागा। साला तब पहली बार समझ में आया था कि एक साधारण-सा धागा, जो निर्जीव और निरीह-सा होता है, वो भी क्या बवाल काट सकता है! आँखें ठहर गयी थीं। समझ में नहीं आता कि कहाँ से देखना शुरू करूँ और क्यों देखूँ... लेकिन गर्दन बार-बार मुड़ जाती, आँखें बरबस किसी एक्सरे मशीन की तरह स्कैन करने लगतीं। तब तक उसकी आँखें जैसे आकर जुड़ गयी थीं मेरी आँखों से। ऐसा लगा था किसी

ने उसकी आँखों में जेन सेट फिट कर दिया हो। साला पूरे देह में करेंट दौड़ गया था। आसपास की पूरी दुनिया गायब, सामने नाचती दो पुतलियाँ, झपकने से इनकार करती आँखें। वो मुस्कुरा दी थी। अन्दर से आवाज आयी कि बेटा बउवा अगर लड़की देखकर मुस्कुरा दी आ तब भी बात न बूझे तो घनघोर नरक मिलेगा घनघोर।

साला अभी बातों को बूझने के लिए जूझ ही रहा था कि कुल्हाड़ी चल गयी "घूर का रहे हो, कभी लड़की नहीं देखे हो क्या!"

"अरे इन पापियों के घर में माई-बहिन नहीं होती हैं।" एक दूसरी लड़की अपनी चप्पल की तली को ऊपर की तरफ करते हुए बोली थी।

थोड़ी देर पहले तक दौड़ रहा करेंट एकाएक भूमिगत हो गया। पास में ही एक नया बखेड़ा खड़ा हो गया था। हम सभी लोग बस उस बखेड़े का आनन्द लेने के लिए दौड़ पड़े थे।

वहाँ अँगरेजी की क्लास चल रही होती। अँगरेजी गुरूजी शुद्ध हिंदी में कोई जर्मन-फ्रेंच टाइप की मिश्रित अँगरेजी पढ़ा रहे होते। शुद्ध देसी के प्रभाव में वैसे भी बिना किसी कॉलेज गये भी अँगरेजी ही निकलती है। तो गुरूजी अपना मुक्त परिसर वाला गुरुदेव टाइप शिक्षालय खोल कर बैठे हुए थे।

"ई जीभ सटा कर बोलने से कभी अँगरेजी नहीं निकल पाएगी। तुमलोगों को का लगता है उ राय ससुरा जो तुमलोगों को पढ़ाता है उ अँगरेजी है, नहीं। ई दिस दैट बकने से अँगरेजी नहीं आ जाती। उसके लिए टैलेंट चाहिए, पैशन चाहिए। तुम लोग काऊ को काउ बोलोगो। फिर कहोगे आ गई अँगरेजी। धत त भोजपुरी हिंदी ही बोलो ना। अँगरेजी जानकर का करोगे? व्हाट टू डू विद दिस ब्लडी इंग्लिश। व्हाट टू डू? डू यू आल नो कर्पूरी डिविजन इन हायर सेकेंडरी एग्जाम? नो? हाहाहा।"

गुरूजी हँसते, फिर कोई अनुपम पेय गले के नीचे उतारते और फिर घोषित करते "जब ई मैट्रिक पास करने के लिए अँगरेजी की जरूरत ही नहीं तो फिर साला ठाकुर को काहे रखे हुए हो एक मोटी-सी सेलरी देकर। वो भी घर से दूर इस जंगल में। जरूरी है हिस्ट्री, जरूरी है मैथ्स... पर मैथ्स और हिस्ट्री आपस मे मिलकर केमिस्ट्री बन गये हैं सासाराम के बाजार में और इहाँ बड़वा के नीचे अँगरेजी पड़ा हुआ है।"

फिर गुरूजी अँगरेजी में किसी की कविता गुनगुनाते वो भी बिना ओंठ सटाये हुए। इसके बाद दूर की किसी जूलिया राबर्ट्स के प्रेम में खो जाते। मैं यहाँ दूर डेंस फारेस्ट के बीच पड़ा हुआ हूँ और वहाँ मेरी जूलिया राबर्ट्स निहायत अकेली बैठी होगी मेरी याद में। लड़के भुनभुनाते "ये कौन है बे?" कोई बोलता अँगरेजी फिल्मों की कोई हिरोइन है। दूसरी तरफ खड़ी लड़कियाँ खड़े-खड़े दुपट्टे का पोर दाँतों तले दबाकर खींस निपोरतीं। लड़के भी कोई मसाला पा जाते। अँगरेजी वाली फिल्म मतलब वाह! गुरूजी तो रंगीन मिजाज हैं भाई अँगरेजी फिल्मों को याद करते हैं। पीछे से कोई बताता "अँगरेजी नहीं बे ब्लू फिल्म, ब्लू फिल्म।" मेरे मन में झन्न से ये बात किसी बड़े प्रश्न चिह्न की तरह अंकित हो जाती। ई साला ब्लू-फिल्म कौन सी बला है? मैं किनारे खड़े छोटन से पूछता "भाई ई ब्लू फिल्म क्या होती है?" वो बस हँस देता और बोलता "मस्त फिल्म होती है कभी देखना।" मुझे लगता साला कहाँ फँस गया बउवा तू, इससे बढ़िया तो भजन मास्टर का ही विद्यालय था, साला रोज इतना बुझौव्वल तो नहीं बुझना पड़ता था। ऊपर से ई अँगरेजी सर। साला जब ब्लू फिल्म इतनी ही संदिग्ध चीज है तो ई अँगरेजी वाले सर इतनी संजीदगी से नाम काहे ले रहे हैं और जब गड़बड़ चीज है तो काहे खुले में नाम ले रहे हैं, लगता निपटा ही लूँ मामले को, नहीं तो रात भर कपार पर घूमती रहेगी गुरूजी की जूलिया।

"सर ई जूलिया राबर्ट्स कौन है?"

"तुम कौन हो?" गुरूजी उलटे हमसे ही पूछ लेते।

"जी मैं बउवा, मैं बउवा हूँ।"

"तो जूलिया भी जूलिया है, सिर्फ मेरी जूलिया, जिसे ये तुम सब जैसे, राय जैसे गँवार लोग कभी नहीं समझेंगे। वो काशी भी नहीं समझेगा जो हिस्ट्री के साथ केमिस्ट्री बना रहा है। जूलिया को समझना है तो यीट्स को समझना पड़ेगा, यीट्स को समझे?"

हमारे पल्ले कुछ नहीं पड़ा। साला जूलिया ही बुझौवल थी कि यीट्स भी टपक पड़े। लगता जूलिया और ब्लू फिल्म और यीट्स आपस में जरूर अंतरसम्बन्धित हैं।

"पर गुरूजी जूलिया तो उ अँगरेजी वाली फिल्मों की हिरोइन है न!" एक वरिष्ठ छात्र मुस्कुराते हुए बोलता।

लड़कियाँ थोड़ी दूर खिसक जातीं। गुरूजी खिसिया जाते।

"अभी ढंग से पिछवाड़ा नहीं साफ़ होता होगा, लेकिन मन में अन्तरिक्ष बैठा लिये हो तुम लोग न। ई जो दाँत निपोरने की कला है न यहीं इस राज्य को गर्त में ढकेल रही है, नोट करके रख लो और अँगरेजी फिल्म देखे हो तुम?"

"भोसड़ी के खुद बीस हजार तनख्वाह पाकर दारू लेकर लेटे हुए हैं, बच्चों को अँगरेजी फिल्म देखने की सीख दे रहे हैं आ राज्य को गर्त में हम ढकेल रहे हैं। लगेगा अभी दस हाथ तुरंत औकात में आ जायेंगे।" बालक भड़क जाता। इससे पहले कि मामला हाथ से निकलता राय सर आ टपकते। अँगरेजी गुरूजी को सँभाल कर अंदर ले जाने वालों में हम भी शामिल हो जाते। अँगरेजी गुरूजी बुदबुदाते रहते।

वाइन कम्स इन इन द माउथ

एंड लव कम्स इन एट द आई;

दैट्स आल वी शैल नो फॉर ट्रुथ

बिफोर वी ग्रो ओल्ड एंड डाई।

आई लिफ्ट द ग्लास टू माई माउथ,

आई लुक एट यू, एंड आई साई।

हमको तब एक ही लाइन समझ में आती "आई लिफ्ट द ग्लास टू माई माउथ।" आई मतलब मैं, लिफ्ट मतलब उठाना, ग्लास मतलब गिलास (दारू वाला) , माई मतलब मेरा, माउथ मतलब मुह। मतलब हद की जिद्द है राम भजन से ज्यादा दारू का ध्यान करने वाला आदमी उ अँगरेजी फिल्म वाली हिरोइन का ध्यान नहीं धरेगा तो क्या दुर्गा मैया को भजेगा। मैं मन-ही-मन खुद की पीठ ठोकता कि वाह बउवा तुमको भी काम भर की अँगरेजी आती है। राय गुरूजी ने काम भर का तो सीखा ही दिया है, नहीं तो साला ई अँगरेजी गीत तो हमको समझ में ही नहीं आता। मैं मन ही मन राय सर को आभार जताने के लिए उपकृत आँखों से उनकी तरफ देखता। राय सर अलग ही चिंता में मगन होते। शास्त्री जी की तरफ देखते हुए बोलते "सब शराब और नशे का प्रभाव है नहीं तो यीट्स को समझने वाला इंसान इतना बेबस हो यह सम्भव नहीं था।"

शास्त्री गुरूजी अर्द्ध सहमति में सर हिलाते।

"बोलता तो हूँ कि छोड़ दीजिए या ले आइये अपनी जूलिया राबर्ट्स को यहीं, पर कहाँ सम्भव है अब न इनकी जूलिया यहाँ आने को तैयार होती है न ये सोमरस छोड़ते हैं।"

"तो इनकी जूलिया थोड़े न कहती है कि जाओ ठाकुर जाकर सोमसुधा ग्रहण करो, सब वाहियात बातें हैं।"

"बातें तो हैं राय साहब, पर मैं जानता हूँ ठाकुर साहब को, अँगरेजी भाषा के अच्छे अध्येता रहे हैं, प्रेम भी टूट के किये हैं, शादी भी उसी प्रेम में किये। पर जब सुख के दिन आये तो किसी की नजर लग गयी। सरकार ने इनको उठा के इस जंगल में फेंक दिया। इनकी जूलिया वहाँ बक्सर के बाजार में रह गयी। अब यीट्स तो सब सँभाल नहीं सकते थे, सो खाली जगह को सोमरस ने भर लिया। अँगरेजी का इश्क हिन्दी पर आकर लटक गया, दोषी तो सरकार भी है न!"

"सरकार... हुँह तो क्या शिक्षा-अधिकारी को सरकार कहेंगे या विभाग के बाबूओं को। अरे कसम तो इन्होने भी खायी थी न ईमानदार बने रहने की, नहीं तो दस बीस हजार देकर करा लेते तबादला।"

"अब तबादले का क्या, अब तो जूलिया खाली जुबान पर रह गई है, बाकी देह तो सोमसुधा ने हथिया लिया है।"

राय सर और शास्त्री सर आपस में बात करते रहते। अँगरेजी वाले गुरूजी बीच बीच में अँगरेजी मन्त्रों का जाप करते रहते। किरानी और नाईट गार्ड साहब गमछे से पंखा झलते हुए बोलते रहते किसी दिन पी पिलाकर मर-मुरा गये तो अलगे आफत होगी। लड़कों से उलझ जाते हैं मारपीट दिये तो क्या इज्जत रह जायेगी... पर कौन समझाए इनको। मैं बाल खुजाते हुए बच्चों के साथ वापस आ जाता। लगता हो न हो अँगरेजी सर पियाक भले हैं, पर उ जो लाइन बोल रहे थे वो गूढ़ लाइनें थीं... नहीं तो राय जिउवा ऐसे तारीफ़ तो बाप की भी न करे। नीचे खड़े लड़कों के बीच एक अलग ही गोल बन रहा था। साला बीच मैदान में लड़कियों के सामने गन्दी-गन्दी बातें करता है, एक नम्बर का गन्दा आदमी है, किसी दिन दो-चार हाथ देना पड़ेगा। कोई और बोलता। तब तक ठाकुर टोले से कोई वरिष्ठ छात्र बोलता अरे जूलिया राबर्ट्स अच्छी हिरोइन है भाई सारी अँगरेजी फिल्में ब्लू फिल्म ही थोड़े न होती हैं। कुछ लोग सहमति में सर हिलाते। मेरे कपार के अन्दर ये ब्लू फिल्म चढ़ के बैठ जाता। साला क्या राज है इस ब्लू

फिल्म का ये जान के ही रहेंगे। छोटन जो बगल में खड़ा था उससे पूछता "ई ब्लू फिल्म तुम मुझे दिखा सकते हो क्या।"

वो बताता "अरे इसके लिए पहले टीवी और वीसीआर का जुगाड़ करना होगा, फिर ऐसे खुले में थोड़े न देखा जाता है ब्लू फिल्म।"

"कोई नहीं हम उधर गन्ने के खेत में देख लेंगे, पर पहले दिखाओ तो होता क्या है ई।"

लेकिन मामला वीसीआर के जुगाड़ पर अटक जाता। समाधान छोटन ही देता कि वो कोशिश करेगा। उसके पास एक फोटो एल्बम है पर उसे छुप के देखना होगा बस। मामला तय हो जाता और इस तरह से श्री नेहरू उच्च विद्यालय का मेरा पहले दिन का शिक्षण-दीक्षण खत्म हो जाता... हम हाथ में एक कॉपी थामे वापस चल देते।

***

श्री नेहरू उच्च विद्यालय में इस तरह से शिक्षा दीक्षा चलता रहता। समय आगे की तरफ खिसकता रहता। बसंत अपने शीर्ष पर होता। देखते-देखते चिउड़ा पुराना लगने लगता। बाहर दूर-दूर तक सरसों के फूल गेहूँ के पौधों से हरे-भरे खेतों को ढँक लेते। धानी चुनर पर पीले रंगों से की गयी प्राकृतिक कढ़ाई धरती की आभा को प्रातः की रौशनी में एक स्वर्ण युक्त सौन्दर्य प्रदान करती। बासंती हवा मौसम में एक **ग़ज़ब** का आलस्य भर देती। सुबह सूर्य आकर जैसे जगाने का प्रयास करते, तब तक फगुनहटा थपकी देता... ना बउवा सोये रहो भाई उठ-कर भी का कर लोगे। दिमाग में दूर तक घुसकर बैठी लाल फ्रॉक वाली लड़की दिव्यवा की छवि एक अजब-सी गुदगुदी वाला भाव बदन में संचारित कर देती। उसके लाल टमाटर जैसे गाल, धत टमाटर वही टमाटर जो इक्का गाड़ी पर लद कर आते हैं और ढाई रूपये के पाँच किलो बिकते हैं। न दिव्या के गाल के लिए कोई महँगा उपमा ढूँढना होगा। मन में कशमकश चलता, पर मेरे शब्दकोश में कोई ऐसी अनुपमेय और बहुमूल्य चीज दिखती ही नहीं, सो थक-हारकर कोशिश को छोड़ देता। एक सुबह इन्हीं सब उलझनों को सुलझाता हुआ आँखें बंद किये मैं बिस्तर पर करवटें बदल रहा था, तब तक भजन मास्टर ने प्रवचन शुरू कर दिया था।

"तुमको बिस्तर पर कौन-सा मेवा मिल रहा है। दुनिया दिशा फरागत करके

अपने काम पर लग गयी आ ई भजन के औलाद पड़े हुए हैं खटिया पर। करवट तो ऐसे बदल रहे हैं जैसे इनके कपार पर धरती टँगी हुई हो, जगे कि आ गया भूचाल।"

मुझे लगता का भनभनाने लगते हैं सुबह-सुबह। अपने जाग तो गये हैं तो का कर लिये जागकर, बैठकर बउवा को गरियाने के सिवा। लगता है हमको तो पैदा ही इसीलिए किये हैं कि चलो भजन गरियाने के लिए कुछ तो चाहिए सो औलाद ही पैदा कर लो, अरे सोयें न तो का करें।

"देखो आँखन में नींद नहीं है, पर नवाब हैं भाई, अब इसी पर चार पनही जड़ दूँ तो दुनिया का कहेगी कि भजन अपने बेटे को मार रहे हैं। अरे नहीं पढ़ना लिखना तो कम-से-कम जाकर रोड पर दौड़-धूप ही करते।"

"न भजन काहे दौड़ेंगे जनाब। अरे बाप मास्टर हैं, पेट भर खाने को मिल जा रहा है तो सोच रहे हैं कि कुबेर का खजाना ही हाथ लग गया है। कभी ख़त्म ही नहीं होगा। अरे पहनावा नहीं देखते हो भजन ई आजकल के लड़कों का। साला बाल तो गर्दन पर चूता रहता है। अरे का गर्दन में जान होगा जब गर्दन को बाल ही ढका रहेगा तो।" चहेटन काका ने लगे हाथ आग में घी डालकर अपनी आज की चाय पक्की कर ली थी।

मैंने लेटे लेटे ही गर्दन पर हाथ फेरा। साला मन के किसी कोने में ख्वाब होने बावजूद भी बाल मिथुन और अजय देवगन की माफिक तो नहीं बन पाये थे। मन के किसी कोने में लहराते हुए बाल गर्दन के पास मुड़कर अँगूठी बने हुए थे, पर वास्तव में बालों में चल रही उँगलियाँ विष्णु कोच की माफिक कहीं फँस कर रह गयी थीं।

"ई नवाबी ज्यादा दिन नहीं रहेगी, बह बिला जाओगे आ कुक्कुर बिलार भी न पूछेंगे।" काका की शह पाकर भतीजा भी उछलते चले जा रहे थे।

लगा कि उठ जाने में ही भलाई है, नहीं तो अपने जिंदगी का पूरा कचरा ये लोग बउवा के ऊपर ढारते रहेंगे। उठकर बैठ गया। आँखें मलते हुए एक कोना खोलकर मौका-मुआयना किया। चापाकल के पास राय गुरूजी दातुन फाड़ रहे थे। चहेटन काका वहीं कोने में खाट के पास बैठकर चिलम सुलगाने का जुगाड़ कर रहे थे आ भजन मास्टर अपने रोयेंदार देह को खालिश सरसों के तेल से रगड़ रहे थे। मुझे तुरंत नरपत का पैबंद लगा पैंट याद आ गया। लगा बोल

दूँ साला देश की आधी से ज्यादा पब्लिक सब्जी छौंकने भर का तेल नहीं बटोर पाती है, आ ई देह को सोखता बनाये हुए हैं। लेकिन धरती पर भार बउवा बना नजर आ रहा है। एक लोग गाँजे का कश खींचने का जुगाड़ बनाते हुए किसी जमाने के महान संत पतंजलि के द्वारा सिखाये गये अनुलोम-विलोम में सिद्धि हासिल करने जा रहे हैं। साला गर्दन पर बाल आ जाने से गर्दन कमजोर हो जायेगा आ चिलम खींचने से करेजा पोढ़। दूर बैठकर दातुन फाड़ते राय गुरूजी की स्थिति महाभारत के भीष्म पितामह वाली लगती। साला सब जानते हुए भी भजन के अनाज का दोष निकाल रहे हैं। बिता भर का जीभ बाहर काढ़े राय गुरूजी जीभ पर से जो काछ्ने का प्रयास कर रहे हैं उ जरूर अन्नदोष ही है। कुछ भी हो राय जिउवा है बुद्धिमान मरद... का तरीका इजाद किया है। साला भीष्म को बता दिया होता तो काहे को तीर पर लटके रहते महीनों तक। लगता अभी जीभ काछकर आने के बाद राय जिउवा लताड़ देगा भजन मास्टर को। थोड़ा संतोष होता।

"अरे उठोगे भी कि घण्टा भर तीर घाट आ घण्टा भर मीर घाट।" भजन मास्टर तब तक गरज पड़ते।

लगता अब उठने में ही भलाई है। उठकर थोड़ी बेचारगी और थोड़े से मन के किसी कोने में उठते हुए गुस्से को जज्ब करते हुए चारों तरफ देखता, फिर चल देता चापाकल की तरफ बने हुए पगडण्डी की तरफ से, ताकि थोड़ी-बहुत सहानुभूति राय मास्टर की तरफ से ही सही, पा तो सकूँ।

"लम्बाई तो बढ़िया हो गयी है बउवा की भी।" भजन मास्टर थोड़े से प्रफुल्लित होकर बोलते।

"अरे तो लम्बाई से का होगा, लम्बा तो खरपतवा भी था, पर का हुआ। साला पूरे जवार में उससे लम्बा होगा का कोई, जहाँ जाता बहाली में साला कमान्डेंट आ एसपी बस उसे ही देखते रह जाते। लगता कि ई मरद आयेगा सेना-सिपाही में तो गरदा मचा देगा। पर का हुआ जानते ही हो न भजन, ससुर कहीं दौड़ भी न निकाल पाये... ऊपर से उ गया वाली भर्ती में ससुर गोबरचंद की तरह पलड़ गये आ धाँग दिया सब, आज तक करिहाँयं सीधा नहीं हो पाया।" चहेटन काका माहौल को सुधरता देख थोड़ा-सा ट्विस्ट किये मामले को।

मै जाते-जाते पलटकर देखा। लगा जाकर सुना दूँ बढ़िया से कि जाके अपने

आदऔलाद को बनाओ न गामा पहलवान, का हमरे दुवार पर आ जाते हो सुबह-सुबह। पर मेरी नज़रों ने भजन मास्टर के भाव को पढ़ लिया था, जो कहीं -न-कहीं अब मेरे पक्ष में आती दिख रही थीं।

"हाँ उ त बात है काका, पर बउवा का अभी उमिर ही का हुआ है; अगर साहब थोड़ा आलस्य छोड़ दें तो खरपतवा आ में आ भजन के औलाद में अंतर है। साला थोड़ा-सा फरक खून का भी पड़ता है, है कि नहीं राय साहब।" भजन मास्टर ने अपने बल्लियों पर तेल की मालिश करते हुए थोड़ा गर्व से पूछा।

"फरक... हाँ पड़ता ही होगा।" राय सर ने थोड़ा टालमटोल करते हुए बोला।

"देखिए राय साहब, अब जमाने का दस्तूर तो आपसे छुपा नहीं है, साला कौन है जो पूछता है बाभन-छतरी को... अरे सारा नोकरी-चाकरी सभ तो रिजर्भेसन खा गया है, ऊपर से पढ़ाई-लिखाई से का मिलेगा ई तो आपो जानते हैं। साला ई नोकरी चाकरी का हिसाब किताब, अब त मास्टरो बनने के लिए गिनो पाँच लाख, तबो कोई गारण्टी नहीं कि नोकरी भेटायेगा ही, मिलाजुलाकर सस्ती में एके नोकरी है। देह धजा ठीक है तो मेहनत करके एक ही नोकरी भेटा सकता है, पर साहब को देख ही रहे हैं, आठ बज गये पर खाट छोड़ने में मोह लग रहा है। अब भजन मास्टर को क्या जब तक जिनगी है खिला देंगे, फिर कोई देखने थोड़े न आयेंगे।" भजन मास्टर बोलते रहे आ हम वहीं अमरूद के पेड़ के पीछे अरहर के सूखे हुए गाछ का आड़ लेकर सुनते रहे।

"बात तो सहिए कह रहे हैं गुरूजी, पर आजकल के जवान लड़के हैं, उनकी अपनी सोच है आ अपना ख्वाब... ज्यादे बोलेंगे तो उलटा राह पकड़ लेंगे।" राय साहब थोड़ा सँभाल रहे थे।

"पकड़ लेंगे तो फोद से पकड़ लें, इसमे हमारा का जायेगा... अरे हमारी सुनेगे तो उनकी आराम से कटेगी, नाहीं तो मेहर जब चूड़ी-बिंदी मागेगी त खुदे बुझाएगा कि भजना ठीके कहता था।" भजन मास्टर पूरे फॉर्म में थे।

राय गुरूजी हँस पड़ते। चहेटन काका टिहकारी देते "ना भजन एकदम सही कह रहे हो; अरे अभी नहीं टाइट करोगे तो निकल जायेगा बउवा हाथ से, फिर कोई बाप-दादा का छोड़ा हुआ बावन बिगहा टोपरा कियारी तो है नहीं कि वही जोतकर गुजार लेंगे... अरे अभी मेहनत ना करेंगे तो फिर दिल्ली बाम्बे

जाकर लोहे की भट्ठी में देह तपायेंगे तब बुझायेगा कि झूठे ना बड़बड़ाता था भजना।"

राय गुरूजी भी सहमत होते "ठीक ही कह रहे हैं आपलोग, पढ़ाई-लिखाई अपनी जगह ठीक, पर स्वास्थ्य का भी अपना महत्व है... आ स्वस्थ रहता है स्वस्थ्य शरीर में। इन सबके लिए जरूरी है नियमित व्यायाम। व्यायाम के बिना शरीर अन्दर से कमजोर होने लगता है और गुप्त तरीके से रोगों का रहवास हो जाता है, सो जरूरी है कि नियमित व्यायाम किया जाए।"

भजन गुरूजी व्यायाम हेतु तरीके का निर्धारण करते।

"अगर थोड़ा सा पुशअप्स मारेगा तो सीने का फुलाव बढ़ेगा, बाकी डम्बल और बिम्ब खींचने के लिए वहाँ पोल पर एक बाँस बाँध लेगा सही रहेगा; जानते हैं अधिक लड़के सीना का फुलाव न होने और बिम्ब न खींच पाने के कारण बहाल नहीं हो पाते हैं, बउवा को रोज ई सब काम करना होगा नियमित।"

"अब करम तो इन्हीं को न करना होगा, बाकी सपोर्ट के लिए हम राखे ही हैं बचाकर लाख डेढ़ लाख।" भजन मास्टर बोलते।

चहेटन काका जोड़ते "अरे ई अँगरेजी कसरत से बदन में जान न आयेगी भजन; देह में धातु की जरूरत होती है आ धातु मिलता है मिट्टी से, सो जरूरी है कि देह में मिट्टी रगड़ाये ताकि जवानी दुरुस्त रहे।"

पास में ही बँधा बैल गर्दन हिलाकर हामी भरता। उसके शरीर के ढाँचे में अब पसलियाँ भर शेष रह गयी थीं। एक ज़माना था जब यही बैल भजन मास्टर के दुवार की शान हुआ करता था।

पर अब पशुओं की जरूरत ही कहाँ रह गयी थी। हल जोतने के लिए ट्रैक्टर, दवरी करने के लिए ट्रैक्टर... बैल बस किनारे बैठे पगुराते रहते। धीरे-धीरे बछड़ों की कीमतें, उनकी विशेषताएँ सबकी उपयोगिता से शून्य हो चली थीं। जमाने को बदलते हुए मैं खुद भी देख पा रहा था, नहीं तो दवरी में चलने के लिए धवला से बेहतर कोई बैल नहीं था गाँव में। एक बार मेहियाँ बनाकर नाध दो, फिर घूमते-घूमते आप थक जायेगे पर बैल नहीं थकेगा। चहेटन काका बताते, साला जनमा का बैल पत्थर का कलेजी चाटा है, उसको कोल्हू में पेल दो तो खरी से भी तेल निकाल दे। मैं अपने बाप से पूछता कि ई पत्थर का कलेजी क्या होता है? भजन मास्टर भड़क जाते, माधरच्चो पढ़ाई वाली बात नहीं पूछेंगे पर पत्थर

के कलेजी मे बहुत रुचि है। मै भुनभुनाते हुए चल देता। अरे नहीं आता तो कह दें नहीं आता, अब हर बात-बेबात में गाली कोई अच्छा थोड़े न लगता है। भरत गुरुजी तब मेरे मन में उफनती जिज्ञासा को शांत करने के एकमात्र स्रोत होते। भरत गुरुजी अर्थात राय मास्टर साहब... सच पूछिए तो इनसाइक्लोपीडिया थे। उन्हीं से पूछता ई पत्थर का कलेजी क्या होता है? गुरुजी बताते, बाबू जैसे हमारा तुम्हारा पूरा जान हमारे कलेजे में होता है बिलकुल वैसा ही समझो। पूरे पत्थर में जहाँ कहीं भी जानदार चीज होती है उ गर्मी बरसात में रिस-रिसकर एक जगह इकठ्ठी होती है, तब कोई काला भूरा रंग का पदार्थ बन जाता है, उसी को शास्त्र में शिलाजीत कहते हैं।

"तो बैल पत्थर क्यों चाटता है? " मैं राय गुरुजी की तरफ देखता।

"नमक, नमक बहुत जरूरी चीज होता है मवेशियों के लिए, वो उसी नमकीन स्वाद के लिए पत्थर चाटते हैं।"

"पर धवला, उ त यहीं घर पर ही बँधा रहता है न, फिर उसे शिलाजीत कैसे मिलता है? "

आश्चर्य होता ताकत बढ़ाने वाली पत्थर की कलेजी, साला धवला को मिल गया, हम मुँह ताकते रह गये... जबकि वह चीज यहीं घर पर ही थी कहीं। अरे दिखाई देता तो वो भी चाट लेते।

"ई जो मवेशियों को सालों भर घर भीतर बाँधने वाली प्रथा है न ई बहुत टटका है, अभी कुछ साल पहले तक खेती का सीजन बीतने के बाद मवेशियों को झुण्ड में ऊपर पहाड़ चढ़ा दिया जाता था। लोग बाग बारी-बारी से जाते। पूरे आठ दस गाँव के मवेशी एक झुण्ड में वहीं पहाड़ के ऊपर चरते रहते, उसी समय चाट लिया होगा। "

गुरूजी जिज्ञासा शांत करने की कोशिश करते। दिमाग घूम जाता। तब तक मुझे लगता था पहाड़ की चोटी कोई नुकीली-सी चीज होगी, बिलकुल ब्लेड जैसी... पर अब झुण्ड के झुण्ड मवेशी, पत्थर की कलेजी, मुझे कुछ समझ नहीं आता। वापस घर की तरफ चल देता, जहाँ ओखल में गर्म-गर्म धान के ऊपर मूसल बरस रहे होते। मधुर-मधुर गीत, चूड़े और कड़ाह में भूँजाते हुए, भीगे हुए धान की खुशबू। मुझे नया काम मिल जाता... सूप लेकर कड़ाही के सामने खड़े होने का, फिर लावा जैसे फूटते हुए गर्म धान को ले जाकर ओखल में डालने

का। फिर धान के ऊपर लगातार किसी म्यूजिकल अंदाज में मूसल गिरने लगते। धान का लट्ठा न बने, इसलिए बीच-बीच में खोरनी से खोर दिया जाता। थोड़ी देर में मजदूरी के रूप में गर्म चूड़ा पा जाता। फिर चल देता पत्थर के कलेजी के खोज में। तब तक दरवाजे पर भजन मास्टर भेंटा जाते। जब देखो तब दस सेर हुरना और फिर पूरे गाँव की चौहद्दी नापना; पढ़ना-लिखना तो जानते ही नहीं हैं जनाब। लगता ई यम के कपार पर खड़े हो जाते हैं। मजबूरी में बाहर वाले कमरे के पास किताब लेकर बैठ जाता। ऊपर ताखे पर रखी डिबिया मुझे आकर्षित करती। डिबिया के ऊपर बना हुआ रंगीन चित्र, कुछ-कुछ स्याह पृष्ठभूमि में आग की लपटें जैसी दिखाती हुई, आमने-सामने से चिपकी हुई एक पुरुष और एक स्त्री की आकृति। अक्षरों को जोड़कर पढ़ने की कोशिश करता "शिलाजीत गोल्ड"। राय गुरुजी ने क्या बताया था जोर डालता, शिलाजीत हाँ यही। लगता तो यह बात है ई भजन मास्टर ई गुल खिला रहे हैं, अपने पत्थर की कलेजी चाट रहे हैं। आ हम दू मुट्ठी चूड़ा लेकर जा रहे थे तो गरज दिये। मैंने निष्कर्ष निकाला कि वो सिर्फ इसलिए बड़ियार हैं क्योंकि वो चाट लिया करूँगा तब मेरे अंदर भी ताकत होगी, फिर बोल के देखेंगे बच्चु!

तब कोई पाँचवीं क्लास में था जब की ये घटना है। किसी मौके पर स्कूल में खेलकूद-प्रतियोगिता का आयोजन हुआ। तब तक मैं खेलकूद के हर मुकाबले में चंद फासले से जीत से दूर रह जाता था। पर गुरुजी की तरफ से सूचना प्राप्त होते ही मैंने यह निष्कर्ष निकाला अगर किसी तरह कुछ ताकत बढ़ा लिया जाये तो मुकाबले को जीता जा सकता है, सो गुरुजी को एक उँगली से इशारा किया। गुरुजी किसी काम में व्यस्त थे, लगा कि ऐसे तो गड़बड़ा जायेगा काम, सो जोर से बोला "गुरुजी पिशाब लगा है जाऊँ!"

"ई भजन मास्टर की कोख से बैले पैदा हो गये क्या... अरे पिशाब करना है तो जाओगे नहीं तो क्या गुरुजी के कपार पर मूतोगे, भाग जाओ!" गुरुजी चिंघाड़ उठते।

भागता तेजी से घर की तरफ' फिर बेहूड़ी में रखे गोरस में से मलाई के साथ एक कटोरा दुध और उस दिन का उड़ाया हुआ पत्थर की कलेजी, सब एक साँस में गट कर जाता। अब वापस विद्यालय की तरफ मुखातिब होता था। सँभल सँभल के डग बढ़ाता हुआ... मुझे लगता कि सारी ताकत रास्ते में खत्म हो गयी तो दौड़ में क्या लगाऊँगा, सो अंतिम उद्देश्य दौड़-प्रतियोगिता तक ताकत बचा

के रखना होती थी। खैर बचते-बचाते विद्यालय कैम्पस में दाखिल हुआ। गुरुजी स्वागत के लिए तैयार थे। ये मेरे ही किये की सजा कम थी, भजन मास्टर के कर्मों का फल ज्यादा। हुआ ये था कि सीताराम मास्टर के नाती को भजन मास्टर दो तीन दिन पहले ही तीन-चार बाती जड़ दिये थे, उसी दिन से खौराये सीताराम मास्टर ताक में थे कि जब तक तुम्हारे बेटे को नहीं जड़ेंगे कलेजा ठण्डा नहीं होगा... सो आज मौका भी था, दस्तूर भी था और विद्यालय कैम्पस में बेहया ऐसे ही मौकों के लिए लहलहा रहा था ताकि सीताराम मास्टर, भजन मास्टर का बदला ले सकें और उन लोगों की प्रतिशोध की अग्नि में मेरा चूतड़ लाल हो सके। सो साजिशन आधा शिलाजीत तो सीताराम मास्टर ने मेरे चूतड़ पर दो बेहया की बाती तोड़कर निकाल लिया। मैंने भी छोड़ा नहीं, खूब गरियाया, सीताराम मास्टर को। पर समझ में आ रहा था कि ज्यादा गरियाने में शक्ति खर्च देंगे तो दौड़ने के लिए ताकत नहीं बचेगी। काहेकि माई कहती थी कि मर्द आदमी को हर बखत गुस्सा नहीं शोभता है, इससे खून जलता है, सो मैंने गुस्सा त्याग दिया। गाली मुँह से निकालने की जगह मन से निकाले। फिर दौड़ की बारी आयी, पूरी ताकत लगाकर दौड़े। सरपट भागे जा रहे थे, ऐसे जैसे कभी नहीं भागे हों। मन में मग्न थे कि पत्थर की कलेजी ने काम किया है। मुँह ऊपर की तरफ, एकदम टारगेट के पास था मैं। भजन मास्टर को भी लग रहा था कि कोई शेर का बच्चा पैदा किये हैं। वो अपनी मुस्कुराहट छुपाते हुए सीताराम मास्टर की तरफ देखते। एक सीताराम मास्टर से ही उनका ज्यादा कम्पटीशन था। सीताराम मास्टर आँखें बंद किये कुछ सोच रहे होते। तब तक शोरगुल सुनाई देता। मुझे लगता, हवा में उछलते हुए उड़ रहा हूँ जैसे। "साला ठोकर लग गया" माथा भन्ना जाता। एकदम कगार पर तो पहुँच गया था। पत्थर के कलेजी में सही में जान होती है। ऐसा सोचते हुए उठता तब तक और कई लोग विजेता बन चुके होते। मुँह से बाहर कुछ गर्म तरल पदार्थ निकल रहा होता, पीछे चूतड़ पर दर्द की कुछ रेखाएँ उभर आतीं। उठकर वापस सड़क की तरफ चल देता, हाथ में बेहया की एक बाती लिये हुए। कोई चार बजे सीताराम मास्टर साइकिल के कैरियर पर अपने नाती को बैठाये जोर-जोर से बजरंगबाण का पाठ करते हुए चले जा रहे थे। मार्ग रोक खड़े हो जाते। मास्टर साहब पैडल और तेजी से मारते, लग जाता कि रोकेगा नहीं मास्टरवा। सोचते पीछे से जमा देते हैं या पत्थर ही मार देते हैं, पर लगता कुछ मजेदार करते हैं सो पूरी की पूरी बाती गुरुजी के पहिए के बीच ठेल दिये। एक

साथ दर्जनों तीलियाँ शहीद हो गयीं। गुरुजी जब तक ब्रेक लेते रूकते, तब तक मैं फरार हो चुका था। गज़ब मजा आ गया।

यादों की पूरी बरात समक्ष आ जाती बूढ़े धवला को देखकर। जाकर प्रेम से उसके देह पर हाथ फेरता। वर्षों से प्रेम का भूखा-प्यासा धवला, स्पर्श को महसूस करता और आनंद में विभोर हो जाता।

"देख रहे हैं न राय साहब जनाब को, बिस्तर से उठे तो जाकर बैल का पेल्हड़ थामकर बैठ गये।" भजन मास्टर गरज पड़ते।

मैं गुस्से में एक बार पलटकर देखता और मन में गुनता "साला भावनाओं की कद्र ही नहीं है यहाँ किसी को।"

फिर चल देता सरसों के खेतों के बीच रात वाली बाटी-चोखा के मिश्रण का विसर्जन करने। दिमाग में बैठी दिव्यवा सरसों के खेतों के बीच लहराती हुई दूर तक चली जाती।

पढ़ाई-लिखाई वैसे भी धेले भर की भी नहीं होती थी यहाँ, पर था तो विद्यालय ही न, सो सरकारी फरमानों और विद्यमान प्रक्रियाओं के आधार पर यहाँ से कम-से-कम दो तरह के सनद तो बँटते ही थे... एक जो थोड़े लायक होते, उनको मैट्रिक पास वाला बिहार शिक्षा बोर्ड की तरफ से जारी प्रमाणपत्र जारी किया जाता, आ दूसरे जो थोड़े नालायक होते, उनको नन मैट्रिक वाला सनद जारी किया जाता। वैसे इहाँ से मैट्रिक की जगह पर नन मैट्रिक वाला सर्टिफिकेट का डिमाण्ड ज्यादा रहता और इसे जारी करने वाले कृपालु पदाधिकारी किरानी महोदय होते। वैसे भी किरानी महोदय कहने भर को किरानी थे, नहीं तो मुँह भर पान भरकर आ खद्दर का कुर्ता पायजामा झाड़े हुए किरानी साहब के सामने गुरूजी लोगों का कद भी ठिगना लगता। वैसे भी काशी पाण्डेय कहने भर को हेडमास्टर थे यहाँ के, उनकी अनुपस्थिति में यहाँ का राजकाज किरानी महोदय ही तो सँभालते थे।

सो बिहार सरकार ने भले हाईस्कूल तक की शिक्षा की शुल्क मुक्त घोषित कर रखा था, पर यहाँ बिना शुल्क के है मजाल जो कोई काम हो जाये। नाम लिखवाने से लेकर नाम कटवाने तक सबका अपना-अपना शुल्क नियत था। बढ़ती हुई महँगाई से ज्यादा तेजी से तो यहाँ शुल्क में बढ़ोतरी होती। सनद काटने का, बोर्ड से जारी पास फेल के मार्क्स शीट प्राप्त करने का शुल्क भी किरानी

साहब ही वसूलते और दोपहर में किसी लड़के को बुलाकर राजू पान दुकान वाले को गरमागरम पकौड़ी और 'चाह' ले आने का सन्देश पठा देते। गुरूजी लोग चाय-पकौड़ी का आनंद लेते, किरानी साहब राज पाट चलाते।

कभीकभार इस विद्यालय के हेड सर भी अपनी राजदूत फटफटाते हुए आ धमकते। उनके सामने बड़े-बड़े रजिस्टरों का जाल बिछा दिया जाता। सिल्क के गमछे से पसीना पोंछते हुए बोलते रहते आ दस्तखत बनाते रहते ।

"जानते हैं राय साहब ई हेडमास्टरी जो है न, उ करम कूट है, करम कूट; साला महीने भर कभी भभुआ कभी पटना में गाड़ ठेठाओ आ फिर एक दिन विद्यालय पहुँचो तो ई किरानी साहब लाद देंगे कपार पर मन भर रजिस्टर, लो छापो दस्तखत।"

"अरे त ई करम कमाई न है गुरूजी; आपकी जो आपके कलम में इतना ताकत दिया है बरम्ह बाबा ने, नाही त एक से एक होनहार घूम रहे हैं, है किसी के किस्मत में कि लाल कलम चला दें।" किरानी साहब मुँह ऊपर करके पान की लाली सँभालते हुए बोलते।

तब भी पान एकाध बूँद टपककर दोनों तरफ गालों पर आ ही जाता। राय मास्टर साहब हँस देते। तब तक कुछ बच्चे आकर तन कर खड़े हो जाते।

"क्या हुआ भाई, इतनी भीड़ क्यों लगाये हुए हो?" किरानी साहब पूछते।

राय मास्टर साहब हाथ में खल्ली डस्टर पकड़े हुए, एक हाथ से धोती का छोर पकड़ कर चल देते क्लास लेने। वैसे भी इस विद्यालय में क्लास दो ही जन लिया करते थे, एक राय मास्टर साहब आ दूजे सर्वानन्द शास्त्री जी... बाकी हाजिरी तो अँगरेजी वाले ठाकुर सर की बरोबर रहती थी। बस उनके पढ़ाने का तरीका बहुत अव्वल दर्जे का होता इसलिए पढ़ाई कम आ हुड़दंग ज्यादे होता, इसीलिए वो अक्सर राजू पान दुकान की तरफ निकल जाया करते थे।

"गुरूजी वो टीसी लेना है टीसी!" बच्चे आवाज देते।

"चलो सबलोग बाहर खड़े रहो, इहाँ भीड़ लगाओगे तो किसी और के बाप का नाम किसी और के कागज में चढ़ जायेगा, फिर खोजते रह जाओगे हेड सर को।" किरानी सर ने पान की पीक थूकते हुए आवाज दी।

बच्चे किन्ही आदर्श छात्रों की तरह बाहर खड़े हो गये।

शिक्षण-दीक्षण वहीं पंख समेटकर किनारे की खिड़की पर पड़े रहते। हेड गुरूजी सामने रखी फ़ाइल की तरफ नजर दौड़ाते।

"मास्टर साहब! अरे हम कह रहे थे कि ई जो चालीस रुपये फ़ीस रखे हुए हैं न टीसी की ई ठीक नहीं है, हिसाब-किताब बैठाना बहुत मुश्किल हो जाता है ऐसे में।" किरानी साहब गमछे से मुँह से बाहर निकल रहे पान को पोंछते हुए बोलते।

"तो चाहते क्या हैं?" हेड सर ने चश्मे को नाक पर थोड़ा ऊपर चढ़ाते हुए बोला।

"अरे हम छोटे आदमी हैं मास्टर साहब, हमारे चाहने से क्या होता है भला, हम तो बस दुःख रख रहे थे अपना।" किरानी साहब भौहों को थोड़ा-सा अजीब-सा घुमाव देते, मुँह को टेढ़ी आकृति प्रदान कर ऐसे बोलते जैसे हेड सर के सामने बात छेड़कर बस टोह लेना चाह रहे हों।

"भाई देखिए, मानते हैं कि सबके पीठ के साथ पेट जुड़ा हुआ है, पर पेट को उतना ही बड़ा करिए जिससे दूसरों की नजर आपके पेट पर न गड़ जाये।" हेड सर मुस्कुराते हुए बोले।

"जी ये बात तो हइये है।" किरानी साहब चुप हो गये। हेड साहब ने बात को ताड़ लिया था।

"अरे लाइए वो रजिस्टर बढ़ाइए इधर, साला मेरा तो बस दस्तखत बनाने में ही प्राण निकल जायेगा।" हेड सर संवाद नहीं टूटने देना चाहते थे।

"वही तो कह रहे थे तो आप पता नहीं कहाँ से उपदेश देने लगे।"

"अरे आप कह रहे थे तो हम भी समझ रहे हैं भाई, लेकिन जरा सोचिए ई सब जो बच्चे इहाँ पढ़ते हैं, सब गरीब-गुरबों के बच्चे हैं, इनके लिए आपके टीसी के वही चालीस रुपए ही ज्यादा पड़ता होगा आ आप बढ़ाने की बात कर रहे हैं।"

"मास्टर साहब हम कौन से अपने लिए खाली कह रहे हैं, अब आप खुद को देखिए, महीने में दस चक्कर ये फटफटिया भभुआ तक दौड़ाते हैं, का सरकार पैसा देती है उसका... नहीं न और न ही आप अपने काम से ये खून जलाते हैं। और किसकी गरीबी की बात कर रहे हैं मास्टर साहब! इन सालों की मजदूरी चालीस रुपए रोज की हो गयी है। वो भी नौ बजे काम पर आयेंगे, तीन घण्टा भोजन बनायेंगे, आ शाम ढलने से पहले ही चल देंगे; अगर इन सबों का वहाँ

खून जलता है तो हम भी इतना रजिस्टर भरते हैं, तब जाकर ये टीसी देते हैं, आ कौन-सा इनसे कह रहे हैं कि कलेजा काढ़ लीजिए।"

"तो क्या चाहते हैं बताइए"

"अरे चाहते तो हैं कि कम-से-कम सौ तो पूरा कर ही लीजिए, लेकिन न करेंगे पता है, धरमी भी तो बनकर रहना है आपको, भले काशी को आ किरानी को कोई न पसंद करे इहाँ... तो कम-से-कम पचास तो कर ही दीजिए, ई चिल्लर बटोरने से पीछा छूटे।"

"चलिए ठीक है भाई मान लिये।"

"मान लिये तो आपका भी भला है इसमें, दस में से पाँच तो आप ही के जेब में जायेगा न।"

"नहीं भाई, अच्छा छोड़िए; आपको ई तो पता है न कि सासाराम में हम अपने बाबूजी के नाम पर एगो विद्यालय खोले हैं।"

"हाँ पता तो है।"

"लेकिन यार ई लकड़ी-ओकड़ी का बड़ा दिक्कत है, आ जब बच्चों के गार्जियन फ़ीस देंगे तो जमीन पर बैठा के पढ़ाना अच्छा नहीं लगता।"

"तो हम तो बोले ही थे कि उ जो आठवीं क्लास में बेंच डेस्क पड़ा हुआ है, उठवा ले जाइए तो आप ही तो हरिश्चन्द्र बन रहे थे।"

"लेकिन भाई बवाल हो जायेगा तब।"

"अरे कोई बवाल नहीं होगा, वैसे भी इहाँ पढ़ने कौन आता है मास्टर साहब, सबकी बस ख्वाहिश होती है कि मैट्रिक भा नन मैट्रिक सर्टिफिकेट का जुगाड़ हो जाये फिर जाकर कहीं राइफल, कट्टा थाम लें; इस पार भा उस पार, नाहीं त दिल्ली बाम्बे का ट्रेन सरकार इन्हीं लोगों के लिए तो चलाती है।"

"हाँ तब भी।"

"कुछ भी अब तब नहीं गुरूजी, निकाल ले जाइए सब, बोल दिया जायेगा मैट्रिक का सेंटर बनाने के लिए जा रहा है, डीएम का आदेश हुआ है; अब किसी की मजाल है का मास्टर साहब जो डीएम के आदेश के नाम पर भी बवाल कर दे, वैसे भी इहाँ सबके मूलाधार पत्थर पर रखाने के ही आदी हैं, बेंच डेस्क का कोई मतलब है इहाँ, वो भी आठवीं क्लास में।"

काशी पाण्डेय मुस्कुराये, लगा साला किरानी है काम का आदमी, किरानी साहब भी मुस्कुराये, सोचे साला बाभन कान सीधा नहीं पकड़ना चाहता। बाहर आकर मुनादी कर दिये लगे हाथ "जिसको जिसको टीसी चाहिए वो आकर पचास रुपए जमा कर दे और हाँ आज हेड सर आये हैं तो टीसी मिल जायेगा, अगली बार फिर कब आयेंगे भरोसा नहीं।"

बच्चे अपनी अपनी जेब टटोलने लगे। कइयों के पास चालीस से एक टका भी ज्यादा नहीं था। कइयों ने अनुनय-विनय किया। किरानी सर ने झिड़क दिया कि कोई साह जी की दुकान थोड़े न है, अरे एक एक रुपये का हिसाब सरकार के खजाने में जमा कराना होता है। फिर मामला इस समझौते पर तय हुआ कि जो चालीस जमा कर देंगे उनकी टीसी साइन करा के किरानी साहब अपने पास रख लेंगे, वो जब चाहें शेष जमा करा के टीसी ले जा सकते हैं। इस तरह पाठशाला एक कुशल नेतृत्व में चलती रही।

वो मुहब्बत की पहली पेग

तरह-तरह के पुष्पों से गुच्छित वृक्ष पर छिटकती चाँदनी, दूर आकाश में चमकता शुक्र और पूरी रात एक अजब सुर में राग अलापता झींगुर, इन सब के साथ दूर-दूर तक फैला घना जंगल और संगीन थामे हम। मन बरबस ही मुहब्बत के उस अकथ से दौर की तरफ खिंच जाता है। तब नया-नया तो गया था अपने तथाकथित पाठशाला में। एक अजब-सी बेचैनी होती है जब आप मध्य विद्यालय की सरहद लाँघकर उच्च विद्यालय के प्रांगण में दाखिल होते हैं तो एक मुक्त हो जाने जैसा भाव और तरह-तरह की कल्पनाएँ... लगता है आगे जो संसार हमारा इन्तजार कर रहा है, उसमें कुछ अलग अद्भुत आनंद होगा। तब न शरीर के अन्दर हो रहे उन परिवर्तनों की जानकारी रहती है न ही कोई खाका ही, लेकिन फिर भी इतना तो लगता ही था कि मध्य विद्यालय के उस पार जो उच्च विद्यालय है न वहाँ एक बड़ा-सा लौहचुम्बक रखा हुआ है जो हमलोगों को बारम्बार उस प्रांगण की तरफ खींच ले जाता है। इसे संस्कारशाला से मिले हुए संस्कार का नतीजा कहिए या उस चुम्बक की शक्ति कि हमारे कदम पहले भी बरबस ही उस प्रांगण की तरफ सौन्दर्य अवलोकन हेतु खिंच जाते थे। वहाँ कोने में एक बड़ा-सा रूम था जो ख़ास तौर से गर्ल्स वार्ड कहा जाता था। इसे यह नाम किसने दिया था नहीं पता, लेकिन ऐसा जान पड़ता था उस कक्ष से कोई तिलस्मी खुशबू हवा में घुलती हो जैसे। आसपास जाकर खड़े रहो या उधर से गुजर बस जाओ, शरीर में एक अजब-सा भाव पैदा हो जाता था... जिसे नाम क्या दें हमें न पता था। लेकिन भाव ज्ञात हो या अज्ञात,सुखद होने की अनुभूति तो हो ही जाती है न...नहीं तो बारबार उस तरफ चले जाना और फिर भरत गुरूजी की नजर हम पर आके टिक जाना। मुझे सहज ही अंदाज हो गया था कि अब आगे क्या होना है। गुस्सा भी आया था भरत गुरूजी पर, लगा था चलके पाँव पकड़ लें, लेकिन तब तक स्वाभिमान आड़े आ गया, लगा जाने दो क्या ही कर लेंगे... अरे जाकर कहेंगे भजन मास्टर से आ फिर वहीं भजन मास्टर की घिसी-पिटी

पनही आ हमारा सर, बस इतना ही न! लगभग अनजान बनते हुए हम निकल लिये थे। तब तक गर्ल्स वार्ड के अंदर से जोर की खिलखिलाती हुई हँसी गूँज पड़ी थी... ऐसा लगा था सब हम पर ही हँस रही हैं। बउवा की बेइज्जती बउवा ने खूब समझा और निकल लिया था इस संकल्प के साथ कि कभी तो वो समय आयेगा जब वो भी इस उच्च विद्यालय का छात्र होगा, तब वो मन भरकर इस आनंद को ग्रहण करेगा। सो अब पहला मौका आया था कि मैं बाकायदा सनद प्राप्त कर उच्च विद्यालय का छात्र बना था। गणतंत्र दिवस का आयोजन वो पहला दिवस था जब मैं पहली बार अपने उच्च विद्यालय में बालों में कंघी किये हुए, पिंकिया के सेंट में से थोड़ा-सा इत्र अपने शर्ट में चुपड़कर पूरे आत्मविश्वास के साथ विद्यालय के प्रांगण में था।

आज अलस्सुबह जो एक बदलाव हमें महसूस हुआ था वो ये था कि साल भर पहले तक २६ जनवरी का जो भूत कपार पर चढ़ता था वो नदारद था। गाँव भर के बच्चे प्रभात फेरी करते हुए निकल गये "उठ जाग मुसाफिर भोर भई अब रैन कहाँ जो सोवत है।" बीच-बीच में आवाज आती रहती कि पंडित नेहरू अमर रहें, महात्मा गाँधी अमर रहें, भगत सिंह जिंदाबाद, सुभाष चन्द्र जिंदाबाद। हम करवट बदलते रहते। साल भर पहले तक हम भी इसी बालमंडली का हिस्सा हुआ करते थे। साला अलस्सुबह तक पहाड़ी के नीचे वाले बकुलिया बाबा तक जाना और रात अँधेरे में फूल-कोढ़ी सब नोच ले आना। कम्पटीशन ये होता कि कहीं ठाकुर गाँव के बच्चे पहले आकर सारा फूल न तोड़ ले जाये। उनके वाले झण्डे पर ज्यादा फूल चढ़ना मतलब बड़वा टोली की हार। कई बार महाभारत तक घटित हो जाता। मैं लाल कनेर का फूल सबसे ज्यादा तोड़कर ले आता। उससे भी पहले बचपन में कागज के रंग-बिरंगे झण्डे और उस पर लिखे नारे। पर वो बचपना था... अब हम बड़े हो गए हैं। हाईस्कूल श्री नेहरू उच्च विद्यालय का छात्र साला सुबह-सुबह फेरी लगाये का मतलब। लगता वक्त ने करवट ली और हम समझदार हो गये। तब तक दिल से एक तरंग उठता और पूरे शरीर में लहराकर फ़ैल जाता। लगता आज तो उच्च विद्यालय में प्रवेश का दिन है। तब तक कोई खूबसूरत-सी अनुकृति खिंच जाती। हवा में एक अजब-सा सुगंध महसूस होता। भजन मास्टर के खजाने का सबसे बेहतर तकिया गर्दन के नीचे से निकलकर कब अंकशायिका की स्थिति में आ जाता पता ही नहीं चलता। तब तक एक अपान मार्गी प्राकृतिक शंख की ध्वनि पूरे बैठक में गूँज जाती।

साला पूरा ख्वाब एक अजीब-से गंध के मध्य धुँधला हो जाता। अभी-अभी जो अनुकृति बनी थी किसी टू-पीस पहनी हुई, हाथ में छतरी ली हुई लड़की की, उसके ऊपर एक अजीब-सी बदली छा जाती। एक घोर निराशा मन में घर कर जाती। चहेटन काका जोर-जोर से राम-राम-सीताराम का अलाप लगाते। बाहर कोई लोटा लेकर तेजी से बढ़ते हुए बोलता "साला अन्त समय में खर-दूषण भी राम भज लिया था।"

चहेटन काका राम को किनारे रखकर काम का दण्ड जुबान पर ला कर लोटाधारी के खानदान के स्त्री सदस्यों के नाम से एक बड़ा मन्त्रनुमा जाप सुना डालते। राय मास्टर साहब हँसते हुए उठते और बोलते का काका आप भी न बच्चों की बातों को लेकर बैठ जाते हैं। चहेटन काका शांत होते हुए भी बोल ही देते "बच्चा नाहीं फोद हैं हमारे, माई पता नहीं कौने जात के यहाँ जाकर जामी है आ चले आते हैं बोलबाजी करने राम-राम की बेला में।"

राय मास्टर साहब हँस देते कि जब तक आप स्वस्तिवाचन करते रहेंगे लोग लिहाड़ी लेते ही रहेंगे। मैं मन-ही-मन बरम्ह बाबा को आध सेर गुड़ही की मनौती मान लेता कि हे बरम्ह बाबा उस अनुकृति को प्रगट कर दो।

बच्चे भगत सिंह और गाँधी बाबा को एक साथ अमर करके चले आते और मैं धुंधली आकृति पर अटका हुआ झाड़ा फिरने निकल जाता। उधर से एक चक्कर विद्यालय का चक्कर काटते हुए निराश वापस आ जाता कि साला सुबह हो गया पर कोई चहल-पहल ही नहीं दिखाई दे रही है। क्या पता अबकी २६ जनवरी मनायेंगे भी कि नहीं।

तो उत्सुकतावश या देशभक्ति कह लीजिए हम सुबह साढ़े सात बजते बजते श्री नेहरू उच्च विद्यालय के प्रांगण में थे, वो भी जतरा बनाने वाले शगुन वाला लाल दही और गुड़ में लिपटे हुए चुड़ा का आहार ग्रहण करने के उपरांत। दही-गुड़ वाले टोटके पर उस दिन मेरा विश्वास तब और प्रगाढ़ हो गया जब टू-पीस पहनी हुई वो लाल फ्रॉक वाली लड़की आज स्कूल के मैदान के एक किनारे वाले आम के पेड़ के नीचे बालिकाओं के झुण्ड में खड़ी दिखी। भोर का स्वप्न साकार होता हुआ दिखा था जैसे। पर छतरी तो नहीं है उसके हाथ में। लगता धत तेरे की, बउचट का बउचट ही रह गया मैं, अरे छतरी का क्या करना है भला। तो क्या मतलब बरम्ह बाबा ने हमारी सुन ली। तुरंत मेरा कलेजा धकाधक खून पूरे शरीर को पम्प करने लगा था। माथे पर पसीने की बूँदें और एक अजीब

-सी घबराहट। ये भाव पहली दफा मुझे महसूस हुए थे, समझ में नहीं आया था कि क्या करें। साथ में आये राहुल ने चुटकी लिया था।

"का बउवा सपना-ओपना देख लिया क्या।"

मुझे लगा मेरे सपने वाली बात इसे कैसे पता चली। जोर से खिलखिलाती वो लड़की... ऐसा लगा जैसे उसके खिलखिलाहट के साथ ही आम के पेड़ की टहनियाँ झूम उठी हों। लगभग स्थिर से वायुस्तम्भ में एक तरंग-सी उत्पन्न हुई और पवन देवता मुझे स्पर्श करते हुए निकल पड़े। एक अजब-सी सुगंध अजब से भाव साथ-साथ महसूस हुए।

"क्या बउवा क्या लगा के आये हो भाई?" राहुल पूछता।

"लगता है पंडित पूरी मजमुआ की शीशी ही उलट आया है आज।" छोटन लिहाड़ी लेता।

"नहीं भाई ऐसा तो नहीं है।" मैं घबराहट में बोलता। नजरें इधर-उधर हटाता, लगता लोग भाँप न जायें। कितनी शर्मिंदगी होगी कि बिना किसी लाज हया के मैं लड़की देख रहा हूँ। लेकिन मन बरबस हमारी ग्रंथियों को अपने वश में कर लेता है। मुँह दक्षिण की तरफ, नजर पूरब की तरफ, नजरों की इस क्षमता के बारे में अभी तुरंत-तुरंत ही अंदाज लगा पा रहा था मैं। सहसा उधर से भी नजर उठती। कुछ देर के लिए आँखों की पुतलियाँ ठहर-सी जातीं। पहली बार ऐसा लगता कि बिना तारों के भी करंट दौड़ सकता है। लगभग अपने आपको अस्थिर सा पाता। समझ में नहीं आता क्या करूँ कैसे छुपाऊँ? बस बरम्ह बाबा को पाँच सेर लड्डू की मनौती मान डालता। फिर लगता लेकिन मनौती किस चीज की, अरे अभी तो बालिका से बात तक भी तो नहीं हुई। क्या पता किसी और से उसका चक्कर हो तो। साला एक तो ये चक्कर होता क्या है चलता कैसे है ये भी नहीं पता न हमको... तो मनौती किस चीज की माननी है। दिमाग सुन्न हो जाता। मन किसी विजयी भाव से मान लेता "हे बरम्ह बाबा हमारा इसी लड़की से चक्कर चला दो हम दस सेर गुड़ही लड्डू चढ़ायेंगे।"

सारे लड़के लड़कियाँ पंक्तियों में लग जाते, हम साला वहीं के वहीं पत्थर बन जाते। तब तक कानों में महाभारत के भीम की तरह एक बलिष्ठ आवाज पड़ती "का शिवबाबू! तुम्हारे लिए भजन गुरूजी को बुलाकर नेवता पठाना पड़ेगा क्या ।"

देखते राय मास्टर साहब मेरी तरफ आवेशित नजरों से घूरते हुए बोल रहे हैं। आम के जिस पेड़ के नीचे थोड़ी देर पहले कोई ख्वाब खड़ी थी, वह तो अकेला खड़ा है, वहाँ अब कोई नहीं था। काठ मार गया... लगा ये क्या माया है। तो क्या बेवजह का ख्वाब बुन डाला था मैनें एक मायूसी छा जाती। चुपचाप चल देता ध्वजस्तम्भ के सामने लगी पंक्तियों की तरफ।

"अरे उधर कहाँ जा रहे हो!"

मैं सामने देखता। सारे बच्चे एक साथ हँस पड़ते। बालिकाओं की पंक्तियों मे से भी काँटों की तरह चुभती हुई हँसने की ध्वनि सुनाई देती। अजब बेइज्जती-सी फील होती। लगता रुलाई आ जायेगी।

"अरे आठवीं में न आये हो, तो आठवीं क्लास की लाइन में लगो।"

मुझे लगता जब इतना बोल ही रहे हैं तो ये भी बता ही देते कि ये आठवीं वाली लाइन है किधर। लेकिन नहीं... यहाँ तो सबको बस बोलने की पड़ी है। मैं बेचारे की तरफ चुपचाप देखता। लगभग अनजान से चेहरों के बीच कोई जान-पहचान वाला चेहरा ढूँढ़ता।

"भाई समझ में आ गया, नाम रौशन करोगे भजन मास्टर का। लड़कियों की लाइन में लगने का इरादा है क्या... गुरूजी ई भजन मास्टर वाला नाम थोड़ा गलत लिखा गया है, शिवबाबू कुमारी कर दीजिएगा कुमार की जगह।"

मेरी नजरें पंक्ति के पीछे जाकर अटक जातीं। गोल-गोल गाल एकदम से पलाश के फूल की तरह लाल, थोड़े घुँघराले से बाल और बालों में लगे हुए लाल रिबन। नीले रंग के हेयरबैंड से बाहर लटकते बालों के एक छोटे से गुच्छ बरबस ही गालों पर बिखरे हुए थे। खोयी हुई ऊर्जा और खोया हुआ आत्मविश्वास सहज ही लौट आया था जैसे। तब तक कानो में आवाज पड़ी "गज़ब के जमाना आ गइल बा जे महाराज, साला भगई बाँधे के सहूर नइखे होत आ लड़कियन सब के ताड़े सीख लेत बाड़े लोग।"

तब तक मेरे मूलाधार पर उस जिद्दी पौधे का एक डंठल शहीद हो जाता, जिसे वहीं नाम दिया जाता है जो आज मुझे दिया गया था "बेहया!"

बेचारा छोटन पीछे की पंक्ति से आवाज देता "पंडित! इधर आ जाओ इधर।"

मैं अन्यमयस्क भाव से उधर चल देता। मेरी नजरें उसे हँसते हुए, मुस्कुराते

हुए देख लेतीं। लगता कि अच्छा नहीं कर रही हो बच्ची।

"साले पंडित तुम मार खा गये आ तुम्हारी वाली हँस रही है।"

"जाने दो।" उसका हँसना तो सच में मुझे भी चुभता, पर हँसते हुए वो कितनी खूबसूरत लग रही होगी न, सोच के तसल्ली मिल जाती। फिर पूरे कार्यक्रम में मैं बस देह बन उपस्थित रहता।

***

नियमित कक्षाएँ शुरू हो जातीं। कहने को हम भी अपना कदम उस मैट्रिक की तरफ बढ़ा देते जो हमारे समाज में शिक्षा का एक मुख्य पायदान होता, जहाँ से कुछ भी मापना हो तो उसी मैट्रिक के सापेक्ष मापते... अर्थात् आप मैट्रिक पास हैं तो मैट्रिक नहीं तो नन-मैट्रिक भी एक मान्यता प्राप्त डिग्री होती, जिस पर बाकायदा तब के समय में पचास हजार तक के दहेज़ की गारंटी रहती। हमारी पढ़ाई-लिखाई में सबका अपना-अपना हित सन्निहित था, लेकिन सबसे फायदे का सौदा अगर मैं किसी के लिए साबित हो सकता था तो वो हमारे अपने पूज्य पिताजी श्री रामभजन चौबे जी अर्थात भजन मास्टर थे। पर सच पूछिए तो इस पढ़ाई-लिखाई का टंट-घंट हमको न समझ में आता। साला पता नहीं का-का याद करते चलो, उस पर से नाइंसाफी ये कि परीक्षा में कुछ और ही पूछा जायेगा। अरे भाई धरती इतनी बड़ी है, हमसे ई बड़वा गाँव का इतिहास नहीं याद होता जहाँ के जर्रे-जर्रे से हम वाकिफ हैं, तो फिर ऐसा-ऐसा जगह का नाम याद करा के का कर लेंगे लोग जो खुद में बुझौव्वल-सा लगता हो; ऊपर से यह नखरे अलग से कि फलाना जगह के युद्ध के दस कारण बताओ। आ जब आप बतानें चलें तो गुरूजी किताब के पन्ने पर नजर गाड़े मिलाये जा रहे हैं कि एकदम वहीं वाला कारण हम भी बता रहे हैं कि नहीं जो किताब में छपा हुआ है। साला अजब चोंचले हैं समाज के भी कि जिस बउवा को आज तक भजन मास्टर आ वंशरोपन चौबे के घर के झगड़े का दो कारण भी ढंग से समझ में न आया, उसे पता नहीं कब की हुई किसी लड़ाई का कारण क्यों समझ में आ जायेगा भला। मुझे याद आता मध्य विद्यालय के विज्ञान की परीक्षा में पूछे हुए कुछ प्रश्न कि भाई ये पौधे भोजन कैसे बनाते हैं? क्या लिखें समझ में न आता... प्रकाश संश्लेषण करके कुछ होता है, लेकिन उससे भोजन कैसे बनता है यह कैसे पता चले और जान के भी क्या कर लेंगे । घर में पिंकिया आ माई मिलकर भोजन कैसे बनाती हैं यह किसी ने आज तक नहीं समझाया। क्या क्या मिलाते

हैं कटहल के कोफ्ते में, इसका ज्ञान नहीं है, लेकिन चलकर पौधों की रसोई झाँको। किसी और के घर में ताकझाँक करना ही विज्ञान है तो नहीं पढ़ना हमको विज्ञान। लगता कि ठीक है भाई बनाते होंगे पौधे अपना भोजन, तो आपसे पूछने या माँगने तो नहीं आते न कुछ... अब शांति से उनको खाने दो आ चैन से सोने दो या कुरेद-कुरेद कर यह देखकर क्या कर लोगे कि पौधे अपना भोजन कैसे बनाते हैं। अपना यही सारा गोबर जब मैने एक बार राय मास्टर साहब के कपार पर उड़ेला था तो वो बस इतना ही बोले थे "अब का ही बोलें शिवबाबू, बस आप भजन मास्टर का नाम ऊपर करेंगे।"

हम तब बहुत खुश हुए थे, बिना यह सोचे-समझे कि राय मास्टर साहब बड़ाई किये हैं हमारी या व्यंग्य। लेकिन राय जी की एक बात हमको बहुत अच्छी लगती... वो यह कि वह गाहेबगाहे हमको हमारे गाँव जवार का इतिहास बताते, कहानियों की तरह। तब लगता जब उच्च विद्यालय में जाऊँगा आ राय मास्टर साहब से इतिहास पढ़ूँगा तो हमारा मत बदल जायेगा। मिडल वाले मास्टर गदहे होते हैं इसलिए ये सब उनको नहीं आता, लेकिन यहाँ उच्च विद्यालय में आने के बाद ज्ञान चक्षु खुल गये थे। लगता था राय मास्टर साहब भजन मास्टर के बैठक में जो पढ़ाते हैं आ नेहरू उच्च विद्यालय में जो पढ़ाते हैं, उसमें जमीन आसमान का अंतर है। पर किया क्या जा सकता था... जब हमारी ख्वाबों वाली वो बालिका भी इसी विद्यालय में पढ़ती थी तो बोरिंग से सिलेबस को तो झेलना ही था न।

आज बहुत दिनों बाद अँगरेजी वाले ठाकुर गुरूजी पूरे रौ में थे। स्कूल बिल्डिंग के बाहर आम के बगीचे में उनकी क्लास चल रही थी। हाथ में आठवीं क्लास की अँगरेजी की पुस्तक लिए ठाकुर मनोहर सिंह कोई कविता पाठ करते जा रहे थे। तमाम पढ़ाकू लड़के अपनी किताबों में उस कविता को ढूँढने में मशगूल थे।

"सर कौन-सा चेप्टर पढ़ा रहे हैं?" एक होनहार लड़कियों को इम्प्रेस करने के उद्देश्य से पूछता।

"व्हाट चेप्टर? व्हाट यू वांट टू लर्न फ्रॉम दिज ब्लडी चेप्टर्स?" ठाकुर मनोहर सिंह हाथ में पकड़ी हुई पुस्तक को हवा में लहराकर उछाल देते।

उस पुस्तक पर चढ़ा हुआ कवर हवा में उड़ते हुए हम तक आ जाता।

दिव्या उठकर दौड़ती अपना किताब लेने, फिर मेरी तरफ देखती। मैं काँपते हुए हाथों से वो कवर उसे बढ़ा देता, जिस पर एक पान की पत्ती जैसी आकृति से आर-पार होता हुआ तीर बना हुआ था। ऐसा लगता कोई प्रेमसन्देश चला आया हो मेरे पास। अजीब-सी अनुभूति महसूस करता वो पेपर का पन्ना उसकी तरफ बढ़ाते हुए, जिस पर किसी मोहक स्त्री का चित्र बना हुआ था जिसके नीचे उर्मिला लिखा हुआ था।

ठाकुर मनोहर सिंह अपना काव्य पाठ जारी रखते।

"A things of beauty is a joy for ever:

Its loveliness increases; it will never

Pass into nothingness; but still will keep

A bower quite for us, and a sleep

Full of sweet dreams, and health, and quite breathing ..."

अँग्रेजी सर पूरे सुर में अलापते। कुछ आदर्श बच्चे और बच्चियाँ पूरी तन्मयता से फिर से अँग्रेजी के पाठ्यपुस्तक वाली किताब के पन्ने पलट जाते।

"सर जी ये किस चेप्टर में है?" अबकी दिव्या पूछती।

"व्हाट? ब्यूटी!" सर एक बड़ा-सा प्रश्नवाचक-चिह्न लिये थोड़ा अचम्भा से दिव्या की तरफ देखते।

दिव्या शांत-सी अँग्रेजी वाले सर की तरफ देखती।

"आप... आप इधर आइए।" गुरूजी दिव्या को अपनी तरफ बुलाते। वहीं कुर्सी के बगल में खड़ा करा देते। निहारते दिव्या को आपादमस्तक।

"शी इज ब्यूटीफुल न!" सर बच्चों की तरफ देखते हुए पूछते। आधे बच्चे एक-दूसरे को निहारते कि ई गुरूजी कहना क्या चाहते हैं। फिर उसमें से कुछ ये सोच के संतोष कर लेते कि गुरूजी ने तो दिव्या से ही कोई सवाल पूछा है। वैसे भी ऐसे मौके कम ही आते थे जब क्लास में कोई लड़की पूरे क्लास की तरफ मुह करके खड़ी हो। सो क्या फरक पड़ता है गुरूजी चाहे जो भी पूछें, मजा तो आ ही रहा है न। उधर दिव्यवा लजा जाती। हमारे अंदर भी पता नहीं कहाँ से गुस्सा उबाल मारने लगता। अरे है सुन्दर तो है, अब ई कहाँ का शिष्टाचार है कि उसको अपने पास बुलाकर तारीफ़ के कसीदे पढ़ें। कुछ दिन पहले तक उनके

प्रति उमड़ी थोड़ी बहुत श्रद्धा बह-बिला जाती। तब तक छोटन उठकर खड़ा हो जाता और बोलता "यस सर, शी इज ब्यूटीफुल।"

"हाहाहा" गुरूजी बस हँसते।

दिव्यवा गुस्सा कर गुरूजी की तरफ देखती। गुरूजी जारी रहते।

"अभी थोड़ी देर पहले मैं एक कविता पढ़ रहा था; सुना था न आपलोगों ने, आपमें से अधिकतर लोगों को ये लड़की सुन्दर लग रही होगी, है न! पर क्या वाकई में ये सुन्दरता है। मैं भी आप ही लोगों की उम्र में था जब अपनी जूलिया को देखा था, शी वाज ब्यूटीफुल देन, बट नाउ यू मे गेस, द ब्यूटी ऑफ़ बॉडी इज टेम्परारी।"

गुरूजी की अँगरेजी जारी रहती, बच्चों का कुतूहल भी। शब्दों को जोड़-जोड़ के अँग्रेजी समझने के प्रयास में अर्थ का अनर्थ हो जाता। दिव्यवा पैर पटकते हुए आती और बस्ता टाँग के रोते-बिलबिलाते हुए चल देती। पीछे की तरफ बैठे कुछ बच्चे दिव्या की तरफ देखकर सीटी मारते। एक साधारण-सा मामला बड़ा हो जाता। कुछ नेता टाइप के बच्चे जो दिव्यवा के गाँव के थे, आकर खड़े हो जाते। गुरूजी पर लात-हाथ-घूँसे बरसने लगते। राय गुरूजी दौड़ते हुए आते। जब तक बीचबचाव करके मामले को सँभालते, तब तक अँग्रेजी गुरूजी के चेहरे और नाक से रक्त की बूँदें बाहर निकलने लगतीं... पर गुरूजी की अँग्रेजी जारी रहती "यू आल नेवर अंडरस्टैंड द ट्रू मीनिंग ऑफ़ ब्यूटी। यीट्स, किट्स द ग्रेट सोल, रियली द ग्रेट सोल।"

"अरे ठाकुर साहब चुप करिए, ई साला यीट्स आ किट्स इन गधों के सामने काम न आयेंगे; बोलते हैं सरकार की नोकरी किए हैं बच्चों को पढ़ाने की तो सिर्फ वही पढ़ाइए जिसका ठेका सरकार आपको देती है, तो ई सोमरस चढ़ा के अँगरेजी शास्त्र झाड़ेंगे तो क्या होगा।" राय साहब डाँटते।

"औकात के अंदर रहा करें, मास्टर हैं मास्टर बन के रहेंगे तो इज्जत पायेंगे, नहीं तो इस तरह से करेंगे तो काट दिये जायेंगे... ई बड़वा गाँव का स्कूल है बता दीजिए इनसे।" नेता टाइप का मुरारी, अँग्रेजी सर की तरफ उँगली दिखाते हुए राय सर को बोलता।

"अरे तो क्या कर दिये ऐसा... मान लो कुछ जायज-नाजायज कर भी दिये हों तो मार तो लिये हो तुम लोग, अब क्या जान लोगे इनकी।" राय सर एक

बार फिर अँग्रेजी गुरूजी को ऊपर लेकर जाते और एक तरफ से सहारे के रूप में मैं होता।

इस तरह से अँग्रेजी गुरूजी के फैलाये रायते के मध्य आठवीं क्लास की मेज-कुर्सियाँ सब ट्रैक्टर पर लदान कर के किसी अनजान से गंतव्य की तरफ रवाना कर दी जातीं। आज के क्लास खत्म हो जाते और हम वापस बड़वा गाँव की परिधि में होते।

***

अँग्रेजी सर के दार्शनिक कविताओं वाला मसला इतना जल्दी नहीं निपटता। अगले दिन दिव्या के पापा आ जाते। गरियाते हुए कि मास्टर बनकर आये हो और भुला गये हो गुरु-कर्त्तव्य क्या होता है... छोटी छोटी बच्चियों पर बोलबाजी करते शर्म नहीं आती... अरे पद नहीं तो उम्र का ही खयाल कर लेते। अभी जानते नहीं हैं ये इस क्रांतिकारी भूमि को, हम इज्जत पर मरने वाले लोग हैं। राय गुरूजी सँभालते अरे कुछ नहीं हुआ है भाई ,बच्ची को समझने में गलती हुई है; इन्होने तो अच्छी-अच्छी बातें ही बतायी हैं। बड़े-बड़े अँग्रेजी कवियों की लिखी हुई, उसमें कुछ भी ऐसा नहीं है जिसे बोलबाजी के महान संज्ञा से विभूषित किया जा सके। बाहर लड़के-लड़कियों की भीड़ उमड़ जाती। लोगों को दिव्यवा के बाप का गुस्सा देखकर यह पक्का यकीन हो जाता कि आज अँग्रेजी वाले गुरूजी की खैर नहीं है। कोई बताता गाँव में एक बार कोई लड़का दिव्यवा को देखकर मुस्करा दिया था... फिर क्या, उसके पापा और चाचा ने मिलकर उसके हाथ-पाँव तोड़ दिये थे। पंचायत बैठी थी, उसमें भी उसी लड़के को पड़ी। काफी इज्जतदार लोग हैं ये लोग। उसी के गाँव का एक लड़का बताता कि दिव्या के माई को आज तक गाँव के लोग बिना घूँघट के तो देखे ही नहीं हैं। दिव्या बहुत जिद्द करके पढ़ने आयी है, नहीं तो उसके चाचा का कहना था कि लड़की जब जवान होने लगती है तो उसकी मंजिल यहीं घर के चौखट तक रहती है। अब इस घटना के बाद तो शायद ही दिव्यवा भी पढ़ने आये इस स्कूल तक। कौन इज्जत वाला आदमी इस तरह से जवान-जुहान बेटियों को भेजेगा पढ़ाई के लिए। हमें लगता लो हो गया न काम... अरे मिलाजुलाकर यही दिव्यवा ही तो आती थी एक देखने लायक लड़की और अब वो भी नहीं आयेगी। स्त्री शिक्षा को ऐसे ही जाहिल लोग बर्बाद किये हुए हैं। अरे किया ही क्या था अँग्रेजी सर ने... अब ब्यूटी को ब्यूटी न बोलेंगे तो क्या बोलेंगे भला! हैगिश बोलेंगे क्या। हद करते

हैं लोग भी। एक निराशा छा जाती मेरे चेहरे पर। मैं अंदाज लगाता निराशा का ये भाव कइयों के चेहरे पर होता। अब सारी उम्मीद राय सर के कंधे पर टिक जाती। दिव्या के पिताश्री गरज रहे थे और राय सर अभी भी ढांढस बंधा रहे थे। तब तक शास्त्री गुरूजी भी अपनी तरफ से मामला सँभालते।

"अरे हुआ क्या है ऐसा कि आप भी नाराज हुए जा रहे हैं; अब साहित्य आ लिटरेचर की पढ़ाई में सौन्दर्यबोध तो रहेगा ही नु, बच्चे हैं थोड़ी समझ कम होती ही है नु, पर आप तो खामख्वाह चिल्ला रहे हैं।" शास्त्री सर दिव्या के पिताजी के गुस्से को शांत करने का प्रयास करते।

"कौन से सौन्दर्यबोध की बात करते हैं, अरे हम भी पढ़े हैं हिंदी साहित्य इंटर तक, पर मजाल है क्या कभी किसी गुरूजी ने किसी बालिका को क्लास में खड़ा कराके हेन-तेन बोला हो; अब उनकी बदतमीजी को आपलोग मत रोकिए। ऊपर से अँगरेजी, अब ई पश्चिम वाली बातों से हम-आप का कोई जड़मत हैं जो वाकिफ न होंगे। सालों को बाप तक का पता नहीं होता, दिन भर काम और वासना में लभराये रहते हैं आ ई उसी में से कुछ भी अंट-संट पढ़ा देंगे ऐसे थोड़े न होता है, ऊपर से का त दारू पीकर क्लास में आ जाते हैं, किसी जूलिया पीलिया का नाम लेते हुए।" दिव्या के पिताश्री थोड़े शिक्षित टाइप के लग रहे थे।

"ना जी दूबे जी ना ई बात एकदम गलत है कि अंट-संट कुछ भी पढ़ा देते हैं, ज्ञान अपार है ठाकुर जी में; वो अलौकिक सुन्दरता का पाठ पढ़ा रहे थे, वो सुन्दरता जो सड़ती-गलती नहीं है, जो बनी रहती है युगयुगांतर तक, समझे नु दूबे जी... अब ई देह की सुन्दरता तो नहीं नु हो सकता है।" शास्त्री जी ने बात को थोड़ा शास्त्रीय लहजे में समझाया था।

"द ब्यूटी ऑफ़ थिंग्स एक खूबसूरत कविता है दूबे जी, आप नाहक आसमान सर पर उठा रहे हैं; इन गँवारों ने वैसे ही कल ठाकुर साहब के साथ बदतमीजी कर दी है, रही बात दारू की तो क्लास नहीं लेते वो दारू पीकर और किसी जूलिया का नाम नहीं लेते अपनी पत्नी का नाम लेते हैं वो और पत्नी का नाम लेना कोई गुनाह तो नहीं है न!" राय साहब बचा-खुचा समेटते।

पर दूबे जी गुस्सा के पहाड़ से उतरते-उतरते भी इतनी चेतावनी दे ही डालते "ई विदेशी साहित्य सिर्फ उतना ही सिखाया जाए जितना पाठ्यक्रम में है, नहीं तो

हमको पता चला कि किसी ने विदेशी साहित्य जबरी बच्चों को सिखाकर उनके संस्कार बिगाड़ने का प्रयास किया है तो मैं उनका हुलिया बिगाड़ डालूँगा।"

दूबे जी निकल जाते। राय गुरूजी भनभनाते "सहूर तो तुमलोगों का किसी भी साहित्य वाला नहीं है क्या देशी क्या विदेशी, पता नहीं कहाँ से इन जंगलियों के बीच आकर फँसे हुए हैं उ ईश्वर ही जानता है।"

हम बच्चों में उत्साह की एक लहर दौड़ जाती कि चलो इस कक्षा की ब्यूटी स्कूल नहीं छोड़ेगी फ़िलहाल... पर इतना जरूर था कि कभीकभार अँग्रेजी गुरूजी को मिलने वाली क्लासेज छीन ली गयीं और राय गुरूजी और शास्त्री जी मिलकर ही पूरा विद्यालय सँभालने लगे।

****

आठवीं क्लास वाले कक्ष से बेंच डेस्क गायब थे। सब करम कमाई ही तो होता है, नहीं तो कहाँ यह ख्वाब था कि मिडल पार कर जब हाईस्कूल में जायेंगे तो यह बोरी वाली चट्टाई लेकर आने से मुक्ति मिलेगी, लेकिन जब किस्मत ही शाही के काँट से लिखी गयी हो तो बाकी जो होता है उसकी सिर्फ आप गवाही ही दर्ज कर सकते हैं। लाँघ-ओंघकर जैसे-तैसे जब उच्च विद्यालय की चौहद्दी में दाखिल हुए थे कि आधार के नीचे से ख्वाब किसी डीएम साहब के आदेश पर ट्रैक्टर की ट्रालियों में सवार हो दूर कहीं रवाना हो गये थे। खैर जिंदगी में ख्वाब कोई एक ही तो होते नहीं, आपको सँभालने के लिए जीने की वजह देने के लिए ख्वाबों की लड़ियाँ आपस में गुँथी होती हैं। किस्मत कितनी भी फेरकर ले, एक-न-एक लड़ी सामने होती ही है जो आपको एक उद्देश्य देते हुए कहती है कि बउवा अभी तो मुझे भी पाना है तुम्हें, काहे निराश हो रहे हो। तो किस्मत ने हाईस्कूल में आते ही दिव्यवा के रूप में एक नयी वजह दे दिया था मुझे।

खैर जीवन-दर्शन बहुत हीं बोरिंग लेकिन यथार्थ चीज होता है, ज्यादा जानकर क्या करना। लेकिन कुछ दिन बाद ही दिव्यवा के किताब पर फिर से एक चमकता हुआ कवर देखकर बरबस ही ध्यान आकृष्ट हुआ था। मैनें एक नजर अपने पुस्तक की तरफ डाली थी। कवर पृष्ठ तो पता नहीं कब का घिसकर साथ छोड़ चुका था, अंदर के पन्ने भी अपने आखिरी दिन गिन रहे थे जैसे। अंतर साफ़ दिख रहा था दिव्यवा की पुस्तक जो उस दिन घोर बेइज्जती के साथ उछाले जाने के बावजूद एकदम नयी नवेली दुलहन की तरह चकमक। एक मेरे हाथ

में रखी हुई किताब बिना पढ़े फटकर चिथड़ा होने की तरफ अग्रसर। लगा जैसे ये फ़ासला कितना दीर्घ है न... यह जीने के ढंग का फासला है, ये उस दृष्टिकोण का फासला है जो हम जीवन के प्रति रखते हैं। अब जब बड़े होने के बाद हम फिर से एक बार मुड़कर देखते हैं तो लगता है कि यह फासला एक स्त्री और एक पुरुष के मध्य हमेशा से विद्यमान रहा है। पुरुष केवल खोखला दम्भ लेकर जीता है। वो स्त्री होती है जो रचती है जीवन की कड़ियों को सँजोकर एक खूबसूरत हार।जिंदगी को खूबसूरत दरअस्ल में स्त्रियाँ ही बनाती हैं, क्योंकि खूबसूरती स्त्रियों का गुण होता है, कभी किसी पंडित जी ने बोला था पुरुष को गतिशील करने वाली चुम्बकीय शक्ति स्त्रैणता में होती है, पर पुरुष खुद कर्ता-धर्ता का दम्भ पाले बैठा रहता है। कभी कहीं पढ़ा था आदिशिव दीर्घ निंद्रा में विलीन थे जब शक्ति ने इस संसार के वैविध्य को खुद के प्रसार से प्रकट किया। संसार को गति दिया, शब्दत्व दिया, प्रेम दिया। शिव सर्वशक्तिमान होने के बावजूद जगत् के लिए अगोचर बने रहे। वो शक्ति है जो शिव को स्व का, सामर्थ्य का भान कराती है, सच में वो स्त्री होती है जिसमें दर्पणत्व वाला गुण होता है। खुद के लिए, समाज के लिए, संततियों के लिए, परिवार के लिए पुरुष से जूझती स्त्री। वृक्षों के समक्ष, जड़ पत्थरों के समक्ष माथा टेककर जड़ में भी अपनी आस्था से प्राणों का संचार करती स्त्री, सर्वत्र जो इस जगत् में व्याप्त है वो प्रकृति है, वो शक्ति है और जो जड़ है वो पुरुष है... खैर मेरा ध्यान उस कवर पर जाकर टिक जाता। जहाँ हाथों में छतरी लिए, आँखों पर ऐनक धारण किये, लाल फ्रॉक पहने एक लड़की छपी हुई थी और वहीं नीचे लिखा हुआ था 'उर्मिला'। मुझे सहसा याद आया उस दिन वो पान के पत्ते और तीर के निशान वाले कवर पर भी एक लड़की का चित्र छपा हुआ था। उस पर भी 'उर्मिला' ही छपा हुआ था। लेकिन उस दिन वाला कवर तो फट गया था। लड़की की ड्रेस भी अलग थी। फिर ये क्या माजरा है। आखिर में उसका नाम तो दिव्या है न, फिर उर्मिला कौन है... दिमाग में बहुत देर तक उथल-पुथल चलता रहा। तब तक राय गुरूजी आ गये। सारे बच्चे सम्मान प्रदर्शित करने के लिए खड़े हो गये। हड़बड़ी में खड़ा होते समय मेरे दिमाग में बत्ती टाइप की कोई चीज जली और मैनें मारे शर्म के अपना किताब छोटे से बस्ते के अन्दर डाल दिया। दिमाग ने तभी संस्कारशाला के दीवाल पर लगे पोस्टरों को जीवंत कर दिया। उसी में से दो पोस्टर ब्राइट हो दिखने लगे, जिन पर 'उर्मिला' लिखा हुआ था। अच्छा तो बच्ची हीरोइनों का

पोस्टर लगाती है किताब के ऊपर। मेरे दिमाग का पट खुल गया था।

"अरे हाँ बेटा शिवबाबू खड़े हो जाओ।" राय गुरूजी ने आवाज लगायी थी। उस दिन की घटना के बाद अँग्रेजी राय मास्टर साहब ही पढ़ा रहे थे।

"जी सर" मैं शर्माते सकुचाते हुए खड़ा हुआ था।

"जरा अपना अँगरेजी वाली किताब निकालिए और पाठ करिए तो हम अर्थ समझाते चलेंगे।"

"जी सर... सरजी वो किताब, किताब हम लाये नहीं हैं।" अपनी किताब की दुर्दशा देखते हुए हम उसे सार्वजनिक न करने की कसम खा बैठे थे।

"अरे हाँ मैं तो भूल ही गया था कि आप श्रीमान भजन मास्टर के सुपुत्र हैं।"

मुझे बहुत तेज गुस्सा आया। लगा सुना दूँ खूब सारा कि किताब मैं नहीं लाया तो दोषी भजन मास्टर कहाँ से हो गये भाई। पता नहीं कहाँ की लॉजिक लेकर चले आते हैं लोग। ठीक है भजन मास्टर आदमी अच्छा नहीं हैं पर हैं तो हमारे बाप ही न... ऊपर से ई राय मास्टर साहब; अगर नहीं देते भजन मास्टर पनाह तो यहीं स्कूल की बिल्डिंग में चूल्हा झोंक रहे होते। अरे कुछ नहीं तो नमक का कर्ज तो समझते... लेकिन लगता का समझेंगे ई नमक का कर्ज; न तो ये भीष्म पितामह हैं न ही यह द्वापर युग है। सो मन को तसल्ली दे, उस दिन प्राप्त नाम बेहया का गुण धारित कर मुस्कुराता रहा।

"देखिए साहब मुस्कुरा ऐसे रहे हैं जैसे कोई ईनाम पाने लायक काम किये हैं। अब जाकर भरत राय कोई मेडल वेडल लायें आ जनाब को सनद के साथ प्रदान करें तब जाकर काम बने।"

मैं क्लास में चारों तरफ बेचारगी भरी नजर से देख रहा था। मन-ही-मन बरम्ह बाबा से मनौती भी माँग रहा था कि अरे कुछ नहीं तो दिव्यवा वाली किताब ही कोई जादू कर हमको दिला देते।

तब तक किसी ने मेरी हाथों में अँग्रेजी की किताब थमा दी थी। मेरी नजर किताब के कवर पर गयी। वही लाल फ्रॉक वाली लड़की जिसका नाम उर्मिला था, कवर पर छपी हुई थी। पहला पन्ना पलटते ही नाम लिखा हुआ था 'दिव्या कुमारी' 'कक्षा-VIII'। शरीर में एक करंट-सा दौड़ गया। मैनें आगे खिड़की साइड में बैठी दिव्या की तरफ नजर डाला। वो हल्का-सा मुस्कुरा के जैसे आँखों से कुछ इशारा की। मैं सातवें आसमान तक जा पहुँचा।

लेकिन इस सातवें आसमान तक पहुँचने के साथ ही बहुत मेहनत से सिखा-पढ़ा मेरा अँग्रेजी का ज्ञान पाताललोक चला गया। किताब के पन्ने पलटते ही अन्दर रखा एक पन्ना सरककर मेरे बस्ते पर जा गिरा, जिसे आहिस्ता से उठा कर छोटन पढ़ने लगा। मैं बहुत मेहनत करके अक्षरों को जोड़कर बमुश्किल से एक-एक शब्द उच्चारित करता। यह प्रक्रिया कुछ देर तक चलती, उससे पहले ही राय मास्टर साहब ने किताब मेरे हाथ से छिनकर दिव्यवा को दे दी। वो किसी अँग्रेजन की तरह टपटप अँग्रेजी का पाठ करने लगी। राय मास्टर साहब गदगद हो अर्थ समझाने लगे।

लेकिन इन सबसे पहले पता नहीं किस श्लोक का अर्थ समझा गये "बबूल की कलम से आम नहीं फूटता, गदहे के घर अरबी घोड़ा नहीं पैदा होता।"

हमको छोटन ने धीरे से वो मुड़ा-तुड़ा पन्ना बढ़ा दिया था "लो पंडित, संदेशा है।"

मैं चुपचाप अपनी अँग्रेजन की लिखी अँग्रेजी पढ़ने लगा।

"पता है हमको कि तुम चोरी-छुपे मुझे ताकते रहते हो, मुझे ही नहीं क्लास की सारी लड़कियों को ये बात पता है। तुमको पता है सारी लड़कियाँ मुझे तुम्हारा नाम ले-लेकर चिढ़ाती हैं। मैं मुँह बिदकाती हूँ तो वो लोग कहती हैं अच्छे तो दिखते हो तुम। अब मैं क्या बताऊँ, लेकिन तुम मुझे भले अच्छे लगते हो, पर ये सब मुझे अच्छा नहीं लगता। मैं तुमसे बात करना चाहती हूँ, क्लास के बाद बरम्ह बाबा के चबूतरे की तरफ आ जाना।"

फट के दिल का गुब्बारा बन जाना क्या होता है मुझे ये पढ़ने के बाद समझ में आया। साँसे रोकता, कभी मन ही मन भजन गाता, कभी बरम्ह बाबा को सुमिरता, पर दिल बेइंतहा भागे जा रहा था। किधर... नहीं पता, लेकिन केवल दिल होता जो बेकाबू हो गया हो तो अलग बात होती। चेहरे पर मुस्कुराहट बिना मतलब तैर रही थी। बेचारे राय मास्टर साहब इन सब बातों की पृष्ठभूमि से अनभिज्ञ गरज पड़े।

"भाई यहाँ कोई सर्कस मदारी चल रहा है क्या या नाच पार्टी चल रही है!" राय गुरूजी मुझसे मुखातिब हो चुके थे ये बात हमें पता ही नहीं चली। मैं अपने में खोया बस मुस्कुराता रहा।

पृष्ठ भाग पर मेरे नाम वाले पौधे का डंठल जोर से पटकते हुए राय मास्टर

लगभग चिंघाड़ पड़े थे "ये बेहूदों की तरह मुस्कुराना हो तो क्लास से बाहर रहा करो, खुद भी पत्थर बनना है आ दूसरों को भी बना देना है... अरे कोई कॉमेडी क्लास तो चल नहीं रही है जो प्रफुल्लित हुए जा रहे हैं।"

मैं राय मास्टर साहब की तरफ देखने लगा था। समझ में नहीं आ रहा था कि आखिर इनको हमसे क्या दुश्मनी है, जब देखो तब हमीं पर पिले रहते हैं; क्लास में और पचास साठ बच्चे बैठे हैं किसी से भी मुहब्बत दिखा लें जाकर, लेकिन नहीं इन्हें बउवा की पीठ और बउवा का चुतड़ ही पसंद हो जैसे।

"जरा उस पुष्प जैसी हँसी का कारण हमें भी बतायेंगे चौबे जी।" राय गुरूजी ठण्डा होने का नाम ही नहीं ले रहे थे।

पूरी क्लास हँसी के ठहाकों में डूबी हुई थी। हम मुट्ठी में वो पहली बार मिले प्रेमपत्र को दाबे बस गर्दन झुकाये चारों तरफ मुआयना कर रहे थे। सबके हँसते चेहरे देखकर एकबारगी तो क्रोधाग्नि में जल ही गये थे... तब तक वो गुलाबी लाल चेहरे वाली लड़की जो खिड़की के पास हाथ में रंगीन पोस्टर के कवर वाली किताब थामे खड़ी थी, उसकी तरफ नजर गयी। कम-से-कम उसकी आँखों में मेरे प्रति वो हास्य वाला भाव तो नहीं था। दिल को अजब-सा सुकून मिला। क्रोध वाला भाव गायब होते ही प्रेम फिर से अंदर उमड़ आया और ओंठों पर मुस्कान खिल गयी। मेरे नाम वाले पौधे का अमूल्य डंठल मेरे प्रेम की परीक्षा लेते हुए लगभग शहीद ही हो गया। अन्त में राय मास्टर साहब ही हार मानकर वापस चले गये।

"हमको नहीं पता था कि भजन मास्टर के सपूत लाफींग गैस सूँघकर आये हुए हैं; मतलब हद है, बेहया भी इतना बेढब तरीके से नहीं खिलखिलाता।"

मुझे लगा दोष इनका नहीं है, दोष उस नजरिये का है जो कहीं भी खिल जाने वाले बेहया के उस प्रेम को, उस जीवटता को नहीं समझते। अरे कोई नहीं... जिंदगी में सब कुछ अगर इन किताबों में ही मिलता होता तो कबीरदास किताबों के पन्नों में दर्ज नहीं होते।

"पोथी पढ़-पढ़ जग मुआ, पंडित भया न कोय
ढाई आखर प्रेम का, पढ़े सो पंडित होय। ।"

अब इस प्रेम के आगे तो एक लाख पोथियाँ कुर्बान। मैनें वो पन्ना अपनी मुट्ठी में कसकर भींच लिया था। दिव्यवा की आवाज में अजब-सा घबराहट

आसानी से समझी जा सकती थी। मैं बस क्लास होने का इन्तजार करते हुए मन से कब का बरम्ह बाबा के चबूतरे पर जा विराजा था।

***

क्लास ख़त्म होते ही कलेजा जैसे मुँह में आकर धड़क रहा था। यह अद्भुत-सी चीज थी कोई जिसके बारे में हमनें पहले कभी सोचा ही नहीं था। लड़खड़ाते कदमों के साथ बाहर निकला ही था कि छोटन ने आकर अपना हाथ मेरे कंधे पर रखा।

"का पंडित! मतलब अकेले निकल लिये।"

"अरे नहीं भाई।"

"क्या नहीं नहीं लगा रखे हो, दिन भर तो ताकते रहते हो, आज चिट्ठी मिल गयी, खुद ही बुला भी रही है आ तुम एकदम कछुए की तरह खोल में लुकाये जा रहे हो।"

"तो का करें... गाँव है हमारा ई, वैसे भी देखे न राय जिउवा को, अभी साला कोई देख दिखा लिया तो मैं तो गया।"

"अरे पंडित, तुम भी ऐसे डरते हो, वो भी इश्क में।"

"मतलब!"

"अरे जब लभ किये हो तो फिर डर कैसा।"

"लभ!" मैं छोटन की तरफ देखते हुए सोचने लगा कि ये लभ भला क्या बला होती है। मेरे संस्कारशाला से ये बात तो मुझे पता चल चुकी थी कि लड़की अगर बुलाये तो जरूर जाना चाहिए। कहने वाले तो यहाँ तक कहते थे कि अगर किसी लड़की ने नेवता पठाकर तुमको बुलाया आ तुम नहीं गये तो ऐसा श्राप लगेगा कि अगले सात जनम तक तड़फड़ाओगे। पर ई लभ जैसी कोई ट्रेनिंग तो नहीं ही मिली थी। अभी तक जो भी घटित हो रहा था वो स्वाभाविक था। बिना यह जाने कि परिणति क्या होगी। बस कोई अनुकृति बनती, फिर एक अच्छा-सा एहसास होता। लगता अब तक जितने सुख हमने देखे हैं उसमें यही सर्वश्रेष्ठ है। फिर उसी अनुकृति और एहसास में पता नहीं दिव्यवा कहाँ से आकर बैठ जाती... कभी-कभी आहिस्ते से मेरे सर पर हाथ फेरती और एक अजब-सा भाव, अजब-सा स्पंदन शरीर को, मन को... अगर आत्मा होगी मेरे शरीर के साथ तो उसे भी झंकृत कर जाता। हाँ, इतना सोचता मैं कभी-कभी कि मेरे

सर पर तो माई भी हाथ फेरती है, तेल चुपड़ती है, सुखद होता है वो भी, पर इस कल्पना वाला सुख, उस सुख से अलग होता है, पर ई लभ होता होगा ऐसा तो मुझे नहीं लगता।

तब तक बगल से दिव्यवा कान में एक उँगली डाले, अपनी हथेलियों को अजब-सी चकरघिन्नी की तरह घुमाते हुए जयवा को अपने साथ लिये बरम्ह बाबा के चबूतरे की तरफ जाने वाले रास्ते पर निकल गयी।

"अरे सोच का रहे हो पंडित, बालिका तुमको चिट्ठी दी, इशारा करते हुए खुद मुलाकात के ठौर पर चली गयी आ तुम मुँह बाए बस देखे जा रहे हो; जाओ मिल लो, नहीं तो बोलो हम ही जाकर मिल लें।" बोलकर छोटन हँसने लगा था।

"जाओ मिल लो तुम्हीं, हमें नहीं मिलना।" मैं यह बोलते हुए भी यह अनुभव कर रहा था कि मेरे पाँव अनायास ही उस पगडण्डी की तरफ बढ़ रहे थे, जिधर से बरम्ह बाबा के चबूतरे तक जाया जाता था।

पगडण्डी के दोनों तरफ अरहर के खेत थे। खूब झमाठ किये हुए अरहर के पौधे, जिनके बारे में अबकी गाँव के किसान बोलते कि अबकी अरहर की कटाई कुल्हाड़ी से होगी। फलियाँ लगभग पक चली थीं। आगे एक-दो गन्ने के खेत थे, जिनके गन्ने लगभग कट चले थे। फिर आम का एक बगीचा और बगीचे के बीचोंबीच बना पोखर, जिसके चारों तरफ बेर के पेड़ थे। बीच-बीच में एक दो पौधे फालसे के भी थे, जिनको अपने यहाँ पत्थरी कहा जाता है। उसके चारों तरफ लगभग पाँच पौधे उस रहस्यमयी दाने के थे, जिन्हें कभी आभूषण बनाने में प्रयोग किया जाता था और अब उसे भूतगुड़िया कहते थे। मैनें देखा दिव्यवा बरम्ह बाबा के तरफ न जाकर उसी पोखरे की तरफ बढ़ चली थी। उसकी चाल में ठहराव-सा आ गया था। छोटन मेरे कंधे पर से हाथ हटा दिया और बोला "जाओ पंडित हम इधर रखवाली करते हैं।"

मैनें एक बार छोटन की तरफ देखा, फिर दिव्यवा की तरफ। छोटन मुस्कुरा रहा था। दिव्यवा घुँघूची के पौधे के पास खड़ी भूतगुड़िया के दाने चुन रही थी।

मुझे लगा ये क्या कर रही है कहीं पागल तो नहीं हो गयी है ये... क्या इसको नहीं पता कि यह भूतों के हार बनाने वाले दाने हैं। अगर पता है तो फिर यह भूतगुड़िया के दानों से क्यों खेल रही है तरह-तरह के प्रश्न मन में गूँज रहे थे। एकबारगी तो लगा क्या पता सुने हैं कि जब किसी को भूत पकड़ता है तो वो भूतगुड़िया के दानों से खेलने लगता है। उसके हाथ से छूते ही दाने अपना रंग

बदलने लगते हैं। तो इसका मतलब दिव्यवा को भूत-वूत तो नहीं न पकड़ लिया है। शरीर के रोंगटे खड़े होने लगे, पाँव आगे बढ़ने से जवाब देने लगे। मैनें सुना था माई आ गाँव की दो-तीन स्त्रियाँ आपस में एक बार ऐसा ही किस्सा बतिया रही थीं। कहीं कोई एक लड़की थी... खूबसूरत ऐसी कि अगर पीपल के पत्ते के नोंक से उसका गाल छू दो तो खून निकलने लगे। लगता था भगवान ने अपने हाथों से उसे गढ़ा हो। फिर क्या... कहीं कुछ हो हवा गया या किसी जरतुहे ने लांछन लगा दिया। अब उसके घर वाले इज्जत पर मरने वाले, मार डाले; नाम लगा दिये कि खुद ही मर गयी है कोई साँप-वाँप काट लिया है। अब जवान लड़की आ अकाल मृत्यु... असमय मरे की आत्मा अतृप्त हो भटकती रहती है यहीं आसपास, सो वो गाँव के पास ही आम के एक पेड़ पर अपना आवास बना ली। पास में ही फैले जंगल से घुँघूची के दाने चुनती आ उसका माला, कंगन क्या नहीं बना डालती। जिन्दा ही जो गुण आगुर हो मरता तो और बढ़िया जायेगा, सो एकदम सिंगार-पटार करके रहती। आम के सीजन में उस पेड़ के सारे आम खा डालती। लोगबाग़ शाम को देखते तो आम डाल में पका हुआ दिखता, आ सुबह गये तो गुठलियों का ढेर लगा हुआ है। लोगों ने दिमाग लगाया आ पहुँच गये कि कच्चे आम ही तोड़ लिये जायेंगे। लड़की का गुस्सा और बढ़ गया। अब उसको जिन्दा सुख दिये नहीं आ मरने पर जो मिला वो भी छीनने पहुँच गये। ऐसे समाज को क्यों बर्दाश्त करती वो भला, सो उठाकर फेंक दी आम के नीचे, सीधे कमर टूट गया। बेचारे सब जान बचाकर भागते भागे। एक बार कोई अनजान लड़का राह चलते उधर से जा रहा था। देखता है कि आम खूब फलों से लदा हुआ है पर खाने वाला कोई नहीं। राह चलते भूखा-प्यासा बेचारा वो चढ़ गया पेड़ पर और खाने लगा आम। तब तक देखता क्या है कि हाथ में सिन्होरा लिये आ उसका हाथ थामे वो लड़की उसकी तरफ एकटक देखे जा रही है, हवा में लहराती हुई। उसने आम की गुठली फेंक दी। लड़की ने उसका हाथ पकड़ के अपना माँग भरवा लिया। लड़का पसीने से तरबतर उतर के भागते भागा आ घर पहुँच कर बीमार। बड़े-बड़े डॉक्टर-वैद्य फेल। ओझा गुणी ने बोला ये नहीं बचेगा, इसको एक कुँवांरी भूत पकड़ी है आ इसे अपना सुहाग मान चुकी है, ले जायेगी इसे तभी यह घर शांत रह पायेगा। लड़का सच्ची में मर गया... अब दोनों उसी पेड़ पर रहते हैं।

"तुम मुझे देखते क्यों रहते हो बउवा?" मैं एकदम से दिव्यवा के सामने

था। एकदम टहटह लाल गाल... वही पीपल के पत्ते के नोक से छू दो तो खून निकल आये वैसा ही। मैं पसीने से लथपथ हो गया। मन के सारे भाव बदल चुके थे।

"चुप क्यों हो बुद्धू?"

मैं चुप रहा वो बोलती रही।

"देखो बउवा तुम मुझे अच्छे लगते हो, लेकिन तुमको पता है जिस तरह से तुम मुझे देखते रहते हो पूरे क्लास को पता है। मैं जैसे-तैसे पढ़ने आती हूँ, अगर पापा को पता चल गया न ऐसा कुछ तो कसम से मार डालेंगे, तुम्हें भी और हमें भी।"

एक बार तो डर ख़त्म हो गया और जोश हावी हो गया था। बड़वा गाँव का खून हिलोर लेने लगा था। कैसे मार डालेंगे भला... लेकिन तभी उसके हाथों में घुँघूची के कच्चे दाने दिखे। कहानी फिर से एक बार सचित्र पलट गयी... रोंगटे खड़े हो गये। क्या हो अगर ये सचमुच में भूत ही हो तो। तब तक दिव्या ने मेरा हाथ पकड़ लिया था "कुछ बोलोगे भी पागल, ऐसे तो शेर बने रहते हो अभी सियार क्यों हो गये?"

मुझे दूर से कोई आता हुआ दिखाई दिया। छोटन ने तब तक जोर से सीटी बजायी। हम हाथ छोड़ाकर तेजी से भागे। भागते हुए दो जगह ठोकर खाये, दो जगह गिरे और अँगूठे का नाख़ून शहीद हुआ और होंठों पर प्रेम निशानी पड़ गयी जो अभी भी ध्यान से देखने पर दिख ही जाती है।

"का पंडित खाये-पिये कुछ नहीं आ....." छोटन अभी बोल ही रहा था कि मैं लगभग हाँफते हुए बोला।

"चुप कर भाई, तुमको नहीं पता उ दिव्यवा भूत है भूत।"

"ये कैसे पता चला पंडित?" छोटन ने पूछा।

"अरे देखे नहीं घुँघूची के दाने नोच रही थी।"

छोटन खूब ठहाके लगाकर हँसा। मैं घर चला गया, ये बोलते हुए कि भाई मेरा बस्ता राहुल से भेजवा देना। अब टूटे हुए मुँह के साथ स्कूल जाना और फिर दिव्यवा को सामने से देख पाने जैसा हिम्मत शेष नहीं था मन में।

गुप्त जीवन प्रत्यक्ष प्यार

कहा जाता है कि जिंदगी अपना पाठ खुद पढ़ाती है। जिंदगी के पाठ शायद ही आप कभी किताबों से पढ़ पायें। लेकिन फिर भी किताबें तो जाने दीजिए, हम कल्पनाओं में भी जिन्दगी के पाठ पढ़ने लगते हैं और भटक जाते हैं यथार्थ से कहीं दूर। तब स्वप्न यथार्थ से प्रतीत होने लगते हैं और यथार्थ को हम जानने की कोशिश ही नहीं करते। खैर जाने भी दीजिए, वैसे भी हम सिपाही हैं और सिपाही को ज्यादा जीवन-दर्शनों में भटकना नहीं चाहिए नहीं तो भावनाओं के सैलाब में एक सिपाही अनिर्णय की स्थिति में आ जायेगा कि मारना उत्तम है या मरना... ख़ास तौर से तब यह और हावी हो जायेगा जब सामने जो खड़ा है, न उसे हमारे बारे में कुछ पता है, न हमें उसके बारे में, लेकिन निर्णय लेना है, तुरंत भावनाओं को दरकिनार करके; बिना यह जाने की यह रक्तपिपासा आखिर जाग्रत क्यों हुई, क्योंकि अनिर्णय अपना निर्णय खुद सुना देगी और एक सिपाही के लिए यह सबसे निकृष्ट वक्त होगा कि वह अनिर्णय के कारण शहीद हुआ... सो इन जीवन दर्शनों को जाने ही देते हैं, बस जीवन के उन यथार्थ की तरफ चलते हैं जिन पर यकीन ही नहीं होता अब कि कभी ऐसे भी थे हम।

छोटन उस दिन क्लास में कुछ अलग तरीके से इशारे करने के अंदाज में मेरा कन्धा दबाया था। मैनें उसकी तरफ देखा तो मुस्कुराते हुए बोला कि आज टिफ़िन के वक्त पीछे बगीचे के साइड में चलेंगे।

मेरा रोआँ एक बार फिर भरभरा गया। गये तो थे उस दिन, साला अभी तक मुँह का घाव सूखा भी नहीं है, पैर के अँगूठे से दूसरा नाख़ून निकल रहा है। अब फिर वहीं जाना है, फिर कोई चिट्ठी पा गया क्या।

“हम तो न जायेंगे भाई।”

“साले फट्टू हो पंडित तुम, अरे चलो मजा न आये तो बताना।”

लगा साफ़ कह दूँ कि नहीं मैं तो एकदम नहीं जाऊँगा। तब तक क्लास के दूसरे सिरे पर नजर गयी। दिव्यवा ने मेरी तरफ देखा। एक मुस्कराहट उसके चेहरे पर तैर गयी। साथ में लालिमा थी जो उसके गालों में दौड़ गयी थी। बगल में

बैठी जयवा उसको पेन से कोंच के कुछ बोल रही थी और दिव्यवा शरमाये जा रही थी। उस दिन से ही जब कभी दिव्यवा की नजर हमसे मिलती वो मुस्कुरा देती थी, हमारे प्राण सूख जाते थे। कभी-कभी ऐसा लगता था कि हम फ़ालतू का वहम पाल रहे हैं, अच्छा तो लगता है उसका मुस्कुराना। उस दिन हाथ पकड़ी थी मेरा, बाद में केवल सोच के ही कितना अच्छा लग रहा था न... फिर पता नहीं कहाँ से ई भूत-प्रेत हम बीच में घुसेड़ देते हैं। कहते तो हैं राय मास्टर साहेब कि ई भूत-प्रेत जैसा कहीं कुछ नहीं होते, अरे सबसे बड़ा प्रेत तो इंसान खुदे है, का कोई प्रेत इंसान को पकड़ेगा। हमने पूछा भी था तो वो घुँघूची के दाने, क्या ये सच नहीं है कि भूत लोग उसका आभूषण पहनते हैं?

राय मास्टर साहब ठठा के हँसे थे। कहे हाँ भूतकाल में लोग जरूर पहनते थे, पर भूत पहनते हों ऐसी कोई जानकारी तो नहीं है मुझे भाई। पास में ही बैठे चहेटन काका ने तुरंत विश्लेषण किया "अरे भाई भूतकाल में पहनते थे का मतलब हुआ कि अब भूतों के काल में भूत ही न पहनते रहे होंगे।"

मेरा जो आत्मविश्वास राय साहब से हासिल हो रहा था, उसमें ई चहेटन ककवा लट्ठ डाल देता। हालाँकि राय मास्टर साहब की बात ज्यादा विश्वसनीय थी, पर माई जो कहानी घर पे बतिया रही थी वो भी तो झूठी नहीं न हो सकती थी... ऊपर से अगर दिव्यवा भूत होती तो रोज पढ़ने क्यों आती आ जयवा के साथे तो घूमती रहती है रोज, उसको काहे नहीं पकड़ती। खैर इन सब बातों का क्या मतलब... एक बात जो हमको पता थी वो यह कि दिव्यवा हमको अच्छी लगती है; भले हम उससे नहीं मिलेंगे, लेकिन सोचने में क्या जाता है।

"का पंडित चलोगे न!" छोटन धीरे से पूछता।

राय मास्टर साहब बेहया का डण्डा हाथ में थामे क्लास रूम में प्रवेश करते और हम छोटन की तरफ हामी में गर्दन हिला देते। येन-केन-प्रकारेण क्लास आगे बढ़ता रहता और मेरे मन में तरह-तरह की उथलपुथल। आखिर साला छोटन ऐसा कौन-सा राज लेकर आया है समझ में नहीं आता। कितना कांफिडेंस में है कि मजा न आये तो बताना। है क्या उसके पास। तब तक राय गुरूजी मुझे खड़ा कराते... सवाल पूछते। भटकते मन से जब मैं सवाल सुनने भर ही एकाग्रता नहीं बटोर पाता तो जवाब तो वैसे भी दूर की कौड़ी थी... सो राय गुरूजी मुझे जलील कर अपना गुरुधर्म निभा लेते। मैं भी आदर्श विद्यार्थी की तरह सब सुन लेता। दिव्यवा रोज की तरह गुरूजी की मानसिक क्षुधा शांत

करके आदर्श छात्रा के तौर पर प्रस्तुत की जाती। तब तक नाइट गार्ड साहब बाहर रखे घंटे पर हथौड़े के प्रहार से अनुनाद पैदा करते। राय गुरूजी के कर्त्तव्य का आज वाला चेप्टर इतिश्री होता। वो जोर से डकार लेते हुए, धोती का एक सिरा हाथ से थामे क्लास से बाहर चले जाते। हम छोटन के पीछे-पीछे हो लेते, उसी पोखरे की तरफ जहाँ कभी प्रेम का पहला पेग पीने हम गये हुए थे।

साथ में जोजो भी लटक लेता। जोजो जो शरीर से काम भर का तंदुरुस्त था पर आवाज उसकी एकदम महीन थी लड़कियों जैसी। जब पीछे से आवाज दिया कि "ऐ! रुको हम भी चलते हैं।"

तो एकबारगी तो हम सिहर से गये थे जैसे। लेकिन छोटन बोला "अरे घबराओ मत पंडित, मेरा गर्लफ्रेंड है वो।"

हम एकबारगी तो हँस ही पड़े कि अरे इतनी अँग्रेजी तो हमें भी आती है भाई। जोजो बॉय है तो फिर गर्लफ्रेंड कैसे हो सकता है! फिर मुस्कुराकर चुप रह गया।

छोटन, पोखर के किनारे एक झाड़ी के पास अपना बेल्ट ढीला किया, अन्दर से बनियान बाहर निकाला और बनियान के अंदर दबा के रखा हुआ किताब बाहर निकाल लिया।

"तो ई किताब पढ़ने के लिए यहाँ आने की क्या जरूरत थी भाई?" हम चुप नहीं रह सके।

"ई किताब नहीं माल है माल पंडित, आ तुम रह गए घोंचू के घोंचू ही, लो देखो तब जानो।" छोटन ने वो किताब हमको थमा दी।

आँखें विस्मित हो जातीं। तरह-तरह की अनुकृतियाँ, नंग-धड़ंग से जिस्म, उन अंगों का जिसे गुप्त कहते हैं उनका सजीव-सा चित्र आँखों के सामने घूमने लगता। तीन-तीन स्त्रियों के साथ सहवास करता अकेला पुरुष। पहली बार समक्ष आये ऐसे चित्र। शरीर में एक तनाव की अनुभूति होती। पन्ना पलटता। फिर क्या था, एक अकेली स्त्री और तीन-तीन पुरुष, नंग धड़ंग से स्त्री के अंगों को सहलाते हुए। घबराहट सी होती और पसीने की बूँदें छलछला जातीं। हम झटके से किताब बंद कर देते। समझ में ही नहीं आता कि ऐसा भी कुछ होता है... होता भी है तो क्यों होता है और यह है क्या आखिर में जो कुछ अलग-सी सिहरन और जिज्ञासा के भाव मन में पैदा हो रहे हैं। मैं अभी सोच में डूबा ही

रहता कि छोटन जोजो के स्तनो को पकड़कर मसल देता। जोजो चीख पड़ता।

"भोसड़ी के ये क्या मजाक है।" जोजो अपनी महीन आवाज में भड़कता।

"तुमको मजा नहीं आया क्या।" छोटन चटखारे लेता।

मैं एक बार फिर से उस किताब को खोलकर देखता। लगता नसें फट जायेंगी। हम बहुत देर तक वहीं बैठे रहते। लगता... तो स्त्री-पुरुष सम्बन्ध इस दर्जे तक जाता है। दिमाग को घंटों स्थिर होने में लगा। फिर हमलोग वापस क्लास की तरफ थे।

शास्त्री गुरूजी का तबियत नासाज था। हिंदी वाले मास्टर साहब सुबह से कक्षा नौवीं दसवीं वालों को सँभाले बैठे थे, सो हमारे हिस्से फिर से राय मास्टर साहब ही पड़ते।

"तो बताओ ये १८५७ की महान क्रान्ति के कारण क्या-क्या थे?" राय गुरूजी दहाड़ते।

एकाध हाथ ऊपर उठते, पर एक या दो कारण से ऊपर कोई नहीं पहुँच पाता। कोई गोद लिये जाने वाले नये कानून व्यपगत ? का नियम बोलता, तो कोई गाय और सूअर की चर्बी वाले कारतूस तक। राय गुरूजी चीखते "साला बेवकूफ मैं हूँ जो पत्थर पर दूब जमाने की कोशिश में लगा हूँ, तुमलोग जन्मजात गधे हो जन्मजात।"

"ये पानीपत का तीसरा युद्ध कब हुआ था?" राय गुरूजी मुझसे पूछते।

"...." मैं बस हवा में हाथ लहराकर फिर बाल खुजलाने लगता। दिमाग में वही स्त्री आकृतियाँ घूम जातीं। शरीर में फिर से एक लहर-सी दौड़ जाती। पानीपत का तीसरा युद्ध कहीं और गुम हो जाता।

"तुमसे तो पूछना ही बेकार है, अरे पढ़ने में मन लगे तब तो।" राय गुरूजी डाँटते।

"सरजी १५७४ में।" दिव्यवा तपाक से बोल पड़ती।

"शाबाश! मैने क्या पूछा था बेटा?"

"सर पानीपत की तीसरी लड़ाई।"

"किसके-किसके बीच हुई थी?"

"सर मराठों और अँग्रेजों के बीच में।"

"बैठ जाओ बेटी, तुम खिचड़ी अच्छा पका लेती हो।" दिव्यवा को भक

मार देता और उसका गाल लाल हो जाता, बिलकुल उस एल्बम वाली हिरोइन के माफिक। मेरी आँखों में बनते बिम्ब जब दिमाग तक पँहुचते तो वो निर्वस्त्र होते। मैं दिमाग को बार-बार झटकता पर चित्र टस से मस न होते।

"ये पाप है बउवा महापाप है।" मेरा मन मुझे धिक्कारता, पर साला इस मन की भी बुनावट न जाने कैसी है कि आपको उलझाता चला जाता है। खुद ही भटकायेगा और खुद ही पाप-पुण्य याद दिलायेगा।

खींचखाच कर मन को ले आता राय गुरूजी की क्लास तक। थोड़ा नैतिकता की वजह से, थोड़ा इस वजह से भी कि कहीं राय मास्टर को शंका हो गया कि बउवा के दिमाग में क्या है तो प्रलय तय मानिए।

बेचारी दिव्यवा वैसे ही लजाई-सी खड़ी रहती। राय गुरूजी बताते-पिछली क्लास में ही बताया था कि अफगान के सरदार और पेशवा के बीच हुई थी पानीपत की तीसरी लड़ाई, तो इसमें अँग्रेज की खिचड़ी कहाँ से बनाये दे रही हो; आ अँग्रेज आये थे क्या १५७४ में जो पानीपत की लड़ाई को वहाँ खींचकर ले जा रही हो।

मुझे लगता इसमें उसका क्या दोष है भला, अरे आखिर में क्या पड़ी थी की सारी लड़ाइयाँ पानीपत में ही जाकर लड़ी जायें... जैसे पानीपत न हुआ कुरुक्षेत्र हो गया। वैसे भी इस देश में सारी लड़ाइयाँ अंग्रेजों से ही लड़ी गयी हैं, आ आजादी के बाद चीन-पाकिस्तान से, सो क्या गलत हुआ कि उसने अँग्रेज बता दिया। साला ये सवाल ही क्यों बनता है कि अमुक लड़ाई कब और क्यों लड़ी गयी। कभी किसी लड़ते हुए सिपाही, हल चलाते हुए किसान पर सवाल क्यों नहीं पूछते। खुद ही बताते हैं घर पर कि ये बड़वा गाँव के आसपास खेती की जमीन नहीं थी, पूरा का पूरा जंगल था। तब ये क्यों नहीं लिखा जाता किसी किताब में कि किस तरह से उस जंगल को, पथरीली जमीन को उर्वर बनाया गया, किस तरह से फैली किसी गुप्त महामारी ने वहाँ कोट पड़ा दिया? जब राय गुरूजी के अनुसार ही आसपास में सब जगह इतिहास बिखरा पड़ा है तो उनका जिक्र क्यों नहीं आता। अब बड़वा गाँव में बैठे बच्चे को अमेरिका का इतिहास पढ़ायेंगे आ समझ में न आने पर बच्चे को ही गदहा घोषित कर देंगे तो इसमें दोष बच्चे का थोड़े न है। अब यही राय गुरूजी, ऐसा थोड़े न है कि इनको आता नहीं है, पता तो है यहाँ का सब इतिहास-भूगोल... तो वही क्यों नहीं पढ़ा देते? फिर परीक्षा में सवाल भी वही पूछ लेते, अगर हम न बताते तब न! लेकिन नहीं

कसम खाकर बैठना है कि क्लास में कुछ अनजान-सी चीजें ही पढ़ायेंगे तो पढ़ायें। लेकिन जवाब गलत होने पर ऐसे न बोलें न कम-से-कम। मुझे दिव्यवा से सहानुभूति हो जाती।

राय गुरूजी बताते कि "याद कर लो जब भी १८५७ की क्रान्ति का कारण पूछा जाये तो हेडिंग डालोगे; पाँच हेडिंग, जिसमें पहला होगा तात्कालिक कारण, दूसरा राजनैतिक कारण या हड़प नीति, तीसरा होगा आर्थिक कारण, चौथा होगा धार्मिक कारण और पाँचवाँ होगा सामाजिक कारण।"

लगता साला याद कर लो, इतना आसान कैसे लगता है ये कहना... कभी याद करके तो देखें लोग, इसकी हेडिंग उसके हेडिंग में घुसड़ जाती है। पानीपत का पहला युद्ध कर्णाटक के तीसरे युद्ध से जा मिलता है, प्लासी की लड़ाई और बक्सर की लड़ाइयाँ आपस में खिचड़ी बन जाती हैं... आ इनलोगों को लगता है कि हम याद कर लेंगे मामला खत्म। खुद भी कभी याद करके देखें। अपने तो आते हैं किताब लेकर शुरू, अरे हमें भी परीक्षा में किताब दे दो हुबहू न छाप दिये तो हमारा भी नाम बउवा नहीं। तब तक लगता नहीं राय मरद को तो सब याद है, साला किसी भी विषय पर बात कर लो गजब का झाड़ता है। लेकिन तब भी पता नहीं क्यों क्लास में आते ही किताब लेकर बैठ जाता है।

"बैठ जाओ कि खड़े ही रहोगे पूरे दिन!" तब तक राय साहब की आवाज गूँजती।

मैं हड़बड़ाकर बैठ जाता। साला पता नहीं किस कशमकश में खड़ा ही रह गया था। मेरे साथ ही कब से खड़ी दिव्यवा भी बैठ जाती। क्लास खत्म हो जाती, साथ ही १८५७ की क्रान्ति भी।

* * * *

शाम को गोरस का असर कहिए या कुछ और... नींद ने तुरंत मुझे अपने आगोश में ले लिया था। फरवरी का अंतिम सप्ताह चल रहा था। जल्द ही होली के हुड़दंग शुरू होने वाले थे, सो इसे फागुनी खुमार भी समझ सकते हैं। राय मास्टर साहब, चहेटन काका आ भजन मास्टर सब अपनी अपनी ठेल रहे थे और हम किसी अनजान से सफ़र पर निकल गये थे।

दिव्यवा सहसा आकर मेरा हाथ थाम लेती। एक अजब सी सरसराहट होती। जैसे राढ़ी के खेत में सफ़ेद फूलों के बीच बरखा के बूँदों को अंतर में

सहेजे हुए शरद की वायु जब गुजरती है तो एक संगीतमय ध्वनि के साथ राढ़ी के लम्बे-लम्बे लोचदार डण्ठल सहसा झूम उठते हैं, कुछ ऐसी ही दशा मेरे शरीर पर अवस्थित रोमों की थी। लगा जैसे धरती के लिए उस वायु की छुअन भी कुछ वैसा ही होता है न जैसा मेरे लिए दिव्यवा का छुअन।

अरहर के खेतों के बीच, अरहर के पीले-पीले फूल और मुलायम ताजा लगे फलियों से युक्त झमठार पौधे। उनकी भी अपनी ही अकड़ होती है, अपनी ही संगीत होती है। संस्कारों से रचे-बसे इन गाँवों में मुहब्बत का ठौर उपलब्ध कराते ये खेत, जहाँ कभी चना लहलहाता है तो कभी गन्ना। राय गुरूजी बताते इन गन्ने की खेतों में कभी अफीम लहलहाया करते थे। तब गन्ने की खेती न उतनी प्रचलित थी, न फायदेमंद। अफीम ताजातरीन आमद था, जिस पर सरकारी संरक्षण प्राप्त था। ये सरकारी संरक्षण भी अजब बला होती है... भाषा, साहित्य कला से लेकर उद्योग धंधा खेतीबाड़ी तक जिसे प्राप्त होती है वो लहलहा उठता है। सरकारों की प्रवृत्तियाँ बदलने के साथ ही ये हरियाली किसी और ठियाँ ठिकाने पर शिफ्ट हो जाती है। तो अफीम के साथ भी कुछ वैसा ही था। जब तक चीन को जबरिया अफीम खिलाया जाता रहा, तब तक चीन के बर्बादी का हिस्सा यहाँ के किसान भी पाते रहे। हालाँकि छीजता हुआ यह हिस्सा तब भी कम ही पँहुचता है, अब भी कम ही पँहुचता है। पर समय ने करवट लिया, बिहियाँ नरेश ने बिहियाँ मिल के नाम से गन्ना पेराई का नया संयंत्र बनवाया। चीन ने धीरे-धीरे अफीम पर प्रतिकार किया फलत: खेतों ने अफीम की जगह गन्ने को चुन लिया और देखते-देखते गन्ना नया अफीम बन गया। इंसान और पूँजी दोनों के अपने लत होते हैं और अपने-अपने अफीम। सहसा विचारों का मेरा क्रम रुक जाता, जब देखता कि दिव्यवा अभी भी मेरी तरफ देख रही है... अपलक।

उसकी मंद-मंद मुस्कान, उसके गालों की लालिमा, उसके मोती जैसे दाँत एकदम सफ़ेद, उसके ओंठ किसी बैजयंती के फूल की अधखिली कलियों की भाँति, सब मुझे सम्मोहित-सा कर रहे थे। अरहर के खेतों से उछलती-कूदती हुई बसंती हवा गुजरती और शरीर में उठने वाली लहरों को और अनुनादित कर देती।

“क्या देख रहे हो बउवा?” दिव्यवा मुस्कुराते हुए पूछती।

क्या जवाब दूँ इसे कि तुम्हारे ओंठों को देख रहा हूँ, तुम्हारी इस बसंती पवन जैसी ऊर्जा से युक्त मुस्कान को महसूस कर रहा हूँ। कुछ भी समझ में नहीं

आता। तब तक हवा का एक झोंका आता। दिव्या के कंधे से टँगा हुआ दुपट्टा सरक जाता। दिव्या उसे सँभालने के चक्कर में हल्का-सा घुमाव लेती। उसकी लटें हवा के साथ उड़ने लगतीं। एक अलग-सा सुगंध हवा में घुल जाता। ऐसा लगता जैसे किसी ने हवा में भाँग घोल दी हो। पर भाँग, तो खाने-पीने की चीज होती है, पर दिव्यवा के जुल्फ ये तो हवा में मादकता घोल सकते हैं। घुमाव लेती दिव्यवा का दुपट्टा अरहर के पौधे में उलझ जाता। दिव्या बिना दुपट्टे के होती, पीठ मेरी तरफ किये। मेरी नजर उसके पृष्ठ भाग पर जाती। गर्दन से ठीक नीचे एक काला तिल, मुझे आकर्षित करता। मन छहलाता हुआ नीचे तक चला जाता। उसका दुपट्टा ओढ़े अरहर इतराता रहता। वो हाथों से इशारा करके अपना दुपट्टा माँगती। आहिस्ता से उसका दुपट्टा उठाकर उसकी तरफ बढ़ाता हुआ मैं मारे घबराहट में दुपट्टा उसकी हाथों में जाने से पहले ही छोड़ देता। वो सकुचाती हुई झुक जाती। उसके अर्द्धविकसित दो उरोज धरती का चुम्बन लेने नीचे की तरफ बढ़ते। काँपते हाथों से मैं अपनी हथेलियाँ आगे को बढ़ा देता। आसपास में कई और आकृतियाँ नृत्य में मग्न हो जातीं। सहसा मेरी साँसे उखड़ जातीं। एक अजब-सी अनुभूति होती। इतनी बेचैनी, इतना तनाव, इतनी गुदगुदी मैनें पहले कभी भी महसूस नहीं किया था। पैंट के अन्दर कुछ तरलता-सा महसूस होता। तेज उखड़ती साँसों के दरमियान नींद खुल जाती।

ये क्या था। मैं आसपास मारे घबराहट में देखता। दूर-दूर तक कहीं कोई नहीं दिखाई देता। तो वो अरहर के खेत, वो सफ़ेद दुपट्टा, वो मुस्कुराती दिव्यवा, वो सफ़ेद गौरांग से दिखने वाले उसके उरोज और नृत्य करती नग्न आकृतियाँ, कहीं कुछ भी तो नहीं था, फिर ये उखड़ती हुई साँसें, ये तो सच में हैं न! अभी तक मेरी साँसें तेज चल रही थीं। कुछ सुखद घटित हुआ था। मैं तेजी से बाहर भागता। एक शर्म की अनुभूति मनोमस्तिष्क में छा जाती। बाहर चाँदनी की रौशनी में पैंट पर लगे हुए दाग दिखाई देते। समझ जवाब दे देती। आखिर ये क्या है। वहीं कपार पर हाथ धर के बैठ जाता। मन में छोटनीया द्वारा दिखाये गये एल्बम के पन्ने फड़फड़ाने लगते। लगता सब कुछ कितना विकृत-सा है न! साला पता नहीं किस आनन्द की बात करते हैं लोग, यहाँ तो सपने में ही गुत्थियाँ उलझ गयीं, सच्चाई की हालत क्या होगी राम जाने।

***

अगले दिन स्कूल जाते समय घनचक्कर काटते हुए जाता... राजू की पान

दुकान अर्थात संस्कारशाला से होते हुए। संस्कारशाला के बाहरी दीवार पर पुराने हकीम साहब के श्वेत-श्याम पोस्टर की जगह नया रंगीन पोस्टर लगा हुआ था। पोस्टर पर एक युवा, सर पर हाथ रखे हुए बैठा था। तुरंत मनस पटल पर एक चित्र उभर आया। अभी रात्रि में मेरे माथे पर मेरा हाथ भी कुछ ऐसे ही था। पोस्टर पर मोटे और रंगीन हर्फों में लिखा हुआ था "हताश, निराश, रोगी मिलें" मैं ध्यान से पढ़ने लगा। रोगों की, समस्याओं की एक श्रृंखला दर्ज था पोस्टर में- यथा धात गिरना, शीघ्र पतन, लिंग का टेढ़ापन, तनाव की कमी, स्वप्नदोष, धातु क्षीणता, पुरुषार्थ की कमी, इत्यादि कई जटिल समस्याओं का यहाँ चुटकियों में समाधान किया जाता है। नीचे लिखा हुआ था "गुप्त रोग धीमा जहर, छुपायें नहीं इलाज करायें"।

"का भाई बउवा, जाना है क्या हकीम साहब के यहाँ?" राजू टोकता।

"अरे दुकान आप खोले हैं, पोस्टर आप लगाये हैं, तो आप ही जाइए न!" मैं सुनाते हुए निकल आया था स्कूल की तरफ।

स्कूल लगभग वीरान था। होली नजदीक आने का असर था या कुछ और पता नहीं। छोटन आया हुआ था। उसके हाथों में एक रंगीन पत्रिका थी। पत्रिका का नाम था 'सहज सलिल'। उसने अपने झोले से एक दूसरी वैसी ही पत्रिका निकाली और मेरी तरफ बढ़ा दिया। मैं पन्ने पलटने लगा। पत्रिका के अन्त में एक अर्द्धनग्न टाइप की स्त्री देह का चित्र बना हुआ था, उसके बगल में लिखा हुआ था "समस्या आपका, समाधान हमारा"।

ध्यान से पढ़ने लगा था।

"सर मैं एक बाईस वर्ष का युवक हूँ। बचपन में किहीं वजहों से गलत आदतों का शिकार हो गया, जिस वजह से अंग में आया तनाव ज्यादा वक्त तक नहीं रह पाता है। पिछले कुछ वर्षों से मैं एक युवती की तरफ आकर्षित हूँ; अभी तक उससे अकेले में मुलाकात सम्भव नहीं हुई है, परन्तु अक्सर वो रात में स्वप्न में आती रहती है। परन्तु मेरा धातु अक्सर स्वप्न में उससे सम्बन्ध बनाने से पूर्व ही निकल जाता है। अभी कुछ दिनों पहले उसने मुझे प्रेम-प्रस्ताव दिया है तथा मुझसे मिलना चाहती है। कृपया मार्गदर्शन करें कि क्या यह सम्बन्ध सफल हो पायेगा; मैं अपनी इस कमजोरी के चलते काफी शर्मिंदा महसूस करता हूँ।"

जवाब में लिखा हुआ शब्द एकदम स्पष्ट प्रतीत होता।

"स्वप्न में सम्बन्ध बना पाने की असफलता किसी भी मर्द के लिए शर्म का विषय होता है, यह स्वप्नदोष की सबसे खराब कोटि होती है। आप यह यकीन मानकर चलिए कि जो पुरुष स्वप्न में स्त्री-संसर्ग का सुख प्राप्त किए बिना स्खलित हो गया, वो वास्तविकता में कभी किसी स्त्री को सुखी और संतुष्ट नहीं कर सकता, अतः यह सलाह दी जाती है कि फिलहाल किसी भी तरह के स्त्री संसर्ग से बचें, अलाना-फलाना की चिलाना तत्त्व से युक्त, स्वर्ण शिला क्षार रसायन सुबह शाम दूध के साथ सेवन करें, निस्संदेह लाभ होगा।"

तो जो मुझे रात में हुआ था वो स्खलन ही था। क्या वो सफ़ेद लिसलिसी सी चीज जो कपड़े में लिपट गयी थी वो धातु थी... तो क्या सम्बन्ध बनाये बिना ही मैं स्खलित हो गया था? लेकिन यह सम्बन्ध क्या होता है?

"धत तेरी की!" मैं अपने सर पर मारता। अरे उस दिन जो छोटन ने एल्बम में दिखाया था वही तो होता है वो। लेकिन मेरा धातु तो वो सबके बिना ही स्खलित हो गया था। तो? तो क्या? साफ़ तो लिखा है कि स्वप्न में भी स्त्री-संसर्ग का सुख पाये बिना जो पुरुष स्खलित हो जाता है वो निस्संदेह किसी भी स्त्री को सुख और संतुष्टि नहीं दे सकता। मूलमंत्र मेरे मष्तिष्क में गूँज उठता और तब तक स्कूल में थोड़ी चहल-पहल स्टार्ट हो जाती। मैं छोटन से दोनों पत्रिकाएँ माँग-कर अपने बस्ते के अन्दर डाल लेता।

क्लास चलती रहती मैं कहीं और भटकता रहता। टिफ़िन होते ही हमलोग पीछे बगीचे की तरफ निकल जाते। मैं छोटन से अनायास ही पूछ पड़ता "भाई छोटन क्या तुमको पता है कि धात गिरना क्या होता है?"

"तुमको नहीं पता क्या पंडित!" छोटन बड़े आश्चर्य से मेरी तरफ देखता जैसे कोई आवश्यक ज्ञान से मैं अनभिज्ञ हूँ।

"नहीं पता भाई, पता होता तो तुमसे पूछता।"

"बहुत ही खतरनाक चीज होती है। समझ जाओ कि धातु मतलब तुम्हारे शरीर का सत। सत निकला, बस शरीर गल गल कर ख़त्म।"

"पर यह निकलता कैसे है?" मैं छोटन की तरफ देखता।

"मुझे ज्यादा नहीं पता। लेकिन गाँव में कुछ लोग कहते हैं पिशाब के रास्ते धात निकलता है। अगर पिशाब के बाद कोई चीज लिसलिसाती हुई, तार जैसे बूंद बूंद करके गीरे तो समझ जाओ कि तुम्हारा धात अब गिरने लगा है। इसके

बाद अब तुम्हारी जिन्दगी कुछ ही दिन की मेहमान समझो।"

"अच्छा!" एक विचित्र सा भय मेरे मनोमष्तिष्क में छा गया था।

"एक लोटा खून से एक बूँद धात बनती है आ शरीर में चार लोटा से ज्यादा खून नहीं होता... तो ये सोचो पंडित कि चार बूँद धात निकलते-निकलते शरीर सूखकर काँट हो जाता है। आदमी बस अब मरा तब मरा वाली स्थिति में। पर तुम ई सब काहे पूछ रहे हो पंडित?" छोटन ने मुझसे पूछा।

"ऐसे ही।" मैं वही पास में ही मूत्र विसर्जन करने चल पड़ा, पोखरे के एक किनारे।

धार के साथ दूर तक फेन उत्पन्न करता मूत्र-मूल तक आकर समाप्त होते होते धीरे-धीरे टपकन में बदल गया। लास्ट तक तो ऐसे, जैसे किसी ने पीपल से निकले लासे से मूत्र की अंतिम बूँद शिश्न से चिपका दी हो। अरे साला ई का ई तो धातु है। घनघोर चिंता ने हमको तुरंत घेर लिया। दिमाग में पोस्टर, मैगजीन के पन्ने, छोटन के बताये हुए रहस्य सब घूमने लगे। लगा कि बेटा बउवा अब जल्द ही तुम मर जाओगे, अगर धातु ऐसे ही गिरता रहा तो। पर बतायें तो बतायें किससे ये भी तो समस्या है। पोस्टर फिर से दिमाग के समक्ष आ जाता। बीती हुई रात्री जीवंत हो जाती। मैगजीन के पन्ने रोग का विश्लेषण कर डालते। लगता केवल धातु गिरना ही एकमात्र रोग तो है नहीं लिस्ट में... टेढ़ा लिंग, स्वप्नदोष, शीघ्रपतन बाप रे! ई तो किसी मलेरिया आ मियादी बुखार से भी ज्यादा जबर रोग है सब। मैनें छोटन की तरफ देखा। वापस स्कूल आकर बस्ता थामा और निकल लिया गाँव से बाहर उस टीले की तरफ, जिसे लोग कोट कहते हैं।

विचारों के धुंध से घिरा मैं बैठा रहता वहीं। शाम ढल जाती। साला दुनिया भी तभी जीवंत दिखती है जब अपना मन चंगा हो। मैनें फिर एक बार मैगजीन निकाला। एक बार फिर से पढ़ने लगा। कोने में छपा एक इश्तिहार दिखा, उसमें भी गुप्त रोगों वाली वही लिस्ट छपी थी जो राजू के पान दुकान के बाहर लगे पोस्टर में थी। संदेह फिर गहराने लगा। पैंट की जिप खोलकर अन्दर टटोला। साला जिस लिंग के टेढ़ा होने के संदेह में धँसा जा रहा था वो गायब था कहीं। मन झुंझला गया। पर सामने वो इश्तेहार फिर नाचने लगा। मैंने एक बार उठकर आस-पास का मुआयना किया। दूर-दूर तक कोई आहट नहीं थी। धीरे से पैंट का बटन खोला, फिर बैठकर सूक्ष्म निरीक्षण करने लगा। एक तरफ से स्पष्ट

झुकाव प्रतीत हो रहा था। साला ई टेढ़ा लिंग, सब भजन मास्टर का खानदानी प्रभाव है। वैसे ही धम्म से बैठ गया, चुपचाप, योजनाओं का खाका बनाते हुए कि अगर जिन्दा रहना है तो इलाज कराना होगा। रोग गुप्त है तो इलाज भी गुप्त ही रहेगा न, सो इलाज के लिए जरूरी है कि हकीम तक पहुँचा जाये। पर उसके लिए पैसा, वो कहाँ से आयेगा। सहसा दूर खूँटे पर टँगी भजन मास्टर की खद्दर की बनियान से झाँकते सौ पचास के नोट दिखाई दिये। उम्मीद की किरण सहसा फूट पड़ी। पर वो क्या चोरी करेगा... और नहीं तो क्या? भजन मास्टर तो माँगने से पाद तक न दें, अब बउवा का लिंग रहे चाहे बजर पड़े, उनको क्या करना। खैर बता भी तो नहीं सकता कि नहीं बाबूजी दे दीजिए पता चला उ हल्ला कर दें। पूरा गाँव जान जाये कि आए हाए बउवा का तो लिंग ही टेढ़ा है। सो चोरी करने के अलावा कोई मार्ग नहीं। पर रास्ता, वो कौन बताएगा। बउवा खुद तो कस्बे तक भी नहीं गया, कभी फिर कुदरा बाजार तक जाना... मतलब सब मिलाकर मार्ग टेढ़ा ही है। जब तक वो किसी साथी गुप्त रोगी को तलाश पायेगा तब तक ई पक्का है कि क्षीण होते धातु के साथ बउवा अर्थात भजन मास्टर के कुल का चिराग भी कहीं निकल जायेगा। तब तक ध्यान भंग होता। दूर से किसी के आने की आहट सुनाई देती। जल्दी जल्दी पैंट को ऊपर चढ़ाता। जिप चढ़ाना भूल जाता। तब तक आवाज आती।

"अरे शिवबाबू! भाई यहाँ क्या कर रहे हैं, वहाँ घर पर आपकी खोजाई हो रही है।" राय गुरूजी इहाँ भी टपक पड़े थे। हाथ में लोटा पकड़े कान पर जनेऊ चढ़ाये। पक्का विसर्जन करने जा रहे होंगे। तो जायें न इहाँ क्यों टपक पड़े। अब इनको का बतायें कि लिंग टेढ़ा हो गया है निरीक्षण कर रहे हैं। लेकिन नहीं अगर कहीं मरद ने देख लिया होगा तो... तब तो पक्का है रात होते-होते शनीचर भजन मास्टर के सर पर सवार हो जायेगा। फिर क्या... लिंग की समस्या बाद में सुलझायी जायेगी, पहले टेढ़े झुके गर्दन पर माई तेल मालिश कर रही होगी।

"कुछ नहीं गुरूजी, जंगल गया था मकोय खाने, वापस आकर आराम कर रहा हूँ।" मैने झूठ बोला।

"सीजन कहाँ है मकोय का, वो भी इस बड़वा पहाड़ पर है कहाँ कुछ, ई तो कब का ठूँठ हो गया है।"

"थोड़ा बहुत तो मिलबे किया सर।" मैं गर्दन नीचे करके बोलता।

"तो चलिए अब घर चलिए भाई, ई कोट पर बेकार में टँगे हुए हैं।"

"जी गुरूजी चलता हूँ।" लगा पूछ लूँ क्या गुरूजी उ झाड़ा करने न आये थे आप तो कर लीजिए फिर चलेंगे। पर गुरूजी खुदे बता दिये थे कि वो निवृत्त हो चुके हैं। उसी समय उन्होंने वहाँ दूर से ही हमको इधर बैठे देख लिया था। डर का तरंग पूरे देह में दौड़ गया... क्या होगा अगर राय जिउवा ने मुझे उस प्रावस्था में देख लिया होगा तो। तब तक पैर कहीं नीचे की तरफ ठोकर खाया और मैं सीधे मुँह के बल नीचे ढुलक गया। वहीं पास पड़ी लोहे के कड़ी से पैर उलझ गया था। राय साहब ठठा के हँसे और प्रवचन शुरू कर दिये।

राय साहब बताते जाते और हम न चाहते हुए भी सुनते। मन में कहीं गुप्त रोग, टेढ़ा लिंग और क्षीण होता धातु चक्कर काटता रहता, कानों में राय सर के स्वर गूँजते। ये उच्चा टीला कभी गाँव था आबाद, लहलहाता हुआ गाँव। जहाँ बच्चे किलकारियाँ भरते और थाल और ढोल की थापों के साथ सोहर गूँज उठते। लोग पैदा होते, मर जाते और गाँव गवाह बनता रहता। फिर समय का चक्र गतिमान होता और मरते-जन्मते लोगों का, बैलों की घंटियों का, बछड़ों के बकारों का गवाह बनता गाँव स्वयं सिमट जाता उन तमाम गवाहियों को समेटे। आज से सौ वर्ष पूर्व ये बड़वा गाँव इसी कोट के ऊपर बसा करता था। यकीन नहीं होता न! पर यकीन के होने न होने से तथ्य नहीं बदल जाते शिवबाबू जी! तथ्य तो निरपेक्ष तरीके से स्थापित हो जाते हैं। घटनाओं के रूप में... बस व्याख्याएँ बदलती रहती हैं। मेरे मन में राय सर का शब्द गुन्थित हो जाता। तथ्य नहीं बदलते, तो ये भी तथ्य नहीं बदलेगा न कि भजन गुरूजी का इकलौता लड़का बउवा गुप्त रोग से ग्रसित हो गया है। मेरे चेहरे पर प्रगट होते गुप्त भावों को राय साहब पढ़ लेते, फिर बोलते... भारी हो रहा है न मेरा प्रवचन। पर इतिहास यही है। आज से सौ वर्ष पूर्व जब अंग्रेजों का राज्य था तब बाढ़ सूखा सब प्रकृति की मार ही नहीं थे ये प्रशासन के, कुप्रबंधन के भी मार के रूप में मिलते थे। उन्नीसवीं सदी का बीतना भारी पड़ रहा था। १८९४ तक सूखे ने दस्तक दे दीया थी। १८९६ तक सूखे की समस्या गम्भीर हुई। खरीफ का फसल खराब, भदैनी खराब, और विस्मृत से हथिया ने रबी भी डुबो दिया था। सावाँ, मड़ुआ, कोदो भी दुलम हो गये थे। ऐसे में नाराज हुई कोटवई ने भूख की मारी जनता के ऊपर से अपना रथ हाँक दिया। अजब समस्या थी। बुखार जो मलेरिया और हैजा का मिलाजुला रूप था गुप्त रूप से आता और गाँव के गाँव तबाह। तब की सरकार ने

इसे हैजा या मलेरिया माना और सोन से निकली नहरों के ऊपर ठीकरा फोड़कर मस्त हो गये। वैसे सरकारें अक्सर यहीं काम करती हैं। कुछ भला हो तो श्रेय लेने कूद कर आ जायेंगी पर बुरा हो तो अगल-बगल से बहानों का ढेर खोज लिया जाता है। कभी कोई सरकार नहीं मिलेगी जो लज्जा के आवरण में लिपटी हुई आये और घोषित करे कि हम हैं इस त्रासदी के जिम्मेदार। हम सोचते सरकार भी कुछ-कुछ भजन मास्टर टाइप की चीज होती होगी। भला हुआ तो छाती ठोक के मूछों पर ताव देती हुई आ गयी कि अरे तो आखिर औलाद किसका है आ कुछ गड़बड़ाया तो ससुर कुलच्छने पैदा हो गये। मतलब हद होती है। राय साहब बताते सो तब की सरकार भी बहाने खोज रही थी। तब भी जबकि अव्यस्था समक्ष थी। राहत के नाम पर जो अनाज आये थे वो सारण और गया के हिस्से गये और शाहाबाद को मिला ठुल्लू। यहाँ आसपास में नाम मात्र का जो स्वास्थ्य सुविधा था वो १८७३ में भभुआ में स्थापित अस्पताल के रूप में था और रोग का असली वजह था बर्दवान फीवर, यह गुप्त रूप से एक महामारी के रूप में फैला और लाखों को कालकवलित कर गया। गुप्त रूप से फैलती महामारी का चित्र मेरे मानस-पटल पर उभर जाता। मेरी नजर में तब की बस्ती उभरती। चलते फिरते लोग। तब तक एक सुबह सबका लिंग टेढ़ा हो जाता आ धातु पेशाब के साथ बह निकलता। लोग त्राहि त्राहि करते हुए परा जाते। राय मास्टर बताना जारी रखते। ऐसी ही महामारी जब प्लेग, हैजा और भुखमरी से लिपटायी हुई इस गाँव में भी फैली और लोग अकाल कालकलवित होने लगे तो लोगों को लगा यह कोटवई का हमला है। लोगों ने आनन-फानन में बस्ती छोड़ दी। भुतही होती बस्ती काल के साथ खँडहर में बदल गयी। जहाँ कभी इंसान बसते थे वहाँ भूतों ने डेरा जमा दिया। अब तो जिन्दा इंसानी बस्तियाँ भी भुतहा हो चली हैं।

हम अपनी ही दुनिया में मगन रहते और अपने हालिया पैदा समस्या का समाधान खोज लाते। साला हो न हो ई भजन मास्टर का खानदान उसी गुप्त महामारी में बच निकला होगा, पर टेढ़ा लिंग का समस्या खानदानी हो गया होगा। तब तक दूर से आते भजन मास्टर दिखाई दे जाते। हमे उनके धोती के अंदर की दुनिया साकार होती दिखाई देती। कुछ देर बुत बने हम खड़े रहते तब तक भजन मास्टर दूर से ही दहाड़ते "ज्यादा हीरोगिरी सवार हुई है कपार पर, जाकर घर खा-पी लो आ थोड़ा कायदा सीखो। नहीं तो किसी दिन हमारे कपार

पर भूत चढ़ा न त मार-मार कर चोइटा छोड़ा देंगे। ससुर बिना खाये-पिये जाकर कोट पर धरना दे रहे थे।"

"साला इनको हिरोगिरी दिखाई दे रही है, इहाँ जान की पड़ी हुई है और ई जनाब गुस्सा दिखा रहे हैं। मार लीजिए न, वैसे भी हम कुछ दिन के मेहमान ही हैं।" सोचते हुए हम वापस हो लिये, पर औकात कुछ बोलने की न हुई।

***

किसी गूढ़ गुप्त रोग से ग्रसित होने का वहम पाले हम क्लास में थे। दिल था कि अभी भी नज़रों को अपने हिसाब से घुमाता और वो खिड़की की तरफ बैठी लड़की पर ले जाकर उन्हें अटका देता, पर दिमाग साला भय का अवसाद का हार्मोन शरीर के किसी अंग से निकलता और मन को विषाद से भर देता। ऐसे में मन हावी हो जाता दिल के ऊपर और आत्मविश्वास दफ़न हो जाता अवसादों के मध्य। फिर क्या लगता रहन दे बउवा ई सब लड़की-फड़की वाली गन्दी बात, मस्ती पर फोकस कर मस्ती पर। तब तक उधर खिड़की की तरफ से आती हवा शरीर को गुदगुदा जाती। चेहरे पर जो अब तक गम्भीरता की चादर तनी होती वो सहसा उतर जाती और एक अनूठी मुस्कान होठों पर परिहास करने लगती।

"का पण्डित बहुत मुस्कुरा रहे हो, क्या बात है!" छोटन टिहकारी लेता।

"कुछ नहीं भाई बस ऐसे ही, समझ ही रहे हो जब जोजो यहीं पास में बैठे हों तो मुस्कान तो बनता है न!"

"मतलब जोजो और मुस्कान का क्या सम्बन्ध बउवा?" राहुल बीच में टपक जाता।

"अब सारा सम्बन्ध खोला नहीं जा सकता है न।"

"मतलब कोई गुप्त सम्बन्ध है क्या।" छोटन टोकता।

"देखो हर वक्त मजाक अच्छा नहीं लगता है।" जोजो गरमा जाते। बउवा शांत हो जाता।

"डर गये क्या पंडित; अरे जोजो जब प्रेम में होता है तब ऐसे डाँटता है भाई।" छोटन सँभालता।

गुप्त सम्बन्ध, गुप्त रोग, गुप्त महामारी। साला ई गुप्त शब्द जो मेरी जिंदगी में नरक बो दिया है। वैसे मेरी जिंदगी है ही कितने बरस की मेहमान। ज्यादा से

ज्यादा दो चार साल और। फिर धातु निकलते-निकलते देह गल के अस्थिपंजर मात्र शेष रह जायेगा बिलकुल नरहुआ की तरह। लोग बताते हैं कि उसको टीबी हुआ था। कुछ कहते हैं नहीं राजयक्ष्मा हुआ है, पर कानाफूसी कुछ लोग कहते की उसको एड्स हुआ है। एड्स कोई भयंकर रोग होता है। उसमें आदमी भट्ठी में पड़े लोहे की तरह पिघल जाता है। वो भी पिघलता रहा था बेचारा। कभी घोंघी खाता कभी सीप। घर से बाहर मड़ई में रखा गया था उसे। आग पर भूँजकर घोंघी देते। उसके घरवाले फिर वहीं भुइयाँ बैठकर चुपचाप खाता और कातर नजर से आसपास देखता। लोग बताते घोंघी खाने से देह में ताकत मिलती है, पर उसे घोंघी भी ताकत नहीं दे पायी। चला गया बेचारा गल चुके शरीर को छोड़कर यहीं इसी लोक में। पर पूरे गाँव से कोई उसके त्यक्त शरीर को भी छूने नहीं गया, उ त राय गुरूजी ने मसला सँभाला, हिम्मत दिया। तब जाकर चहेटन काका के गँजेड़ी क्लब के कुछ सदस्यों ने कंधा दिया। बउवा का देह सिहर उठता। हो न हो नरहू को भी गुप्त रोग ही था। यही धातु गिरते-गिरते देह क्षीण हो गया। पर ईलाज तो कराया नहीं। वह अगर समय पर हकीम साहब से मिल लिया होता तो फिर काहेको बउवा को लगता उसका भी देह क्षीण हो गया है... बेजान पड़ा बउवा। भजन मास्टर तो उसे मड़ई भी नहीं देंगे। आस-पास देखता भरी पूरी क्लास वीरान-सी दिखाई देती। तब तक जोर से खिलखिलाने की आवाज आती। देखता दिव्यवा देखकर हँसे जा रही है। अनवरत बिना किसी रुकावट के। लगता ओह तो इसे भी पता चल ही गया कि बउवा को गुप्त रोग है। तब तक ध्यान भंग होता। सामने सर्वश्री सर्वानन्द शास्त्री जी खड़े होते।

"तो श्रीमान आप ध्यान मुद्रा में हैं लगता है।"

"जी...." हम कुछ बोल न पाते।

"क्या नाम है आपका?"

"जी बउवा, हाँ यही कहते हैं सब मुझे।"

"अरे तो हम भी यहीं कहेंगे। पर अपना असली नाम भी बताइए प्रभु।"

"जी शिवबाबू।"

"पिताजी का नाम।"

"जी हम भजन मास्टर के बेटे हैं।"

"अच्छा... वही कहें कि ई समाधि लगाने की कला वाला बालक किसकी

रचना है।" शास्त्री जी हँस पड़ते। गुरूजी आँखे मटकाते हुए बोलते। पूरी क्लास उनका साथ देती। कोने में बैठी बालिका मुस्कुरा रही होती।

"तो बुची तुम्हारा नाम क्या है?"

"जी दिव्या, दिव्या कुमारी।"

"पापा का नाम?"

"जी बिपिन दूबे।"

"अच्छा बहुत सुन्दर बुची बहुत सुन्दर; वैसे जैसा तुम्हारा नाम है वैसे ही मुस्कान है, है न!" फिर गुरूजी कुछ सोचते हुए सहम जाते जैसे।

सारे बच्चे हँस देते। दिव्या शरमा जाती। उसके गाल लाल-लाल टमाटर की तरह हो जाते। लगता अभी चटनी बना लें। तब तक मन पर दिमाग लगाम लगाता ना बउवा ना, ई गुप्त रोग सँभलो पहले। क्लास चलता रहता। गुरूजी सुभाषितानि पढ़ाते रहते।

"येषां न विद्या न गुणं न शीलं....." जिसके पास न विद्या है, न गुण है, न शील है, न धर्म है, न रूप है वो इस मृत्युलोक पर भार के समान है, मनुष्य के रूप में जानवर।

"और जिसके पास गुप्त रोग है वो..." मैं सोचता, उसका क्या; कोई सुभाषितानि इस सम्बन्ध में भी होगी क्या?

गुरूजी एक के बाद एक रैंडम तरीके से सुभाषितानि ठेलते, फिर आ जाते बोर होते बच्चों के मनबहलाव पर। क्लास लम्बा खिंचता चला जाता। पता चलता आज हिंदी वाले गुरूजी छुट्टी पर हैं। हेड सर आये नहीं हैं सो इतिहास वाली मैडम का आने का कोई प्रश्न ही नहीं उठता। अँग्रेजी वाले गुरूजी देसी पीकर अलगे क्लास ले रहे हैं। तो मिलाजुलाकर दारोमदार राय गुरूजी और शास्त्री जी के कन्धों पर थी। ऐसे में नैतिक दायित्व से बँधे शास्त्री जी ने आठवीं क्लास के नवागंतुक कर्णधारों की जिम्मेवारी ली थी और राय सर ने नौवीं-दसवीं को एक में फेंटकर बैठा दिया था। आखिर बोर्ड के इम्तिहान में भी तो नौवीं-दसवीं में कोई विभेद नहीं था। सब एक ही साथ पूछा जाता था, सो क्लास का नाम भले अलग अलग हो पर उन्हें एकत्व प्रदान करने की क्रिया नेहरू उच्च विद्यालय में सफलतापूर्वक की जाती थी।

धीरे-धीरे क्लास में कोलाहल बढ़ता जाता। शास्त्री गुरूजी समझ जाते ई उपदेश और नैतिकता अकेले अपने कन्धों पर दो तीन घंटे नहीं सँभाल सकती हैं

सो कुछ अनुवाद भी लगे हाथ दे डाले। थोड़ी देर की शांति के बाद हरे 'तू बताव' 'तू बताव' की फुसफुसाहट सुनाई देने लगी। गुरूजी ने रूप का जादू छोड़ा।

"हाँ बुची उठ जाओ और मुनि का रूप सुनाओ तो।" गुरूजी ने दूसरी बेंच पर बैठी एक बालिका से पूछा था।

बालिका शर्माते सकुचाते हुए उठी और कुछ बताने की जगह खिखियाने लगी।

"अरे हम रूप पूछ रहे हैं और तुम दाँत दिखा रही हो, नहीं पता तो बता दो कि नहीं आता है।"

"गुरूजी मुन्नी का रूप अच्छा है, सुन्दर है।" बेचारी दुपट्टे का कोर पकड़ कर शर्माते हुए बोली।

"वाह भाई वाह! ई बुचिया कमाल करेगी भाई... और किसी को पता है या सब यहीं मानते हैं कि मुनि का रूप अच्छा है सुन्दर है।"

"अब मुनिया खुदे बता रही है तो सहिए न बोल रही होगी सर!" मेरे कण्ठ से बोल फूट पड़ते।

"अच्छा तो श्रीमंत बउवा जी आप ही खड़े हो जाइए और भजन मास्टर का सर गर्व से उन्मत्त कीजिए।" गुरूजी मुझसे मुखातिब थे। मुन्नी मुझे आँखों के कोर से देखकर मुस्कुराये जा रही थी।

"जी सर!" मैं बचे-खुचे आत्मविश्वास के साथ खड़ा हो गया।

"जी सर क्या भाई, उस सुन्दर रूप का जरा प्रदर्शन तो कीजिए।"

"सामने तो खड़ी है सर देख लीजिए, हम अलग से क्या दिखा देंगे।" मुझे खुद आश्चर्य हो रहा था कि सूख चुका आत्मविश्वास, दुस्साहस के रूप में कैसे फूट रहा था।

पूरा क्लास हँस रहा था। तब तक जोजो खड़ा हुआ।

"गुरूजी हम सुनाएँ!"

गुरूजी भन्न से लड़कियों के कतार की तरफ गये "कौन है भाई खड़ी हो जाओ।"

सारी लड़कियाँ दुपट्टे और रुमाल से मुँह ढँककर हँसने में मग्न थीं। गुरूजी को लगा किसी ने मजाक किया था शायद। तब तक फिर से वही आवाज गूँजी।

“सर हम सुनाएँ क्या?”

“ओह तो ये आप हैं, बाबू हम कन्फ्यूज हो गए थे, क्या नाम है तुम्हारा?”

“सर....” अभी जोजो बता ही पाते तब तक किसी ने पीछे से आवाज लगाई “जोजो-जान”।

“अच्छा जान जी सुनाइए।”

जोजो किसी मधुर संगीत की तरह वाचन करता गया। पूरा क्लास विस्मित सा सुनता देखता रहा जैसे संस्कृत की क्लास न होकर संगीत की क्लास हो। और अन्त में जब जोजो ने हे मुनि! हे मुनि! हे मुनयः! का वाचन किया तो मुन्नी घूमकर पीछे की तरफ देखनी लगी और बोली “हूँ।”

पूरा क्लास एक बार फिर से हँसी-ठहाकों में डूब गया। गुरूजी स्वयं हँसने लगे थे। सच पूछिए तो ये शास्त्री जी के शिक्षण का ढंग था। वो खुद संस्कृत को रसगर बनाकर पढ़ाने में यकीन रखते थे। क्लास का अन्त वो कालिदास या किसी अन्य मूर्द्धन्य कवि के द्वारा रचित श्लोक से करते और बताना न भूलते कि संस्कृत प्रेम की भाषा है, सौन्दर्य की भाषा है। रूप को रस के साथ समझना हो तो कला में पारंगत होना होगा और कला की प्राप्ति सिर्फ संस्कृत से ही सम्भव है।

वैसे कला की प्राप्ति या शिक्षण मुख्य उद्देश्य तो कदापि नहीं था। मूल उद्देश्य माना जाता था बच्चों के घेरकर रखना। और बच्चे जो अब होशियार हो चले थे या खुद को मानने लगे थे। सुभाषितानि पाठ से तो कदापि दो ढाई घंटे तक एक हॉल में नहीं कैद किये जा सकते थे। यही बात सर्वश्री शास्त्री गुरूजी समझते थे, सो वो रस का प्रयोग सन्दर्भ के साथ और एक सीमा में रखकर करते... पर यौवन की दहलीज पर कदम रख चुके बच्चे रस का खुलकर उपभोग चाहते और कई बार सीमा पार कर जाते। गुरूजी अक्सर उन्हें निराश नहीं करते और मध्यम मार्ग का सहारा लेते। बच्चियों को क्लास से बाहर निकल जाने देते फिर सुनाते “काहे बेसब्र हो बबुआ, अरे अभी यूनिवर्सिटी जाओ यूनिवर्सिटी, पक्का फल मिलेगा पक्का वाला।”

ऐसा बताते हुए उनकी हथेलियाँ आपस में मिलकर हवा में एक आकृति रचतीं और उनके विद्यार्थी बखूबी समझ जाते। हँसी-ठहाका चलता रहता। तब तक बाहर निकल चुकी बालिकाएँ वापस एंट्री लेतीं। आखिर ऐसा कौन-सा रस है जो उनकी अनुपस्थिति में लिया जा रहा है। जिज्ञासा उन्हें वापस खींच लाती।

क्लास में सन्नाटा पसर जाता। गुरूजी बाकी समय बोरियत भरे क्लास में शनैः शनैः रस मिलाकर बच्चों का मनबहलाव किया करते थे।

तो क्लास जारी था। खिड़की के पास बैठी लड़की मुझे सहज रूप से आकर्षित कर रही थी। पर मन के किसी कोने से स्मृति सजीव होती और किसी अंतस में छुपे गुप्त रोग का कुहरा आँखों के समक्ष छा जाता। मेरी आँखें खिड़की के पास बैठी उस लड़की पर, उसके गालों पर झूलते लटों पर अटकी होतीं और मन कहीं दूर बियाबान में भटक रहा होता। ऐसे में नाइट गार्ड साहब बाहर बरामदे में खड़े होकर घंटे के ऊपर प्रहार करते और लंच टाइम घोषित हो जाता। बच्चे भहराकर बाहर निकल जाते। मैं वहीं बैठे खिड़की की तरफ पथरायी आँखों से देखता रहता।

"का पंडित अभी भी वहीं नजर गड़ाये बैठे हो और बालिका कब की चली गयी है?"

मेरा ध्यान भंग होता। सामने घिरा कुहासा छँट जाता।

"छोटन! कुदरा देखे हो तुम?"

"हाँ पर हुआ क्या, तुम का यहीं बैठे-बैठे कुदरा देखने लगे; भागने-वागने का भी प्लान सेट कर लिये क्या पंडित?"

"नहीं साले भागूँगा काहे, कोई डरपोक थोड़े न हूँ।"

"वो तो उस दिन देख चुका हूँ। कभी अपना नाख़ुन और मुँह देखकर बोलना तो इतने आत्मविश्वास से।"

"भोसड़ी के छोटन तुम अपने जोजो को लेकर खुश रहो ठीक है।"

"जोजो को तुम लेलो भाई, हमारा दिल बालिका पर अटक गया है।"

"साला खेत को पता ही नहीं आ तुम लोग बँटवारे के लिए लाठी निकाल लिये!" राहुल टोकता। "चलो घूम फिरकर आते हैं या यहीं समाधि लेने का इरादा है।"

हम लोग बाहर की तरफ निकल जाते। मैदान में एक तरफ लड़कियों का झुण्ड टहल रहा होता। लाल पीले हरे वस्त्रों से सुसज्जित लड़कियाँ... बसंत के शुरूआत का मौसम और प्रकृति के प्रांगण में बसा यह विद्यालय सब कुछ कितना बेहतर था न। तब तक मैदान के उस छोर पर बच्चों की भीड़ इकट्ठी होने

लगी थी। हम लोग भी उधर ही चले गये थे।

***

एकाध हफ्ते में ही होलिका दहन का दिन सुनिश्चित था। इस दिन होलिका, जो रिश्ते में भक्त प्रह्लाद की फुआ लगती थी अग्नि के सुपुर्द होती। अरंड के पौधे को समूल उखाड़ के होलिका को पान, सुपारी, कुछ चंद सिक्कों के साथ गाँव से उत्तर की तरफ बैठा दिया जाता। होलिका बैठाने का काम गाँव का कोई बड़ा बुजुर्ग करता, जिसकी जीवन अवधि समाप्त प्रायः मानी जाती थी। गाँव में कटहल का पेड़ और होलिका का अरंड लगाना कभी भी शुभ नहीं माना जाता था। अगर ये काम कोई लेगा भी तो वहीं जिसकी जिंदगी ख़त्म हो चली हो, या जिसने नात-पूत खिला लिया हो और अब कोई अरमान शेष न हो। मुझे याद है एक बार हमलोग कहीं से कटहल का पेड़ पा गये थे। राहुल की दादी ने वो कटहल मुझसे रोपवा दिया था। सब कुछ तो सामान्य था। हम प्रायः जाकर अनुमान लगाते जल्द ही यह पेड़ बड़ा हो जायेगा, तब इसमें खूब सारे कटहल आयेंगे। फिर मैं उनका कोफ्ता बनवा के खाऊँगा। कटहल का कोफ्ता मुझे खूब पसंद था। एक तेज गंध और स्वाद वाला। मांस खाने वाले साथी बताते इसका स्वाद मुर्गे की तरह होता है। मुझे क्या पता, मुझे तो बस ये स्वादिष्ट लगता था। एक दिन पिंकिया ने देख लिया। बड़े प्रेम से पूछी थी अरे ये तो कटहल है न, कौन लगाया है इसे? हमने चट से बता दिया कि हमने लगाया है। राहुल की दादी ने बताया कि कहाँ और कैसे लगाना है। वो तो बोली भी है कि जब फल आयेगा तब इसमें से आधा फल मुझे मिलेगा। हमें क्या पता था बस इतनी-सी बात पर महाभारत छिड़ जायेगी। पिंकिया पता न घर पर जाकर क्या बतायी थी कि माई सीधे राहुल के घर जाकर भिड़ गयी थी। मुझे भी खूब पड़ी थी कि कितनी मनौती से तो आये हो अकाल मर जाओगे। कई बार बोला है कि किसी के घर भी मत खा लिया करो, कुछ भी मत कर लिया करो... पर नहीं, मानोगे तब तो। सुनोगे तब तो। फिर रात में जाकर बरम्ह बाबा के यहाँ पूजा हुआ और कटहल दोष उतारा गया। मुझे आज तक नहीं समझ में आया कि कटहल आता है तो खाते सब हैं पर लगाने में कौन सा निर्वंश हो जाने का शाप झुला हुआ है। वो भी कटहल का फल लगा वृक्ष देखकर तो मेरी समझ और मजबूत हो गयी कि साला जिस कटहल के गाँठ-गाँठ में इतना स्वस्थ फल लगता है उसका पेड़ लगाने से कोई निर्वंश कैसे हो सकता है। खैर यह विश्वास का मसला था... बिलकुल वैसे

ही जैसे होलिका रोपने वाला मृत्यु को प्राप्त करता है, तब मेरे मन में तुरंत एक प्रश्न कौंधता कि नहीं रोपने वाला तो अवश्य अमर हो जाता होगा। वैसे एक ऋत ये भी थी कि जब से मैंने थोड़ा बहुत होश सँभाला था कमसे कम तब से होलिका रोपण का काम चहेटन काका ही करते आ रहे थे।

पर इस साल होली के नाम पर स्कूल बंद हो गया पर होलिका में पुआल डालने वाला प्रकरण अभी तक प्रारम्भ नहीं हुआ था। खैर होता कैसे... चहेटन काका ने स्पष्ट मना कर दिया था कुछ भी हो अबकी वो तो न जायेंगे होलिका रोपने। साला एक तो होलिका रोपें वो, खेत भी उन्हीं का हो तिस पर अलसी का बोझा भी उन्हीं का सम्मत के हवाले हो। एक वही तो होलिका-दहन करते नहीं हैं पूरे गाँव में, न वो इकलौता बुजुर्ग ही हैं। कई लोग हैं पूरे गाँव में जो मौत के दहलीज पर कदम रखे हुए हैं जाकर उन लोगों से रोपवा लो सम्मत, हम तो न जायेंगे। अरे कोई और नहीं तो वंशरोपन ही जाकर रोप दें। चहेटन काका कोई कर्जा खाये हुए हैं का पूरे गाँव का। वैसे पूरे गाँव का मानना था कि काका बस छाँव दिखा रहे हैं, नहीं तो एक न एक दिन जाकर रोप ही आयेंगे।

खैर बड़े लोगों का अपना मत-मतान्तर था, लेकिन बालमंडली की समस्या अलग थी। साला अगर सम्मत समय से नहीं रोपाये तो खोची नहीं पड़ेगी। फिर ठाकुर टोली से बड़वा गाँव का सम्मत छोटा रह जायेंगे। शिकायत तो सबका होगा न इसमें, जब इहाँ के सम्मत ठूँस से जल के बुझ जायेंगे। अरे कोई मामूली काम तो होता नहीं है इसमें, साल भर का दुःख दारिद्र्य सब इसी में जलता है न वो भी पूरे गाँव का, नहीं तो का जरूरत होता कि जाकर एक साथ सम्मत जलाओ अरे ताप लो अपने अपने द्वार पर तपनी जला के। अगर कोई विधान नहीं होता तो ऐसे ही लूकार बार के सिवान नहीं डकाया जाता है गाँव का। किरोसिन के तेल से सना हुआ गोला, जो बड़े से तार में बँधा होता है, में सम्मत से आग लेकर घुमाते हुए गाँव का सिवान डकाने में कई बार पड़ोस के गाँव से लट्ठ चला है, पर न गाँव भर के लोग बैठे हुए हैं टाँग पर टाँग चढ़ा के। खैर बाल मंडली का निर्णय होता कि कल रात अँधेरे में चलकर सम्मत रोप दिया जायेगा। तब तक चहेटन काका आ धमकते। उन्हें लगता एक बड़ा मौका साले ये खटकिरवा सब छीन लेंगे, सो गरियाते हुए भजन मास्टर के उपकारों की सूची गिनवाते और बोलते वो चलकर रोपेंगे सम्मत सिर्फ इसलिए कि मैं भजन मास्टर का बेटा हूँ और वो नहीं चाहते उनके कुल खानदान के साथ कुछ भला-बुरा हो।

ये बात दीगर थी कि इस प्रकार वो घूम-घूमकर पूरे गाँव को गरियाने का ठेका पुनः प्राप्त कर लेते। सब मिलाजुलाकर सम्मत रोपा जाता वंशरोपन के खेसारी के खेत में। ये बात जब वंशरोपन को पता चलती तो वो वही खाट पर बैठे-बैठे पूरे गाँव में हैजा फैलने का शाप दे देते। उनके बच्चे बाहर थे, उनकी पोतियाँ भी उन्हीं के साथ राग अलापतीं कि काहे नहीं भजना के खेत में जाकर रोप दिये तुम लोग। इस तरह वो लोग जल्द ही काली माई को रथ पर सवार होकर आने का आमंत्रण देतीं ताकि जल्द ही वो बउवा को उठा ले जायें। हमलोग आसपास मँडराकर खींस निपोरते।

रात होते ही हम राय गुरूजी से पूछते "गुरूजी का ई साच बात है कि जो सम्मत रोपेगा उ मर जायेगा?"

"तो कोई ऐसा भी है क्या बउवा जो नहीं मरेगा?" राय गुरूजी हँसते हुए हमीं से उलटा पूछ डालते।

"हम क्या जाने, अरे हम सबको जानते थोड़ी न हैं।" हम थोड़ा आश्चर्य जताते हुए बोलते।

"काहें गुरूजी, अश्वत्थामा है महावीर जी हैं, ई लोग मरते थोड़े न हैं।" चहेटन काका, जो अब गेहूँ की बालियाँ अगोरने के बहाने हमारे ही बैठक में सोते थे, बोलते।

"अश्वत्थामा! वो तो शाप झेल रहा है शायद! खैर ये तो शास्त्र-पुराण की बातें है न काका, असल जिंदगी में तो सब नश्वर हैं, है न; यहाँ तक कि भगवान भी अगर धरती पर आते हैं तो मरना ही पड़ता है।" राय सर बोलते।

"पर हम लोग ब्राम्हण के घर पैदा होके शास्त्र पुराण की बात ही मानेंगे न और अश्वत्थामा कोई असत्य तो है नहीं; रही बात मृत्यु की तो वो तो एक-न-एक दिन तो होनी ही है न।"

"पर हमारा सवाल तो कुछ और है न।" हमको लगता कि काका कहीं अपने शास्त्र पुराण में बातें न उलझा ले जायें, सो हम टोकते।

"हरेक परम्परा के पीछे कोई न कोई वजह होती है बाबू; ये भी एक परम्परा है कि सम्मत अर्थात होलिका रोपने वाला आदमी मर जाता है... हो सकता है इसकी कहानी होलिका और प्रह्लाद की कहानी से जाकर जुड़ती हो।" राय सर एक समाधान रखते।

"तो वो होलिका वाली कहानी क्या है सर?" मैं अपनी क्षुधा शांत करने के लिए पूछता।

"भक्त प्रह्लाद की कथा तो सुने ही होंगे आप लोग। प्रह्लाद के पिता थे हिरण्यकशिपु। प्रह्लाद ठहरे विष्णु के भक्त और हिरण्यकशिपु की श्रद्धा तनिक भी विष्णु के प्रति नहीं थी। असल में देवासुर संग्राम में ये विष्णु ही थे जो अक्सर इंद्र के तारणहार बनते थे। असुर लोग इस कारण से विष्णु से चिढ़ते। अब ऐसे में जब आपकी संतान आप ही के किसी शत्रु से भक्ति का भाव रखे तो कौन बाप उस नालायक को पालना चाहेगा भला। तो प्रह्लाद अपने मृदु स्वभाव और कोमल भक्तिभाव के बावजूद अपने बाप की आँखों का काँटा था।"

राय गुरूजी जारी रहते। मेरी नज़रों के सामने कथा के पात्र चलायमान हो उठते। हिरण्यकशिपु के रूप में भजन मास्टर जीवंत हो जाते और प्रह्लाद के रूप में आपका अबोध बउवा। हो न हो ई भजन भी इसी तरह से मुझको अपनी आँखों का काँटा समझते होंगे, नहीं तो ई बात-बेबात में पनही उठाने की उनकी आदत भला किस तुक से आती। बगल में भजन मास्टर इन सब भावों से अनभिज्ञ खर्राटे भरकर सोते रहते।

"अब हिरण्यकशिपु तरह-तरह के प्रपंच रचता कि प्रह्लाद को मौत के मुँह में झोंक दे, पर प्रह्लाद संयोग बस बच जाते, या यूँ कह लो कि जाको राखे साइयाँ, मार सके न कोय।"

"बाल न बाँका कर सके, जो जग बैरी होय। सीताराम सीताराम।" भजन करके तुक मिलाते चहेटन काका उठ जाते, पास में रखी चिलम में आग सुलगाने के लिए।

"एकदम काका! तो कहा जाता है कि प्रह्लाद पर विष्णु-कृपा थी, वो बचते गये। सो षड्यंत्र ने थोड़ा विकराल रूप धरा और बलिवेदी पर लायी गयी एक प्रेम में पड़ी स्त्री। वो स्त्री थी होलिका, जो प्रह्लाद की फुआ थी। एक खूबसूरत स्त्री, जिसकी आँखों में पड़ोस के राज्य के गोलमटोल बदन वाले, हाथ-पैरों में कंगन धारण करने और सर पर पाग धारित करने वाले इलोजी बसते थे। हिरण्यकशिपु को इलोजी जरा भी न सुहाता था, पर होलिका, इलोजी के बिना अपने जीवन की कल्पना ही न कर सकती थी। हिरण्यकशिपु ने बहुत बार प्रयास किया था कि होलिका, इलोजी को भुल जाये। आखिर असुर सम्राट की बहन एक मसखरे से

ब्याह रचाये यह कहाँ से स्वीकार्य हो सकता था। पर प्रेम तो प्रेम होता है न, प्रेम में न शारीरिक सौष्ठव की दरकार होती है, न वैभव की... प्रेम बस एक पुतले में जान आरोपित कर खुद को उस पर उत्सर्ग कर देने की कला है।"

"तो सिखा दीजिए राय साहब भजन के औलाद को यही सब, फिर आपका क्या आप तो बदली होकर चले जायेंगे अपने देस आ भजन के कपार पर मजनूँ पड़ जायेंगे।" चहेटन काका के कपार पर इतने देर में चिलम चढ़ चुका था।

"ठीक है मजनूँ हो जायेंगे तो आपका क्या, हम तो भजन मास्टर के कपार पर पड़ेंगे न, सुनाइए गुरूजी सुनाइए; अपना सँभाल नहीं पाते हैं आ चले आते हैं दूसरे के कपार पर पेशाब करने।" मेरा मूड खराब हो गया था। उनके वहीं पर बैठकर चिलम सुलगाने से भजन मास्टर का बेटा नहीं बिगड़ रहा था, पर गुरूजी के कथा-कहानी से बिगड़ जायेगा। हद दर्जे का तर्क लेकर चले आते हैं लोग।

"अरे जाने दो भाई, काका का भी बोलना ठीक है... पर काका बच्चे बड़े हो गये हैं तो इन कथा-कहानियों से कोई ऐसा भेद तो इन्हें पता न चल जायेगा जो गुप्त है।" राय गुरूजी सँभालते। पर ई गुप्त शब्द, साला ये अंदर तक चुभ गया होता तब तक।

"ठीक है कहिए, हम तो बस ऐसे ही बोल दिये थे; पर जरा सहूर देखिए महाराज का, तपाक से जवाब दाग दिये, लाज-लिहाज तो घोर के पी ही गये हैं, आ इनको पढ़ाकर कलक्टर बनाना चाहते हैं भजन।" चहेटन काका चादर ओढ़ते हुए बोलते।

मेरा मन भन्ना जाता। साला बनना हमको है, पढ़ना हमको है पर ठेका दुनिया लिये घूमती है। एक दिन देर से सोकर उठो कि बस शुरू "अरे कोई माँगने भर भीख भी नहीं देगा, ससुर जो नवाबी चढ़ी है सब उतर जायेगी, चलाते रह जाओगे यही हल, मुठियाते रहना यहीं।"

इत्यादि जैसे गायत्री मन्त्र हो गये थे हमारे लिए। अरे हम सोयें, जागें, चाहे मर जायें, अब ई चौबीस घण्टा कपार पर चढ़कर नाचने से तो हम कलक्टरी कर नहीं लेंगे आ अगर उठ जाओ तो अलग ताना शुरू... तुलनाओं का तो जैसे बाढ़ आया रहता था। अरे फलनवा का लड़का इतना अंक का गुणा बस ऐसे उँगलियों पर बना लेता है। चिलनवा का लड़का अँगरेजी का बड़ा से बड़ा ट्रांसलेशन कर लेता है आ का भजन तुम्हारा बउवा तो बेकार हो गया बेकार, अरे कुछ तो

नहीं आता है इसको, कभी किताब पकड़े दिखता ही नहीं है। जब किताब पकड़े देख लो तो अलग पचरा शुरू कर देंगे कि अरे ई पोथी पढ़ने में कुछ नहीं रखा है आजकल, इतना आसान नहीं रह गया है पढ़-लिखकर कुछ बन जाना, थोड़ा देह धजा भी मजबूत रहना जरूरी है। तो चलो बउवा आजकल दौड़ने भी जाने लगा... तो अलग ही पचरा शुरू। पाँच लोग दुवार पर आये नहीं कि अरे कुछ खिलाया करिए गुरूजी लड़का को भाई, काल्ह देखे कि पाँच सौ मीटर दौड़ने में ही हुकुर-हुकुर करने लगता है, लगता है देह में जान ही न हो जैसे। लगता साला कुछ भी शांति से नहीं किया जा सकता इस समाज में, सबकी आँखें बउवा पर ही गड़ी रहती है। लगता सुना दें चहेटन काका को कि लाँड़ चाटने के लिए आके हमरे बैठका में चादर तान के सो जाते हो, जब हमें ही सुनाना है तो। जाकर अपने नतिनी को बंद करके राखो नहीं तो क्या पता बउवा लेकर भाग जायेगा तो का करोगे। साला अपना घर सँभलता नहीं लोगों से आ चले आते हैं भजन मास्टर को दिया दिखाने। पर कुछ सोच के चुप रहता। राय गुरूजी पूरी घटना को अनदेखा करते हुए सुनाते रहते।

"तो हिरण्यकशिपु ने मार्ग निकाला एक तीर से दो निशाना साधने का।" राय सर ने बतलाया।

"क्या था वो मार्ग सर?" मैंने राय सर को खुद की ओर ताकते देखकर पूछा।

"वो मार्ग था मुक्ति का। दरअसल होलिका के पास एक शॉल था जिसको ओढ़ने पर उस पर अग्नि का प्रभाव नहीं पड़ता था। इस शॉल के बारे में यह किंवदंती थी कि यह उसे शिव की तरफ से वरदान में प्राप्त हुआ है। सो हिरण्यकशिपु ने अपनी बहन को बोला कि वो प्रह्लाद को लेकर अग्नि में बैठ जाये उस शॉल को ओढ़कर। इस तरह प्रह्लाद जल जाएगा। पर होलिका तैयार नहीं हुई। प्रेम में पड़ी स्त्री सिर्फ प्रेम में होती है, निरपेक्ष रूप से प्रेम... ऐसे में प्रेम में पड़ी एक स्त्री भला किसी बालक को क्योंकर जलाना चाहेगी भला। पर उसे धमकी मिली कि अगर वो ये काम नहीं करेगी तो किसी और से करा लिया जायेगा, पर इस सम्बन्ध में उसकी असहमति इलोजी के लिए, उसके प्रेम के लिए हितकर नहीं होगी। अब होलिका करती तो क्या करती, उसने अग्नि में बैठना स्वीकार किया। इस तरह वसंत पूर्णिमा की रात्रि में जिस दिन होलिका का विवाह नियत था, ठीक उसी दिन होलिका, प्रह्लाद को लेकर बैठ गयी। उसकी

गोद में बालक प्रह्लाद बैठा रहा निश्चिन्त निडर भाव लिये। अग्नि प्रज्जवलित हुई। साथ ही एक तेज हवा आयी और शॉल उड़कर प्रह्लाद से लिपट गया। लोगों को ये चमत्कार लगा। पर यह होलिका का बलिदान था, जिसने वेगवती वायु का सहारा लेकर शॉल को लिपटा दिया उस अबोध बालक के बदन पर जो बस अभी दुनिया देखना शुरू ही किया था। इस तरह एक प्रेम में पड़ी स्त्री राक्षसी का दर्जा प्राप्त कर जलकर ख़ाक हो गयी।"

"फिर इलोजी का क्या हुआ?"

"इलोजी बरात लेकर बस दरवाजे तक आया ही था कि राख होती चिता उसे दिखाई दी। प्रेयसी का यूँ चले जाना उसे स्वीकार नहीं हुआ। वो स्वयं को अग्नि के हवाले करने हेतु कूद पड़ा, पर अग्नि ने उसे स्वीकार नहीं किया। इस तरह पूरी रात वो उस चिता की राख को आलिंगित कर करुण क्रंदन करता रहा। समाज उसका उपहास करता, वो बस भावशून्य हो देखता। समाज ने एक नया पात्र पा लिया था उत्सव हेतु। प्रेम की वेदी पर बलि स्वरूप खुद का उत्सर्ग करने वाली होलिका प्रत्येक वर्ष दहित की जाने लगी और प्रेम के लिए समर्पित इलोजी प्रत्येक वर्ष शेष बची राख में से अपनी प्रेयसी को ढूँढ़ता, फिर उस राख को रगड़ लेता अपनी देह पर, शायद होलिका की अनुभूति शेष हो। समाज की कालिमा को, विद्रूपता को, अपने वरस्वरूप प्राप्त शॉल से, निज के उत्सर्ग से ढँकती होलिका उत्सर्ग होती रहती प्रह्लादों को बचाने में। समाज आज भी उस त्याग को सम्मानित करने के मूल भाव से दूर, प्रेम का बेढब और दिखावटी त्यौहार मनाता है। होलिकाएँ आज भी उत्सर्ग करती हैं खुद को, कलंकित कहलाते हुए।"

"अब तो समझ ही गये होगे बउवा कि ई सम्मत रोपने को काहे शुभ नहीं माना जाता।"

हम सोचते एक निर्दोष को बस खुद के झूठे आन-बान-शान के लिए जला डालना भला कैसे शुभ हो सकता है। किसी प्रेम में पड़ी स्त्री के रूप में सम्मत का खयाल आते ही मान्यताओं का ओर छोर दिखाई देने लगता। पर अगर यही बात है तो इस उत्सव का क्या औचित्य। पता नहीं चाहे जो भी हो हमें क्या करना। ये राय गुरूजी भी बुझौव्वल की तरह कहानियाँ क्यों सुनाते हैं। तब तक बाहर रंग-बिरंग की आवाजें सुनाई देने लगतीं। हम धीरे से उठकर चल देते। चहेटन काका गहरी नींद में होते। भजन मास्टर तो वैसे भी खर्राटों के उस्ताद थे।

****

सुबह-सुबह का वक्त था। राजू के पान दुकान के पास लौंडों की महफ़िल सजी हुई थी। होली का मौसम वैसे भी हुड़दंग का होता है, पर बदलते जमाने के साथ हुड़दंग के प्रतिमान भी बदल रहे थे। बीसवीं सदी के सातवें आठवें दशाब्द में पैदा हुए लड़के अब युवक थे। इस तरह से पचास साठ के दशक वालों का ज़माना अब जा रहा था, साथ ही अगर आज के अपने समझ के हिसाब से कहूँ तो ये वो वक्त था जब हिन्दुस्तान ने पुरातनता को छोड़ नवाचारों को अपनाया था। नवाचार अर्थात मात्रात्मकता में मापी जाने वाली वृद्धि को ही विकास और आधुनिकता का प्रतिमान और समानार्थी बना दिया गया था। जब एक तरफ मानवीय मूल्य, भावनात्मक पक्ष और रिश्ते को दूसरी तरफ मुद्रा और पूँजी के मात्रा से तोला जाता तो भावनाएँ हलकी पड़ जातीं... ऐसे में ज़माना पुरातन को उपेक्ष्य समझने लगा था। पुरातन का अर्थ धरोहर और मानवीय सम्पदा से न होकर जड़ता से जा जुड़ा था। जाहिर था ऐसे में अस्सी और नब्बे के दशक वाले युवा खुद को किसी अघोषित क्रान्ति का ध्वजवाहक घोषित कर रहे थे। यही वो समय था जब विदेशी पूँजी के देश के अन्दर प्रविष्ट होने के साथ-साथ इलेक्ट्रोनिक माध्यम परम्परा से सने गीत-गवनई और देशी कलाओं के ऊपर सवार हो रहे थे। नवविकास के इस दौर में कुछ विशेष वाहक गाँव-देहात में भी धीरे-धीरे अपना पाँव जमा रहे थे। उन्हीं में से एक था टेप रिकॉर्डर, जो पुराने ट्रांजिस्टर को रिप्लेस कर रहा था। दूसरा था टेलीविजन। टेप रिकॉर्डर ने अघोषित क्रांति का निनाद किया था। इस क्रांति के निनाद के साथ ही वो झाँझ, करतार, ढोल, हारमोनियम के साथ संगत करता समूह पिछड़ा हो गया था। अब गीत-गवनई के लिए यह आवश्यक नहीं था कि स्थानीय कलाकारों को आमंत्रित किया जाये, न ही यह आवश्यक था कि सामूहिक बैठकी लगा के ऊर्जा खर्चा जाये। अब हर कोई बस बैठकर पान चबाते हुए आराम से गीत-संगीत का आनन्द उठा सकता था... बस जरूरत थी तो एक बैटरी की, जिसे किसी ट्रैक्टर या आसपास के किसी कस्बे में ले जाकर चार्ज किया जा सकता था और एक टेप रिकॉर्डर की। फिर मनचाहा कैसेट लाकर, प्लेयर के अन्दर डालिए और रंग-बिरंग के गीत-गवनई समक्ष होते। राजू ने अबकी होली में महफ़िल जमाने के लिए बाजार से एक सेकेण्ड हैण्ड टेप रिकॉर्डर और एक छोटा-सा स्पीकर और बैटरी खरीद लिया था। वो सुबह-सुबह ही नवका ज़माना वाला सीजनल गीत

लगा देता और महफ़िल सज जाती।

आज राय गुरूजी को बस पकड़ाने मैं भी बस स्टॉप जो राजू के दुकान पर ही थी, गया हुआ था। राजू के दुकान की तरफ इधर आना छुट ही गया था, साथ ही वो जीजा-साली का चस्का भी छुटा हुआ था। अभी भी राजू के दुकान से जीजा-साली की लड़ी लटकी हुई आमंत्रित कर रही थी। चहेटन काका भी आज बाजार जाने के लिए साथ में ही आये हुए थे। मैं बड़े अदब के साथ राय सर का खादी वाला झोला पकड़े हुए खड़ा था। सड़क के गड्ढों को बरगद से गिरे हुए पात ढँक रहे थे। बरगद में नव कोपलें अंकुरित हो रही थीं। ये प्रकृति का अपना साज-सज्जा होता है न। पृष्ठभूमि में नवका गीत बज रहा था।

"फागुन के चढ़ते बुझाए लागल

आ सरसों सिवान में फुलाए लागल

बुढ़ियो के मन पियराये लागल

त बुढ़ओ के रोआँ फराफराए लागल

त रंगा के मोछिया बुढ़वा चललऽ"

चहेटन काका एकदम से भड़क गये थे।

"मैयाच्चो लोगों का गीत गवनई, होली फाग, चैती सब घुसड़ गया तो यही गा रहे हैं।"

"जाने दीजिए काका काहे गुस्सा रहे हैं, अरे नवका जमाना के नया कलाकार सब हैं, गाने दीजिए जो अंट-संट आता है, अब आपको क्या करना खून जला के।" राय सर सांत्वना देते।

"कलाकार नहीं सब झाँट हैं साले; अरे कला की ही माँ-बहन एक करके आप कलाकार बन सकते हैं कहीं... अरे गाना है तो कुछ ढंग का गाओ न कि तुम्हारी माई-दादी का रोआँ फरफरा रहा है आ तुम घूम के प्रवचन कर रहे हो।"

राय सर बस मुस्कुरा के रह जाते। मुझे हँसी आ जाती। लगता क्या गाना बनाये हैं सब। सामने सरसों से पटा सिवान और मेरे पास में खड़े दो बड़े बुड्ढे और बगल में बजता गीत।

"का काका मूछ रूँगाने चल दिये का बाजार।" वहीं पान की दुकान में बैठे-बैठे कोई सफ़ेद कुर्ताधारी आवाज लगाता।

"ई काका को मूछ रंगाने की जरूरत नहीं है ए बाबू, काका ऐसे भी जवान हैं, न यकीन हो तो जाकर अपनी महतारी से पूछ लेना।" काका एकदम सिरे से उखड़ जाते।

युवक दल काका के पीछे टूट पड़ता। काका जितने बमकते, गाने वैसे-वैसे ही रिप्ले करके चलाये जाते। एक के बाद एक कभी ये तो कभी वो... फागुन में बुढ़वा देवर लागे वाला। चहेटन काका को समझ में नहीं आता क्या करें। तब तक तारणहार बनकर विष्णु कोच आ जाता। राय सर मुस्कुराते हुए बोलते काका अगर यहाँ का सब हिसाब-किताब हो चुका हो तो चलिए सवार हुआ जाये। साला बस के दरवाजे तक ठुँसे हुए लोग। कोई बेईमान बनिया अपने बोरा में इतना बेमुरौव्वत होकर धान नहीं ठूँसता होगा जितना बेमुरौव्वत ढंग से इस बस में लोग ठुँसे हुए थे। अब गुरूजी को सवार होना था तो कंडक्टर ने दया दिखायी। ड्राइवर के बगल में बस के हीट चेम्बर के उपर रखे हुए जुगाड़ सीट पर येन-केन-प्रकारेण पिछवाड़ा टिकाने भर की जगह मिल गयी, साथ में काका को भी थोड़ी सी जगह मिली। हिलता-डुलता हुआ विष्णु कोच रवाना हो गया। मैं वहीं राजू के पान दुकान पर खड़ा होकर मधुर संगीत का आनंद लेने लगा। बाहर रखे हुए कैसेट के डब्बे पर लिखा हुआ था गायक गायिका का नाम और कुछ रंग-गुलाल में रँगी तस्वीरें। सच में वो लेडिज आवाज की खनकती हुई गूँज मेरे मष्तिष्क में दूर तक गूँजती चली गयी। ऐसा लगता जैसे दिव्यवा हँस रही हो। ये कुछ-कुछ जादू जैसा प्रभाव था। बगल में चबूतरे पर बैठे कुछ युवक पुड़िये से निकालकर राजकीय चव्य पदार्थ से मसूढ़ों की एक्सरसाइज कर रहे थे।

"का जी बउवा जी! अरे आइये भाई, आजकल तो आना ही छोड़ दिये हैं जैसे।" राजू आवाज लगाता।

मैं भी अनायास ही उसकी दुकान की तरफ मुड़ जाता। सब मिला के एक पुरानी केतली, एक कड़ाही, जिसमें रखा तेल शायद ही कभी बदलता हो, एक पैन जिसका हैंडल कब का टूट गया था। एक चूल्हा और पैन में खौलती चाय, जिसकी पत्तियाँ शायद ही कभी बदली जाती हों। पर ये राजू जैसे होनहारों का हुनर था जो बालू में से तेल और प्रयुक्त चायपत्ती से चाय का रस निकाल सकते थे। पास में ही ट्रे में थोड़ा-सा चने का घुघनी और दो-चार सेराये हुए पकौड़े रखे हुए थे। अलग से एक कटोरे में चटनी पकौड़े के साथ परोसने हेतु रखी गयी थी। राजू की दुकान बहुप्रयोजनीय वस्तुओं से लैस थी। होली के आगमन के नाम पर

सब्जियों में कटहल, कुछ टमाटर इत्यादि भी रखे हुए थे, पर ग्राहक दुकान के ऊपर बँधे धागों से लटक रहे रंगीन पन्नियों के ही ज्यादे थे। उन्हीं पन्नियों में मेरा स्टार्टर जीजा-साली भी लटक रहा था।

"क्या भाई नाराज हो गये हैं क्या आजकल जो अपनी साली को भी भूल गये हैं?" राजू, जीजा-साली की लड़ी से दो चार सैशे निकालकर मेरी तरफ बढ़ाता।

"अरे नहीं भाई ऐसी बात नहीं है, बस यूँ ही खाना छोड़ दिया हूँ।" मैं शर्माते-सकुचाते हुए बोलता।

"अरे आप जैसे लोग खाना छोड़ देंगे तो इस गरीब का पेट कैसे चलेगा।"

मैं थोड़ी जिज्ञासा के साथ अवलोकन करता। शीशे के जार में रखी हुई हरी बर्फियाँ थोड़ा-सा अलग लगतीं।

"ये क्या है राजू भाई?" मैं पूछता।

"ये प्योर माल है प्योर, लीजिए एक खाइए फिर सीधे स्वर्गलोक की अप्सरा दिखेगी; शुद्ध आयुर्वेदिक बूटी से बना है, अगर मजा न आये तो पैसा वापस।"

मुझे लगता जरूर कुछ घालमेल है। तब तक राहुल आकर कंधे पर हाथ रखता।

"का बउवा भाँग की बर्फी खाओगे क्या, साले लोटने लगोगे आज से ही।"

अच्छा तो ये भाँग की बर्फी है। हर होली को कोई न कोई इसी भाँग के नशे में अथाह रूप से डूब जाता है, फिर उसका परेड होता है, मैं खुद भाँग से बनने वाला शरबत हर साल गाँव के चौपाल पर पीता था। पर साला कभी कोई नशा नहीं हुआ था। लगता कि सब नाटक करते हैं झूठ-मूठ का। पर कोई ज्ञानी बालक बताता "न बच्चा लोगों को बस हलका भाँग मिला कर देते हैं सब।" हमको ये बात बेईमानी लगती। तो कोई नहीं अब हम हाईस्कूल में आ गये हैं। तो अब हम न बच्चा रह गए थे, न भाँग मिलने में ही कोई दिक़्क़त। राजू की दुकान जिंदाबाद। मन में ये सोचते हुए हम राहुल के साथ वापस घर की तरफ आ गये। योजना ये रही कि ये हरी वाली बर्फी हम भी खायेंगे होली के दिन।

***

अर्द्धरात्रि के प्रहर जब वैसे भी गाँव के सिवान पर कोट की अधिष्ठाली देवी कोटवई का पहरा होता है। उस साल के होलिका के दहन का मुहूर्त्त था। ऐसे

वक्त में गाँव के ज्ञानी और गुणीजन बताते कोटवई रथ पर आरूढ़ होकर श्वेत वस्त्र धारण किये गाँव के सरहदों के परिक्रमण पर निकलतीं और अन्य ग्राम्य देवता उसके पीछे-पीछे गाँव के सरहदों की रक्षा और प्रोटोकाल के पालन हेतु हो लेते। लेकिन होली के वक्त जब होलिका दहन हेतु पूरा गाँव ही जग रहा हो ऐसे में कोटवई को इस जिम्मेवारी को आज भी सँभालने का कोई उचित वजह नहीं दिखाई दे रहा था। इस तरह आज गाँव के सरहदों की रक्षा का भार जिन्दा पीर लोग उठा रहे थे।

हो-हो-रे-होलरी का नारा लगाते हुए अरंड के डंठलों में पुआल की होलरी बाँधे सब गंतव्य की तरफ निकल पड़े थे। कुछ दिन पहले तक जिस होलिका के रोपण में सबकी फँसी पड़ी थी उसे ही जलाने के लिए सबमें गज़ब का जोश दिखाई दे रहा था। जो लोग होलिका के पास पहुँच गये थे वो चीख-चिल्लाकर जल्दी मचा रहे थे कि क्या यार फलाने आदमी का तो कामे ढीला ढाला होता है। बारहे बजे का मुहूर्त्त था पर निकले ही नहीं लोग। ये देखो चिल्लाने गाँव का सम्मत जल गया। तब तक कोई बोलता ये लो साला इस साल तो ठाकुर गाँव वाले भी बाजी मार ले गये। उनका सम्मत भी जलने लगा। कहने को तो बड़वा गाँव बाभनों का गाँव है, पर कोई दीन नेमत बचा भी है क्या। साला सब अपने आप में बड़का बने हुए हैं। धरम रीति-रिवाज सब ताखे पर रख के कहीं कोई विकास हुआ है भला। अरे जब साले सम्मत साईत से न जलें तो फिर विनाश तय है तय। चहेटन काका चिल्लाते आना हो त आयें नहीं तो हमारे फोद से न आयें। साला सम्मत हम गाड़ें, माचिस मार के आग हम दें आ इन्तजार फलाने का करें कि आयेंगे तब फूकेंगे। अरे होंगे बड़का अपने घर होंगे तो हमको क्या। तब तक कोई बोलता अरे काका अभी रियान टोली से भी कई लोग नहीं आये हैं, पाल टोली के लोग भी बचे हुए हैं, कइसे फूँक देंगे सम्मत भाई। काका बिगड़ जाते कि सम्मत गाड़ते समय, खोची डालते समय कोई नहीं आयेगा, पर इंतज़ार सबका करो। लोग संतोष दिलाते अरे काका ई समाज का, समूह का, गाँव का, सामूहिक काम है न भाई इतना इंतज़ार तो करना बनता है न! काका बिगड़ जाते काहे का इंतजार। तब तक कोई राग कढ़ाता "सरसों सिवान में फुलाए लागल।" ना काका ना फागुन के महिना में भी इंतज़ार, एकदम मत करिएगा... कैसे भी नहीं, अरे ईहे त एगो महीना है जिसमें काका को भी जवानी टाइप की फिलिंग आती होगी। काका गरमा जाते। तब तक राधेश्याम बोलते "काका प्रणाम!"

काका तुरंत फूल जाते।

"अरे अरे राधेश्याम बेटा तुम कब आये?" काका जुबान पर आयी गाली को जैसे-तैसे निगल जाते। भाई का ही बेटा तो है राधेश्याम, पर प्रणाम आशीर्वाद न जाने कब का छूट गया है। कोई जमीन-जायदाद का झगड़ा भी तो नहीं है, पर तैश और रुपये की गर्मी थी जो राधेश्याम अपने आपको एयर फ़ोर्स का अधिकारी समझता हुआ अकड़ा रहता। तो चहेटन काका कौन से कम थे। कमाते हो तो फोद से कमाओ, हम कोई तुमसे माँगने जाते हैं क्या जो झुककर रहेंगे, वैसे भी तुम्हारे बाप हैं तो काहे का झुकना... अब दो पैसा कमाते हो इसका मतलब ये तो नहीं हुआ न कि बाप से गोड़ लगवाओगे। पर होली में सच में मतभेद आ मनभेद खत्म हो जाते हैं। राधेश्याम का गोड़ छूना काका का कलेजा तर कर गया। अभी तक भनभना रहे काका एकदम से बदल गये।

"अरे कोई जाओ जाकर पाल टोली से महेंदर को आवाज दो भाई, मुहूर्त्त निकल रहा है, देख लो कोई छूट तो नहीं गया है?" काका एक तरफ देखते हुए किसी अज्ञात को आवाज देते।

"अरे हँ बाबूजी आ गये हैं हमलोग, इधर हैं।" एक तरफ खड़े रियान टोली के लोगों में से महेंदर पाल आवाज देते।

"चलो तुमलोगों के टोले से सभ आ गया न, अब हम जा रहे हैं होम करने।" काका सम्मत के एक तरफ बैठकर होम की अग्नि जला लेते। नवयुवकों की टोली हाथ में बड़े-बड़े लट्ठों में बँधी होलरियाँ लेकर चारो तरफ परिभ्रमण करने लगती। धीरे-धीरे हवन के बाद सम्मत में आग पकड़ता। सब होलरीयों में आग लेकर अलग-अलग दिशा और समूहों की तरफ प्रस्थान करते। इस हुड़दंग में पीछे खिसकते काका के पाँवों में बाध की रस्सी उलझ जाती। काका खींच-कर देखते। फिर क्या, काका के मुँह से निकल रही गालियाँ हो-हो-रे-होलरी के आवाजों के मध्य दब जातीं। पठाके और फुलझरियों में उलझा मैं इलोजी के प्रेम में जल रही होलिका को देखता, साथ में एक फुसफुसाती आवाज मेरे कानों में पड़ती "जाओ हैजा पड़े सालों, कितना मेहनत से पैसा जोगा के बाध ख़रीदे थे कि खाट बनवा लेंगे, पर अपने बाप का कफन बनवा डाले तुमलोग।"

मैं बस आहिस्ता से मुस्कुराकर रह जाता, मतलब काका ने अपना बाध जो हमलोग सम्मत में डाले थे देख ही लिया, चलो कल मनसायन होगा।

तब तक कोई चिल्लाता “साला ठाकुर गाँव वालों ने दो-दो सम्मत फूँक दिया है।”

लोग देखकर अंदाज लगाने लगते। एक गाँव आ दो सम्मत कहीं से परम्परा के अनुकूल नहीं था, फिर ये ठाकुर गाँव वाले सनक गये हैं क्या... लोग आश्चर्य जताते। सामान्य रूप से ठाकुरों के बोलबाला वाले गाँव ठाकुर गाँव में बहुत एकमत वाला भाव था। साला कभी कोई मसला वहाँ ऐसा नहीं हुआ जब पूरा गाँव एक सुर में न बोला हो, पर ई एकाएक दो सम्मत वाली बात कहीं से भी समझ में नहीं आ रही थी।

“भाई ई सम्मत का आग नहीं है उत्तर तरफ वाला, उ ठाकुर गाँव का सम्मत इस कोने पर था। फिर उस कोने पर आग क्यों, जरूर कोई मामला गड़बड़ है या होलरी भाँजने के चक्कर में आग-ओग लग गया होगा।” कोई मत जाहिर करता।

“ना भाई हमको त कुछ और ही बुझा रहा है; उ जगह जहाँ पहले से आग जल रही थी उ मरघट है वहाँ का।” गाँव के भूगोल से वाकिफ एक प्रौढ़ अपना अंदाजा बताता।

“साला फगुआ के दिन ही कोई मर मुरा गया क्या।” कुछ युवक जोश जोश में ठाकुर गाँव की सीमा की तरफ चल देते।

“आज होली के दिन दूसरे गाँव की सीमा में नहीं जाया जाता, कहाँ जा रहे हो तुम लोग।” चहेटन काका आवाज लगाते।

पर युवकों की टोली तेजी से आगे बढ़ जाती। हम भी पीछे लग जाते। भजन मास्टर गरियाते “अब तू कहाँ चल दिये?”

पर मैं अनसुना करके आगे बढ़ता रहता, जोश के साथ। पर ठाकुर गाँव की सीमा पर पहले से ही कुछ युवक तैनात मिलते। हमें आगे बढ़ने से रोक दिया जाता। पर इतना नजदीक से शक यकीन में बदल जाता कि जरूर कोई चिता ही जल रही है ठाकुर गाँव में।

वापस आने पर लोग उत्सुकता जाहिर करते। हमलोग नमक मिर्च लगा कर बोलते। एक युवक बहुत निश्चिन्तता से बताता कि जिसकी लाश जल रही थी वो एक लड़की थी। मामला संदिग्ध है तभी गाँव की चौहद्दी पर पहरा बैठा-कर रखे थे ठाकुर गाँव वाले।

तब तक कोई बुजुर्ग जो समाजिक जानकारी में काफी समृद्ध माने जाते थे, बताते "साला लग रहा है नकुल सिंहवा की बेटी को मार डाले सब।"

कौन? क्यों? किसलिए? कहाँ? कैसे? इत्यादिक बहुत सारे प्रश्न मेरे मन में उभर आते। स्वीटी एक क्रांतिकारी लड़की। सौन्दर्य की प्रतिमान। उस क्षेत्र में साइकिल की सवारी करती जहाँ अविकसित उरोजों को भी दुपट्टे से ढँककर चलने की परम्परा रही हो, जहाँ बिरहा मुकाबला में लड़की को बोला जाता हो कि "कवने कॉलेजीया में करेलू पढ़ाई हो, चलेलु बिना ओढ़नी के, हम त मरद होक काहें के लजाइं हो..." उस क्षेत्र में बिना दुपट्टे के साइकिल चलाने वाली लड़की को लोग कैसे झेलते होंगे ये मेरी समझ से बाहर की चीज थी। जहाँ लड़के भी ठेलठाल कर मैट्रिक पास कर रहे थे वहाँ उसी समाज में रहकर स्वीटी ने फर्स्ट डिविजन में मैट्रिक पास किया था।

तब तक देसी समाज की कथा-कहानी और विश्लेषण जारी रहा। जितना सुन और समझ पाया वो यही था कि किसी नीच जात के लड़के से चक्कर चल गया था उसका। अब रोज वो लड़का वहीं उसके घर के चहार दीवारी के आस-पास आता और स्वीटी उससे कॉपी-किताब की अदला-बदली करती। रामायण लोहार का लड़का पिंटू था शायद। नकुल सिंह के भाई सहदेव सिंह के लड़के ने देख लिया था दोनों को बात करते हुए कुछ दिन पहले। नकुल सिंह को बोला भी था उसने कि चाचा आपको अपने इज्जत की नहीं पड़ी तो कोई बात नहीं, अपने बिटिया का चालचलन सुधार दो, नाहीं तो ठाकुरों की इज्जत डुबोते हुए हम नहीं देख सकते। लोग बताते नकुल सिंह ने मना भी किया था अपनी बिटिया को, पर आज कल के लड़के-लड़कियाँ मानते किसकी हैं भाई, इनको तो बस खून की, देह की गर्मी सवार रहती है। तब तक कोई बोलता कि अरे तो देह की गर्मी मिटाने के लिए अपने जात में लड़के नहीं मिलते हैं क्या। चहेटन काका सर पर हाथ रखकर बोलते कि अब होनी को कौन टाल सकता है... साला पाड़ा की तरह लड़के-लड़कियों को बिना बियाहे जज बनाने निकलोगे तो यही सब न होगा। अरे जवानी को का पता कि कवने जात-कुजात से चोंच लड़ा रहे हैं। देह में खुजली मचती है तो सुने हो न प्यास न जाने धोबी घाट वाली कहावत, तो ये भी तो प्यास ही है न। चलो अब नकुल सिंह की बेटी के चक्कर में बड़वा गाँव का होली न डुबाओ। सब होली गाने में मगन हो जाते जैसे कुछ हुआ ही न हो।

मुझे दूर जलती हुई चिता की मद्धम पड़ती अग्नि दिखाई देती रहती। किसी

इलोजी के प्यार में जलती हुई होलिका, उस चिता की दग्ध होकर शांत हो चुकी राख पर चीत्कार करता इलोजी... बाहर जश्न मनाता हिरण्यकशिपु। शॉल के नीचे लिपटा भक्त प्रहलाद। साला होलिका की छवि प्रतिस्थापित हो जाती। गोरी-गोरी लड़की, साइकिल चलाती हुई, टू-पीस पहनी हुई, चली आती सामने से। बाहर नजर गड़ाये लोगबाग़, जिन्हें समाज कहते हैं, उसके अल्प विकसित उरोजों के साइज का अंदाजा लगाते हुए। तब तक सामने एक अग्नि प्रज्ज्वलित होती। गोरी-सी वो साइकिल चलाती हुई लड़की चली जाती उस चिता के अन्दर मुस्कुराती हुई, बिना किसी संशय के... दौड़ता आता उधर से कोई पिंटू इलोजी हो जाता। गाँव के लोग ढोल पर थाप देते हुए फाग और होली गाने में मगन हो जाते। मुझे सहसा सब बेरंग-सा लगने लगता।

रात भर नींद नहीं आती। सुबह होते ही मैं ठाकुर गाँव की तरफ भागता। खोजते-खोजते छोटन का घर मिलता। उसे ताज्जुब होता कि ये सब मुझे कैसे पता है। कसम देता कि किसी से नहीं बताऊँगा ये सब, तब जाकर बताता कि स्वीटी को किसी ने नहीं मारा, उसने खुद को आग लगा लिया था। शायद उसे घर पर डाँट पड़ी थी। उसने कहीं से सुन लिया था कि वो दुबारा पिंटू से मिलेगी तो लोग उसे मार डालेंगे। पर पता नहीं क्यों खुद जल मरी। साले लुहार लोग गाँव छोड़कर चले गये हैं, नहीं तो काट डाला गया होता उन लोगों को कल रात में ही। मैं वापस चला आता, बिना कुछ बोले डरा-सहमा सा। गाँव के चबूतरे पर लोग फाग गाते मिलते। लड़के लोग पकड़ के जोजो को रंग लगा रहे थे "भौजी-भौजी" बोलकर। हम तेजी से चलते हुए गाँव के उत्तर की तरफ जाते, फिर वापस अपने गाँव की तरफ मुड़ जाते। तब तक दिखाई देता कोई तेजी से दौड़ते हुए उस ठण्डी पड़ी चिता की राख की तरफ जाता और उस राख को रगड़ने लगता अपने देह पर। मेरे आँखों के आगे स्वीटी-पिंटू की कहानी होलिका-इलोजी कथा बनकर नाचने लगती। वापस आते ही मैं बैठक में छुपाकर रखा हुआ हरा बर्फी गाय की नाद में डाल देता। दुपहर तक चहेटन काका भाँग के नशे में दुहरे हुए नाचते। सब फाग गाने में मस्त रहते, बस मैं अन्यमनयस्क-सा साथ देता। किसी के कोठे से नयी-नयी आयी बहुरिया का चूड़ी-कंगन बजता। गोबर का गाढ़ा घोल सीधे चहेटन काका के कपार पर आ गिरता। वो गरियाना शुरू कर देते "भेड़ूआ च्चो पूरे गाँव का लहुरा हम ही हैं क्या! अरे ज्यादा जवानी हिलोर मार रही हो कोठे से उतर आओ।" कोई जोगीरा का राग छेड़ता। काका हँसते हुए गाने लगते, नाचने

लगते। कोई बाँस की बनी हुई बहुरिया लाकर काका को थमा देता।

"ये लो काका कोठे से बधावन बहू उतर आयी अपनी जवानी लेकर, सीधे काका की गोद में जायेंगी।" काका उसे अपनी धोती में खोंसकर नाचने लगते।

नाकों में नथ पहने, बालों की चोटी में लाल-काला फीता बाँधे, आँखों में काजल लगाये सजी-धजी बहुरिया काका की गोद में होती। काका भाँग के नशे में मस्त नाचते रहते।

"का रे बधवना एकदम से बेकारे हो गये जो बहू का नथ भी अभी तक नहीं उतार पाये।" काका बड़बड़ाते।

"अरे काका से बढ़िया नथ कौन उतार सकता है भला! साला काकी आज तक दुबारा कभी नथ डाल ही न सकीं।" कोई तब तक जोगीरा के धुन में तान देता।

"बधवना बहू के काका उतारें नथ जोगीरा छर्ररर्रर......" सब ताल मिलाते। तब तक उसी कोठे से उतरकर बधावन की माँ आतीं और काका को जले हुए मोबील से लपेट देतीं, बोलते हुए कि ई त चहेटन बबुआ गजबे लवंडा बने हुए हैं।

कोई और युवक उनके मुँह पर सफ़ेद सुर्ख चूने से श्रृंगार कर देता।

तब तक भजन मास्टर चिल्लाते "माधर च्चो लग रहा है मेरी गैया को भी कोई भाँग खिला दिया है।"

सबकी होली चलती रहती, रंगीन-सी, मस्त-सी, जहाँ रिश्ते-नाते और औपचारिकताओं की दीवालें भहला जाती हैं। पर मेरी होली बेरंग-सी बीत जाती। कसम खाता कि चाहे कुछ भी हो जाये अब पिंकिया को कभी नहीं परेशान करूँगा। मुझे पिंकिया और स्वीटीया का चेहरा गड्डमगड्ड होते नजर आता। लगता एक साल सम्मत ही हमको वयस्क बना डाला हो।

शाम तक कोई आकर बताता कि साला बधवना बो ने भाँग खा लिया है। सारा पुआ छान-छानकर खुदे खा गयी है। गज़ब का रंग हुआ है उसके घर पर। वो दौड़ा रही है सास का गोड़ दबाने को आ सास गाली देते हुए भाग रही हैं ये बोलते हुए कि "बाप रे ई का ज़माना आ गया है कि बहू-बेटियाँ भी भाँग खाने लगी हैं।" उधर चहेटन ककवा भी अलगे रंग जमाया हुआ है। साला ढिबरी लेकर बरात निकाल रहा है। पूरा गाँव उसके पीछे है।

पर हम कहीं और खोये हुए थे, सो चले जाते रात में एक बार फिर जली हुई होलिका को देखने। राख उठाकर अपने माथे से लगा लेते। तब तक राख में से कुछ सफ़ेद कण हाथ में आ जाते। पूरा देह सिहर जाता। लगता कोई जनाना आवाज पुकार रही है। दूर से टू-पीस पहने साइकिल पर सवार कोई बालिका चली आ रही है मेरी तरफ। मैं अँधेरे में देखने की कोशिश करता। लगता सच में कोई आकृति बढ़ रही है एकदम से मेरी तरफ। लगता चीख निकल जायेगी। भागता बदहवास सा, पर साइकिल की घंटी और करीब आ जाती। मैं और तेजी से भागता। लगता स्वीटीया छोड़ेगी नहीं हमको। ठाकुरों का बदला एक निर्दोष ब्राह्मण बालक से लेना कहीं का भी न्याय नहीं हो सकता, पर इसे कौन समझाये? मन में बजरंग बाण पढ़ता। मैं थोड़ा और जोर लगाता और खेत की लाठ से टकराकर गिर जाता। तब तक एक स्त्री आकृति मुझे सँभाल लेती। सामने कंधे पर, साइकिल पर अरंड का डंठल लादे ढोड़ा डोम और उनकी मेहर खड़े दिखते, पर आकृतियाँ एक-दूसरे पर सवार होते हुए मुझे फिर से स्वीटी दिखने लगतीं। स्वीटी और पिंटू, होलिका और इलोजी, ढोड़ा और सफाली, सब गड्डमगड्ड। कलेजा धकाधक चलता रहता। पसीने से लथपथ भागकर मैं घर आता। पूरा देह तपता रहता।

कोई माई को बताता कि गये रात मैं सम्मत के पास गया था। तब तक कोई और जानकारी पुख्ता करता कि नहीं बउवा तो कल नकुल सिंह की बिटिया वाला चिता भी देखकर आया है। माई कपार पर हाथ धर लेती कि अकाल मरी कुँवार लड़की साक्षात प्रेत बनी होगी। लड़के को लाख दफे समझाती हूँ पर नहीं, उलटा-पुलटा ही करता है। बधावन दादी तब तक बतातीं ई कुँवार भूत लोग कुँवार लड़का लोग को खोजती रहती हैं, कोई बढ़िया गुणी ओझा बुलाकर देखाओ नहीं तो बउवा का बचना मुश्किल होगा।

मेरी आँखों के समक्ष भी अँधेरा छा जाता। साला गुप्त रोग से मरेंगे या नहीं मरेंगे ई बाद की बात, पर पहले ई स्वीटीया का भूत ही मार डालेगा। लेकिन तब तक ओझा आते, लाल मिर्चा का धुआँ होता और सारे ओझैती के अन्त में जब धीरे-धीरे मुझे भी बच जाने का भरोसा हो जाता और जब तक एक-दो पायल करधनी और फ्रॉक साड़ी का चढ़ावा स्वीकार कर लिया जाता, तब भजन मास्टर मारे फ्रस्ट्रेशन के पनही उठा लेते। मेरा बचा-खुचा भूत भी भाग जाता। यहाँ तक कि मन के किसी कोने में बैठा गुप्त रोग भी काफूर। लगता साला कल ही तो

समझदार हुए थे और आज ही सबकी हवा निकाल दी गयी। बड़ा होना इतना भी आसान नहीं होता है।

***

होली की तथाकथित छुट्टियाँ तो कब की व्यतीत हो चुकी थीं, पर श्री नेहरू जी, जो इतिहास की पुस्तकों के अनुसार भारत के प्रथम प्रधानमन्त्री थे, के नाम पर खुला यह विद्यालय अभी भी अनौपचारिक रूप से बंद ही था। कहने को तो कागजों में यह विद्यालय खुल गया था, पर केवल नाइट गार्ड और किरानी से स्कूल तो नहीं चलता है न। जोश-जोश में कुछ बच्चे भूले-भटके विद्यालय पहुँच भी जाते तो वही टका-सा जवाब मिलता कि विद्यालय बंद है भाई, आपलोग मैट्रिक के इम्तेहान के बाद आयें। राय गुरूजी ने बताया था कि वैसे सभी की ड्यूटी थोड़े लगती है एक साथ ही परीक्षा कराने में, केवल राय गुरूजी, शास्त्री गुरूजी और अँग्रेजी वाले सर की ड्यूटी लगी थी, पर प्रिंसिपल सर ने जुगाड़ लगाके के केंद्र व्यस्थापक के तौर पर कहीं ड्यूटी लगवा ली थी। अब मिलाजुला के बचीं इतिहास वाली मैडम और हिंदी वाले सर, तो उतनी दूर से किसके भरोसे आतीं बेचारी। आ मान लीजिए कि आ भी गयीं तो क्या करेंगी आकर, अरे इहाँ बड़वा गाँव आ ठाकुर गाँव के बदतमीज बच्चे सुनेंगे मैडम की कुछ; पता चला इतिहास पढ़ाने के चक्कर में उन्हीं का इतिहास बन गया। हिंदी वाले गुरूजी अपने घर में काम लगवाये हुए थे। अब आज के मजदूर भला कहाँ अपने नेत धर्म से काम करते हैं, गाँड़ के पीछे लगे रहो तब तो जाकर कुछ काम निकलता है, सो उन्होंने आने में असमर्थता जाहिर कर दी थी... सो यह निर्णय लिया गया था कि विद्यालय बंद ही रखा जायेगा।

घर बैठे-बैठे हमारा भी मन खराब ही हो रहा था। राहुल से बोले थे चलो न एक चक्कर स्कूल का लगा आते हैं। गये तो हमारी ही तरह बोर होने वाले कुछ और बालक भी चले आये थे विद्यालय की चौहद्दी नापने। नाइट गार्ड साहब बड़बड़ा रहे थे कि साला देखो ऐसा लग रहा है कि इन्हीं दो-चार दिनों में पढ़कर सब लाट साहब बन जायेंगे। जब स्कूल खुला रहता है तभी का पढ़ लेते हैं सब जो अभी बौराये घूम रहे हैं। लगता है हमलोगों को बुझाता नहीं है कि लड़कियन सब का फ्रॉक झाँकने आते हैं लोग या पढ़ने। किरानी साहब तसल्ली देते कि अरे छोड़िये न चौबे जी आप भी क्या क्या लेकर बैठ जाते हैं; बच्चे हैं भाई उनका समय है वो नहीं आयेंगे तो हम-आप थोड़े न आयेंगे... आ पढ़ाई-लिखाई सब

व्यर्थ की बातें हैं, अरे इस विद्यालय के इतिहास में अब तक कोई लाट साहब बना है क्या जो अब बन जायेंगे, कौन है जो इहाँ पढ़ने-पढ़ाने आता है।

हम भी सोचते सहिए बात है, नहीं तो इतने होनहार तो हममें से कोई भी नहीं है जो निरा पढ़ने के लिए ही यहाँ स्कूल तक आ गया हो। निकलते समय मेरे मन के कोने में कहीं-न-कहीं ये आस तो थी ही कि भुलाते-भटकते ही सही काश दिव्यवा आ जाती आज स्कूल। कितना दिन हो गया था न उसे देखे। तब तक मन के किसी कोने से आवज उठती "का बउवा! क्या प्रपंच पाल रहे हो... अरे इस समाज में ज्यादा प्रपंच का मतलब होलिका की तरह दाहित होना होता है, कोई दिव्यवा, कोई स्वीटीया जल मरेगी और समाज चारों तरफ घूम-घूम के ताली पिटेगा।"

तब तक सामने से छोटनीया आ जाता। नाटे कद का ठाकुर छोटन सिंह। आते ही बताता कि वो जा रहा है पास के कस्बे में। साला बीटीसी वालों की किताबें बहुत गन्दी होती हैं, कुछ बुझाता ही नहीं है, ऊपर से हेडिंग-वेडिंग भी नहीं दिया रहता। अब मान लो इतिहास के सवाल में पूछता है कि सविनय अवज्ञा आन्दोलन के क्या कारण थे, तो क्या लिखोगे? अरे सवाल का जवाब तभी न दे सकते हो जब हेडिंग पता हो। बात वाजिब लगती। सीनियर लोग बताते भी हैं कि मैट्रिक तक के परीक्षा में सबसे उचित रणनीति यही है कि सवाल के जवाब में जो चार-पाँच हेडिंग है उसको बराबर-बराबर दूरी पर दो पेज में लिख दो, फिर बीच में कोई भी रामकहानी लिखकर भर दो, नम्बर मिल जायेगा। बिना हेडिंग के परीक्षा में नम्बर तो स्वयं सरस्वती भी नहीं दिला सकती हैं, पर बीटीसी की किताबों में हेडिंग टॉर्च लेकर खोजने पर भी नहीं मिलता। मुझे लगता अजीब माजरा है यह कि साला किताब में हेडिंग नहीं देंगे, पर सवाल के जवाब में हेडिंग खोजेंगे; अब हम कोई कालिदास तो हैं नहीं शास्त्री गुरूजी वाले कि साला घास पात देखकर भी मार काव्य ठेल दें।

तब तक छोटनीया बताता कि भारती भवन या स्टूडेंट्स फ्रेंड्स की किताबें इसीलिए बढ़िया होती हैं कि उसमें हेडिंग होता है, पढ़ने में भी मजा आता है और सवाल भी पक्का में लड़ता है। साला मैट्रिक तक के परीक्षा में सारा सवाल उन्हीं किताबों से लड़ता है। मुझे समझ में नहीं आता कि ये क्या बला है, जब सरकारी किताबों को पढ़ाया जाता है तब सवाल भारती भवन से क्यों लड़ता है, क्यों बीटीसी की किताबें भी मजेदार नहीं बनायी जातीं। छोटन की बातें मेरा कांसेप्ट

क्लियर कर देतीं। सब मामला वैसा ही है जैसे हेड सर ने प्राइवेट स्कूलों का फॉर्म अपने स्कूल से भरवा लिया। थोड़ा-थोड़ा बात समझ में आ जाता।

हम भी निकल जाते छोटन के साथ कस्बे की तरफ। मिलाजुलाकर पचास साठ रूपये की बचत थी हमारे पास। कुल जमा दो किताबें हिस्से में पड़ीं-एक नागरिक शास्त्र की, वो इसलिए ले लिया कि राय गुरूजी को प्रसन्न कर सकूँ। और दूसरी गणित की किताब। पर मन अटक गया सामने टंगे हुए एक रंगीन कवर पेज वाली मैगजीन "सहज सलिल" पर। कवर पर छपी रंगीन हिरोइन, साथ में कई सारे प्रसंग। बार बार घूम फिरकर जाता बुक स्टॉल की तरफ, पर साला धुकधुकी ले लेती उसे माँगने में। क्या पता दुकान वाला क्या सोचे। छोटन को बताता।

वो धड़ से मैगजीन माँग लेता। कुल जमा पाँच रुपये की पत्रिका, जिसे हम मोड़कर बनियान के अन्दर रख लेते। धड़कनें बेवजह बढ़ जातीं। साइकिल के कैरियर पर बैठे हम छोटन से वादा करते कि हम पढ़कर उसे भी देंगे वो किताब और उसकी पुरानी मैगजीन भी वापस कर देंगे। हाथ में भारती भवन की किताब थामे हम एक आदर्श बच्चे की तरह गाँव वापस आ जाते, पर बनियान के अन्दर पैंट से दबी हुई वो पतली-सी मैगजीन उन पुस्तकों से ज्यादा हलचल मचाती। मन में कहीं उत्सुकता का तूफ़ान उमड़ रहा होता। पर उसे पढ़ने के लिए एकांत की जरूरत थी, नहीं तो कहीं कोई देख दिखा लिया तो बखेड़ा खड़ा हो जायेगा।

खैर... बैठक में किताबों के पीछे बहुत सलीके से सँभालकर रख दी गयी थी वो मैगजीन, जहाँ पहले से ही दो और पुरानी मैगजीन दबी पड़ी थीं। सामने की तरफ भारती भवन प्रकाशन की दो पुस्तकें। मैं घूम-फिरकर बारम्बार नयी-नयी आयी पुस्तकों को निरखता... लगता आकर देखें भजन मास्टर भी जरा कि उनका लड़का उतना भी नकारा नहीं है जितना वो प्रचारित करते रहते हैं। कहीं और का फ्रस्ट्रेशन कहीं और निकालना हो तो बात और ,नहीं तो भारती-भवन प्रकाशन की किताबों का सवाल हल कर लेना कोई मामूली बात तो है नहीं। खैर भजन मास्टर के लिए तो बीटीसी वाली भी मामूली नहीं हैं। कहाँ कौआ "क" पढ़ाने वाले भजन मास्टर और कहाँ गणित के सवाल, तो मिलाजुलाकर उनसे तो ज्यादा ही तेज हूँ मैं। फिर भी लगता है ये बाप लोग लड़का पैदा ही इसीलिए करते हैं कि आते-जाते दो पनही जड़ सकें। मुझे याद आता उस राजकुमार की कहानी जो किसी के शाप से बकरा बन गया था। उसे दरवाजे पर बाँध दिया गया

था। अब जो भी दरवाजे से गुजरेगा वो उसे चार लात मारेगा, शाप के साथ साथ ये सहलग्न शर्त थी। तुरंत बकरा की जगह बउवा हो जाता।

खैर एक चीज अच्छी थी वो ये कि भजन मास्टर का स्कूल खुल गया था। और आज वो पहली बार स्कूल जाते समय बउवा को किताबों की तरफ देखते पा रहे थे। मन प्रसन्न हो जाता। लगता चलो देर से ही सही लड़का सद्बुद्धि तो पा रहा है। तुरंत ऐलान कर देते "बस बउवा लगे रहो, सुबह-सुबह जाकर थोड़ा कसरत ताकि देह तंदुरुस्त रहे आ फिर पढ़ाई; मैट्रिक अगर फर्स्ट डिविजन निकाल लिये तो भजन मास्टर मनमाँगा इनाम देंगे।"

फिर बड़बड़ाते हुए निकल गये कि साले गाँव वाले जलते हैं भजन मास्टर से, नहीं तो ऐसे होनहार लड़के का शिकायत आता भला, जो खुद से किताबों की तरफ देख रहा हो, नहीं तो इस उमिर में किसे किताबें देखने का शौक होता है भला!

मुझे लगता-अरे किताबों को बोरिंग तो आप ही लोग न बना देते हो, नहीं तो अगर सुख किताबों में मिले तो कौन न पढ़ना चाहे भला। लेकिन नहीं... किताबें पढ़ाएँगे तो कहानियाँ गायब, बस खड़ा करा देंगे बउवा को भाई बताओ तो ई फलनवा कमिशन कब आया था। अब अँग्रेज सरकार ने सारी कमिशनें एक ही जैसी बना दीं तो हम का करें। साला अब डालो दिमाग पर जोर... आ कहीं १९२७ की जगह १९३७ निकल गया तो घोषित हो गये खानदानी गदहे। तो लगता है चुप ही रहो बेहतर है।"

भजन मास्टर के जाते ही आले के पीछे छुपी पतली-सी मैगजीन बाहर निकल आती। पन्ने पलटते ही कार्टून टाइप का एक कैरेक्टर सामने होता। एकदम से पतली कमर, बड़े और भारी नितम्ब जो पीछे की तरफ नुकीला बनते हुए निकले हुए थे, कंधे तक लटकते बाल, होठों का गाढ़ा मोटा रंग जो बता रहे थे कि मेकअप में लिपस्टिक भी लगे हुए थे और गर्दन को मोड़कर पीछे देखती हुई युवती का चित्रण कुछ ऐसा था कि यह सहज अंदाज लगाया जा सकता था कि भारी नितम्बों को संतुलित करने हेतु स्तन भी बराबर भार के तो होंगे ही। नाम था "छम्मक छल्लो"। एक साँस में पूरा पढ़ डाला। फिर कई राजनितिक टाइप के आलेख, जिसमें पाकिस्तान के दुस्साहसों का जिक्र था। भारत के परमाणु बम के ज्यादा शक्तिशाली होने की बात समझ में आयी थी मुझे। मन में रामायण में लड़ते अस्त्रों की तरह भारत-पाकिस्तान के परमाणु बम लड़ते फिर पाकिस्तान

वाला फुस्स हो जाता। लगता साला किताबों की भाषा भी पत्रिकाओं की तरह रोचक क्यों नहीं होती हैं भला। घंटे भर में दो-तीन आलेख पढ़ जाता। लगता हमारे पढ़ाई में कोई कमी नहीं है, कमी उन बोरियत भरी किताबों में ही होती है, नहीं तो अब तक कोई टेक्स्ट बुक लेकर बैठा होता तो दो-चार झोंक नींद तो मार ही चुका होता।

तब तक हाथ से अंतिम पन्ना पलटकर दृश्य अवलोकन करता। मैक्सी टाइप की कोई ड्रेस पहनी हुई एक महिला अपने हाथों को बालों में उलझाये हुए लेटी हुई थी। बगल में बैठा एक पुरुष सर पर हाथ धरे बड़ा चिंतित प्रतीत हो रहा था। महिला की आँखों में कुछ अलग-सा आमंत्रण था। मुझे एकबारगी तो एकदम नहीं समझ आया कि माजरा क्या है, पर शरीर के रोएँ स्फुरित होने लगे थे। मैनें झटके से मैगजीन बंद कर दी थी, फिर जाकर बैठक के दरवाजे की तरफ झाँक आया। वापस आकर हाथ फिर उसी मैगजीन की तरफ चला गया। दुबारा वही तस्वीर समक्ष थी। महिला की जाँघें स्पष्ट दिखाई दे रही थीं। तस्वीर कुछ यूँ बनायी गयी थी कि न चाहते हुए भी ध्यान उसके स्तनों की तरफ जा रहा था। कुछ-कुछ पहली बार उत्तेजना जैसा महसूस हुआ था। समझ में नहीं आया कि क्या है पर कुछ अज्ञात से भाव जग रहे थे।

ऊपर मोटे अक्षरों में लिखा हुआ था "समस्या आपकी, निदान हमारा।" मतलब मैं फिर उसी पृष्ठ पर था जो छोटन वाले मैगजीन में मैं पढ़ चुका था। तुरंत पुरानी मैगजीन निकालकर देखा। फोटो बदले हुए थे, शीर्षक समान था, पर प्रश्न अलग थे। मैं पढ़ने लगा। यह प्रतीत हुआ कि कोई प्रश्नोत्तरी टाइप की चीज है। मुझे अभी भी याद है।

"मैं एक पैंतीस वर्ष की महिला हूँ। मेरे पति शिक्षक हैं। वो तुरंत थक जाते हैं। मुझे आनंद की अनुभूति नहीं हो पाती है। पिछले कुछ दिनों से मेरे मकान में काम लग रहा है। वहाँ पर काम करने आने वाले श्रमिक अनवरत बिना थके हुए काम करते रहते हैं। मैं उनकी तरफ खुद को आकर्षित महसूस करती हूँ, पर मैं पति से बेवफाई नहीं करना चाहती। निदान बताएँ जिससे पति के सुप्त अंगों में ऊर्जा का संचार कर सकूँ।"

निदान के तौर पर जो बताया गया था उससे मुझे समस्या का अंदाज लगा था। नहीं तो लगा कि पति थक जाते होंगे तो मजदूर थोड़े न हैं शिक्षक हैं भाई! अब उनसे पत्थर ढोआने का काम करवाओगे तो थक ही जायेंगे न। पर समाधान

में पति में मर्दाना कमजोरी की बात थी। कुछ नुस्खे जो ऑर्डर करके मँगाये जा सकते थे।

आगे के प्रश्नों में मेरी रुचि बढ़ती गयी। शीघ्रपतन है तो शिश्न के अग्र भाग पर साबुन लगाओ और पता नहीं कोई इसके लिए भी एक्सरसाइज और अन्त में कोई नुस्खे। एक युवक की समस्या कि स्वप्नदोष हो जाता है, विवाह करें या नहीं, उचित सलाह दें। जवाब में यह कि अगर स्वप्न में आप सम्बन्ध बनाने में असफल रहते हैं तो वैवाहिक जीवन कभी भी सफल नहीं होगा, इसलिए पहले इलाज कराएं तत्पश्चात विवाह की योजना बनाएँ, नहीं तो वैवाहिक जीवन कलहपूर्ण होगा।

गाँव में लड़ते-झगड़ते पति-पत्नियों का चित्र अनायास ही घूम जाता। साला ई भजन मास्टर भी तो लड़ते हैं। लगता हरेक कलहपूर्ण वैवाहिक जीवन के पीछे यहीं स्वप्नदोष और शीघ्रपतन ही जिम्मेवार है।

चिंता की बदली मष्तिष्क में छाने लगती। तब तक धातु गिरने वाला मरीज भी आ जाता। निदान और भयंकर होता मेरे लिए। दिल की धड़कनें निदान पढ़ते हुए बढ़ती जातीं। धुकधुक करता हुआ कलेजा बाहर आ जाता। ये शरीर धातुओं से बना है, शरीर स्वस्थ्य रहे उसके लिए आवश्यक है कि धातु क्षीण न हों। अब रक्त के सत्व से धातु निकलता है, वहीं धातु जीवन को संचारित करता है। धातु जब मर्दाना कमजोरी के चलते पेशाब के साथ बाहर आने लगता है तो साथ ही साथ शरीर का सत्व भी निकलने लगता है। धीरे-धीरे शरीर रोगों का घर बन जाता है। निदान के लिए कोई स्वर्ण भस्म जो धातु की पुष्टि करें।

साला रोग का भी कोई अन्त नहीं है। ये प्रकट रोग अच्छे होते हैं... किसी को भी बता दो, इलाज करा लो, कोई शिकायत नहीं; पर गुप्त रोग तो ठहरे गुप्त, अब किससे जाकर ये व्यथा सुनाओगे कि नहीं भइया हमारा लिंग टेढ़ा हो गया है, पेशाब में धातु जाता है। पर अंदर ही अन्दर ये रोग खाता रहेगा आपको। निरहुआ की तरह मर जाओगे एक दिन या मेहर छोड़कर चली जायेगी, या कलहपूर्ण वैवाहिक जीवन हेतु अभिशप्त होंगे आप। दिमाग घूम जाता। मैगजीन का वो पन्ना दुबारा-तिबारा पढ़ता, फिर लपेटकर वहीं आले के पीछे रख देता। सामने रखी हुई भारती भवन की किताबें झाँकती रहतीं। उपेक्षित-सी पुस्तकें, मुझे बुलातीं, पर मन नहीं करता। लगता शरीर क्षीण हो गया है। पर दिमाग में छमकछल्लो और वो महिला जिसकी फोटो मैगजीन में बनी हुई थी,

कहीं अंदर तक पैबस्त होकर उत्तेजना को बढ़ाती रहतीं। जेब में हाथ डालकर महसूस करता। लगता अभी तक टेढ़ा रहा लिंग पता नहीं कैसे सीधा हो गया है। लगता कोई भ्रम है। उठकर बैठ जाता। पैंट की जिप खोलकर अवलोकन को तत्पर होता, तब तक दरवाजे को ढकेलते हुए चहेटन काका अंदर होते। मेरी फटकर हाथ में आ जाती।

"क्या हो रहा है भाई?" चहेटन काका पूछते।

मुझे लगता क्या बताऊँ कि अवलोकन कर देख रहा हूँ कि भजन मास्टर के औलाद का लिंग तो टेढ़ा नहीं है। अरे जब देख ही लिये तो नैतिकता क्या कहती है ससम्मान वापस चले जाते, पर नहीं ढीठ बनकर पूछेंगे कि क्या कर रहे हो भाई। बहुत गुस्से से उनकी तरफ देखता, पर फटे हुए पिछवाड़े के साथ आँखों में गुस्से के भाव लाये ही नहीं जा सकते, तब पहली बार जान पाया था।

"कुछ नहीं, कुछ भी तो नहीं कर रहा हूँ।" मैं सिर्फ इतना ही बोल पाता।

"तो भजन मास्टर का पूत भी जवान हो गया है।" चहेटन काका मुस्कुराते हुए उसी खाट पर बैठ जाते जहाँ अभी तक मैं अपना शिश्न देख रहा था।

" ?" हम बस एक प्रश्नवाचक चिह्न लिये हुए कातर दृष्टि से उनकी तरफ देखते।

"अब ये बात तो भजन को बतानी पड़ेगी न कि बउवा जवान हो गया है।" चहेटन काका जो जीवन के साठ से ऊपर वसंत देख चुके थे, मुझे धमकी देते।

लगता बोल दूँ कि जाओ बता देना, जब बताना ही है तो फिर सुना का रहे हो। तब तक बदन में एक सिहरन होती... लगता मारता कसाई की तरह है भजन मास्टरवा भी, लगता ही नहीं है कि बाप है। डर की रेखाएँ और स्पष्ट हो जातीं।

"अच्छा भाई नहीं बताऊँगा, पर एक काम करोगे तब?"

"क्या? क्या करना होगा? मैं सबकुछ करूँगा।"

काका अपने हाथों से मेरा गाल छूते हुए बोलते "बउवा अच्छे लड़के हो तुम, मुझे हमेशा से पता था।"

फिर मेरे हाथों को लेकर अपनी धोती के अंदर ले जाते। एक लुंज-पुंज सा अंग मेरे हाथों में होता। काका बोलते रहते। थोड़ा आराम से बउवा, बिलकुल

उसी तरह से जैसे अपना छू रहे थे। मुझे समझ में नहीं आता। न उनके अंग में कोई हरकत नजर आती। पर उन्हें देखकर मुझे अजब-सा गुस्सा और घिन्न का सम्मिश्र महसूस हो रहा था। वो धीरे से मेरे सर पर हाथ फेरते। थोड़ा-सा दबाव डालकर मेरे मुँह को अपने उस बेजान अंग की तरफ ले जाते। लगता साला काट दूँ दाँतों से, पर अन्दर से आ रही दुर्गन्ध मन में मिचली-सा भाव भर देता। उलटी आ जाती। सुबह-सुबह खाया हुआ चिउड़ा दही सब वहीं उड़ेल देता। काका तुरंत मुझे लेटा देते। दौड़े-दौड़े घर की तरफ जाते। भागते हुए पिंकिया आती।

"क्या हुआ बउवा? चहेटन काका ने बताया कि बउवा का तबियत खराब हो गया है शायद!" पिंकिया घबराते हुए पूछती।

लगता बता दूँ, पर क्या बताता और क्यों बताता चुप रहता बस कातर दृष्टि से देखते हुए।

"आह रे भगवान जी लड़के का तबियत ज्यादा न खराब हो गया है, नाहीं त इतना लुंज-पुंज त हम इसको देखे ही नहीं पिछले कई सालों से।" पिंकिया चिल्लाती।

"अरे सब किसी का लगाया हुआ भूत-दूत है... सुबहे-सुबहे वो गरजते हुए जा रहे थे कि कौन कहता है कि बउवा नहीं पढ़ता, तभी हम बोले थे सतहत्तर लोग सतहत्तर तरह की नजरें होती हैं, कौन किसकी बढंती देखना चाहता है भला, लेकिन कोई समझे तब तो, झड़वाना पड़ेगा लड़के को।" माई घोषणा करती।

थोड़ी देर में भजन मास्टर आ जाते। दवादारू की व्यवस्था की जाती। सब मिलाकर निष्कर्ष निकालते कि ई चहेटन ककवा है बढ़िया आदमी, नहीं तो बउवा यहीं बीमार होकर पड़ा रहता पता ही नहीं चलता शाम तक। मुझे लगता हाँ सच ही बोल रहे होओगे तुमलोग कि चहेटन ककवा बढ़िया आदमी ही होगा। उलटी का एक दौर फिर शुरू हो जाता।

***

साला घर में रुकने का प्रयास किया था अगले दिन, पर मन के अन्दर कभी स्वीटीया का भूत आ जाता, तो कभी उस मैगजीन वाली महिला का चित्र, कपार पर हाथ धरा पुरुष, तरह तरह की गुप्त समस्याएँ और वैद्य जी का निदान अभी चलता ही रहता तब तक चहेटन काका अपनी उपस्थिति दर्ज कराते। मन में अन्दर तक घिन्न का साम्राज्य स्थापित हो जाता। एक अजीब तरह की बेचैनी होने लगती। लगता विद्यालय ही चले चलते हैं, मेरी तरह ही सही कोई-न-कोई

तो आया ही होगा।

उठता और उलझ चुके बालों में थोड़ा-सा पानी फेरता हथेलियों के सहारे, पर कंघी उलझ जाती। थोड़ा जोर लगाता, पर बाल और पानी माँगते। अभी पानी लेने के लिए झुका ही था कि भजन मास्टर बरस पड़ते।

"कई दफा बोलता हूँ कि ई कपार पर जंगल मत बढ़ाया करो, लेकिन न क्यों सुनेंगे साहब मेरी, हिरोगिरी सवार है कपार पर।"

मैं मायूसी से उन्हें देखता कि कैसा बाप है साला कि बच्चे के अन्दर तूफ़ान उठ रहे हैं पर साहब अपनी ही सुनाने में व्यस्त हैं। आखिर कौन सी हिरोगिरी दिखाई दी इनको, अब कह दें तो टकला बनकर ही रहा करूँ।

"अरे तो उठेगा एक दिन पनही न त सारा बाल झाड़ना भुला जायेगा; साला पढ़ना-लिखना नौ बाइस है, सारा ध्यान फोक्कासी पर। कमाकर ला रहे हैं भजन तो झाड़ लो फोक्कासी, नहीं कोई माँगने पर भीख भी नहीं देगा।" भजन मास्टर धोती का चुन कसते हुए बड़बड़ाते रहते।

हम बस देखते उनकी तरफ। अभी कल ही तो राग झाड़ते जा रहे थे कि कौन है जो कहता है कि बउवा पढ़ता नहीं और आज ऐसा कौन-सा महान परिवर्तन हो गया।

"अरे देख का रहे हो हमारी तरफ, इतनी बार बोल रहा हूँ समझ में नहीं आता कि ई कपार पर जो जंगल बढ़ाये हुए हो जाकर साफ़ करवा लो, जाते हो या उठाऊँ पनही।" भजन मास्टर का हाथ पनही उठाता और सीधा हमारी तरफ उस भारी-भरकम पनही का आधार मेरे सर से आकर टकराता। अभी-अभी मेंटेन किया गया हुलिया बिगड़ जाता।

मेरा कपार मन में उठ रहे बवण्डर के साथ इस पनही का भार सँभाल नहीं पाता और पूरा का पूरा घूम जाता। ज्यामिति की भाषा में १८० डिग्री। और घूमते कपार को सँभालने के चक्कर में पेट में रखा हुआ थोड़ा-बहुत अनाज और ढेर सारा पानी वही बाहर निकल आता। तब तक माई आ जाती।

"अरे काहे मारने लगते हैं कसाई की तरह, जानते हैं कि लड़का बीमार है पर ना।" माई आकर मेरे सर पर हाथ फेरती, पीठ पर सहलाती। घूमता हुआ कपार थोड़ा थिर होता।

"बीमार हैं या लड़टिपोर बने घूम रहे हैं। कपार पर जब पाँच किलो का

झाड़ लेकर घूमेंगे तो उल्टी ही करेंगे न। आज शाम तक अगर ये झाड़ खत्म नहीं होगा तो इलाज हम आकर करेंगे, चली आती हैं सहकाने।" भजन मास्टर बड़बड़ाते हुए चले जाते।

मैं बस माई को देखता रहता। लगता कितना आसानी से निदान निकाल लिया गया न! साला उल्टी और बालों का सम्बन्ध ये सिर्फ भजन मास्टर ही स्थापित कर सकते हैं। चहेटन काका को रोज लाकर इसी बैठक में स्थापित कर देंगे, पर बउवा बीमार अपने बालों के चलते हो रहा है। किसी दिन खुद भी चहेटन काका का पेल्हड़ टो कर देखें, हो सके तो एकाध चुम्मा भी ले लें फिर बताएँगे कि उल्टी कपार के बाल से होता है या पेल्हड़ चुम्बन से।

माई प्यार से मेरे बालों में हाथ फेरती हुई बोलती रहती "कहती हूँ लड़के से कि बाल में तेल-वेल लगवा लिया करे, अरे मरद मानुष का दिमाग है, पढ़ना है, लिखना है, दौड़ना धुपना सब सतहत्तर तरह का काम होता है, दिमाग पर जोर पड़ता है, तेल पानी लगता रहेगा तो ताकत मिलेगी, माथा ठंडा हुआ रहेगा... पर गया तो अपने बाप पर ही है न, काहे को सुनेगा हमारी, हम तो पैदा ही इसीलिए हुए हैं कि करते-करते मर जायें।"

बोलते-बोलते माई की आँखों से आँसू निकल आते और आँखों का पोर गीला हो जाता। मैं गुरेर के देखता कि इनको बउवा और भजन मास्टर में क्या समानता दिखती है भला। अरे तुलना भी करनी हो तो किसी ढंग के आदमी से करतीं कम-से-कम। और हम का परेशान करते हैं इनको भला। अब ये चाहती हैं कि हम नौ मन तेल चुपड़ लें कपार पर आ घूमते रहें तो ई हमसे तो नहीं होगा। आ तेल से किसका कपार ठंडा होता है भला; घसते तो रहते हैं भजन मास्टर सुबह-सुबह पूरे बदन पर तेल, तब भी जरा-जरा सी बात पर पनही चला देते हैं। मैं माई की पहुँच से दूर भाग जाता। वो अपनी आँचल के कोरों से आँख साफ़ कर लेती।

****

अप्रैल के दूसरे हफ्ते तक विद्यालय खुल जाता। राय गुरूजी भी झोला लेकर आ धमकते। तब तक बोरियत मिटाने के लिए मैं पास के कस्बे के सरस्वती पुस्तक भण्डार तक का एक चक्कर और लगा आता। इस तरह मेरे संग्रह में एक रंगीन फोटो, पढ़ने के लिए एक और छम्मकछल्लो और अन्त में सबसे

ज्ञानवर्द्धक जो होता वो "समस्या आपकी, निदान हमारा" वाला स्तम्भ। जहाँ प्रश्नोत्तरी का रुचिकर संग्रह होता। पत्रिका में कुछ कहानियाँ भी होतीं, प्रेम की, षड्यंत्र की और कुछ कॉलम जहाँ देश की और राजनीति की बातें। पर मेरे लिए सर्वोच्च आकर्षण के दो ही केंद्र बने रहते-एक वो नायिकाओं वाला आकर्षक पोस्टर और दूसरा वो निदान वाला भाग।

क्लासेज शुरू हो गये थे। हिंदी वाले गुरूजी आते और महादेवी वर्मा रचित शब्दचित्र 'सोना' को व्याख्यायित करके चले जाते अनूठे अंदाज में।

"ये साहित्य-वाहित्य जो है न खाली समय में समय पास है। अब बैठे हुए हैं खलिहर आ भगवान ने दिमाग दिया है तो घुसेड़ दिये मिट्टी को सोना दिखाने में। शब्दों का भँवरजाल बर दिये आ छोड़ दिये कि दूर कहीं हमारे जैसे बेवकूफों के सर पड़ के जी का जंजाल बन जाये।" गुरूजी जारी रहते, एक सवाल के जवाब में कि ई शब्दचित्र क्या होता है गुरूजी।

बच्चे हँसने लगते होहो हाहा करके। गुरूजी भी साथ देते।

"क्या करोगे जानकर कि ये शब्दचित्र क्या होता है? अरे ये कोई परीक्षा में आने वाला सवाल तो है नहीं आ ज्यादा जानकर कोई बच्चन तो बन नहीं जाओगे।" गुरूजी टाल देते।

"पर गुरूजी आपने ही तो बताया कि ये महादेवी वर्मा द्वारा रचित एक शब्दचित्र है।" बच्चा अड़ जाता।

"चित्र जानते हो न! एक मुच्छड़, बेवकूफ-सा दिखने वाला राजा अड़ के बैठ जाता है किसी चित्रकार के सामने कि बना दो मेरा चित्र और टाँग दो उस दीवाल पर। अब चित्रकार सहम जाता है ये जानकर कि अगर चित्र उस महाराज की तरह बना नहीं कि वो सूली पर टँगा... सो अपनी कल्पनाओं को उकेर देता है और एक बेकार से आदमी का खूबसूरत और रोबदार चित्र बन जाता है। शब्दचित्र भी वैसा ही कुछ है। शब्दों के माध्यम से चीजों का खूबसूरत चित्र बना देना। खैर हमलोग पाठ पर आते है, हाँ तो बच्ची तुम खड़ी हो जाओ और पाठ करो।" गुरूजी दिव्यवा को खड़ा करा देते।

दिव्यवा पढ़ती रहती। गुरूजी बीच-बीच में काम की जानकारी देते रहते। मेरे मन में अलग ही चित्र बनते रहते। मैं समझ ही नहीं पता कि सोना कोई हिरणी है। सोना एक बालिका हो जाती, सोना फिर युवती हो जाती। दिव्यवा

बनी सोना के शरीर से पीताभ रोएँ ताम्रवर्णी झलक देने लगे थे। शरीर में भराव वाला उतार-चढ़ाव और स्निग्धता दिखाई देने लगा था। इस पंक्ति के साथ ही कि आँखों के चारों ओर खिंची कज्जल कोर में नीले गोलक और दृष्टि ऐसी लगती थी, मानो नीलम के बल्बों में उजली विद्युत् के बल्बों का स्फुरण हो। मेरा पूरा ध्यान दिव्यवा की आँखों की तरफ चला जाता। आँखों के चारों ओर खिंची कज्जल कोर में नीले गोलक... मेरा चित्त और सायास और सजीव हो जाता। मन होता जाकर महादेवी वर्मा का चरण गह लूँ। मैनें तुरंत उस पाठ के शीर्षक से सोना को काटकर दिव्या लिख दिया। कल तक के दुःख पुराने हो गये। प्रेम एक बार फिर सजीव हो गया था। क्रमशः तरुण होता मैं उन भावों को एकदम से महसूस कर रहा था जिसमें सोना किसी आहट की प्रतीक्षा में गर्दन उठाती। मैं महसूस कर पाता कि स्त्री भाव भी युवावस्था में उसी तरह के होते होंगे जैसे कि हमारा। फिर यह प्रेम, इसका पहल सब हम लड़कों के कपार पर ही क्यों भहला जाता है, क्यों किसी मीना को देखता हुआ रमेंदु आम के पेड़ से जा टकराता है। नहीं ऐसा होता तो क्यों कोई दिव्या आकर बउवा से बोलती कि तुम मुझे अच्छे लगते हो। मैं खो जाता।

"क्यों भाई जरा खड़े होइए आप तो।" हिंदी वाले गुरूजी हमें खड़ा कराते।

"कहाँ सैर कर रहे थे?" वो कड़कते। हम बस टुकुर-टुकुर ताकते रहते।

"चलिए इधर आइए, इस दीवाल की तरफ मुँह करके खड़े हो जाइए। हम साला बेवकूफों की तरह बोल-बोल के पागल हुए जा रहे हैं आ जनाब कोई सब्जबाग बना रहे हैं।" गुरूजी मुझ पर दण्ड आरूढ़ करते।

ताज्जुब से भरा मैं क्लास की तरफ पीठ किये खड़ा हो जाता। लगता साला मन की बात मास्टर कैसे जान गया। गुरूजी जारी रहते। पर केवल सोना को पढ़ाकर दो घंटे का समय तो नहीं न निकाला जा सकता, सो रामबाण छोड़ते। दो लाइन लिखवाकर बैठ जाते कि आपलोग इसका व्याख्या करके ले आइए।

व्याख्या करते-करते क्लास निकल जाती। छोटन बताता कि पंडित बालिका अभी भी तुम पर ध्यान दे रही है। गज़ब निहार रही थी बे! राहुल हामी भरता। और तो और जोजो भी चहका लगाता कि साला पंडित एकटक देख रही थी दिव्यवा तुमको। मेरे शरीर में सिहरन-सी दौड़ जाती। लगता काश भगवान ने दो आँखें पीछे भी दी होतीं। सब चढ़ाते पर यकीन होने से रहता। लगता भला

क्यों देखेगी दिव्यवा मुझे, वो भी उस दिन की घटना के बाद भी। और पीछे की तरफ से देखने का क्या औचित्य... फेक रहे हैं साले सब।

लेकिन मन उलझ जाता। दिव्यवा फिर से एक बार हावी हो जाती। क्लास ख़त्म हो जाता, स्कूल से छुट्टी पा घर पर होता। चोरी से मैगजीन का रंगीन पेज देखता। छोटन के यहाँ देखा हुआ एल्बम याद आ जाता। तब तक लोगों की आवाजाही बढ़ जाती। अपना खजाना छुपाकर वापस रख देता।

शाम होते ही भजन मास्टर के दुवार पर फिर महफ़िल लगती। बातों का बतकुच्चन होने लगता। 'बतकुच्चन' यहाँ के शब्दकोश का अपना शब्द रहा हो शायद। इसके उद्गम का स्रोत ढूँढ़ता मैं दातुन तक चला जाता। सुबह-सुबह के वक्त लकड़ी के एक नीरस से डंठल को दातों के मध्य दबाये लोग लगातार कूचते; मुँह का रस मिलाते तब तक, जब तक उसकी कूचियाँ रसगर न हो जातीं। सूखा हुआ लकड़ी का वो डंठल ताजगी से भर जाता और उसकी कुच्चियाँ इतनी महीन हो जातीं कि मुलायम मसूढ़ों पर भी आहिस्ता-सा प्यार फेर जातीं। अब दातुन तो पूरे दिन कूचा नहीं जा सकता था। सो दातुन मुँह में लगाये लगाये हीं बातों पर सानी चढ़ाया जाता, इसी क्रम में बतकुच्चन की क्रिया-प्रक्रिया का जन्म होता।

तो बातों का वही बतकुच्चन जिससे गुजरकर नीरस बातें भी रसदार हो जातीं, यहाँ समय पास का सबसे उचित जरिया हुआ करता था। यही गाँव का साहित्य था, यही सिनेमा था, यही राजनीति थी, यही मनोरंजन था। इस क्रम में जो कूची जाती थीं वो केवल बातें थीं, बाकी जो पात्र आते-जाते थे वो भी बातों के क्रम में छद्म हो जाते। उनकी अपनी निजी अनुभूतियाँ अगर कुछ होती भी थीं तो वो बतकुच्चन के जरिये गौंण कर दी जातीं। इस क्रम में सारी बातें आतीं... वो भी जिन्हें इतिहास कहा जाता है, वो भी जिन्हें भूगोल कहा जाता है और वो भी जिन्हें सुदूर क्षेत्र के किसी शोध-संस्थान में विज्ञान कहा जाता है।

आज फिर उसी बतकुच्चन का क्रम स्टार्ट था। वर्तमान से प्रारम्भ हुआ यह क्रम शनैः शनैः इतिहास की तरफ मुड़ता चला गया था। सब इन्हीं बातों के क्रम में आते गये थे... नेहरू भी, इंदिरा भी, राजीव भी, मोरारजी भी... लगता जैसे सबको इसी गाँव के बड़े-बुजुर्गों ने अपने हाथों से दिल्ली में रोपा था। तब तक चहेटन काका भी आ विराजते। मैं धीरे से उठकर अपना खाट राय सर की खाट के पीछे लेकर चला जाता। भजन मास्टर गुरेर के देखते। चहेटन काका

वहीं राय सर के पैताने बैठ जाते। राय सर अचकचा जाते। अब कोई ब्राह्मण देवता जो बुजुर्ग भी हो राय भूमिहार के पैताने कैसे बैठेगा भला? वो भी ब्राह्मण समाज में। राय सर अपनी खाट छोड़कर पास में रखे लकड़ी की कुर्सी पर बैठ जाते। मुझे बहुत तेज वाला गुस्सा आता। भला ये क्या चुतियापा है, बातें तो सब बड़ी-बड़ी ठेल रहे हैं जैसे नेहरू-गाँधी को दिया दिखाये हों, पर पास में बैठे बउवा के मन का दर्द नहीं बूझ पा रहे हैं। मैं उठकर दूसरी तरफ कोने में रखी हुई चौकी पर जाकर विराजमान हो जाता चुपचाप। लगता उम्मीद करना ही सबसे बड़ी बेमानी है।

बातों का क्रम जारी रहता। सबसे बड़े कथावाचक राय गुरूजी होते। वो बताते तो बाकी लोग ध्यान देकर सुनते। उनका इतिहासबोध वाकई लाजवाब होता।

"बाढ़ और सूखे ये कोई नयी समस्या थोड़े न है। आदि-अनादि काल से बाढ़ और सूखे का ये क्रम चलता रहा है। हमारा तो ये मानना है कि हर सौ साल पर एक बड़ी महामारी, एक बड़ा सूखा, एक बड़ा बाढ़ यह प्रकृति का अपना चक्र है, बाकी जो है इंसानी जीवटता और इंसानी संघर्ष है। अब १९६६ को ही लीजिए जिसे लेकर हम आप अक्सर बैठ जाते हैं। तब की बात अलग थी और १८६६ की अलग। १८६६ में भी सूखा पड़ा था। सूखे की जद में पूरा शाहाबाद था। पर सरकार तब विक्टोरिया की थी। गवर्नर जनरल का शासन हुआ करता था। शासन का पूरा प्रतिमान ही सिर्फ और सिर्फ ब्रिटिश पूँजी को फायदा देने का हुआ करता था। तब १८६४ एवं १८६५ में इंद्र देवता ने धोखा दिया था फलतः बचत के संसाधन चूक गये थे। गंगा के जरी का क्षेत्र और करगा के तरी का क्षेत्र अर्थात ये कैमूर के पदस्थली वाला भाग था जहाँ जमीन में थोड़ी-बहुत नमी थी और रबी की खेती हो पायी थी।"

"इसीलिए तो बड़े-बुजुर्ग कह गये हैं कि गंगा के जरी भा करगा के तरी, कोई बुड़बक थोड़े न थे लोग सब।" चहेटन काका बोलते। मेरी सुलग जाती। बड़े बुजुर्ग उन्हीं की तरह न, शायद उन्हीं में से किसी ने कहा हो कि जाकर बउवा को... बहुत तेज का गुस्सा आता। उठकर एक गिलास पानी उड़ेल लेता।

"१८६४ और १८६५ में धनहर बर्बाद हो गये थे। अब जहाँ हमारा भेजा धान और लोगों को जिन्दा रखता था, हम खुद ही दूसरों पर निर्भर थे। अब इस जवार में जहाँ आज भी अनाज के बदलैन पर सौदा ख़रीदा जाता है तब की तो

सोच ही सकते हैं आप। ससुरा १८६६ आते-आते हालात यह था कि खाने के लिए मोटा अनाज भी चौगुना कीमत पर भी मिलना मुश्किल था। घास-पात का रोटी, सावाँ, कोदो ये सब भी नसीब नहीं थे, ऐसे में जब सरकार अपनी नहीं होती है तो दर्द तो जनता से बेहतर कौन बूझेगा। साला इतना बड़ा जवार में राहत के नाम पर ऊँट के मुँह में जीरा मिला था। कुछ लोगों को रोजगार के नाम पर रोड निर्माण और मरम्मत में मजदूरी का काम, थोड़ी-बहुत राहत। पर तब भी और आज भी ये जीरा भी ऊँट के मुँह तक पहुँचता कहाँ है... बीच में बड़े बड़े पेटों वाले गिद्ध हुड़ार बैठे होते हैं, सब हजम। सरकार बस लाशें गिनती रही, वो भी एक बेईमान सिस्टम के सहारे। गाँव से चौकीदार निकलते और जाकर थाने पर बताते कि अमुक गाँव में अमुक आदमी भूख से मर गया बेचारा। थानेदार डपट देता, चुप करो भोसड़ी के भूख से मरा है या काल से। हाथ जोड़कर खड़ा चौकीदार बोलता काल से साहब, काल से। सब तो काल से ही मरते हैं न, तो जनता ने भी मान लिया कि सब काल से ही मरते हैं। जनता मरती रही। १८६६ का सूखा किंवदंतियों में स्थापित हो गया और हथिया के सहारे टिकी हुई खेती बाड़ी इंद्र की आँखमिचौली से जरा-सा दम साधती कि अनाजों के दाम बढ़ जाते। कराहती हुई जनता फिर काल के हवाले हो जाती।"

काल के हवाले होती जनता सम्मुख होती, तब तक कोई पल्स पोलियो अभियान का पोस्टर सामने देख उसी पर ज्ञान बघार देता। जनता पिल पड़ती ई कुछ और थोड़े न है। संजय गँधिया मरद चापा था कि ना सबका बधिया कर देंगे। नहीं हुआ, कोई बात नहीं, सरकार ले आई पल्स पोलियो, लो भोसड़ी के अब तो लोगे। लँगड़ा होने के डर से हिंजड़ा बनाने वाली दवाई चाप दी बहादुर सरकार ने। दुनिया भर के मुल्क जो डरते हैं कि भारत वाले मूत भी दें तो अमेरिका बह जाये एकदम सटीक जगह पर वार कर दिये, लो सँभालो अब।

राय गुरूजी जनता की तरफ देखकर ठहाका मारकर हँसते। लगता हँसते-हँसते पागल हो जायेंगे। हमको लगता सरकार भी गज़ब-गज़ब की साजिश करती है। साला टाँगें सीधा करने के चक्कर में लोग बच्चों का लिंग टेढ़ा कराये जा रहे हैं। जनता अपना विचार सानी चढ़ाकर रखती। साला हमलोगों से बढ़िया तो मियाँ लोग हैं, दे दिये एक बार फरमान की नहीं पीना है तो नहीं पीना है। तो जनता के बीच से ही एक मत ये भी आता कि भइया हो ई जो बालबच्चा हैं, अंधा, कोढ़ी हैं, सब पुरुब जनम के करमकमाई है, सब भगवान के हाथ में है,

सरकार तो बेकार में पगलायी हुई है। अब भगवान के कार्यक्षेत्र में बेकार में न टाँग अड़ाना है। तब तक कोई बोलता भगवान भी किसी दिन पगला के धाँस देंगे तो लोग चिल्लायेंगे कि भगवान ने अत कर दी। पर भगवान थोड़े न अत करते हैं, अत तो इंसान करता है, इंसान, भगवान तो सिर्फ न्याय करते हैं।

"ना काका ना, चापे रहिए आपलोग, सरकार ससुरी आपलोगों का सोच-सोचकर हुकहुका रही है आ आपलोग अलगे सानी चढ़ाये हुए हैं। खैर इसमें नयी बात क्या है... साला जब चेचक का टीका लगने को हुआ तो इहाँ लोगों में अलगे भगदड़ मची हुई थी। अब शीतला माई के लिए भी दवा दारू, ना सब धर्म भ्रष्ट करने की साजिश है। तब जाकर डुमराँव नरेश ने अपने कुँवर जी को लगवाया था टीका। उसके बाद जनता ने धीरे-धीरे माना कि चलो लगवा ही लेते हैं।" राय साहब हँसते हुए बताते।

"अरे हम भी जब रमपतिया बो को देखे झोला बक्सा टाँगे हुए तो लगा चलो हम भी पी ही लेते हैं टाँगें सीधी रखने वाली दवाई।" चहेटन काका खीस निपोरते हुए बोले।

"तो काका इस बुढ़ौती में कौन-सी टाँग सीधा कराने चले गये थे।" कोई नवागंतुक हँसते हुए पूछता।

"अपनी माई से पूछना जाकर।" काका बमक जाते।

"काहें बिदक रहे हैं काका... अरे आपे न बोले कि टाँगे सीधी रखने वाली दवाई पीने गये थे रमपतिया बो के यहाँ।"

"अरे बुढ़ौती में दो टाँगें तो वैसे भी खराबे हो जाती हैं तो तीसरी टाँग ही न बची। खैर उसकी भी कोई दवाई नहीं है काका, साला कहीं भी घसीट लो रहता बेकार ही है।" भजन मास्टर हँसते हुए बोले।

राय गुरूजी ने मेरी तरफ इशारा किया। बातों का टॉपिक बदल गया। मेरे मन में चहेटन काका के प्रति घिन्न का एक ज्वार फिर भर गया। भोसड़ी के बुढ़ौती में टाँगें सीधी करने की दवाई पियेंगे आ रगड़ने बउवा के मुँह पर आ जायेंगे। फिर उठकर सुबह-सुबह राम-राम करेंगे। उठकर दूसरे कमरे में जल रहे लालटेन के पास चला जाता। ताखे से मैगजीन उतारकर पढ़ने लगता।

उस दिन का एल्बम, सोना बनी दिव्यवा और मैगजीन में छपी हिरोइन का पोस्टर सब मिलकर एक अजब-सा माहौल बना देते। थोड़ी देर पहले तक फैला

घिन्न का साम्राज्य उतर जाता। हलका-हलका सा खुमार जैसा आता और निद्रा मुझे अपने आगोश में ले लेती।

एक बार फिर स्वप्न का साम्राज्य हावी हो जाता। खूबसूरत-सी दिव्यवा पास से गुजरती। हवा लिपट के गुदगुदी करती। उसका दुपट्टा उड़कर आके मुझसे लिपट जाता। एक बार फिर से वहीं दुर्घटना घटित होती। धातु की पोटली फट जाती, मामला फिर से वहीं का वहीं अटक जाता।

"तो स्वप्न में भी स्त्री संसर्ग का सुख पाये बिना जो पुरुष स्खलित हो जाता है वो निस्संदेह किसी भी स्त्री को सुख और संतुष्टि नहीं दे सकता" का 'सहज सलिल' में छपा मूलमंत्र मेरे मस्तिष्क में गूँज उठता और एक असफल पुरुष के रूप में मैं तुरंत गमछा लपेट के कचड़ा हो चुके पैंट को हैण्डपम्प के पास रखे पत्थर पर कचारता। जरूर जो मुझे हो रहा है वो स्वप्नदोष ही है और स्वप्नदोष ही क्यों, बल्कि उसकी भी सबसे निकृष्ट कोटि। ये टेढ़ा लिंग से लेकर स्वप्नदोष तक, जैसे सारी बीमारियाँ बउवा के लिए ही बनायी गयी थीं। साला मन-ही-मन संकल्प लेता कि पक्का ब्रह्मचर्य का पालन ही एकमात्र मार्ग है। साथ में दिव्यवा और उसके प्रेम को भी तिलांजलि देनी होगी, नहीं तो नाहक ही दिव्यवा के पीछे पड़ने का क्या फायदा जब बेइज्जती अपनी ही होनी है तो। लगता उ नरपतवा सहिए कहता है "नारी नारी मत कर मुरक, नारी नरक का द्वार।" तो हमको नहीं जाना नरक, यहीं हमारा कृतसंकल्प होता। लेकिन ये रोग, इनका क्या, इनका इलाज तो कराना ही होगा... एकदम से पक्का में।

****

करमनासा जिंदगी

जीवन उतनी भी सीधी लकीर की तरह नहीं होती, जितनी कथा-कहानियों में अभिकल्पित कर ली जाती है। नायकत्व के अभिकल्पन में और स्थापना में ही अगर कोई रचनाकार विभेद करने बैठे तो समुद्र से बड़ी खाई बनती नजर आयेगी। फिर जहाँ असल जिंदगी की बात हो वहाँ तो बात ही निराली होती है। अब हमारा ही बचपन देखिए न, वैसे तो लगता है किसी सहज सीधे से लकीर से बनती चली गयी हो जिंदगी हमारी... पर जब खाका खींचने चलते हैं तो लगता है कि न जाने कितने संयोग और दुर्योग बनते गये और एक अनजान से सफ़र पर निकला व्यक्ति आज संगीन थामे इन दुर्गम जंगलों में न जाने किन दुश्मनों की प्रतीक्षा में बैठा है। सच पूछिए तो हम सब वक्त की उस आकस्मिकता की कठपुतली मात्र हैं जिसमें सबको चकमा देने का सामर्थ्य है। राय गुरूजी अक्सर कहा करते थे कि गंगा से ज्यादा पवित्रता कर्मनाशा में है। हमको समझ में कम आता, लेकिन इतना जरूर लगता कि कर्म में ही तो कुकर्म भी सन्निहित है। कर्म के नाश के साथ शायद उस आकस्मिकता का भी नाश हो जाता होगा जो हमें बाँधे रखती है कि दुर्भेद्य-सी अगम्यता से।

विद्यालय खुले कुल दो-तीन महीने व्यतीत हो चुके थे, साथ में गर्मी की छुट्टियाँ भी ख़त्म ही हो गयी थीं। इस दौरान जो मुख्य घटनाएँ घटित हुई थीं वो ये थीं कि मैनें दिव्यवा को देखना एकदम से छोड़ दिया था सिवाय सपने के और विद्यालय में बच्चों के बीच कुछ बगावती स्वर उभरने लगे थे, मान्यवर काशी पाण्डेय के खिलाफ। मेरा दिव्यवा को न देखने के पीछे का वजह तो समझ ही रहे हैं आपलोग, पर काशी पाण्डेय अर्थात हेड सर के खिलाफ बगावत के पीछे अलग गणित थी। यह गणित-संस्कृत वाले गुरूजी भी बखूबी जानते थे, अँग्रेजी, नागरिक शास्त्र और इतिहास रूपी समाज विज्ञान के मूर्द्धन्य राय साहेब भी, हिंदी वाले गुरूजी भी और कीट्स और यीट्स की पंक्तियों में किसी जूलिया को खोजते अँग्रेजी वाले गुरूजी भी... यहाँ तक की गणित में ही सर्वाधिक फेल

होने वाले श्री नेहरू उच्च विद्यालय के स्वनामधन्य छात्र भी खुद को इस गणित में पारंगत मानते। उनका यह सामूहिक मत होता कि समस्या बोर्ड के परीक्षा प्रणाली में है अन्यथा नेहरू उच्च विद्यालय के बच्चों को कोई गणित में फेल कर सकता है क्या भला।

इस गणित में सबका अपना-अपना निहितार्थ होता। सब अपने-अपने हिसाब से समीकरण साधते। संस्कृत वाले शास्त्री गुरूजी का यह मानना था कि उनका पिछली बार के स्थानान्तरण वाले समीकरण को अंदर खाने से हेड सर ने ही असंतुलित किया था अन्यथा कोई वजह नहीं थी कि उन्हीं के जवार और बिरादरी का अधिकारी बैठा था मुख्यालय में। लेन-देन की भी बात तय थी तब भी स्थानांतरण सूची से उनका नाम गायब कर दिया गया था। राय सर कहीं न कहीं इस बात से व्यथित थे कि शिक्षा के प्रति उपेक्षा वाले इस क्षेत्र के लोगों ने बड़े त्याग और समर्पण से संसाधन जुटाकर विद्यालय खड़ा किया है, पर काशी पड़ेया ने बहुत नीचता के साथ इसे लूट लिया है। अँग्रेजी वाले गुरूजी, साथ ही साथ शास्त्री सर भी हिंदी वाले गुरूजी के इस बात से एकमत थे कि जो छूट गीता मैडम को मिलती है उसके हकदार तो वो लोग भी हैं न कहीं न कहीं से। अब ऐसा क्या है कि गीता मैडम किसी और एंगल का फायदा लेकर साल में एकाध दिन आयें और वो लोग रोज यहीं जंगल झाड़ में डेरा जमाये रहें। हिंदी वाले गुरूजी तो कोई चालीस पचास किलोमीटर दूर से आते थे। आधी दूर तक बस की सवारी, फिर कोई दस-पंद्रह किलोमीटर तक साइकिल से। अक्सर बोलते कि हमारा जन्म तो जैसे साइकिल खींचने के लिए ही हुआ है। अब ई कौन से कानून में लिखा है कि मरद हैं तो रोज पचासों किलोमीटर पहेटिए खुद को। अरे का मरद-मानुष का घुटना घुटना नहीं होता है क्या। बच्चों को ये रोज-रोज का बात-बेबात पर लिया जाने वाला शुल्क नहीं समझ में आता था। ऊपर से छात्रवृति आये तो उसमें से भी किरानी साहब हिस्सा लेते, शिकायत करने पर बोलते कि हमसे क्या लड़ते हो जाकर हेड साहब से बोलो न। परीक्षा का भी शुल्क लिया जाता, फॉर्म भरवाने का रेट भी आसपास के सभी विद्यालयों से हाई था, ऊपर से कोई कागज़पत्तर साइन करवाना हो जोहते रहो बाट, नहीं तो जाकर भटको सासाराम की गलियों में। ऐसा लगता कि हेडमास्टर नहीं कहीं के लाट साहब हो गये हों।

इस तरह से सबके शिकायतों का घड़ा भरकर लबलबा रहा था। लगता

था अब छलका तब छलका। लेकिन सब साँस बाँधकर रोके रहते। किसी की हिम्मत नहीं होती कि डायरेक्ट हेड सर से पंगा लिया जा सके। सारे शिक्षकों को पता था कि हेड सर का जुगाड़ बहुत टाइट है यहाँ से लेकर मुख्यालय तक। सो डायरेक्ट पंगा लेने का मतलब था कि आ बैल मुझे मार। बच्चों को एकल में लगता कि अकेले हम ही पंगा लेकर का करेंगे। हो सकता है हेडवा खार खा जाये आ मैट्रिक के सर्टिफिकेट में आचरण ही खराब कर दे।

सो अन्दर-अन्दर से उबल रहा असंतोष बिलकुल उसी तरह से छलक पड़ा था जैसे १८५७ की क्रान्ति में जनता-जनार्दन से लेकर, रजवाड़ों तक का असंतोष सिपाहियों के विद्रोह बिगुल के रूप में छलक पड़ा था। कहा जाता है न कि राज्य को शान्ति से चलाना हो तो जनता को क्रांतियों का इतिहास मत पढ़ाइए। नहीं तो इतिहास बोध से युक्त जनता शीघ्र ही क्रान्ति का पथ पकड़ लेती है, फिर बड़े बड़े तानाशाहों और शक्तियों के पाँव उखड़ते देर नहीं लगता है।

तो इस बार विद्रोह का तात्कालिक कारण बना था मैट्रिक के इम्तेहान के तीन महीने बाद भी उन बेंचों का वापस न आना जो इस शर्त पर ले जाये गये थे कि परीक्षा के बाद वो वापस आ जायेंगे। बच्चों के बीच में कानाफूसी थी कि हेडवा साला बेंच बेच डाला होगा। तब तक राय सर ने मिर्ची लगायी थी कि शर्म आती है कि हमारे बच्चे जमीन पर बैठकर पढ़ने को मजबूर हैं। अरे जिनके बाप दादों ने श्रम से कमाई हुई पूँजी और धरती दी थी कि हमारी पीढ़ियाँ पढ़ेंगी, उन्हीं की औलादें जमीन पर बैठें ये कहाँ का न्याय है। शास्त्री गुरूजी ने बोला था कि बबुआ पढ़ाई-लिखाई तक तो ठीक है, परीक्षा में जब बेंच डेस्क ही नहीं रहेगा फिर लिखोगे का जंघे पर रखकर। बच्चों को लगा वाकई बिना बेंच डेस्क के परीक्षा देना असम्भव है, असम्भव। पढ़ाई-लिखाई के बिना तो परीक्षा दिया भी जा सकता है, लेकिन बिना डेस्क के इतिहास में न किसी ने परीक्षा दिया है, न कोई देगा। तब तक हिंदी वाले गुरूजी आग में घी डालते कि आपलोगों को क्या लगता है बेंच और डेस्क वापस आयेगा, एकदम से भूल कर रहे हैं आपलोग। अरे हेड सर ने एक नया विद्यालय खोला है, पूर्ण आवासीय। तो उसमें जो बच्चे आयेंगे हजार पाँच सौ महीने की फीस देकर वो क्या भुइं चूतड़ घसीटेंगे।

"आ डेस्कवा का उन लोगों के बाबू ने ख़रीदा है?" बच्चे एक स्वर में पूछते।

"तो ये भी आप लोगों को हम ही बताएँगे, जाकर हेड सर से पूछिए न!"

हिंदी वाले गुरूजी चलते बनते।

बाहर बिल्डिंग के पास, मैदान के अंतिम सिरे पर राजदूत खड़ी करते हेड सर को बानरी सेना घेर लेती। सवालों का बौछार हो जाता। हेड सर जो वैसे तो बहुत पारंगत माने जाते थे, माहौल भाँपने में आज गच्चा खा जाते।

"मेरा उत्तरदायित्व आपलोगों के प्रति नहीं है, सरकार तनख्वाह देती है हमको आपलोगों के बाप दादा नहीं देते जो आते ही कपार पर सवार हो गये।" हेड सर गरजते।

"मार माधर च्चो को, साला सारा विद्यालय बेच खाया और आज कानून सिखा रहा है।" तब तक कई सारे स्वर उभरते।

यकायक अबतक बच्चों के मूलाधार पर प्रहार करने में प्रयुक्त होता आया बेहया हेड सर का बुखार उतारने लगता। वहीं दूर खड़ी दिव्यवा रोने लगती।

"आही रे दादा अरे मत मारो तुमलोग जी सर जी को! अरे मारने से मिल जायेगा क्या बेंच डेस्क।" उसकी आवाजें मेरे कानों में आती। दिल कहता ना बउवा रहन दे, मत छोड़ अपना हाथ। लेकिन तब तक दिमाग कहता अभी कल ही तो प्रण किया था। अपनी सोच उसकी तरफ ध्यान देकर भी कुछ मिलना नहीं है। आखिर में निकृष्ट कोटि के स्वप्नदोष से ग्रसित बउवा को प्रेम का ख्वाब संजोने का क्या फायदा? मेरा हाथ बेसाख्ता उठता जाता, यंत्रवत!

हेड सर को कुछ शिक्षक, किरानी और आसपास में गाय-भैंस चरा रहे कुछ लोग छुड़ाकर ले जाते। आगे जाते हुए काशी पाण्डेय देख लेने की धमकी देते। बच्चों का समूह उनके पीछे दौड़ पड़ता। साथ में हाथ में बेहया लिए मैं भी दौड़ पड़ता। तब तक कोई तेजी से दौड़कर भीड़ में आता और मेरे हाथ से बेहया छीन लेता।

"ना बउवा ना, तुम मत करो ये सब, शोभा नहीं देता।" उसकी बातों में पता नहीं आदेश होता या अनुरोध, कदम ठिठक से जाते, लेकिन तब तक अन्दर बैठा वहम उबाल मारता।

"होती कौन है तू मुझे रोकने वाली, हट जाओ नहीं तो दो हाथ तुम पर भी बैठ जायेगा।" कल तक जिसके स्पर्श से मैं मोम की तरह पिघल गया था, अंदर बैठे किसी काल्पनिक रोग के वहम ने उसी दिव्यवा के लिए ये शब्द भी निकलवा लिये थे।

हेड सर भागते हुए ऑफिस में घुस जाते। निराश-सी रोती हुई दिव्यवा बार-बार मुझे देखती हुई दूर चली जाती। मैं फिर से भीड़ के साथ भागता। उन्हें बचाने के लिए किरानी उनको किसी गोदरेज आलमारी में बंद कर देता। बच्चे उनका गुस्सा राजदूत पर निकालते। बाकी के शिक्षक लोग अपनी ही लगायी आग को बुझाने में लग जाते, इस तरह मेरा और दिव्यवा का बिलगाव भी तय हो जाता।

***

रंगीन एल्बम के पन्ने, मैगजीन में छपा हुआ रंगीन पोस्टर, कुछ रसीली कहानियाँ और रात्रिकालीन अलग-अलग तरह के स्वप्न, फटती हुई धातु की पोटली के साथ अबकी जब सावन आया था तो पता नहीं क्यों सावन की वो बचपन वाली अनुभूति गायब-सी हो गयी थी। साला कहाँ सालों तक ख्वाब सँजोते थे कि जब हाईस्कूल में जायेंगे तो ऐसा करेंगे, वैसा करेंगे, सब ऐश ही ऐश होगा। कहाँ साला इस हाईस्कूल की जिंदगी नरक हुई पड़ी है। गदहा कहलाने का तो जैसे विशेषाधिकार हमीं को दिया गया हो। जैसे भारत रत्न अलनवा-फलनवा वैसे ही गर्दभरत्न श्रीमंत बउवा जी... वो तो बाद में राय गुरूजी ने बताया था कि ई भारत-रत्न कोई उपाधि नहीं होती जो रायबहादुर की तरह नाम के आगे पीछे लगा लिया। ये नागरिक सम्मान होता है, नागरिक सम्मान। पर मुझे क्या फर्क पड़ना था उपाधि हो या सम्मान। मैं तो स्वघोषित रत्न था जिसमें जमाने ने गर्दभ प्रत्यय के तौर पर आरोपित कर दिया था। वैसे गर्दभ या गदहे से ज्यादा सम्मानजनक शास्त्री गुरूजी की तरफ से प्रदत्त उपाधि लगती "बैशाखनन्दन।" पर इन सबसे मुझे कोई फर्क नहीं पड़ता। माई की भाषा में कहूँ तो मैं साक्षात बेहया बनता जा रहा था। बेहया, बिलकुल वैसा ही जैसा श्री नेहरू उच्च विद्यालय के प्रांगण में मैदान के एक सिरे पर लहलहाता हुआ, अपने सुन्दर फूलों के साथ खड़ा रहता। जहाँ कोई भी वृक्ष नहीं होता वहाँ भी खड़ा हो मुस्कुराता बेहया। छात्रों के बीच में किंवदंती की तरह स्थापित की, इसे नेहरू उच्च विद्यालय के किसी जमाने के पोपुलर और कड़क गणित शिक्षक आई एससी गुरूजी ने रोपा था, ताकि बच्चों का मूलाधार दुरुस्त किया जा सके। बेहया जिसने लाज और हया घोलकर पी ली हो। पर हमने तो ऐसा कुछ भी नहीं किया था। ये लाज और हया ही तो थी कि राजू के पान दुकान का मैं जीजा-साली से ऊपर उठकर, पनकी और चुटकी जैसे चव्य पदार्थों का ग्राहक बन गया था, पर मजाल है क्या

कि गाँव के किसी बड़े-बुजुर्ग के सामने हमने कभी कोई पुड़िया फाड़ी हो। ये बात दीगर थी कि भजन मास्टर को गाँव के कुछ देखजरन लोग खबर पँहुचा देते और वो हम पर बरस पड़ते। पर नये-नये आदत के रूप में शामिल अन्दर की बात वाले पहनावे अमूल कॉम्फी के अंदर खाने में रखी हुई पुड़िया उनके हाथ नहीं आती। फिर वो वापस गाँव वालों को ही सुना डालते "सब जलते हैं साले, अरे नहीं पढ़ता है तो मत पढ़े, गाँव में किसका लड़का पढ़ के कलक्टर बन गया है, दौड़ता तो है बउवा। कोई गेहूँ बेचकर पैसा नहीं आता भजन मास्टर के यहाँ। सरकार देती है महीने के दस हजार। साला लाख पचास हजार देने के लिए हाथ बँधे नहीं हैं भजन मास्टर के। ले देकर नौकरी लगा दूँगा और इसी गाँव में अढ़ाई लाख आ दुपहिया लेकर बियाह करूँगा, आ जाना तुमलोग भी नेवता रहा अभी से, साले चले आते हैं बताने कि बउवा पुड़िया खाता है।"

मेरा मन फुलकर कुप्पा हो जाता... लगता चाहें अकेले में कितना भी गरिया ले, पर प्यार करता है मेरा बाप मुझसे। तब तक वो अंतिम लाइन साल जाती। वही बियाह वाली। अरे जब हमारी नौकरी लगा ही देंगे तो फिर ये अढ़ाई लाख और बियाह वाला मसला हमको नहीं समझ में आता। नहीं नहीं आप लोग गलत समझ रहे हैं। ऐसा नहीं है कि हम दहेज़ लेन-देन के खिलाफ थे या कोई बहुत क्रान्ति वाली बात आती हमारे मन में। लेकिन फिर भी जब बात अढ़ाई लाख की ही है तो हमारी नौकरी लग जायेगी तो हम कमा के दे ही देंगे, फिर उसके लिए ई बियाह वाजिब चीज नहीं है। अरे जब हम छोटे थे आ ई बियाह-शादी का मसला नहीं समझते थे, तब भले इस बात से ख़ुशी मिल जाती... पर अब, जबकि मुझे पता है कि बियाह का मतलब खाली उ खाना-पकाना आ चूड़ी-बिंदी तक ही नहीं है, तब भी। अरे कुछ जानते भी हैं हमारे बारे में... कहाँ साला मैं अन्दर ही अन्दर तमाम गुप्त रोगों से ग्रसित हो गला जा रहा हूँ, आ कहाँ ई राजदुत के सपने सजाये बैठे हैं। कर देंगे बियाह आ उसके बाद। कलहपूर्ण वैवाहिक जीवन, असंतुष्ट बीबी, सम्बन्ध बनाने में असफल बउवा... हो गयी न बेइज्जती। साला पता चला मेहर कोठे पर खड़ी होकर किसी और बलिष्ठ को झाँके जा रही है। जीवन में विषाद भरा जा रहा है। मैं अपने शर्ट की आस्तीन चढ़ाकर बल्लियों को मापने की कोशिश करता। थोड़ा बहुत उभार तो आने लगा था उनमें भी। थोड़ा आत्मविश्वास आता, तब तक रात का स्वप्न याद आ जाता। एक बार फिर स्पर्श मात्र से ही धातु की पोटली फट गयी थी। तुरंत-तुरंत पैदा

आत्मविश्वास पिघलकर छितरा जाता।

"टुकुर-टुकुर का देख रहे हो, पढ़ना-लिखना नौ बाइस, ऊपर से नीचे तक करिया पैंट-बुशर्ट झार के देवानंद बनेंगे माधर च्चो...." भजन मास्टर खींचकर पनही फिर उछाल देते।

माथा झनझना जाता। साला लगता है ओलम्पिक में पनही मारने वाला कोई कम्पटीशन होता तो पक्का भजन मास्टर सोने का पदक जीत लाते। फिर पता चलता दुनिया भर के बाप बउवा पैदा करके खड़ा करा दिये हैं आ मार रहे हैं खींच-खींच के पनही।

मैं सुबकता हुआ वापस चला जाता। माई अपने आँचल में छुपा लेती।

"समझ में नहीं आता है, लड़का सेयान हो गया, लेकिन बात बेबात पर पनही चला देना; अरे लग गया कहीं ठाँव-कुठाँव तो... लेकिन बुद्धि रहेगा तब तो। अरे क्या होता है खाता है पुड़िया तो, गाँव में किसका लड़का नहीं खा रहा है पुड़िया; अरे मरद-मानुष का बच्चा है जो देखेगा वही न सीखेगा। जब इतने बेकार चीज है पुड़िया तो बंद क्यों नहीं करा देती सरकार।" माई सारी शिकायतों का पुलिंदा सरकार के कपार पर दे मारती।

"तो सरकारे कहती है क्या कि भेज दो अपने दुलरुआ को रजुआ की दुकान पर; अरे आज पुड़िया खाते हैं कल को गाँजा पियेंगे, क्या गलत किये हैं पापा इनको मार के।" पिंकिया जो अब तक कोई पुरानी सेकेण्ड हैण्ड गाइड लेकर प्रश्न याद कर रही थी, चली आती भजन मास्टर के पक्ष से।

मुझे लगता अभी कल तक वही भजन मास्टर जब इनका नाम नहीं लिखा रहे थे इंटर में तब यही गंजेड़ी बउवा और माई ही इनकी पार्टी से लड़े थे, पर अब अपने मैट्रिक पास क्या कर गयीं, लगीं गरजने-बरसने। ई दुनिया साली ऐसे ही पार्टी बदल लेती है।

"तुमने देखा है हमको पुड़िया खाते?" मैं पिंकिया की तरफ देखता।

"अरे बचवा हम क्या-क्या नहीं देखे हैं, हम तो तुमको वो रंगीन मैगजीन पढ़ते हुए भी देखे हैं।" दौड़कर अन्दर जाती पिंकिया और लाकर छितरा देती मेरे मैगजीन के खजाने से गायब हुए दो-चार रत्नों को।

"लो देख लो तुम भी कि तुम्हारे लाल क्या-क्या गुल खिला रहे हैं।" पिंकिया चीखती हुई चली जाती।

मेरा चेहरा स्याह पड़ जाता। माई मेरी तरफ प्रश्नवाचक चिह्न के साथ देखती। हम माई को समझाते कि ये कहानी की किताबें हैं, कहीं से चुराकर तो लाया नहीं हूँ, वहीं सरस्वती पुस्तक भण्डार पर मिलती है। माई देखती, अंदाज लगाने की कोशिश करती। मैं उसे पढ़कर एकाध कहानी सुनाता। माई टाल देती अरे तो लड़का जब पढ़ेगा-लिखेगा तभी न उसे अख़बार-ओखबार पढ़ना आयेगा। उसी में एक पत्रिका में कारगिल युद्ध के शौर्य गाथा से भरी तस्वीरें होतीं। माई को दिखाता देखो तो इण्डिया ने पाकिस्तान के छक्के छुड़ा दिये हैं, एक दिन मैं भी दौड़-दौड़कर फ़ौज में चला जाऊँगा। माई बड़बड़ाती ई आईए बीए करने से ज्ञान थोड़े न आता है। मुझे दुलार कर पिंकिया को सुनाती कि "लड़का है बड़ा हो रहा है, दिन भर उसके गाड़ के पीछे लगे रहना अच्छी बात नहीं है, बुद्धि सीखो बुद्धि।"

मुझे लगता चलो कोई नहीं तो पार्टी में माई तो है कम-से-कम। भीतर खाने भजन भी मानते हैं मुझे, पर पता नहीं ई पनही चलाने की आदत कहाँ से सीख लिये हैं।

खैर ये सब चलता रहता, पर मूल समस्या जस की तस पड़ी रहती... एकदम जहाँ की तहाँ, जैसे कसम खाकर आयी थी कि न हम न हिलेंगे। ना जी अगर खुलकर बताऊँ तो यह बढ़ती ही जा रही थी। अब अक्सर रात में सपने में कोई दिवा आती। उसके सुन्दर से बाल खुलते, कहीं से कोई हवा आकर छेड़खानी कर देती। अक्सर उसकी कमर तक, उसके उरोज तक, उसके गालों तक हाथ पँहुचते, पर तब तक साँसें उखड़ जातीं। जब तक खुद को थिर करता, साँसों को सँभालने का प्रयास करता, तब तक पेट के अन्दर कहीं रखी हुई धातु की पोटली फट जाती। अन्दर की बात वाली अमूल की जाँघिया, अंदर की बात को छीजकर पैंट तक आने से रोक लेती। मैं अंदाज लगाता ये जाँघिया का प्रचार इसीलिए इसी टैग लाइन के साथ किया जाता है ताकि गुप्त बातें गुप्त ही रहे। सुबह लोटा लेकर दूर खेतों की तरफ भागता मैं खेतों के बीच कीचड़ और टट्टी से सनी पगडंडियों के बीच अपने बैठने के लिए मुफ़ीद जगह खोजता। रात का भोजन सुबह को मिट्टी की तरफ चल देता, पर आगे की तरफ लटका मेरा लुंज-पुंज अंग पेशाब की धार छोड़ने के साथ ही अंतिम बची हुई कुछ बूँदों को रेशे के साथ अहिस्ता-से जमीन तक पहुँचाता। बूँद के टपकन के साथ ही वो रेशा स्प्रिंग-सा ऊपर की तरफ खिंचता। तब तक एक रंगीन मक्खी उसी के साथ झूला

झुलते हुए ऊपर तक आ जाती। मैं ध्यान देता मेरा शिश्न क्रमशः संकुचित होता जा रहा था। साला अक्ल की सारी कुंजियाँ लगाकर भी इस गुप्त रहस्य के ताले को न खोल पाता। लगता जैसे धातु गिरने की समस्या बढ़ती ही जा रही है। कहाँ भजन मास्टर ढाई लाख और एक दुपहिया का ख्वाब सँजोये जा रहे हैं और कहाँ मैं साला उनकी उम्मीदों को सँभालने में त्रस्त हुआ जा रहा हूँ। लोटे में रखे पानी का वांछित इस्तेमाल कर भारी कदमों के साथ वापस गाँव की तरफ चल देता। तब सुनाई देता "ई देखो भजन के औलाद को, पाँव भारी किये चले जा रहे हैं गाभिन मेहरिया की तरह।"

मिजाज झन्ना जाता। लगता साला ये दुनिया कहाँ किसी को किसी के दुःख-तकलीफों का खयाल रहता है, सब बस मौका ताड़ते रहते हैं कि कब कहाँ और कैसे मौका मिले कि अपना फ्रस्ट्रेशन निकाल लें। कभी किसी ने नहीं पूछा कि भजन मास्टर के बेटे को क्या तकलीफ है, लेकिन साला सब पीछे पड़े रहते हैं। इनका बस चले तो जाकर बउवा का दिशा-पैखाना भी झाँक आयें कि ई देखो भजन के औलाद को, आज करिया बिलार की तरह टट्टी किये हैं।

गाँव के पास ही दुलार काका टट्टी करते हुए दिखते। गाँव के लोग जन उन्हें कोढ़ी कहा करते थे। लोगों का कहना था कि भरला भादों आ सूखल बैशाख उ वहीं गाँव के पास ही टट्टी करते हैं। साला धरती इधर की उधर हो जाये लेकिन दुलार काहे को जगह बदलें। आती-जाती महिलाएँ अक्सर उलाहना देतीं कि लाज भी नहीं लगता है कि तुम्हारे बाप होने लायक हो गये पर तुम यहीं बीत भर का पेल्हड़ लटकाकर बैठ जाते हो, अरे गाँव-घर की बहू-बहनों के आने-जाने का रास्ता है, कम-से-कम लाजे लिहाजे ही दो चार फर्लांग दूर चले जाते। पर दुलार काका मस्त वही पैखाना करते हुए खींस निपोरते रहते। कई बार जब कुछ बड़े-बुजुर्ग बोलते समझाते तो कहते "अरे तो जिसको लाज आती है उ आँख बंद करके निकल ले न, कि हम बुलाते हैं कि आओ झाँक जाओ; हम अपने टोपरा में करते हैं किसी का क्या जाता है, जब खाता खुद का हूँ तो खाद दूसरे के खेत में क्यों दूँ।"

अचानक मेरे मन में खयाल आता कि ई दुलार काका का भी तो बियाह हुआ है आ काकी कभी झगड़ा भी नहीं करतीं दुलार काका से... और तो और दो ठो बच्चे भी हैं उनके। लगता चल के झाँक के देखूँ तो उनके लिंग की बनावट कैसी है... पर बिना वजह उधर जाना और ताकझाँक बेवजह का शक पैदा कर

सकता था, सो हमने गुड्डू रंगीला के ताजातरीन एल्बम का गाना गाते हुए अंदाज लगाया और हाथ में लिये हुए लोटे को हाथ घुमाते हुए कुछ ऐसे उछाल दिया जैसे अचानक में हाथ से छूट गया हो। हाथ से छूटा हुआ लोटा मेरे अंदाज से कहीं तेज गति से यात्रा किया और हवा में स्विंग करता हुआ सीधे दुलार काका के कपार पर जा टकराया। साला काटो तो खून नहीं। कहाँ मैं दुलार का लिंग झाँककर अंदाज लगाने वाला था कि सीधा लिंग कैसा होता है आ कहाँ एक नयी विपदा कपार पड़ गयी। दुलार वहीं से सीधे स्वस्तिवाचन करते हुए उठे आ मैं सीधे बिजली की गति से सड़क की तरफ भाग गया। मेरे भागने से दुलार काका को भी पक्का यकीन हो गया कि ये मेरे द्वारा किया गया लंठई है। उठे और लोटा लिये हुए सीधे भजन मास्टर के दुआर पर चले गये। मैं जाकर अपना रोज के दौड़-धूप में लग गया। गाँव से आते कुछ लड़कों ने बताया कि पहले तो दुलार ककवा भजन मास्टर पर भारी पड़ रहा था। तब तक बधावन काकी (बधावन की माई, बधावन काकी के नाम से जानी जातीं) ने मोर्चा सँभाल लिया कि अगर जानबूझकर भी मारा है बउवा तो का गलत किया है बउवा, क्या तुम्हारी जो आदत है गाँव भर की महिलाओं को मारना चाहिए तुम्हें, पाँच कदम चला नहीं जायेगा दिशा-पैखाना करने आ लड़के बोलेंगे भी नहीं इनको। तब जाकर भजन मास्टर ने भी दम साध लिया। दुम दबाकर भागे हैं दुलार काका।

"बहुत सही किये बउवा, ससुर को लाज भी नहीं लगता था।" राहुल भी मुझे आश्वस्त करता।

अब मैं उन्हें क्या बताता कि मेरा ऐसा कोई इरादा नहीं था, ये बस एक इत्तेफाकन घटी दुर्घटना थी।

***

श्री नेहरू उच्च विद्यालय में आना जाना चलता रहता। हम आठवीं क्लास डाँककर नौवीं की तरफ उन्मुख होते। समाजशास्त्र, विशेषकर मेरे भूगोल के प्रश्नों के उत्तर के लिए भरी क्लास में तारीफ़ की जाती। यह मेरे जीवन का शायद पहला और आखिरी मौका था जब बउवा की तारीफ़ में किसी शिक्षक ने बोला था। उनको आश्चर्य इस बात का था कि मैनें बिना चोरी किये सारे प्रश्नों का इतना सही उत्तर कैसे लिख दिया। पर हमें आश्चर्य इस बात पर हो रहा था कि मुझे तो किसी भी प्रश्न का उत्तर नहीं पता था फिर इनको मेरा लिखा सब सही कैसे लग गया भला। हुआ यह था कि सारे प्रश्नों का उत्तर मैनें अपने ही विशेष तरकीब

से दिया था। अब सवाल था कि टुन्ड्रा प्रदेश के निवासियों का जीवन कैसा होता है प्रकाश डालें। जवाब में सच में हमें नहीं पता था कि कहाँ के निवासियों का जीवन कैसा होता है, लेकिन ठण्ड में गाड़ी खींचते कुत्तों की तस्वीर, गोलघर में अलाव तापते लोगों की तस्वीर याद थी।,इससे ये तो अंदाज लगा ही सकते थे न कि हो न हो वहाँ के लोगों का जीवन ठण्ड में बीतता होगा। सो चाप डाला था ये मानते हुए कि जैसे अपने बड़वा गाँव के लोग ठण्ड में रहते हैं वैसे ही रहते होंगे। सच पूछिए तो आज जो रचना कर रहा हूँ यह विभिन्न परीक्षाओं में दिखाये गये मेरे रचनात्मकता की ही परिणति है। सवाल कोई भी हो जवाब रट कर कितना देंगे, एक अकेला विद्यार्थी क्या-क्या रट लेगा भला। ये कहाँ का इंसाफ है कि इतिहास अलग गुरूजी पढ़ाएँ, भूगोल अलग गुरूजी, नागरिकशास्त्र अलग, संस्कृत अलग गुरूजी-कुल मिलाकर बारह विषयों को छ: मास्टर भी मिलकर ढंग से न सँभालें, लेकिन अकेला बउवा बारहों के दिमाग के फितूर का जवाब देता फिरे। सो हमने भी झमेले का हल निकाल लिया। परिणाम में तारीफ़ पाकर हौसला मिला कि चलो प्रयोग सफल भी रहा। एक बात तो साफ़ बुझा गया था कि कबीरदास जी ने सहिए कहा है कि "पोथी पढ़ पढ़ जग मुआ, पंडित भया न कोय।" तो परीक्षा पास करने के लिए ई किताबों को पढ़ना जरूरी नहीं होता अकल, होनी चाहिए। वैसे भी बड़े बुजुर्ग बताते कि परीक्षा में बीता से नाप के नम्बर मिलता है, सही-गलत कोई नहीं देखता उहाँ। तो हम भी कसम खा लेते कि आगे जितनी भी परीक्षाएँ दूँगा उसमें बीता से नाप के ही जवाब भी लिखूँगा।

"साले पंडित दिन में हमारे साथ रंगीन एल्बम देखते हो आ रात में जाकर पढ़ते हो।" छोटनीया गरियाता।

"अबे हम का पढ़ते हैं उ त हम ही जानते हैं।"

"तो मैडमवा का भाँग खायी थी जो तुम्हारी तारीफ़ हाँक के गयी है।"

"अब किसी का मुँह नहीं न रोक सकते भाई, लेकिन विद्या कसम जो हमने कुछ याद किया हुआ लिखा हो परीक्षा में तो।" मैं मासूमियत से हाथ में रखी हुई पुस्तक को सर से लगा लेता।

"साला पंडित इसमें तुम्हारी मेहर है आ कसम विद्या की खा रहे हो।" छोटन हँसने लगता।

मैं पन्ने पलट के देखता। ये वही रंगीन एल्बम होता जिसे छोटन अक्सर ले

आता था। मेरा माथा सन्न हो जाता।

"ये एल्बम तुम ले जाओ पंडित, अब से हम नहीं रखेंगे इसको।" छोटन बोलता।

"क्यों क्या हुआ?"

"कुछ भी नहीं, चलो खेतों की तरफ वहीं बताता हूँ।"

हमलोग साथ साथ खेतों की तरफ निकल जाते, मैं और छोटन। सरसों के फूल एक बार फिर खेतों के बीच छा गये थे। होली का खुमार एक बार फिर हवाओं में घुल रहा था। मुझे पिछले साल की घटनाएँ याद आतीं।

"तो छोटन एक बात बताओ, वो नकुल सिंह की लड़किया का सही में चक्कर था पिंटूआ के साथ? वो सच में खुद को आग लगा ली थी?"

"मुझे ज्यादा नहीं पता है भाई, छोड़ो न तुम भी कहाँ चलते हो आ कहाँ की बात लेकर बैठ जाते हो।"

"अरे ऐसे ही याद आया तो पूछ लिया; अच्छा नहीं होता है इस तरह से मर जाना।"

"कोई नहीं क्या कर सकते हो, इज्जत भी तो कोई चीज होती है।"

"हाँ होती होगी।" मैं हामी में सर हिलाता।

"तो ये एल्बम तुम ले जा रहे हो?" छोटन मुद्दे की बात करता।

"पर क्यों; हमारे घर में यार अगर भजन मास्टर ने देख लिया तो मेरा भुरता बना देंगे।"

"ना अब नहीं रखना मुझे इसको, ना ही देखना है।" छोटन अपना निर्णय सुनाता।

"लेकिन क्यों बताओ तो।"

हमलोग वहीं पगडण्डी पर बैठ जाते जहाँ कभी पहली बार बैठकर इस एल्बम का दीदार किये थे। छोटन बताता "पता है पंडित हमको यह रंगीन एल्बम कैसे मिला था?"

मैं उसकी तरफ देखता। वो बताता रहता।

"गाँव में एक भौजाई हैं, वो अक्सर मुझसे चिट्ठियाँ भेजवाती थीं। जब भी मैं

दीदी के यहाँ जाता तो वो अपनी एक सहेली के लिए भी पत्र देतीं; कभी-कभार अपने पति के लिए भी चिट्ठी देतीं डाकघर में छोड़ने के लिए। एक बार उनकी चिट्ठी जो उन्होंने अपने पति के लिए लिखी थी हमने पढ़ ली खोलकर। कसम से बहुत मजा आया था तब। उस चिट्ठी को हमने चिपकाने का प्रयास किया, पर सफल नहीं हुआ। मैनें उसे फाड़कर फेक दिया और झूठ बोल दिया कि हमने भेज दिया है। उस चिट्ठी में लिखी हुई बातें मेरे अन्दर तक जाकर बैठ गयी थीं। वो नाभि पर चुम्बन, या चिट्ठी के बीचोंबीच चुम्मे के रूप में बैठाया गया ओठों का चिह्नासी, जो उस ताजे गुलाब के गंध से युक्त था जिससे उस भौजाई का कमरा भरा रहा करता था। फलत: उनकी भेजी जाने वाली चिट्ठियों में मेरी रुचि बढ़ गयी थी। जल्द ही मैं दीदी के यहाँ जाने वाला था। भाभी ने बहुत मेहनत से एक लिफ़ाफ़े में बंद किताब मुझे दिया। उन्होंने सख्त हिदायत मुझे दी थी कि मैं लिफाफा नहीं खोलूँगा। पर हिदायत के साथ ही मेरे अन्दर कीड़ा कुलबुलाने लगा था। मैंने लिफ़ाफ़े को खोल दिया रास्ते में ही। उसके अन्दर से यही एल्बम निकला। मुझे सच में न तब पता था, न अभी भी पता है कि भाभी उस एल्बम को क्यों भेजवा रही थीं। पर पता है मैंने उस एल्बम को चुरा लिया था। मैंने उनकी सहेली को नहीं दिया इसे, बावजूद इसके कि उन्होंने पूछा भी कि तुम्हारी भाभी ने चिट्ठी नहीं दिया है। मैंने साफ़ मना कर दिया।"

मैं छोटन को देखता रहा। उसके चेहरे पर अंकित हो रहे भाव को पढ़ने में मैं असफल रहा था।

"जानते हो वो अँग्रेजी गुरूजी वाले घटना के दिन जब तुमने पूछा था न कि क्या होता है ब्लू फिल्म, तब तक हमने भी दो-चार बार ही इस एल्बम को देखा था, बाद में तुम्हारे साथ अक्सर देखने लगा, पर अब नहीं देखूँगा।"

"पर क्यों वो तो बताओ।"

"क्योंकि इसे देखने से मुझे नाइट फाल हो जाता है।"

"वो क्या होता है?" मैं अचम्भा के सागर में डूब जाता। एल्बम देखने के बाद से कुछ परिवर्तन हमने भी महसूस किये थे। उसी में से एक था रात में उस स्वप्न का दर्शन होना, साँसों का उखड़ना और धातु की पोटली फट जाना। जिसे जितना मैं समझ सका हूँ कि वो स्वप्नदोष का निकृष्ट कोटि होता है, पर ये नया झमेला नाईट फाल ये क्या होता है भला। मेरे मष्तिष्क में विश्लेषण और

संश्लेषण सम्बन्धी जितनी भी ग्रंथियाँ विकसित होतीं, सबको एक साथ समेटकर ताकत लगाता। जो थोड़ा-बहुत समझ पाता वो यही कि नाईट मतलब रात होती है, फाल मतलब गिरना। मतलब सब मिलाकर रात में गिरने जैसी कोई घटना। तो क्या छोटनीया इस एल्बम को देखने के बाद रातबिरात कहीं गिर पड़ता है। मुझे ताज्जुब होता कि रात में गिरने का मतलब है कि जरूर इसे रात में दिखाई कम देता है-मतलब रतौंधी, तो इसे गाजर खाना चाहिए, किताब में तो यही लिखा है।

"भाई सच में तुम नहीं जानते हो!" छोटन अचम्भित हो मुझे देखता।

"नहीं नहीं समझ गया मैं, तुम गाजर खाओ ठीक हो जाओगे।" मैं बोलता।

"साले पंडित मजाक मत करो, हमको कोई रतौंधी नहीं हुई है।" छोटन गुस्सा जाता।

"तो?" मुझे सच में समझ में नहीं आता कि ये नाईट फाल क्या बला है।

"तो क्या ये कोई गुप्त रोग है?" मैं छोटन से पूछता।

छोटन स्याह पड़े चेहरे से मुझे देखता।

"पंडित जानते हो गाँव में बड़े लोग बताते हैं कि पेट में मशीन लगी होती है, मठ्ठा मथते हुए देखे हो न वैसे ही। जैसे एक मटका दही को मथकर एक-दो चमच्च घी निकलता है वैसे ही एक लोटा खून मथकर एक बूँद बीज बनता है।"

मैं छोटन की तरफ देखता। कितना ज्ञानी है न यह, साला अभी नाइट फाल को समझा ही नहीं मैं कि बीज ज्ञान लेकर आ गया। धातु का ज्ञान भी यही दिया था कभी हमें...अब ये पेट में लगी मथानी, एक लोटा खून का मथा जाना आ उससे बनता हुआ एक बूँद बीज। पर ये बीज क्या है...धातु तो पता है हमको, पर बीज के मामले में शून्य ही था।

"भाई ई पेट में मथानी लेकर चलाता कौन है?" मैं छोटन से पूछता।

"वो तो हमको भी नहीं पता, पर जब भगवान देह बनाये हैं तो ये उन्हीं का काम होगा शायद। बिजली के पंखे की तरह फिट कर दिये होंगे अंदर कोई सिस्टम अब ये कौन जानता है, लेकिन ये तय मानो कि ये रोज-रोज के नाइट फाल में अगर दो बूँद भी बीज निकलता है तो दो लोटा खून तो रोज ही खत्म, ऐसे में ठाकुर खायेगा क्या आ मोटायेगा क्या?" छोटन मुझे अपना राजदार बनाता।

मैं भी राज की बात उसे बताता कि धातु गिरने की समस्या मुझे भी है, साथ में लिंग भी जरा-सा टेढ़ा है। छोटन को लगता चलो कोई तो है जिसको उसी की तरह समस्या है। मुझे लगता चलो कोई और भी मिला जो मेरी ही तरह की समस्या से ग्रसित है। हम दोनों मिलाजुलाकर यह निष्कर्ष निकालते कि कोई चारा नहीं है सिवाय इसके कि पास के कस्बे में अवस्थित सरकारी अस्पताल चल कर दिखा लिया जाये। पर डर यह था कि कहीं किसी ने देख लिया या कोई जान जायेगा तो बवाल और बेइज्जती पक्का है। पर मार्ग ही क्या था-या तो घुट-घुट कर मर जाओ या डॉक्टर की शरण में जाओ।

***

तय योजना के अनुसार हम और छोटनीया पास के कस्बे में अवस्थित प्राथमिक स्वास्थ्य केंद्र तक जाते। मौका-मुआयना करने में ही एक पूरा दिन निकल जाता। साला लोग बीमार भी तो खूब होते हैं आ आसपास में कोई डॉक्टर-वैद्य है कहाँ काम का...जो बीमार हुआ खींच-खाँचकर यहीं लाया जाता है। कसकर बीमार होने पर अक्सर खाट का सहारा होता है। कंधे पर टाँगे लोग-बाग़ लेकर चले जा रहे हैं। किसी का बच्चा फँस गया तो भी, किसी को हैजा हो गया तो भी। वैसे सही बात ये है कि हाल-फिलहाल तक यहाँ भी कोई डॉक्टर नहीं बैठते थे, हफ्ते दो हफ्ते में आकर घूम फिर जाते, बाकी का काम वही दाई सँभालती जिसके पति का दवाखाना वहीं कस्बे में ही था। काम भर की सूई दवाई और पानी चढ़ाना उसे भी आता था। कहा तो यहाँ तक जाता था कि जादव जी ने, जो असल में यादव जी थे, अगर जवाब दे दिया तो का मजाल है जो बनारस के डॉक्टर भी बचा लें। मरद भले डॉक्टरी नहीं पढ़ा है, लेकिन जानकारी तो है ही। लोगों का एक सामान्य अभिमत ये भी बनता कि सब कुछ पढ़कर ही नहीं आता है। किताब पढ़ना अलग बात है आ मरीज देखना अलग... तो जिसके हाथ में भगवान ने गुण दिया है वो पढ़े भा न पढ़े, गुण तो गुण होता है न। तो जादव जी निस्संदेह गुणी आदमी थे, तभी तो सरकारी अस्पताल में आने वाली सारी दवाइयाँ उनके दवाखाने पर ही मिलतीं। अब सरकारी अस्पताल के डॉक्टर जिनको भगवान ने वैसे भी गुण नहीं दिया था, जब लाखों खर्च करके डिग्री बटोरे थे तो का करने इस बियाबान में गाँड़ घसीटें आकर। अरे वैसे भी उनका काम मरीज देखना ही होता न! तो वो काम तो जादव जिउवा भी तो करिए रहा है। सो जब भी कोई नया डॉक्टर आता तो जादव जिउवा की मेहर

जो अस्पताल में दाई थी तुरंत उसे सेट कर लेती, फिर हफ्ते दो हफ्ते में डॉक्टर साहब अवतरित होते। हिसाब-किताब लेते-देते फिर लापता। लेकिन इधर बीच जादव जिउवा का हिसाब गड़बड़ा गया है, ऐसा छोटनीया हमको बताता। कोई डॉक्टर रंकज करके आये हैं। अब एक तो मरद ईमानदार है, ऊपर से गुण भी खूब है उसमें, सो ये हफ्ते दो हफ्ते वाली सेटिंग गड़बड़ा गयी है। अस्पताल में दवाएँ भी मिल जाती हैं, सो मरीजों की आमद इधर बीच बढ़ी हुई है। कई लोग तो जबरी दवाई बटोरकर रखने के लिए चले आते हैं बहाना बनाकर कि कपार दुखा रहा है, तो कमर दुखा रहा है। दरअसल संसाधन-विहीन इस क्षेत्र में लोगों को मुफ्त में चीजें मिलतीं तो हवस जगा देतीं। भजन मास्टर जब स्कूल में गेहूँ बाँटते तो कहते थे साली सरकार अगर महीने के हिसाब से जहर भी बाँटने लगे तो लोग लट्ठ लेकर हिस्से लेने निकल जायेंगे, बिना ये सोचे कि जो बाँटा जा रहा है वो जहर है... यहाँ तो फिर भी दवा बँट रही थी। समझ में नहीं आता इस भीड़भाड़ में किधर से जायेंगे दिखाने, क्या कह के दिखायेंगे डॉक्टर को कैसे बताएँगे कि समस्या क्या है। आ अगर उसी वक्त कोई गाँव का भी यहाँ मिल गया तो हो गया भंडाफोड़।

छोटनीया समझाता "करोगे क्या पंडित, जब धसड़ मची ही है तो चलो जोर लगाते हैं।"

लगता ठीक ही कहता है। जाकर काउंटर पर बैठे व्यक्ति से पूछते "भइया पर्ची यहीं कटेगी?"

"अब तुमलोगों को क्या हो गया? गाँड़ झर रहा है?" बहुत बेरुखी से वो बोलता।

"हाँ हाँ वही, दिखाना है डॉक्टर साहेब को।"

"एक की या दोनों की?" वो फिर बोलता।

उसका बोलना बड़ा अटपटा लगता, लेकिन फिर भी बताना ही था।

"दोनों की।" मैं बोलता।

"तो जादव जी के यहाँ चले जाओ न भाई, यहाँ तो आज नम्बर आने से रहा।" वो खिन्नाते हुए बोलता।

"पर हमलोगों को यहीं दिखाना है डॉक्टर रंकज से।"

"तो कल आना अगर तब तक अपना बहना रोक सको तो।" वो बोलता। हम पीछे मुड़ जाते। वो बोलता रहता "साला फ्री की दवा बाँटने लगो तो सबका गाँड़ बहने लगता है, जादव जी के नाम पर पैखाना बंद, इस देश में रोग भी दाम देखकर उघरता है।"

मन होता घूम कर दे दूँ साले को। बर्दाश्त से बाहर की बात होती ये। पर छोटन खींच ले जाता समझाते हुए कि देख भाई बखेड़ा खड़ा करने नहीं आये हैं हमलोग, कल फिर आ जायेंगे।

अगले दिन नौ बजे ही हमलोग अस्पताल के काउंटर पर होते। वो आदमी मुस्कुराते हुए पूछता "अब तक नहीं रुका?"

मैं भी हँसते हुए जवाब देता "नहीं।"

"अजब बहाव है साला सरकारी अस्पताल में ही आकर रुकता है।" वो भन्नाते हुए दो पर्ची काटकर बढ़ा देता, जिस पर हमारा और छोटन का नाम लिखा होता।

पर्ची हाथ में आते ही धडकनें तेज हो जातीं। साला अगर सही में अगर गाँड़ बहने जैसा कोई रोग होता तो शान से जाकर बता आते कि डॉक्टर साहब गाँड़ बह रहा है; पर जब बहने वाली चीज कोई और होती है तो किस मुँह से और किन शब्दों के साथ वर्णन किया जाये ये कम-से-कम हमको तो नहीं ही पता था।

अन्दर से दाई आवाज लगाती "शिवबाबू! उम्र चौदह साल।"

जान हलक पर आकर सूख जाती। समझ में नहीं आता कि अन्दर कैसे जायें। माथे से पसीना छलक आता। कहाँ कहाँ से वस्त्र गीला हो जाता ये सिर्फ मेरा मन ही जानता है। अंदर पाँव रखते ही कलेजा भक् से मुँह को आ जाता। गाँव के ही एक नेता टाइप के आदमी अन्दर बैठे मिलते। मुझे देखते ही पूछते "क्या भाई बउवा क्या हुआ तुमको?"

मैं भीगा सियार बना देखता रहता, कभी डॉक्टर को, कभी उनको। डॉक्टर साहब समझ जाते। उनको सप्रेम विदा करते।

फिर मेरी तरफ मुखातिब हो विश्वास दिलाते "भाई आप निश्चिन्त होकर बताइए समस्या क्या है।"

मैं देखता रहता उनकी तरफ कि जब दुवार पर शनिचर बैठा लिये हैं तो कैसे निश्चिन्त हो जायें हम। क्या पता पर्दे के पीछे से सुन ही रहे हों भाई साहब, फिर कल से बउवा के बीमारी का पचरा पूरे गाँव में गा रहे हों।

"डॉक्टर को रोग बताने में कैसी झिझक भाई, यकीन करो बेटा हम किसी को कुछ नहीं बतायेंगे।" डॉक्टर मुझे तसल्ली देते हुए बोलता।

"जी कुछ नहीं कमजोरी हो गया है।"

"तो इसमें इतना शर्माने जैसी कौन-सी बात है भाई, हम सोचे पता नहीं कौन-सी समस्या है।" डॉक्टर ने पर्ची पर कुछ दवाएँ लिखीं और मुझे समझाते हुए बोला कि खूब हरी पत्तेदार सब्जियाँ, दाल, दूध खाया करो और नियमित कसरत करो। हम अदब से प्रणाम करते हुए बाहर चले जाते। हमारे बाहर आते ही छोटनीया और गाँव वाले नेता जी दोनों लोग एक साथ अन्दर चले जाते।

थोड़ी देर बाद छोटनीया बाहर आता। मेरा धड़कन बढ़ा रहता। साला रोग तो बता ही नहीं पाये दवाई क्या ख़ाक लें। लेकिन लगता कि ले लेते हैं कौन-सा दाम लग रहा है। हम और छोटन दोनों लोग दवाई के काउंटर पर होते। दोनों लोग के हाथ में एक ही तरह की रंगीन दवाइयों के पत्ते होते। बाहर निकलकर हम मिलाकर पढ़ते विटामिन "A" और दूसरे पत्ते पर लिखा होता अल्बेंडाजोल। लगता हो न हो जब दोनों को दवा एक ही मिली है मतलब जरूर छोटनीया भी अपनी समस्या नहीं बताया है।

"क्या भाई क्या बोला डॉक्टर आ कुछ देखा भी?" मैं पूछता।

"हाँ उसने तो मेरा ये भी देखा और बोला कुछ नहीं ये दवा खाओ, कसरत करो आ खूब हरी सब्जी खाओ ठीक हो जाओगे।" छोटन अपने उस वाले अंग की तरफ इशारा करते हुए बोला।

मुझे लगा साला नाइट फाल की समस्या में डॉक्टर को वो देखने की जरूरत क्यों पड़ गयी। मैं छोटन की तरफ आश्चर्य से देखते हुए पूछता "वो क्यों?"

"ऐसे ही मुझे कुछ और दिक़्क़त भी थी।" मैं छोटन के साइकिल के पीछे सवार हो जाता। सोचता कोई बात नहीं इसका मतलब डॉक्टर हमारी वाली बात भी समझ गया है, नहीं तो दोनों लोगों को एक ही तरह की दवा क्यों देता।

बाहर स्वास्थ्यकेंद्र की दीवारों पर दो बड़े-बड़े पोस्टर बने होते... एक पर किसी कृमि रोग से मुक्ति का संकल्प होता दूसरे पर अन्धता निवारण का। पास

में ही एक बड़े पोस्टर पर एचआईवी से लड़ने का बिहार सरकार का संकल्प टँगा होता। विटामिन "A" और अल्बेंडाजोल लिये हम दोनों गुप्त रोग से मुक्ति का ख्वाब मन में सँजोये घर की तरफ चल पड़ते।

***

सुबह उठते ही भजन मास्टर आकर कपार पर खड़े हो जाते। मैं आँखें बंद करके फिर से लेटने का प्रयास करता, पर भजन मास्टर यमदूत की तरह खड़े रहते। लगता इनका क्या घट गया सुबह-सुबह। अरे हटें सामने से तब न उठें हम। लेकिन अन्त में हार मान कर उठना पड़ता।

"जरा दिशा-पैखाना करके आइएगा इधर ही, हम इन्तेजार कर रहे हैं आपका।" भजन मास्टर प्यार से बोलते।

मुझे उनके इस उमड़ते प्यार की वजह समझ में नहीं आती। नजर उठाकर पश्चिम के आसमान की तरफ देखता कि कहीं आज सूरज पश्चिम से तो नहीं निकल रहा है, लेकिन वहाँ ऐसा कुछ अजूबा तो नहीं दिखाई देता। लोटा लेकर निकल जाता दूर खेतों की तरफ। समझ में नहीं आता कि जिनके रूखे व्यवहार से हम ऊब चुके होते हैं, अक्सर उनकी तरफ से एकाएक बरसने वाला प्यार भी क्यों असहज कर जाता है। मन के किसी कोने से लगता इसमें आखिर असामान्य क्या है- अरे बाप हैं वो नहीं प्यार से बोलेंगे तो कौन बोलेगा भला... लेकिन तभी मन के किसी कोने में खटका होता। आखिर इन सबके बीच साला टट्टी कहीं सूखकर सट जाती। काफी जोर लगाने पर भी अन्दर केवल हलचल होता, पर नतीजा सिफ़र ही रहता। हार मानकर लोटे का पानी धनगाकर मैं वापस चल देता।

"जरा इधर आइए तो!" भजन मास्टर मेरी तरफ देखते हुए बोलते। लगता जैसे कोई बड़ा सवाल दागने वाले हैं। जाकर खड़ा हो जाता।

"सच सच बताइएगा कल अस्पताल क्यों गये थे आप?" बड़े इत्मिनान से पूछते भजन मास्टर।

लगता तो ये वजह है इतना प्यार दिखाने के पीछे... अरे किसलिए गये थे का क्या मतलब, जाहिर है कोई न कोई समस्या रही होगी तभी तो गये होंगे।

"बस ऐसे ही, कहाँ गये थे हम, हम तो नहीं गये थे कहीं।" हम घबरा-कर बोलते।

"अच्छा चलिए इधर आइए तो जरा, हाँ अब चैन खोलिए, खोलिए!

शर्माइए मत!" भजन मास्टर प्यार से बोलते।

लगता ये क्या बला है भाई, अरे हम हॉस्पिटल गये थे उसका मेरे चैन से क्या वास्ता... साला वैसे भी वहाँ डॉक्टर को तो हम बताये नहीं कि कोई समस्या चैन के अन्दर वाली भी है, फिर इन भजन मास्टर को चैन के अन्दर देखने की क्या पड़ी है। मारे घबराहट के और शर्म के साँसें अटक जातीं।

तब तक भजन मास्टर की घूरती आँखें नजर आतीं। मैं तुरंत चैन खोलकर खड़ा हो जाता। लगता पनही खाने से तो अच्छा ही है कि चैन खोल दूँ।

"अब बाहर निकालिए, शर्माइए मत।" भजन मास्टर निर्विकार ढंग से बोलते।

लगता ये जरूर इनको किसी ने मेरे टेढ़े लिंग की समस्या के बारे में बता दिया है, क्या हो अगर ये जान जाएँ तो। फिर तो हल्ला कर देंगे पूरे जवार में कि ससुर को मार घी मलीदा खिला डाले तब भी इनका लिंग टेढ़ा का टेढ़ा ही रह गया। क्या उपाय करें जब मुसीबत कपार पर खड़ी हो। लगता अब तो पक्का इज्जत का बंटाधार ही है। पर मरता क्या न करता, मैं अपना सकुचाया-सा शिश्न निकालकर खड़ा हो जाता। भजन मास्टर आवाज देकर राय मास्टर को भी बुला लेते। एक गहन और सूक्ष्म निरीक्षण का दौर शुरू हो जाता। ऊपर से चहेटन काका भी कूद जाते उसी अवलोकन सभा में। मेरी सुलग जाती कि ये दुश्चरित्र आदमी भी अब हमारा वो निर्धारित करेगा।

"कहाँ कुछ भी है गुरूजी नाहके बालक को शर्मिंदा कर रहे हैं आपलोग भी, पता नहीं किसकी बातों में आ जाते हैं।" राय गुरूजी निर्णय सुनाते।

"अरे उ नेतवा मैया च्चो न आकर बोल रहा था कि भजन काका बउवा के लिंग में गुप्त रोग हो गया है, खुद उसने अपनी आँखों से देखा है।"

"तो कल को कोई कुछ भी आकर बोलेगा तो आप यकीन कर लेंगे।" राय गुरूजी हँसते।

"कोई कुछ भी कैसे बोलेगा, आकर बोलें माधरच्चो तो यहीं निकाल के चार फुट का दे दूँगा हाथ में फॉर, बैठकर सहलाते रहेंगे।" भजन मास्टर रौ में थे।

मैं वहीं कोने में शर्मिंदा-सा खड़ा था। समझ में नहीं आ रहा था किस मुँह से पीछे घूमें। पर चलो लगे हाथ एक इत्मीनान तो हो ही गया था कि मेरा लिंग टेढ़ा नहीं है।

लेकिन ये बात मन के कोने अँतरे में घूमती रहती कि साला ई नेतवा को ये कैसे पता चला कि बउवा वहाँ डॉक्टर को गुप्त रोग दिखाने गया है। सवाल की गुत्थी तब जाकर सुलझती जब स्कूल जाने पर छोटनीया से पता चलता कि उससे जब डॉक्टर ने पूछा कि हाँ बाबू बताओ क्या समस्या है, तो उसने बताया कि वहीं जो बउवा को था। यहीं लाइन नेता ने सुन ली थी। इसके आगे डॉक्टर ने पूछा बउवा को क्या था तो छोटन मारे घबराहट के नाइट फाल भुला जाता और फुसी में हुआ फुंसी दिखाकर चला आता। ये सब कहीं न कहीं नेता के सामने होता और इसी से नेता महाराज निष्कर्ष निकाल लेते कि बउवा के वहाँ पर भी कोई गुप्त रोग हुआ है और यही बात सुबह-सुबह के प्रदर्शनी की वजह बन जाती।

मैं कसम खाता कि अब चाहे जो हो जाये लेकिन ई गुप्त रोग वाली समस्या लेकर आसपास के किसी डॉक्टर के पास नहीं जाऊँगा। साला इन सब चक्कलस में इलाज तो हुआ नहीं मुनादी अलग से हो गयी। अब लगता जैसे एक ही मार्ग है कि येन-केन-प्रकारेण बहाल हो जाया जाये, सेना से लेकर राज्य पुलिस तक कहीं भी। गुप्त रोग का जब हाथ में पैसा होगा इलाज करा लेंगे। शादी अगर ये मामला सुलट जायेगा तो करेंगे नहीं तो कलाम से लेकर वाजपेयी जी तक जब सब कुँवारे ही हैं तो हम शादी करके क्या कर लेंगे भला।

***

इस तरह से मेरे जीवन से गुप्त रोग का प्राकट्य कहीं अंतस में जाकर छिप जाता। कालांतर में गाँव के कुछ बौद्धिक जनों की सहायता से मुझे ज्ञान प्राप्त होता कि यौनिक आनन्द में किसी स्त्री संसर्ग का होना कोई जरूरी नहीं, स्वान्तः सुखाय भी कोई मंत्र होता है जिसमें अपना हाथ जगन्नाथ बन जाता है। इसके बाद जीवन ऐसे करवट लेता कि हिंदी वाले गुरूजी पढ़ाते "कस्तूरी कुंडलि बसै मृग ढूंढ़े वन माहि" हमें तुरंत उसका अर्थ वहीं समझ में आ जाता। जब सुख अपने पास में है, अपने हाथ में है तो यत्र-तत्र भटकने का क्या औचित्य। ये ज्ञान मुझे भी बरगद के पेड़ के नीचे से ही प्राप्त होता, बुद्ध जी को भी कहीं इसी तरह के पेड़ से प्राप्त हुआ था। अंतर बस इतना था कि बुद्ध जी ने अकेले आसन लगाया था आ हमने राजू पान दुकान पर बैठकी की थी।

कालांतर में अपने श्रम कम और जुगाड़ ज्यादे के चलते जैसा गाँव वाले घोषित करते हम भी मैट्रिक पास कर जाते। गाँव वाले तोहमतों से लाद देते।

"पिंकिया पास की कोई बात नहीं लेकिन बउवा, बउवा तो कभी पढ़ता भी था क्या... अरे बउवा जैसा लफंदर त पूरे जवार में न होगा।" दुलार काका वहीं बढ़ावन काका के अहरी पर बैठे दातुन चबाते हुए बोलते।

"त कौन कहता है कि मैट्रिक पढ़कर पास किया जाता है; साला पढ़ने से मैट्रिक निकलता त लाल बाबु नहीं पास कर गये होते। है चार गाँव में पढ़निहार कोई लाल बाबु जैसा, अभी दो ठो सवाल दाग दें तो का बउवा उ राय मस्टरवा भी दाँत चिहार दे... लेकिन ना सरकार को पढ़ने वाले लोग चाहिए कहाँ?" पास में ही बैठे एक बुजुर्ग सम्मति प्रगट करते।

"काका हो जमनवे उल्टा आ गया है, जिसके पास माल है उहे राज करेगा। बिना दस पाँच हजार दिए पढ़ते रहिए, पढ़ाते रहिए लड़ऊ न पूछने आयेगा कि पास करोगे या भखर पड़ोगे।" एक दूसरा युवक जो पिछले चार साल से लगातार मैट्रिक देने के बाद इस साल मध्यमा संस्कृत बोर्ड से मैट्रिक पास किया था, ज्ञान देता।

"हाँ त इहो अनिल बाबु भी तो दे ही रहे थे न मैट्रिक चार साल से, कौन सा गेस पेपर का सवाल नहीं पढ़े थे, तबो का तो कभी गणित में फेल, कभी विज्ञान में, आ एक साल तो हिंदी में फेल कर दिया था सब। असो जाकर पाँच हजार खर्च किये हैं तो पास हुए हैं।"

"हाँ काका हम दिये हैं पाँच हजार भाई, आ इसमें कोई चोरी-छुपे थोड़े न है, भजन मास्टर की तरह कि लड़की लड़का को माल देकर पास करा लिया आ मूँछों पर ताव देते हुए घूम रहे हैं।" अनिल तपाक से बोलते हुए सीना चौड़ा कर लेता।

"त भजन मास्टर का हाल मुल्ला जी वाला है कि ऐसा चोरी करता हूँ कि खुदा भी नहीं जानता है। साला घुस जायेगा गाँड़ में टेंगरा एक दिन या खुदा या अल्लाह चिल्लाते हुए आसमान सर पर उठा लेंगे।" दुलार काका अपनी भड़ास उतारते हुए मस्त हो हँसने लगते।

"अरे उनकी चोरी कौन नहीं जानता काका, साला राय मास्टरवा खुदे कॉपी चेक करने जाता है, ऊपर से भजन का भी पटना आना-जाना लगा ही रहता है; अब इतना सब जुगाड़ घर में हो आ लड़का फेल कर जाये तो बेइज्जती वाली बात ही होगी न।" अनिल ज्ञान बघारता।

दूर से चुपचाप सुनता मैं धीरे से आगे बढ़ जाता... सोचते हुए कि भजन मास्टर तो अपना बाल न नोच के दें बउवा के लिए ई पैसा रूपया तो दूर की बात है। करनी आ कथनी में बहुत अंतर होता है। साला अच्छा है कि पास हुआ हूँ केवल, अगर गलती से कहीं फर्स्ट या गुड सेकेण्ड आ जाता तो ई सब लोग जाकर थाने में केस कर देते। अब तक दीवार की ओट में रहा मैं लोगों के सामने आ जाता।

"अरे अरे बउवा भाई गर्दा कर दिये यार, बस ऐसे ही गाँव का नाम रौशन किये रहो आ भजन मास्टर से कहो कि लड़का पास किया है गाँव वालों को कुछ मिठाई-विठाई भी बाँट दें भाई।" दुलार काका के सुर बदल गये थे।

मुझे लगता साला जमाना भी कितना मक्कार चीज है,पीठ घुमा लो तो कोड़े बरसने लगते हैं मुँह घुमाते ही फूल। अभी तक यहीं दुलार काका के सुर क्या थे और अभी क्या हैं... इतने मासूम बन रहे हैं जैसे बउवा को कुछ पता ही न हो।

"तो जाकर भजन मास्टर से बोलिए न कि कोई बउवा का लौंडा पास हुआ है।" मैं टेढ़ा मुँह बनाकर चलते बनता।

साथ में ही अनिल भी साथ हो लेता। पीछे से आवाज आती "बात न सुनो ससुर का जैसे कि पहाड़ ढाह दिये हों।"

"चल दिये बैठकी की तरफ, अब फटेगा पनकी-तिरंगा आ होगी पार्टी-सार्टी, लहरी-वहरी के साथ मूड बनेगा, भाई मैट्रिक पास किये हैं!"

"जमाना है भाई जमाना, भजन मास्टर के पूत भी बह बिला ही जायेंगे पक्का मानकर चलो।"

मैं इन आवाजों को अनदेखा करता हुआ आगे बढ़ता। मन के किसी कोने से शब्द उभरते "जलते हैं साले सब भजन मास्टर की तरक्की से।"

साथ चलता हुआ अनिल धीरे से बोलता "बउवा कभी बाबूजी से पूछना न कि हम भरें फॉर्म बोर्ड से अबकी, हमारा भी करा देंगे।"

मैं उसकी तरफ ध्यान से देखता और बोलता "ई भजन क्या आपको दलाल दिखते हैं भाई, अरे पैरवी करनी है तो खुद से जाकर करो न।"

"इतने जुगाड़ होता तो हम भी तुम्हारी तरह मेन बोर्ड से पास नहीं कर जाते।" अनिल धीरे से बोलता।

तब तक हमलोग राजू के पान दुकान पर होते, आस-पास बैठे सब मँडराने लगते कि आज का गुटखा-पान सब बउवा की तरफ से रहेगा, बउवा की तरफ से। जैसे बउवा ने मैट्रिक न पास किया हो गाँव भर का कर्जा खा लिया हो।

खैर जो भी हो बउवा ने पास तो कर ही लिया था न मैट्रिक। लगा था जैसे किला फतह कर लिया हो हमने। वैसे भी गाँव जवार में एक सामान्य-सी कहावत ने जड़ जमा लिया था तब तक कि मैट्रिक पास मतलब दहेज़ लाख पार। तो भजन मास्टर का मुँह भी फुलवरे में डूबा हुआ था। अब लड़का मैट्रिक पास कर लिया तो आईए बीए भी करा ही देंगे। आ बीए पास लड़का मिलता कहाँ है आज के ब्राम्हण समाज में; उ त सरकार ने टीटीरमा करके ई मास्टर लोगों की भर्ती बंद कर दी है, नाहीं तो बउवा का किसी मिडिल प्राइमरी स्कूल में नहीं भर्ती हो जाता क्या। लेकिन ई सब रास्ता बंद, आ जहाँ खुला भी है वहाँ साला रिजर्वेशन। मतलब हद दर्जे का संविधान है, जैसे बाभन-ठाकुर ने पैदा होकर ही कोई अपराध कर दिया हो। भजन मास्टर आजकल कुछ अलग ही ताव में होते। रास्ता आते-जाते लोगों को रोकते-टोकते आ बता डालते तो अब है का कोई गाँव जवार में बउवा की तरह। मैं समझ नहीं पाता ऐसा कौन-सा तीर मार डाला है हमने भला, लेकिन गर्व तो कहीं न कहीं से मेरे सीने में पैस ही जाता।

तब तक भजन मास्टर मुझ पर पिल पड़ते "ससुर समझ जाओ आ सही रास्ता पकड़ो; बाप दादों ने गलत नहीं कहा है कि बड़ संगे रहियो खइयो बीड़ा पान, आ नान्ह संगे रहियो कटइयो दुनुँ कान, त बड़े जात का संग पकड़ो बड़े जात का।"

मैं बस उन्हें टुकुर-टुकुर देखता। आखिर ये किस अक्ष पर घूमते हैं भजन मास्टर, अभी तक उड़ती चिड़िया को भी बउवा के तारीफ़ वाले कसीदे सुना रहे थे आ अभी मुझ पर बरसने लगे।

"हमको का देख रहे हो इस तरह से, अरे बाप हूँ तो हित वाली बात ही कहूँगा न, उ साला गुदरिया के औलाद के साथ उठना-बैठना जो हो रहा है ऐसा न सोचो कि मेरी नजर से बाहर है, गाँव के कोने-कोने में भजन की आँखें गड़ी हुई हैं।" भजन मास्टर अपने ही रामभजन में लग जाते।

मुझे लगता ठीक है भाई बाप हो तो बाप ही रहो ना, साला ई जग्गा जासूस काहे बन जा रहे हो। अरे क्या समस्या है भला नरपत के साथ उठने-बैठने में...

एक वही तो है जिसकी दौड़ सबसे ज्यादे मजबूत है... एक वही तो है जो मुझे खींच खाँच के दौड़ना सिखा रहा है। मामूली नहीं होता साढ़े चार फीट ऊँची रस्सी कूद जाना। साला पूरा शरीर उछालकर बाहर फेको तो पिछवाड़ा पता नहीं कहाँ से रस्सी के ऊपर रगड़ा जाता है। उ नरपत ही था जिसने हमको शरीर फोल्ड करके डाँकने की स्टाइल सिखायी थी, नहीं तो पड़े होते अब तक गाँड़ रगड़ते कहीं पर। लेकिन नहीं, इनको इन सबसे क्या मतलब। मैं साला इधर चलता हूँ तो ये जनाब कहीं उधर की बात पकड़ के बैठ जाते हैं, लगता है जैसे बाप लोग होते ही इसीलिए हैं कि बरसते रहें।

तब तक राय गुरूजी आकर बचा लेते हमको। भजन मास्टर को समझाते कि बारह साल से ऊपर के बच्चे से सखा की भाँति व्यवहार करते हैं, ई का रामधुन लेकर बैठ जाते हैं आप भी; अब लड़का बड़ा हो गया है, अपना हित-अनहित समझ सकता है, तो मत लगे रहिए उसकी गाँड़ के पीछे।

भजन मास्टर लेकिन जब राग तान लिये थे तो उतार भी धीरे-धीरे ही लेते न। सो एकाध बार राय गुरूजी को भी सुना ही देते कि का राय मास्टर साहब अरे ई ससुर का चीज का बड़ा हुए हैं, अरे ढंग से गाँड़ धोने का तो सहूर हुआ नहीं होगा, काछ्ने पर मन भर कीट चिपका मिल जायेगा आ आप कह रहे हैं मित्रवत् व्यवहार करिए; पहले गाँड़ धोना सीख लें फिर हम भी कंधे पर हाथ रख के घूमेंगे।

"तो वही सिखाइए न कि ई फालतू की बात काहे बकते रहते हैं आपभी... अरे जवान हो गया है वो भी, कल को पलट के कुछ बोल देगा तो का इज्जत रह जायेगी आपकी?" राय गुरूजी बोलते।

"बोल के देखें मैयाच्चो। यहीं लठ्ठ लेकर डाल देंगे पिछवाड़े में। आप भी सहकाइये मत, अरे गाँड़ धोना ही तो सिखा रहा हूँ कि बाबु रे, बेटा रे, बड़े हो गये हो समाज में उठना-बैठना सीखो, बड़ जात का संग-सोहबत पकड़ो। लेकिन जनाब जाकर टँग जायेंगे नरपतवा के पास। जब छोटे थे तब बाभनों के लड़कों के साथ बैठते थे आ अब जब बड़े हुए तो नान्हों के साथ बैठने लगे, जैसे बुद्धि में और नौ मन मैला घोरा गया हो।" भजन मास्टर जारी रहते।

मैं चुपचाप खिसक लेता। लगता साला मैं कुछ भी करूँ लोगों को समस्या क्यों होने लगती है। फिर लगता होती है तो होने दो, जिनको होती है वो अपना

खून जलाएँ मुझे क्या। मैं चल देता अपने ठीहे पर।

***

तो इस तरह मैट्रिक पास कर और इंटर में नामांकित होकर उन करमजले छात्रों के समुदाय का हिस्सा मैं भी बन गया था, जिन्हें सर्वानन्द शास्त्री ने गुमराह किया था। सच पूछो तो जीवन में असल बात कोई नहीं बताता है कि बाबु हो जीवन की राह बहुत पथरीली है... सब बस ख्वाब दिखायेंगे कि बाबु हो मेहनत करोगे, करम करोगे तो पूरी जिंदगी आराम से कटेगी, नहीं तो पूरी जिनगी बैल के गाँड़ में पैना ढकेलते हुए बिताओगे। पकड़ लोगे हल का मुठ आ काट लोगे यहीं माटी-कीचड़ में जिन्दगी। पता नहीं कब से आ कैसे इसी माटी-कीचड़ का बना इंसान माटी कीचड़ से ही दूर भागने लगा था। खैर ई सब दर्शन वाली बात ठहरी आ दर्शन हमारे पल्ले पड़ने वाली चीज नहीं थी, सो हम भी गाँठ बाँधते कि करम करूँगा। पर करम कौन सा यह निर्धारित करना कठिन होता। समाज से ग्रहण करता उन्हीं के दिखाये रास्ते पर चलता, पर अगले ही पल कन्फ्यूज समाज मुझे भी कन्फ्यूज कर देता। साला एक काम शुरू करो कि यह समाज का बताया हुआ है तो समाज तब तक दूसरा ही राग छेड़कर बैठ जाता है। लगता है वो देख रहे हैं दूरबीन लगाकर कि आप पूरब चलें तो वो पश्चिम पश्चिम चिल्लाना शुरू करें। खैर ये सब फ्रस्ट्रेशन वाला मामला है आ इन सब बातों में आप पाठकों को लपेटने का कोई औचित्य नहीं है।

तो बस इतना जान लीजिए कि समाज के दिखाये राहों का अनुकरण करते हुए हमने भी पास के कस्बे के एक इंटर कॉलेज में प्रवेश तो ले ही लिया था, पर इंटर-विंटर की पढ़ाई इहाँ हमरे इहाँ पढ़ाई नहीं मानी जाती। वैसे भी भाई अगर आप पढ़ने में तेज हों तो साइंस से इंटर करेंगे आ तब भले माना जायेगा कि हाँ भाई आप थोड़ा-मोड़ा पढ़ने वाले व्यक्ति हैं। पर कहाँ हमारे गाँव के इतिहास में कोई साइंस वाला नहीं हुआ तो भजन मास्टर के बीज से पैदा हुआ मैं थोड़े न कोई इबारत लिख देता। वैसे भी मंसूरी के बीज से बासमती के दाने थोड़े न निकल जायेंगे... ये बात दीगर है कि साला मंसूरी कभी इस बात को माने या न माने। सो आर्ट्स से इंटर मतलब कोई नहीं, पढ़ाई की कोई जरूरत थोड़े न है।

सो पूरी ताकत अगर कहीं लगायी थी तो वो था बहाली पर। वो भी कैसे ये तो आप लोग अगर किस्मत होगी तो जान ही जायेंगे। हाईस्कूल में चढ़ा प्रेम का खुमार पता नहीं कब उतर गया। सुबह-सुबह उठना और सड़क के किनारे

सरपट दौड़ पड़ना, ऊँची कूद, लम्बी कूद, बीम और गोला फेंक साला सबमें तो मिलाजुला कर प्रदर्शन सीमा रेखा को डाँक जाता। आइने के सामने खड़ा होकर सीने को फुलाकर अंदाज लगाता कि पाँच सेंटीमीटर का फुलाव तो मिल ही जाता होगा। तब तक आइने के अंदर से नरपत का चित्र उभर आता। दौड़ में, कूद में सबमें तो अव्वल था वो... मिला-जुलाकर दो तीन बार में हाईस्कूल भी पास कर गया था।

माँ-बाप का पाँचवा औलाद था नरपत। साला घर में अगर कोई पूँजी थी तो वो यही कि पाँच में से तीन भाई बड़े हो गये थे। पर दुर्दिन भी यहीं से शुरू हुआ था। बड़े होते भाइयों की विवाह-शादी फिर एक-एक कर सबका अलग होते जाना। गुदरी प्रसाद बेचारा बीड़ी पीते हुए गरियाता "मैयाच्चो लोग ऐसे ही पेल्हड़ पीकर बड़े हो गये, अरे गुदरी का गाँड़ घिस गया इन लोगों का पेट पालते पालते आ ई लोग चले हैं अब मेहर का अँगूठा पीने।"

दो-चार लोग सांत्वना देते कि "अरे का करोगे गुदरी, का नान्ह आ का बड़, ईहे फैशने आ गया है; आज का मरद मरद कहाँ रह गया, जाकर मेहर की गोद में लेटने वाले मेहरे पैदा हो रहे हैं सब।"

"अरे जायें लोटें ना सब, लेकिन उनका पेट पालने के लिए अब अपना पुरुषार्थ करें कि कर्जा गुदरी ही खाये बैठे हैं।" गुदरी तुनकते हुए बोलते।

तब तक नरपत आकर गरमाता "का बैठकर एके बतिया सारी रतिया करते रहते हैं, हम जा रहे हैं भैंस लेकर चराने, आप जाकर छेरियों को तो देख लीजिए।"

गुदरी, चल देते, अपनी तार-तार हो चुकी धोती को सँभालते हुए। नरपत कहीं परिदृश्य से ओझल हो जाता। मुझे लगता कि नरपत के भी तो ख्वाब होंगे अपने। कितना अच्छा होता अगर वो बहाल हो जाता तो। मैं खड़े-खड़े बरम्ह बाबा से मनौती माँग लेता।

तब तक पिंकिया की शादी तय होने का उद्घोष करते भजन मास्टर उपस्थित हो जाते। लड़का बीए पास है, बाप हेडमास्टर हैं। दो लड़के हैं आ हिस्सा पर पाँच बिगहा पक्का खेत, मतलब सब मिलाकर मामला टंच है, नहीं तो बाभन बिरादरी में एक साथ इतना सब कुछ मिलता कहाँ है।

तब तक पिंकिया आकर खड़ी हो जाती "अरे नहीं मिलते हैं लड़का तो मत

मिलें, हमने कब बोला कि लड़का खोजकर लाओ मेरे लिए; मैं तो कब से कह रही हूँ कि मेरा बीए में नाम लिखा दो, पर ना इतना सा काम कोई नहीं करता इस घर में, सबको बस बियाह की पड़ी हुई है, जैसे पिंकिया भागी जा रही हो।"

"अरे तुमसे कोई बोला क्या, जब तुम्हारी बारी आएगी तो बोला जाएगा तुमसे। तुम्हारी माई दिखा देगी लड़के की फोटो तुमको, बढ़िया दिखता है पसंद आएगा।" भजन मास्टर अपनी तेज आ खिसियाहट भरी टोन को थोड़ा दुरुस्त करते हुए बोलते।

"पर हम तो बीए में नाम लिखाने के लिए न बोल रहे हैं।" पिंकिया अपनी बात फिर रखती।

"बीए करके तो जैसे देश चलाओगी, अरे झोंकना चूल्हा ही है; तुम्हारा बाप कोई नेहरू-गाँधी नहीं है इतना बात बुझना चाहिए, चली आती हैं बित्ते भर की जबान लेकर। अरे समाज वमाज भी कोई चीज होती है या बस बीए करना है, बीए करना है।" भजन मास्टर बमक जाते।

"तो हमारे बीए से समाज को का लेना-देना है, समाज ही दुल्हन बनकर जायेगा कि पिंकिया को ही उठाकर भेज देंगे आप लोग। सच बात काहे नहीं बोलते कि हम ही कपार के बोझा हो गये हैं। नहीं तो आपके लाल का त तुरंत एडमिशन करा दिये। बनारस तक भेज दिये थे।" पिंकिया भावनाओं में बह गयी। आ उसका छोड़ा तीर हमपे आ लगा।

"हमने का किया है तुम्हारा जो हमको घसीट रही हो, मत भूलो कि तुम्हारा इंटर में नाम हमीं ने लिखवाया था।" हमारा सारा ख्वाब काफूर हो गया।

"गज़ब की स्थिति है इस घर की, साला मामला कोई भी हो गिरता बउवा के कपार पर ही है।" मैं तेजी से बाहर निकल गया।

"देखो फालतू की बातें हमें नहीं पसंद आ अब हम जुबान दे चुके हैं, वैसे भी पचास साठ हजार में बीए पास लड़का इहाँ के बाभन समाज में मिलता कहाँ है, उ त हमरी इज्जत है जो समधी जी तैयार हो गये।" भजन मास्टर ने अपना निर्णय सुनाया और वो भी निकलते बने।

देखते-देखते ही पिंकिया का विवाह आ हमारा इंटर फाइनल हो गया। पिंकिया अपने विवाह के लिए हमको कोसती, पर हमको लगता चलो ठीक ही हुआ, नहीं तो ज्यादा पढ़ाने-लिखाने के चक्कर में एक और होलिका और इलोजी

की कहानी बन जाती। तब तक स्वीटीया का चेहरा नजर के सामने घूम जाता। यज्ञ के जलभरी के समय साड़ी पहनी स्वीटी, बस आँखें ठहरकर रह जातीं। अब तो अतीत हो गया न। ये समाज ही नहीं था उस तेज युक्त सौन्दर्य के काबिल। खैर मुझे क्या करना, मैं चुपचाप अपने विचारों को काबू करता और निकल जाता सड़क के किनारे की तरफ।

करमनासा जिंदगी क्रमशः

इंसान का बच्चा जब पैदा होता है तो चारों तरफ देखता है और फिर जोर से रोता है। यह उसका फ्रस्ट्रेशन होता है शायद। गाँव में एक बार यज्ञ हो रहा था। काशी के कोई महारथी पंडित जी आये हुए थे। मार प्रवचन पर प्रवचन ठेले जा रहे थे। उनके प्रवचन और तेज के प्रभाव का अंदाज आप इतने से लगा सकते हैं कि किसी को बिना मतलब का अपान वायु भी न प्रदान करने वाले हमारे पूज्य पिताजी श्री रामभजन चौबे ने न सिर्फ उन्हें अपने बैठक में स्थान दिया था, वरन पूरे सात दिन तक गाय के शुद्ध घी में बना हुआ जेवनार उन्हें फुलहा थाली में परोसा जाता। इत्र केवड़ा और ठंडई मिलाकर पंडित जी को शरबत पिलाया जाता... और तो और भजन मास्टर पंडित जी का पैर भी दबाते। हमें ज्यादा न समझ में आता, न जरूरत ही महसूस होती, लेकिन एक चीज जो एकदम भरपूर जो उमड़ रही थी वो थी पंडित जी के प्रति श्रद्धा। सारा काम छोड़कर उनका प्रवचन बड़े मन से सुनता। सब लड़के एक तरफ से सुनाते "लगता है तुम्हारा बाप कुछ मंतर किया है बउवा, नहीं तो इतना बड़े पुजारी कब से हो गये तुम!"

हम बस सुनकर अनसुना कर देते। पंडित जी घंटों बोलते और सब हमारे सर के ऊपर से गुजर जाता। जब तक वो बोलते, हमें लगता "हाँ ठीक ही तो बोल रहे हैं।"

उधर वो बोलना बंद करते, इधर प्रसंग हमारे दिमाग से गायब। बहुत मेहनत करते-करते एक बात जो समझ में आयी वो ये थी कि पंडित जी का मानना है कि पुनर्जन्म होता है, नहीं तो इंसान का बच्चा जो अबोध होता है वो बेचारा बचपन में एकाएक हँसता है, खिलखिलाता है, कभी-कभी रोता भी है। यह वे स्मृतियाँ होती हैं जो उसने पिछले जन्म में संचित की होती हैं, नहीं तो उस अबोध बालक को, जिसको अभी सुख-दुःख का यथार्थ ही नहीं पता वो बेचारा किस बात पर हँसेगा भला। बात हमें ठीक-ठाक ही लगती। तब तक याद आता कि कैसे रमपतिया बो का बेटा होते ही जोर से रोया था। बाहर खड़े चहेटन

काका ने गाँजे का कश खींचते रमपतिया से तुरंत बोला था "हो गया है लग रहा है, जाओ जाके लखेदना बो को बुला लाओ आ नाल कटआवो।" बातों-बातों में हमारे अंदर ज्ञान की ग्रंथियों ने यह तथ्य ग्रहण कर लिया था कि बच्चा जो माँ के पेट में होता है वो बाहर निकलते ही जोर जोर से रोता है। शाम होते ही हमारा यह ज्ञान छलकने लगता। समझ में नहीं आता किसको बताएँ, सो बैठक में बैठे राय गुरूजी और भजन मास्टर के सामने लगता अगर यह बात बताऊँ तो कम-से-कम लगे हाथ भजन मास्टर को भी तो पता चलेगा कि नहीं बउवा को कितना आता है। मैं तपाक से बोलता "पता है गुरूजी बच्चा माँ की पेट में होता है आ बाहर आते ही जोर से रोता है।"

"ई देखिए मास्टर साहब, कहाँ भजन के दर्जनों जूत्ते घिस गये कि साहब पढ़ रहे हैं, पर साहब कि नजर इस बात पर है कि पेट में बच्चा रहता है।" भजन मास्टर घूरते हुए बोलते।

राय गुरूजी हँसने लगते। भजन गुरूजी ताव में आ जाते आ सुना डालते वेद-पुराण सब एक ही सुर में। हमें लगता पता नहीं साले बच्चे रोते होंगे या नहीं, पर हम जब पहली बार इनके समक्ष आये होंगे तो पक्का बेहोश हो गये होंगे। मन का प्रश्न मन में ही रह जाता। सोचे थे कि गुरूजी से पूछेंगे कि आखिर बच्चे पैदा होते ही रोते क्यों हैं? पर अब कौन पूछे, खुद से ही कुछ उलटा-पुलटा सोच के संतोष कर लिये थे। अब जब पंडित जी का प्रवचन सुने तो खोपड़ी खुली थी जाकर।

लेकिन सच पूछिए तो जब जीवन के इतने लम्बे से डगर को चल चुका हूँ, तो लगता है कि बच्चा जो पैदा होते ही रोता है न वो उसके फ्रस्ट्रेशन का नतीजा ही होता होगा। कदम-दर-कदम इम्तेहान लेती जिंदगी, कदम-दर-कदम कचूमर होती जिंदगी से किसी तरह जूझते-जाझते पीछा छूटने के बाद ऊपर जाकर अभी कर्मों का लेखा-जोखा भी न निपटा तभी भगवान फिर से टपका देते हैं। कुछ दिन जब तक माँ की कोख में बंद हो आराम से बिना झंझट के सब पाते रहते हैं, तब तक लगता है कि हो न हो कोई नेक कर्म से इस बार दुरुस्त इंतजाम मिला होगा। तब तक आराम के दिन कट जाते हैं। बाहर आते ही पिछवाड़े पर एक झटका पड़ता है और नजर खोलते ही पूरा चित्र साफ़... साला जहाँ से चले थे वहीं आकर अटक गये। अभी इतना मेहनत के बाद पीछा छूटा था जिंदगी के झमेलों से, तब तलक फिर वही जिंदगी मिल गयी। कौन हँसेगा भला ऐसे नसीब

पर... पंडित जी एकदम सही थे शायद।

खैर जब मैट्रिक का इम्तेहान पास कर लिये थे तो लगा था कि जिंदगी अब इम्तेहानों से मुक्त हो चुकी होगी, लेकिन असल इम्तेहान तो अभी लाइन लगा-कर इन्तेजार कर रहे थे। आओ श्रीमंत बउवा जी तुम्हें जिंदगी के इम्तेहान दिखाते हैं। दस लोग मिलते दस तरह का प्रवचन देकर चले जाते। वक्त-बेवक्त कोई भी आता और भजन मास्टर के कान में भर जाता कि बउवा को बनारस भेज दो, वहाँ दुर्गाकुंड पर एक बहुत ही गज़ब की कोचिंग है, मतलब गारंटी है गारंटी कि वहाँ से नौकरी पक्का मिलेगी। खुद कोचिंग का संचालक एयरफ़ोर्स में बड़ा अधिकारी रहा है, उसकी अपनी सेटिंग है, सो हाथ से गोट होना चाहिए बस, भर्ती तो करा ही देता है, बस पचास अपने और दस कोचिंग के लेता है। भजन मास्टर पूछते "का बउवा कुछ सोचे हो?"

हमको लगता अब ई सोचने वाला काम भी हमीं को करना होगा। अरे जाते तो हैं रोज सबेरे उठकर दौड़ने। यही लोग न बोले थे कि बउवा का डीलडौल ठीक हो गया है, थोड़ा-सा मेहनत करेगा तो फ़ौज में तो पक्का ही भर्ती हो जायेगा। खुद भजन मास्टर ही कितनी दफे चिल्ला-चिल्लाकर घोषित किये हैं कि अढ़ाई लाख रुपया बउवा की नौकरी के लिए जमा कर के रखे हुए हैं। अब जब इतना सोच ही रखे हैं तो अब हम का अलग से सोचें। सच पूछिए तो कपार घूम जाता, बस किसी तरह से बोलते।

"का सोचना है?"

"अब ई देखो साहब को! अरे का लगता है तुमको कि भजन जिंदगी भर नोट छापते रहेंगे आ तुम बैठकर दूध-घी चाभते रहोगे। अरे कुक्कुर बिलार भी न पूछेंगे, का सोचना है! अकड़ तो देखो इनकी।" भजन मास्टर गरमा जाते। सारा प्रवचन माई को देखकर सुनाते।

"अरे तो बता दीजिए न आप ही कि क्या करना है।" माई मेरा मुँह देखते हुए बोलती।

"अरे सब हम ही बता दें,अरे हम तो कहेंगे कि जाके कलक्टर बन जाओ, पर साहब में है बूता कि बन जायेंगे।" भजन मास्टर अपनी बात जारी रखते।

"अरे काहे नहीं बन जायेंगे, पहिले बताओ तो आप कि ई कलक्टर कैसे बनते हैं। अब हम सोलह सौ मीटर से ज्यादे पाँच मिनट में ही दौड़ जाते हैं, दस

ठो बीम मार लेते हैं, दस बारह ठो पुशअप्स भी मार लेते हैं, पन्द्रह फीट तक कूदी फाँद जाते हैं; इससे भी कठिन होगा क्या कलक्टर बनना।" हमको भी गुस्सा आ जाता। रोज सुबह जाकर देह रगड़ते हैं ये इनको नहीं दिखता, लेकिन ताना जरूर मार देंगे।

"तो जाओ बता रहे हैं, जाकर बनारस में तैयारी करो, दुर्गाकुंड में कोचिंग है। हमको नहीं पता तो का उ कोचिंग वाला बता ही देगा न।" भजन मास्टर अपना निर्णय सुनाते।

"हँ इसी को कहते हैं न दो रंग, कहाँ बर्तन घिस-घिसकर मेरा हाथ ख़राब हो गया। हाथ जोड़-जोड़कर इन्ही को कहती रही कि बीए करा दो हमको, पर ना पिंकिया को बीए कराने का पैसा तो नहीं था न इनके पास, लेकिन बाबू के लिए नोटों की ढेरी लगायी जा रही है।" पिंकिया बर्तन धुलते हुए बोलती। पता नहीं क्यों उसका बोलना मुझे अच्छा लगता।

"कौन बोला कि तुमको बीए कराने का पैसा नहीं है मेरे पास, पर ज़माने के साथ ही न चलेंगे भजन कि समाज से अलग हो जायें। अरे अगर तुम बीए करोगी तो लड़का एमए खोजना होगा। भजन मास्टरी करते हैं, कलक्टरी नहीं जो पैसा छपने की मशीन हो भजन मास्टर के घर पर। जाओ शादी ढूँढने लड़की का बाप बनके तब बुझाता है। एड़ियाँ घिस जाती हैं, पर सामने वाले मैट्रिक पास लड़के का बाप भी लाख से नीचे की बात नहीं करता, एमए लड़का कहाँ मिलेगा हमको आ कहाँ से पायेंगे भजन बक्से भर नोट।" भजन मास्टर पिंकिया की तरफ मुखातिब होते। मुझे लगता चलो हमारे कपार पर से शनिचर तो हटा थोड़ी देर के लिए।

"तो हम बोले का आपसे कि हमें एमए पास लड़का चाहिए, अरे हम तो कहते हैं शादी ही मत करना हमारी, तो आप ही न खोजते फिर रहे हैं।" पिंकिया भी लगे हाथ मामला फरिया ही लेना चाहती थी।

"अब तुम समझाओ इन लोगों को, जिंदगी भर समाज में रहे हैं भजन। आ अब भी इस समाज से बाहर नहीं हैं, अब ई शादी नहीं करेंगी तो हम जिंदगी भर कुँवारी बेटी घर में रखे रहेंगे। अरे जिंदगी नहीं देखी हो तुमलोग तब ई सब बात निकल रहा है। का नहीं किया भजन ने एक छोटी-सी नौकरी से, पर अब बीए न करा सकेंगे। समझता हूँ पढ़ना चाहती हो, पर शादी तो करनी ही पड़ेगी न, यही

समाज का दस्तूर है।" कहते हुए भजन मास्टर बाहर चले गये।

"किस्मत है बाबु किस्मत, अब तुम लड़का बनकर पैदा हुए आ हम लड़की, तुम बनारस भेजे जा रहे हो आ हम घर में बर्तन घसीट रहे हैं।" पिंकिया भुनभुनाती हुई बोली।

"अब हमसे का लड़ रही हो, हम भी रोज दो जूत्ते खाते हैं आ सरेआम बेइज्जत किये जाते हैं, ये भी तो किस्मत ही है न आ तुमको का लगता है कि ई हमारी मुहब्बत में पिघलकर हमें वहाँ भेज रहे हैं, अरे नहीं, लिखकर ले लो, जितना दहेज़ ये तुमको देंगे न उसका कम-से कम दुगुना हमसे निकालेंगे, बस वहीं है इनकी नजर में, बाकी जो बूझना हो बुझती रहो।" हम भी निकल लिये बैठक की तरफ।

जिंदगी अपनी उठापटक जारी रखती आ मुगलसराय जंक्शन होते हुए रेल की पटरियाँ हमें काशी की भूमि पर ले जा पटकतीं। भजन मास्टर अर्थात हमारे बाबूजी हमको बड़े ताव से कोचिंग में दाखिला दिलाकर, हमारे लिए कुल जमा खर्च जोड़ने में तल्लीन हो जाते। पाँच सौ महीने के रूम में पार्टनर का हिस्सा अगर लगा दिया जाये तो कुल अढ़ाई सौ रूम भाड़ा, एक सौ बीस रुपये महीने का गैस भराने के खर्च में हमारा हिस्सा कुल साठ रुपये, हुआ तीन सौ दस, फिर अगर एक पाव दूध रोज पियें तो महीने का दो सौ पचीस रुपये, आ अगर खूब छक के सब्जी खायें तो पाँच सौ तक की सब्जी... इस तरह हजार बारह सौ रुपए तक महीने का खर्च नियत होता। फिर भजन मास्टर उसमें बहुत उदारता के साथ दो से तीन सौ रुपये और जोड़ डालते और कुल जमा पंद्रह सौ रुपये हमारे ऊपर महीने का खर्च नियत करने का विधिवत् घोषणा हो जाता।

"बेटा शिवबाबू! देखो सबके जीवन का डोर उसके अपने ही हाथ में होता है, अब माँ-बाप अधिक से अधिक इतने न कर सकते हैं कि जितना लगे लगा-कर पढ़ाएँ, सो हमने कर दिया है। टॉप क्लास की कोचिंग, हाथ खोलने भर पैसे, खूब मन से खाओ आ खूब मेहनत करो, संकटमोचन हनुमान जी आ बाबा विश्वनाथ जी की कृपा रही तो जल्दी कुछ पा जाओगे। हमारा क्या अरे हम अधिक से अधिक थोड़ा खुश हो लेंगे कि हमारा बेटा नौकरी पा गया, बाकी जो मिलेगा उसमें आराम तो तुम्हरी जिंदगी का ही रहेगा न।"

भजन मास्टर एक साँस में बोलते जाते, मैं श्रद्धा के साथ सुनता जाता। मन

में स्मृतियों के चित्र उभरते जाते। छोटन, एल्बम, नरपत, जोजो, राहुल, सुषमा, मनोहर ठाकुर सर, राय गुरूजी, पिंकिया, माई, बरम्ह बाबा, राजू पान दुकान, संस्कारशाला... सब कितने दूर छुट गए थे न। बाहर बस एक भीड़ थी, अजनबी चेहरे थे और अभी दिख रहे भजन मास्टर थे।

गाँव के बाहर सड़क की पत्थरीली जमीन पर बनी हुई लीख, जहाँ हम सुबह-सुबह दौड़ने जाते, नीम के पेड़ पर बँधा हुआ बाँस जहाँ हम बीम खींचते, कुद्दी मारने के लिए कुदाल चलाकर मिट्टी पोला करता नरपत, आ मिट्टी लपेट कर आगे भविष्य के योजना बनाते नौजवान, सब तो छूट ही चला था।

खैर छूटने को तो दिव्यवा भी छुट गयी थी न! पता नहीं क्यों लाख कोशिश करने पर भी दिव्यवा मन से बाहर नहीं निकलती थी। कोई भी लड़की दिखती, पर उसके सौन्दर्य के ऊपर दिव्यवा की आभा छप जाती। अभी स्टेशन पर ही कितनी सुन्दर-सी लड़की दिखी थी न, भजन मास्टर से नजर बचाकर कई दफे देखा। पता नहीं मन में कौन-सा चुम्बक लगा होता है जो कोशिश करने पर भी नजरों को उधर ही खींच ले जाता है। तब तक मन में कोई बायस्कोप का रील-सा चला और उस बालिका के ऊपर दिव्यवा का मुस्कुराता हुआ चेहरा छप गया। क्यों होता है ये सब, मैं सोचने में तल्लीन था ही कि भजन मास्टर गरजे।

"कुछ घुसा भी दिमाग में?"

"जी! जी! सुन रहा हूँ।" मैं घबराते हुए बोलता।

"अब सुनो चाहे फोद से न सुनो, सुनोगे तुम मेवा खाओगे। आ अगर नहीं सुनोगे तुम ही फाँका मारोगे; भजन का क्या दो दिन की जिन्दगी है निकल लेंगे।" भजन मास्टर अपनी रौ में आ चुके थे।

मैं अपनी ही फ्लो में था। लगता अच्छा ही हुआ कि घर से दूर आ गये। इसी बहाने दिव्यवा भुला जाये हो सकता है। काहेकी उसको याद रखने का वैसे भी कोई मतलब नहीं।

"अरे कुछ बोलोगे भी।" भजन मास्टर बोलते।

"जी सुन रहा हूँ और समझ भी रहा हूँ।" मुझे समझ में नहीं आता क्या बोलूँ।

भजन मास्टर तैयार होकर निकल लेते शाम वाली पैसेंजर पकड़ने के लिए। रविदास गेट के पास उन्हें ऑटो पकड़ाकर अभी वापस मुड़ ही रहा था, तब तक

सामने दिवार पर मोटे अक्षरों में लिखा विज्ञापन दिखता। एक वजह मिल जाता यहाँ आने का। गीतासार वाले कैलेण्डर में लिखा हुआ वाक्य कि जो होता है वो अच्छे के लिए ही होता है वो आज पहली बार सार्थक दिखता। लगता कि भजन मास्टर ने नेक नीयत के साथ जो तीन सौ महीने के तय किये हैं अगर उसे बचा लूँ और हकीम साहब को खोज निकालूँ तो कुछ सम्भव है कि इश्क मुकाम हासिल कर ले अन्यथा टेढ़े लिंग ने भले साथ सोहबत छोड़ दिया हो, पर सपने में क्षीण होता धातु, शीघ्रपतन और असफल होता बउवा और दिमाग में घूमती दिव्यवा, तिस पर अभी तुरंत मिली जिम्मेवारी, सब मिलाकर जीवन मुश्किल ही किए जा रहे थे।

***

इसे किस्मत की मार कहें या जिंदगी का फ्लो, साला बनारस सूट न किया हमको। अभी हफ्ते भर भी न बिता था कि बड़वा गाँव का गरम खून उबल गया। जितने सब्जबाग़ भजन मास्टर दिखा के गये थे, आ जितना आदर्श काशी को पुराणों में लिखा गया है उसका पासंग भी तो नहीं निकला ये। बिहार के पैसों पर ही चलने वाला काशी, बिहार के लोगों के प्रति एक अलग ही वैमनस्य से ग्रसित था। साला जिधर जाओ उधर एक नये शब्द से परिचय होता-वो शब्द था 'बिहारी'। शुरू में हम भी मस्त रहते कि हो सकता है शिवजी की भक्ति में लीन काशी में कृष्ण जी भी रमने लगे हों,लेकिन जब खुद ही ये शब्द सुनना पड़ा तो लगा जैसे ये शब्द सीधे कलेजे को बेधते हुए निकल गया हो। खैर कलेजे को तसल्ली दी हमने, मरहम पट्टी किया आ भजन मास्टर का चेहरा, उससे भी ऊपर हकीम साहब से इलाज का दिलासा दिया और लगा इतना सुनोगे तो रहोगे कैसे बउवा सो चुपचाप इन शब्दों की आदत डालने लगा। ना... हमें बिहारी शब्द से कोई दिक्कत थोड़े न थी, दिक्कत तो भाव से था, जो उस सम्बोधन के साथ जुड़ा होता या उपसर्ग-प्रत्यय की तरह जो थोड़े बहुत अन्य सम्बोधन साथ में चिपका दिये जाते थे। बस कहीं भी आते-जाते इन शब्दों को भजन की तरह सुनता और लगता कि जाने दो जलते हैं साले, फिर संतोष के भाव मन में उभर जाते। पाँच छह दिन बीते थे काशी की धरती पर। कोचिंग के बाहर गेट पर कुछ लोकल लड़कों की महफ़िल जमी थी। अभी कोचिंग के अन्दर मैं जाने ही वाला था तब तक किसी ने आवाज दिया था।

"का बे बउवा, तू भी तो बिहारी ही है न भोसड़ी के?"

"हाँ हैं तो रे माधर च्चो ....." हम भी बिफर गये थे।

"साले चोर, बिहारी, गाली काहे दिया बे।" समूह में एक लड़का गुस्साते हुए कॉलर पकड़ लेता।

गाँव में बचपन में एक खेल होता था कान चुम्मौवल, अब किसी ने किसी का कान चूम लिया बस कुश्ती स्टार्ट। मान्यता यह थी कि अगर किसी ने तुम्हारा कान चूमा तो कान में घाव पक्का है, सो बात-बेबात कान चूमने के लिए लहकाना दरअसल कुश्ती के लिए बच्चों को तैयार कराना होता। गाँव के खलिहर बड़े-बूढ़े इसे अपने आनंद का साधन समझते तो विद्यमान मान्यता के अनुसार अगर कोई आपका कान छू भी ले तो मामला चुनौती वाला होता है, तो कालर पकड़ना तो वैसे भी इज्जत उघाड़ने वाली बात थी। सो मैनें मुँह में भरे पनकी मसाले की पूरी पीक जनाब के मुँह पर दे मारी और दो बड़वा गाँव वाला घुसंड जमा के वहाँ से भाग पड़ा।

मामला गर्म हो गया था। शाम होते-होते कई बिहारी लड़के हमारे कमरे पर बारी-बारी से आये और मैं घोषित-अघोषित रूप से बिहार वालों का नेता हो गया। सबने हमको सूचित किया कि हम अब कुछ दिनों के लिए या तो गाँव चले जायें, या कोचिंग न ही जायें। काहेकी अगर हम उधर गये तो बनारसी सब ढूँढ़ रहे हैं। अब चूँकि हमारा कमरा उन लोगों को नहीं पता सो हम अभी सुरक्षित हैं।

बिहार से बनारस पढ़ने आने वाले अधिकतर लड़के यहाँ छोटे-मोटे लॉज में रहते थे। फैमली क्वार्टर में बिहारी लड़कों को एक तो कमरा मिलता नहीं था, ऊपर से अगर जैसे-तैसे मिल भी गया तो महँगा भी पड़ता था। लेकिन भजन मास्टर की मेहनत से कम आ राय मास्टर साहब के पहिचान के किसी रिश्तेदार की कृपा से हमको जो कमरा मिला था वो लॉज नहीं था। मकान में कुल मिलाकर मकान मालिक, मकान मालकिन, उनकी एक बहू, एक बेटी रहा करते थे। मकान में ऊपर के तल्ले पर एक कमरा और एक टॉयलेट बना था जिसे उन्होंने किराये पर दिया हुआ था। उस कमरे में रहने के बेहिसाब नियम कायदे थे जिन्हें हमलोगों को मानना था। अगर इन नियम-कायदों की कोई रूल बुक बनायी जाती तो यकीन मानिए कि जोर से साँस खींचना भी गैरक़ानूनी घोषित हो जाता और उसके लिए बाकायदा आपको सजा भी मुकर्रर की जाती। खैर इन्हीं घोषित-अघोषित नियमों में ये भी था कि मकान-मालिक के घर का कुत्ता भी कभी गलत तो बोल ही नहीं सकता, कुछ गलत करना तो बहुत दूर की बात

होती। रोज के रूटीन में सुबह शाम जब भी मकान-मालिक मिलते तो उनसे यह जरूर सुनना होता कि "बिहारी साले हरामी होते हैं, ऊ त राय साहब की बात थी सो हमने तुमको रख लिया नहीं तो हम तो अपने इहाँ किसी बिहारी को कभी न रखते।"

मजबूरी इस दर्जे की कि इसमें भी कुछ डिप्लोमेसी करनी पड़ती जैसे कि "अरे नहीं अंकल जी ऐसा नहीं है कुछ होते हैं जो बिहार का नाम खराब कर जाते हैं।"

"अरे कुछ नहीं सब होते हैं एकदो को छोड़कर।" अंकल अड़ जाते।

"हो सकता है।"

"अरे तुम अपने पर मत लो बेटा, लेकिन जो सच्चाई है वो सच्चाई ही है।"

खैर अपने बाप को अब तक सीधे मुँह बाप न बोलने वाला बउवा अंकल बोलने तक तरक्की कर गया तो हार तो तबसे ही माना बैठा था, इतना तो समझ ही सकते हैं सो अन्त में हम ही हार मान लेते।

"बेटा तुम लोग बिहारी टाइप के नहीं लगते, इसलिए राय जी के कहने पर हमने कमरा दिया तुम लोगों को।" आंटी के अलग पैमाने होते।

साला ये बिहारी टाइप का दिखना क्या होता है समझ में नहीं आता। कमरे में जाकर मुँह तरह-तरह से चिहारकर देखता, पर कुछ विशेष नहीं पा पाता।

आंटी की बेटी तो जो थी उसका कभी दीदार हुआ नहीं था। बहू मौके-बेमौके दिखाई देती। लेकिन तब, जब अक्सर हमलोग कोचिंग के लिए निकल रहे होते और वो कपड़ा फैलाने छत पर आती।

आज जब हम कमरे पर ही थे और बनारस में नियत नौ से एक बजे वाली बिजली कटौती चल रही थी तो दरवाजा खोलकर बस शून्य को निहार रहे थे। तब तक सीढ़ियों पर पायल की आवाज सुनाई दी। एक अजब-सी खुशबू हवा में घुल गयी थी। हम खुले छत की तरफ नजर गड़ाये बैठे रहे। सामने छत पर विकर्णवत एक डोरी बँधी हुई थी, जिस पर मकान-मालिक के घर के कपड़े सूखते। हमलोगों के लिए वह डोरी अनुमत नहीं थी, सो हमलोग छत की चाहरदीवारी पर कपड़े सुखाते।

आज पहली बार देख पा रहा था कि आंटी की बहू खूबसूरत थीं। इतनी

कि जितनी दिव्यवा की खूबसूरती थी। सूरज की रौशनी सीधे उनके गाल पर पड़ रही थी। एक अजब-सा रिफ्लेक्शन नजर आ रहा था-जैसे धूप में शीशा रखा हो और उससे लौटती रोशनी दूर तक चमक मार रही हो। भाभी की नजर-एक बारगी मेरे तरफ पड़ी, उनकी आँखों का रंग अद्भुत था। हम एकदम से सिहर से गये थे जैसे। लगा आँखें चुँधिया गयी हों और कुछ भी दिखना बंद हो गया हो। तब तक डोरी पर से कोई कपड़ा नीचे छत पर गिरा, भाभी नीचे झुककर उसे उठाने लगी थीं। हमारी नजर जैसे स्थिर हो गयी। गाँव के बाहर आम के बगीचे में दुलार काका का एक आम का पेड़ था। एकदम गोलाई लिये हुए आम होते थे उसमें। कच्चे आम भी चीनी की तरह मीठे। पकते ही आम का रंग अद्भुत होता। लाल और गुलाबी आभा से युक्त स्वर्णिम से प्रतीत होने वाले आम पर सूरज की रौशनी पड़ती तो जो रंग बनता उसके आगे इन्द्रधनुष का सौन्दर्य भी फेल होता... कुछ वैसा ही रंग, वैसा ही आकर्षण। एकबारगी तो ऐसा लगा जैसे कोई मेरे शरीर को पकड़ के अद्भुत-सा हिलकोर दे रहा हो। ऐसी अनुभूति तो सिर्फ तब होती थी जब हम स्वप्न में होते। भाभी मुझे अपनी तरफ देखते हुए पाती और एक मद्धम सी मुस्कान देकर चली जाती। एक नैराश्य-सा मन में फ़ैल जाता। थोड़ी देर बाद उम्मीद फिर प्रकट होती।

"तुम आज पढ़ने नहीं गये हो क्या?"

एक मीठी आवाज सुनते ही मेरी तन्द्रा भंग होती।

"नहीं, नहीं तबियत कुछ अच्छा नहीं लग रहा था।" मुझे समझ में नहीं आता कि क्या बोलूँ।

"अच्छा।" बोलकर वो चली जातीं।

एक अजब-सी बेचैनी फील होती मुझे। पूरे दिन सीढ़ियों की तरफ ताकता रहता। समझ में नहीं आता कि क्या हुआ है...बस महादेवी वर्मा की सोना याद आ जाती। गर्दन उठाकर किसी आहट की प्रतीक्षा में बेचैन हिरणी। वो आहट कुछ ऐसा ही रहा होगा न जिसकी प्रतीक्षा में सोना रही होगी। समझ में नहीं आता। पार्टनर बना रमेंदु आज फिर कोचिंग निकल जाता और मैं नौ बजे की प्रतीक्षा में रहता। घड़ी आज साढ़े नौ बजा डालती पर कोई आहट नहीं आती। लगता पता नहीं क्यों बेचैन हूँ मैं। गाँव में गीत गाते हुए गवैया की याद आ जाती "ई हरियरी ह अनकर लपकऽ जिन तू अपना धन के आस करऽ।" तब

तक लगता काहेकी आस, जबकि यथार्थ पता ही है तो। सो मुड़ीगोत कर किरण पत्रिका में रेलवे के किसी भर्ती परीक्षा में पूछे प्रश्न पर ध्यान लगाता। समझ में नहीं आता कि किसी के रेडियो आ केला के खरीद में हुए लाभ-हानि का रेल चलाने से क्या लेना-देना। तब तक सीढ़ियों पर पायल की झंकार फिर सुनाई दे देती। ग्रंथियां सुदूर संवेदन करतीं। समझ में नहीं आता कि ये कौन-से भाव उठ रहे हैं आ इसे कौन सी इंद्री ग्रहण कर रही है। तब तक कानों के परदे से आवाज टकराती।

"अरे! तुम आज भी नहीं गये, तबियत अभी भी ख़राब है क्या?" वो पूछतीं।

"नहीं तो, बस ऐसे ही नहीं गये।" हम उनकी तरफ देखने में मग्न हो जाते।

"अच्छा हमको देखने के लिए रुक गये हो।" बोलकर भाभी हँसने लगतीं। मेरे मन में एक अजब सी गुदगुदी वाला भाव फ़ैल जाता।

वो चली जातीं। आज न कपड़े नीचे गिरते न ही ध्यान लगाने का मौका मिलता।

"हेलो! हेलो! अरे सुन रहे हो।" नीचे आँगन से आवाज आती।

अरे ये तो भाभी की आवाज है। मैं आँगन में झाँकता।

"अरे हाँ तुम्हें ही बुला रही हूँ।,जरा नीचे आओगे।" वो आवाज देतीं। मैं अचम्भा के सागर में डूब जाता। मन में एक अजीब-सी सिहरन फ़ैल जाती।

नीचे कमरे में मन को बेचैन कर देने वाली खुशबू छायी हुई थी। कमरे में फैली हुई रौशनी भी सुखकर प्रतीत हो रही थी। मलमली चादर बिस्तर पर बिछा हुआ था।

"क्या सोच रहे हो?" भाभी हमको देखकर मुस्कुरायीं।

"कुछ.....कुछ....." मैं वाक्य पूरा नहीं कर पाया।

"घबराओ मत, मैं कुछ नहीं करुँगी।" वो हँसने लगतीं, फिर एक कुर्सी उठाकर बिस्तर के ऊपर रख देतीं।

"अब ये बताओ कुर्सी के ऊपर तुम चढ़ोगे या मैं चढ़ूँ।" भाभी बोलतीं।

"मुझे क्या पता।" घबराहट के मारे मेरे मुँह से बोल न फूटते।

"चलो कुर्सी के ऊपर चढ़ो।" भाभी कुर्सी पकड़कर खड़ी हो जातीं।

घबराहट में मेरे पैर हिलने लगते। भाभी इशारों से मुझे बताती कि करना क्या है। हाथ ऊपर टाड़ पर जाते। दो तीन पेंटिंग्स और कुछ और समान नीचे पकड़ाते। शरीर के अन्दर अलग ही बवंडर उठ रहा होता। भाभी का शरीर मेरे शरीर से जितना ही करीब होता यह बवंडर और तीव्र होता जाता। फिर भाभी नीचे रखे कुछ सामानों को हमें पकड़ातीं। हाथ उनके निर्देश के हिसाब से सामानों को ऊपर लगाते जाते। सामानों के लेन-देन के इस क्रम में नजर नीचे को जाता। वह स्वर्णिम रंग बल्बों की रौशनी में कुछ अलग ही दृश्य बाँध डालता। अंतिम सामान ऊपर रखते हुए, पैरों के मध्य हल्का कम्पन होता और पूरे कमरे में एक क्षारीय गंध फ़ैल जाती। कमरे की उस आकर्षित करने वाली खुशबू के साथ घुलता हुआ क्षारीय गंध। साला समझ में नहीं आता कि ये क्या हुआ। हम नीचे उतरते, कुर्सी हटाते हुए भाभी धन्यवाद बोलतीं। हम बिना कुछ बोले तेजी से ऊपर भाग जाते।

बाल्टी में रखे हुए पानी से अपने अन्तःवस्त्रों को धोते हुए एक अजीब शर्मिंदगी मन के अन्दर घर कर जाती। पुराना विश्वास और दृढ़ हो जाता और एक शब्द और मोटे हर्फों में छप जाता "शीघ्रपतन"। स्वप्नदोष, धातु गिरने के अलावा जो समस्या जो ज्यादे गाढ़े रूप से समक्ष थी वो शीघ्रपतन की थी। कमरे में तेजी से भागते हुए 'सहज सलिल' के पन्ने उलटता और प्रश्नोत्तरी के मध्य पति के शीघ्र पतन से असंतुष्ट वीबी का प्रश्न एक चलचित्र की तरह चलने लगता। उस स्त्री की जगह दिव्यवा हो जाती और पति की जगह बउवा। शर्मिंदगी अपनी पराकाष्ठा पर होती, जब यह विचार मन में आता कि कमरे में फैले तेज गंध को भाभी जिउवा भी जरूर महसूस की होगी और उसे पक्का पता चल गया होगा कि बउवा को शीघ्रपतन का मर्ज है। शर्म से जो आँखें नीचे होतीं कि आइना देखने की हिम्मत भी नहीं होती।

जैसे-तैसे शाम होते-होते रमेंदु आ जाता और कैप्टेन लॉज में अंशुल के यहाँ पनीर पार्टी की दावत के लिए तैयार होने का हुक्म सुनाता। मन में लाख कल्पना करने के बावजूद मैं यह तक नहीं सोच पाता कि ये पनीर क्या होता है। छेने की मिठाई, खड़ेरा, कोफ्ता, दम, आदि तो समझ में आने वाली बात थी, पर सच में मैनें पनीर जैसे किसी चीज की न नाम सुनी थी न देखा ही था, खाना तो तब भी दूर की बात थी। लेकिन पनीर देखने की जिज्ञासा उतनी बड़ी बात नहीं थी, जितना इस बवंडर से निकलने की लालसा।

पनीर की पार्टी और वो रात बनारस में मेरी अंतिम रात सिद्ध हुई। मौके की तलाश में बैठे बनारसी लौंडों ने कैप्टेन लॉज पर धावा बोल दिया। बिहारी अस्मिता की इस लड़ाई में सबसे बड़े टारगेट हम ही थे, सो सुबह होने से पहले ही भोर के आसनसोल पैसेंजर के एक डब्बे में मुँह फुलाये, दर्द से कराहते हम भी सवार थे। आगे भजन मास्टर के तानों में मेरी विफलता और नक्कारापन की एक और कहानी जुड़ जानी थी। हमारे मन में शादी न करने की इच्छाशक्ति और दृढ़ हो जानी थी।

***

काशी की धरती से वापस बड़वा गाँव लौट आना और फिर वहीं जम के रह जाना इतनी भी आसान बात नहीं थी किसी के लिए। कहाँ शिक्षा से लेकर चिकित्सा तक ख्वाहिशों के सफर में सफलता की गारंटी के रूप में काशी मौजूद था। केवल इसी पैमाने की बात हो तब भी ठीक, लेकिन यहाँ तो अगर आप बनारस पढ़ते हैं तभी सच में पढ़ते हैं जैसी मान्यता स्थापित हो चलने वाली बात थी। समाज में अगर आप सक्षम हैं और आप का बेटा मैट्रिक पास है आ इसके बाद भी यहीं कहीं भभुआ-चेनारी में नाम लिखवा लिया है तो पक्की बात है कि लहेड़ा ही होगा। सो बनारस प्रवास से केवल मेरा कैरियर जुड़ा हो तब भी भजन मास्टर के लिए यह बात क्षम्य होती कि उनका इकलौता लड़का बनारस जाकर वापस लौट आया, लेकिन यहाँ तो खुद भजन मास्टर के मूँछ का प्रश्न था। मेरा बनारस जाना आ वहाँ से महीने भर में वापस आ कर यहीं बड़वा गाँव में लौट आना एक तरह से भजन मास्टर का मूँछ कटाने जैसा था, सो दिन-रात मिलने वाली गालियाँ और सर पर पड़ने वाले जूते की आवृत्ती निस्संदेह बढ़ चली थी, पर इन सबके बावजूद मेरा अब तक का जो जीवन अनुभव था वो यहीं कहता था कि मूँछ और इज्जत जैसी चीजें भजन मास्टर को इतना भी विचलित नहीं कर सकती कि वो महीने के बचने वाले पन्द्रह सौ रुपयों को भूल जाते। मुख्य बात जो उन्हें कचोट रही थी वो यही थी कि मेरी इस एक बेवकूफी ने मेरा बाजार भाव लाखों में कम कर दिया था। अब दुनिया का ऐसा कौन निवेशक होगा जो इस बात से विचलित नहीं होगा कि जिस कम्पनी में उसने पैसा लगाया था उसका शेयर भाव धड़ाम हो जाये। अब उनको कौन समझाये कि यहाँ नीवं ही खोखला हुआ जा रहा है जहाँ वो भवन खड़ा करने के ख्वाब संजोये बैठे हैं।

समाज जो ऐसे ही मौकों की ताक में बैठा होता है कि कुछ मसाला मिले

ताकि मनोरंजन के साधन कुछ दिनों तक बटोरा जाये उसके लिए इससे बेहतर और क्या मुद्दा हो सकता था कि भजन मास्टर का इकलौता चिराग महीने दिन में ही मार खा कर काशी से वापस बड़वा गाँव की धरती पर आ जाये। सौ मुँह और हजार बातें कम ही होंगी। यहाँ सौ मुँह और लाख बातें जैसी कोई कहावत फिट करना उचित रहता शायद। सुबह-सुबह दुलार काका लोटा लिये चले जा रहे होते। तब तक लुकते-छुपते हम दिखाई दे ही देते।

"का शिवबाबू! का हो गया क्या पढ़ाई पूरा?" दुलार काका एकदम प्रेम लगभग छलकाते हुए हमसे पूछते।

"जी।" हम इससे ज्यादा कुछ नहीं बोल पाते।

"बताओ साला सब जगह लूट ही है न, कितना पैसा लिया था कोचिंग वाला?"

"जी पाँच हजार।"

"बाप रे! बताओ भला, आ पढ़ाया एक महिना भी नहीं, साला कहाँ हल्ला है कि उहाँ जो पढ़ने जायेगा उ बिना नौकरी के तो आ ही नहीं सकता।"

"नौकरी लगने में अभी टाइम है न!" हम धीरे से बैठक के अन्दर चले जाते और दुलार काका पास में ही सज रही महफ़िल के अंग हो जाते।

"अरे भइया तनी चुनौटी निकालिएगा ।" दुलार काका भजन मास्टर से मुखातिब होते।

भजन मास्टर सब समझते हुए भी चुनौटी निकालकर धीरे से दुलार काका की तरफ बढ़ा देते।

"बताइए भइया जी, ई साले गज़ब लूट मचाकर रखे हैं सब, एके महिना पढ़ाने का पाँच हजार न ले लिये।"

"अरे कुछ नहीं दुलार ई कोचिंग वाले थोड़े न भगाये हैं इसको, अरे खुदे आ गये हैं जनाब। अरे ई राजू का पान दुकान, आ दुनिया भर के लफंदर, सब बनारस में थोड़े न मिलते। कोचिंग वाला चाप के पढ़ाये तो कपार के ऊपर उड़ने लगा, चल दिये वापस।" चहेटन काका बोलते।

"अरे नहीं भाई ऐसा क्या पढ़ा देंगे जो आदमी समझना चाहे आ समझ में न आये भला! लेकिन क्या बताया जाये क्या तो रोटी बनाने में हाथ जल जाता

है, बर्तन धुलने में जनाब गिरकर मुँह फोड़ लेते हैं। अरे इतना भी नहीं बर्दाश्त करेंगे तो क्या सेती में मीठा फल खाने को मिल जायेगा। ई बचपन से मिला प्यार- दुलार है जो साहब को बिगाड़ रहा है।" भजन मास्टर अपनी मूँछों को दाहिने हाथ से थोड़ा सहलाते, फिर होंठों को मोड़कर सुर्ती आहिस्ता-सा दबाते हुए मामले को सँभालने का प्रयास करते।

बैठक के अन्दर बैठे हुए हम अपने माथे को हल्का-सा सहलाते और बचपन से अब तक अनगिनत बार मिले प्यार के उस सहज और नैसर्गिक से स्पर्श को याद करते। खोपड़ी ज्यामिति की भाषा में पूरा एक वृत्त वाले कोण पर घूमकर स्थिर हो जाती। मामलों का विश्लेषण चलता रहता, जो अभी अगले चौपाल तक ही जाते-जाते इस बात पर नियत हो जाता कि काशी में किसी लौंडिया से चक्कर चल गया था या किसी को बोलबाजी कर दिया हमने। फिर क्या बनारसीयों ने खूब धोया है भजन के लाल को। उ त धन्य मनाएँ सरेया के बालेन्दु जिउवा का जो समय पर पहुँच गया था आ जान बच गयी, नहीं तो साफे था मामला। हाँ तो आते-आते ये भी बोले हैं सब कि अब बनारस में दिख गये तो काट दिये जाओगे। ये वही मुँह होते विश्लेषण करने वाले जो अब तक किसी और एंगल से हमारे मामले को विश्लेषित कर रहे होते।

"हँ तो अब बनारस को भी बिहार समझ के लोग सोचेंगे कि जो नहीं सो करके चले आयेंगे तो कोई बड़वा गाँव का नेहरू उच्च विद्यालय तो है नहीं।"

तब तक कोई उसमें और भी कुछ एंगल निकाल डालता। मामले तो यहाँ तक भी पहुँचा दिये जाते कि भजन मास्टर के इकलौते चिराग ने किसी की दीवार लाँघकर किसी लड़की के साथ गंदा काम किया, फिर पकड़े जाने पर खूब कुटाई हुई। शहर की शहराती लड़की, उसका क्या, उसने पहले तो खुद ही इशारा करके बुलाया और जब पकड़े गये तो सब इन्हीं के कपार पर डाल दिया। दुम दबा के भागते भागे। कुछ जाने-पहिचाने लोग ये सब विश्लेषण सार-संक्षेप में हम तक भी पहुँचा देते। हम बस अन्दर ही अन्दर मुस्कुराकर रह जाते। कहाँ बउवा साला सपने में जिन चीजों को अंजाम देने में नाकाम रहता है, समाज उसी पर काव्य रचित करता जा रहा है।

भजन मास्टर अकेले में दिखते ही चीख पड़ते और बिलाला के टाटी जैसे तमाम उपमाओं से नवाजने के बाद यह शाप भी सुना डालते कि कुक्कुर सियार भी न पूछेंगे हमको। पिंकिया लगे हाथ उनको चुनौती पेश कर डालती कि एक

बार उसको भी भेजकर देख लें न नौकरी लेकर दिखा दी तो जो कहेंगे सो। भजन मास्टर और चिढ़ जाते। उसको भी सुना डालते। मामला बाप-बेटी के बीच में ठन जाता और हम अपने संस्कारशाला की तरफ निकल जाते।

वही मुँह जो मेरे लिए अब तक तरह-तरह की बातें करते न थकते, यहाँ अलग ही शमा बाँधने में जुट जाते। मेरे फैसले को युग-प्रवर्त्तक घोषित कर दिया जाता। साला शहर का करिया धुआँ पीकर कौन कलक्टर बन गया है, जिसको नौकरी चाकरी पाना है यही बड़वा गाँव में रहकर नहीं पाया है क्या। इसी गाँव में दर्जन भर लोग बीएमपी, सीआरपी, बीएसएफ आ बिहार पुलिस में गये हैं आ बनारस पढ़ने वाले का कर लिये हैं, सब बिलाला के टाटी बनकर घूमते तो रहते हैं इहाँ-उहाँ आ गाँव में रहने वाले संतोषवा को देखो, यहीं रहके दौड़ा धूपा आ आज के डेट में दो तल्ले का मकान, भभुआ में जमीन क्या नहीं खरीद लिया है। आ बिहार पुलिस में कम पैसा है क्या, अरे जाओ यहीं थाने में आ बिना पैसा लिये कोई काम करा लो तो। बड़े-बड़े साहब का कमा लेंगे जो एक सिपाही कमा लेता है।

मेरे दिमाग की सूई इस बिलाला के टाटी शब्द पर अटक जाती। एक वृहत् संतोष वाले भाव का अनुभव होता। कुछ देर पहले ही भजन मास्टर हमको बिलाला का टाटी घोषित कर रहे होते, अभी कुछ देर में ही कई लोग मिलकर बनारस से पढ़े कई लोगों को बिलाला की टाटी घोषित कर रहे हैं। जाहिर है एक अघोषित बहुमत इस पक्ष में तो है ही कि काशी में पढ़कर भी लोग बिलाला के टाटी ही बनते हैं। लोगों की बातें हमारी भावनाओं को बाँध लेतीं, हम भी जोश में आकर अपनी क्रान्ति-कथा सुना डालते। वाहवाही का एक दौर चल पड़ता। कई हाथ एक साथ हमारे पीठ पर आकर हौसला आफजाई करते कि बनारस में जाकर बनारसीयों को सबक सिखाने वाले बउवा ने बड़वा गाँव के इतिहास में गर्व का एक नया अध्याय जोड़ दिया है। भावनाएँ और उबाल मारतीं। तब तक कोई राजू को आवाज लगाता लाओ भाई बउवा की तरफ से कुछ पान पत्ती। मेरे हाथ में पनकी के कुछ सैशे आ जाते। पान पत्ती का पार्टी और लकड़ी, दहला पकड़ का खेल शुरू हो जाता। पास में तार-तार हो रहे गमछे और बनियान को धारित किया हुआ नरपत हमारी तरफ कुछ अलग भाव से देखता।

महफ़िल खत्म होते ही नरपत मेरे कंधे पर हाथ रखता। मेरी तरफ देखते हुए एक विश्वास भरी अनुभूति के साथ कहता "पता है बउवा ये सब ठीक नहीं

है।"

"क्या?" मैं उसकी तरफ आश्चर्य से देखता।

"यही... ये ताश आ पान पत्ती तक तो ठीक है पर चिल्लम मत पकड़ना; मैनें पकड़ी थी, कुछ दिनों में दौड़ने में दम फूलने लगा था। यह यहाँ की परम्परा है कि ये तुम्हें चिल्लम भी पकड़ायेंगे। पर यही लोग तो गाँव में तुम्हारे लिए तरह-तरह की बातें भी तो करते हैं।" वो बोलता रहता। मैं बस उसकी तरफ देखते हुए सुनता।

"देखो बउवा हमको ज्यादा नहीं पता, पर इतना जानता हूँ तुम्हारा दौड़-वोड़ सब ठीक है, देह भी ठीक-ठाक बना है, इन लोगों के चक्कर में गाँव में लड़के दौड़ने के साथ ही चिल्लम पकड़ ले रहे हैं। वैसे भी धीरे-धीरे ठीहा उजाड़ हो चला है, पुराने लोग चले गये सब। नये में तुम्हारे जाने के बाद कोई दिखता नहीं है। सो कल से आओ सुबह ठीहे पर,दौड़ा धुपा जाये।" उसकी आँखों में मुझे विश्वास दिखता।

मैं हाँ बोलकर सोचते हुए निकल जाता। कोचिंग के बाहर वाला दृश्य सजीव हो जाता। बात-बेबात में बढ़ने वाला झगड़ा, छत पर कपड़े फैलाती भाभी, सूर्य की रौशनी में चमकते वक्ष, काँपते पैरों से टाड़ पर से पेंटिंग उतारता मैं और फिर शर्मिंदगी का वो एहसास, पनीर के पार्टी के खात्मे से पहले ही छिड़ता महाभारत और ट्रेन पकड़ के वापस आता मैं। इन तमाम चर्चा-परिचर्चा से इतर मुझे खुद कोई सॉलिड कारण नहीं मिलता कि आखिर क्यों मैं बनारस छोड़कर वापस बड़वा गाँव की इस धरती पर था। तब तक सामने से भागती बधावन काकी की गाय, उनकी आवाज के साथ तेजी से उसके पीछे दौड़ता मैं। थोड़ी देर में ही ऐसा लगता जैसे जवाब मिल गया था। साला दुनिया का सारा सुख एक तरफ और इस माटी में घुला हुआ अपनापा एक तरफ। भजन मास्टर की बातों को चुनौती के तौर पर लेता मैं ठीहे पर जाने की कसम ले लेता। अब जीवन की दिशा शायद नियत हो चली थी।

***

पता नहीं क्यों समाज में साहेब बन जाने की कहानियों को संघर्ष की दास्तानों के तौर पर सुनाया जाता है, जबकि जिस लेवल का त्याग और परिश्रम एक सिपाही के तौर पर बहाल होने वाले युवक करते हैं वो अपने आप में किसी

दास्ताँ से कम नहीं। इतना आसान नहीं होता सिपाही बन जाना भी। लेकिन सिपाहियों की दास्तानें किताबों में नहीं दर्ज होतीं। वर्दी पहना हुआ युवक, हुक्म बजाता युवक, संगीनों की सोहबत में घुटने पटकता युवक भी एकदम उसी माटी का बना होता है जिससे कोई अन्य आम इंसान बना होता है, बल्कि सच पूछिए तो माटी के उन लालों में माटी का अंश बनिस्बत कुछ ज्यादा ही रहता है।

चौथी पाँचवीं कक्षा में एक कविता पढ़ते थे कि "नहीं हुआ है अभी सवेरा, पूरब की लाली पहचान, चिड़ियों के जगने से पहले, खाट छोड़ उठ गया किसान"। गुरूजी सस्वर पाठ करते बच्चे को रोकते और सप्रसंग व्याख्या शुरू कर देते। हमारी बुद्धि जो अक्सर गुरूजी की नज़रों में घास चरने चली जाया करती, यकायक जाग्रत हो जाती। समझ में नहीं आता कि किसानों पर यह कविता लिखा किसने है। क्या सच में वो कभी किसान होना समझ भी पाया होगा। पूरब की लाली से पहले खाट छोड़कर उठता किसान, मुझे हँसी आ जाती। तब वो रात भर जाग के कभी नीलगाय तो कभी जंगली सूअरों से निपटता हुआ किसान, वो कहाँ गया। थोड़ा बड़ा हुआ तो प्रेमचंद की रचना 'पूष की रात' पढ़ा। लगा साला जो किसान रात भर नीलगायों से लड़ता रहता है, उसे प्रेमचन्द ने अपनी रचनाओं में चुरा लिया है। उसके बाद वो दिखता ही नहीं। नहीं तो किसान बेचारा सोने के लिए कब पैदा होता है। उसका जीवन अभिशप्त होता है खेतों में मर-खप जाने को। सच पूछिए तो वो किसान और सिपाही होते हैं जिनका अपना कोई समय नहीं होता। उनकी भावनाएँ, उनका जीवन सब माटी के लिए होते हैं। खैर सिपाही बन जाने अर्थात बहाल होने की यात्रा शुरू होती थी सुबह सूरज की लाली फैलने से पहले ठीहे तक पहुँच जाने से।

सुबह-सुबह ठीहे पर जाना... फिर क्या जाड़ा क्या बरसात। अंधे घोड़े की तरह दौड़ना कोई मजाक नहीं होता। दौड़ लक्ष्य से प्रेरित होता है। लक्ष्य के साथ कई दास्ताँ जुड़े होते हैं। सड़क के किनारे लीख पकड़कर दौड़ते, तब तक कोई आकर बताता वहाँ बहाली वाले दौड़ में बजरी के ऊपर दौड़ाते हैं, वो भी नंगे पाँव। नुकीले कंकड़ों से जूझिए तब जाकर मंजिल मिलती है। विमर्श का नया दौर शुरू हो जाता। निष्कर्ष सर्वसम्मति से प्राप्त होता कि मिट्टी के मुलायम लीख पर दौड़ना और बजरी भरे ट्रैक पर दौड़ने में जमीन-आसमान का अंतर है, सो अगले दिन से उस काल में बिहार सरकार की तरफ से कागजों पर कई बार पिच बन चुकी सड़क पर कदम आगे बढ़ जाते। सड़क पर बिखरे बड़े बड़े

नुकीले पत्थर कमाल दिखाते और तलवों में गिल्टियाँ उग आतीं। जमीन पर पैर नहीं रखा जाता, तब तक जीवन में पहली बार भजन मास्टर कपार पर चालीस किलो गेहूँ लाद देते।

"चलो अब ई सब ही करो कि खाली बैठे-बैठे हबेसोगे।"

हम उनकी तरफ देखते। ई हबेसना एक नया शब्द होता। समझ में नहीं आता कि ये क्या होता है, लेकिन भजन मास्टर की मुखाकृति देखकर इतना तो सहज ही अंदाज हो जाता कि ई हबेसने का मेरे पेट से कोई डायरेक्ट कनेक्शन है। लगता बोल दूँ कि केवल मैं ही तो खाता नहीं हूँ घर में, खुद भी तो पाँच पसेरी की खुराक है उनकी, खुद ही काहे नहीं लेते जाते। त अपने टाइम में बनिहार से भेजवायेगे आ जब हमारा पैर जमीन पर भी नहीं पड़ रहा तो लाद दिए कपार पर आठ पसेरी। लेकर जाओ अब ठाकुर गाँव के उस सिरे पर सोहन सिंह के मील पर। खड़े रहो चार पाँच घंटे, फिर पिसान में सनते हुए लेकर आओ। अरे ठीक है पिसवा दिया करूँगा मैं ही, लेकिन कम-से-कम देह की दशा-दिशा तो ठीक हो जाने देते। बेचारगी भरी सूरत बना उनकी तरफ देखता, फिर कपार पर गठ्ठर लादे चल देता ठाकुर गाँव की तरफ।

"साला दस किलो गेहूँ का बोरी नहीं सँभल रहा है ढंग से लेकिन ...."

"अरे का चौबीस घड़ी लड़के के पीछे पड़े रहते हैं, अभी हुआ ही कितने दिन का है; सब कर लेगा, मरद का बच्चा है वक्त आने पर ही करेगा न, अब ऐसा तो है नहीं कि आप अकुताये आ उधर कोई चमत्कार हो गया।" पीछे से माई बीच में ही पड़कर भजन मास्टर की व्यंग्योक्तियों पर लगाम लगा देती।

"पूत के पाँव पालने में दिख जाते हैं, पर इहाँ तो साला खाट से भी बड़ा पूत का पाँव आज तक नहीं दिखा आ एक तुम हो कि कलेजा फाड़ के खड़ी हो जाती हो, सहकाओ, झेलोगी भी तुम्हीं।" भजन मास्टर बड़बड़ाते हुए चल देते। मैं भी एड़ियों को भरसक बचाते हुए जैसे-तैसे आगे बढ़ता। रास्ते में नरपत अपनी भैंस के साथ चरवाही करता मिल जाता।

"अरे अरे लाओ ई बोरी हमको दे-दो। हम पहुँचाये देते हैं।" नरपत दौड़ कर बोरी टेक लेता।

मेरे जान में कुछ जान आती। सच पूछिए तो एक कदम भी ढंग से जमीन पर नहीं पड़ता था। नरपत बताता "भाई जी कचट लग गया है तुम्हें, मठ्ठा से दाग

लोगे त ठीक हो जायेगा।"

मट्ठे से दागते हुए एड़ियाँ शुष्क हो जातीं। तलवे के त्वचा के मध्य खाई उभर आती। एक के बाद एक फटते हुए बेवाई, फूटते हुए किस्मत के प्रतिमान बन जाते। आसपास से सुना हुआ कहावत मन के अन्दर घर कर जाता कि "करम फूटे तो फटे बेवाई।" कर्मों का फूटना मतलब कृत कर्मों का नाश हो जाना। फूटती हुई किस्मत, फटते हुए करम और मन के अन्दर बैठे गुप्त रोग आपस में लभरा जाते, पर आसपास से सुनाई देते हुए तानों से मन कहीं किसी आभ्यंकर से जिद पैदा करता। इसी जिद के समानुक्रम में सुबह उठते ही सारे दर्दों का कहीं खो जाना और सड़क के बीचोंबीच भागना। दो किलोमीटर तीन किलोमीटर पर आता हुआ हाँफ, धीरे धीरे बुढ़वा नाले के पास बनी हुई पुलिया तक यहीं जिद खींच ले जाता। साथ में भागता हुआ नरपत अपने कदम धीमे रखता, मुझे हौसला देता। हाथों से इशारे करते हुए, मंजिल पास होने तक खुद मुझे पकड़ के खींच ले जाता। वापस आते ही सड़क किनारे कुद्दी तैयार की जाती। दस फीट, बारह फीट, चौदह फीट, सोलह फीट और अट्ठारह फीट की लाइनें खिंच दी जातीं। लाख कोशिश करने पर भी मैं जैसे-तैसे बारह फीट ही डाँक पाता। लगता चलो भर्ती के लिए तो इतने की जरूरत होती है न। सो एक बाधा पूरा हुआ। लेकिन नहीं कुछ लोग अपने अनुभव का छौंक देते, रहस्य पर से पर्दा उठता कि पैमाना चाहे कुछ भी हो घर की कुद्दी पंद्रह फीट तब फ़ौज की कुद्दी बारह। दिमाग के अन्दर बात बैठ जाती। जैसे-तैसे जोर लगाता-पैरों की एड़ियाँ तो पंद्रह फीट वाले लाइन को छू जातीं लेकिन मूलाधार अपने भार के कारण बारह फीट पर ही नत हो जाता। कोने में खड़े चहेटन काका दाँत चिहारते हुए आ खड़े होते। भजन के औलाद की नालायकी के ताने और बयान देते हुए हँसने लगते। मेरी नजर वहीं मिट्टी में पड़े-पड़े उनकी सफ़ेद धोती की तरफ चली जाती। उनके हाथ में थमा हुआ लोटा सहसा चलते हुए उनके कमर के नीचे जा लगता। उनकी धारित की हुई सफ़ेद धोती हवा के साथ कहीं दूर उड़कर चली जाती। निरावृत हुए चहेटन काका के कमर से थोड़ा नीचे के भाग में लटके हुए लोटा में चिल्लम जाकर चिपक जाता। आँखों के समक्ष एक अजीब-सा धुंधलका छा जाता। ऐसा लगता कि जैसे लोटे से निकलता हुआ भाप ऊपर लटके चिल्लम के रास्ते बाहर निकलते हुए बउवा की आँखों पर छाता चला जा रहा है। मैं वहीं गिरे-गिरे आँखों को रगड़ता, फिर साफ़ आँखों से देखने की कोशिश

करता। पर आसपास के बच्चे बड़े सब उसी धुँधलके में खो जाते। केवल सामने वही लोटा वही चिल्लम रह जाता। सूरज की रौशनी में चमकता हुआ लोटा सहसा सिमटने-सा लगता। उसका रंग क्रमशः मटमैला धूसर होता चला जाता। आँखें वहीं टिककर रह जातीं। सिकुड़ता बटुरता लोटा और चिल्लम ऐक्य पाते हुए क्रमशः आपस में सना जाते। ऐसा लगता जैसे विष्ठा सनी मिट्टी क्रमशः सूरज की रौशनी से सूखती हुई एक कठोर पिलपिलापन वाला रूप धारण कर ली हो। चहेटन काका हँसने लगते। उनकी हँसी के साथ घुलता हुआ दुर्गन्ध क्रमशः मेरे नथुनों में भर जाता। सहसा मेरा मुँह खुल जाता और पेट के अन्दर भरा पित्त घुला जल एक हिलकोर के साथ बाहर आ जाता। अतीत के कई दृश्य सजीव हो जाते, पर मैं बेजान-सा वहीं पड़ा रहता।

"हग मारे ससुर भजन के औलाद।" चहेटन काका के साथ कई लोगों के हँसने की आवाज कानों में सुनाई देती।

होश जैसी कोई चीज महसूस न कर पाता सिवाय इसके कि किसी के कंधे से लगा हुआ मैं, लड़खड़ाते हुए मैं, गाँव के रास्ते चला जा रहा था और नथुनों में भरा हुआ दुर्गन्ध अभी भी अपना साम्राज्य फैलाये हुए था। वो कन्धा शायद नरपत का था।

"भजन का करम नशाया था जो ऐसा औलाद जामी हो, सँभालो अपने दुलरुआ को।" खाट पर लिटाता हुआ नरपत और कानों में गूँजती हुई भजन की आवाज। लगता इससे बढ़िया तो यही रहता कि वहीं बाहर ही पड़े रहते।

"कहते हैं कि साहब से कुछ नहीं होगा, लेकिन इनका तो दुलार उमड़ा रहता है। रोज सुबह-सुबह आध सेर दूध, भीगे हुए चने किशमिश के साथ, गुड़ आ देसी घी घसी हुई रोटियाँ खा के तो टिटहरी भी पहलवान हो जाती, लेकिन साहब दस फीट कुद्दी डाकने में हग मार रहे हैं, पाँच सेर गेहूँपिसा कर लाने में इनको बनिहार खोजना पड़ रहा है।" भजन मास्टर जारी रहते। तब तक पिंकिया की आवाज कानों में पड़ती। लगता कि लगे हाथ ये भी अपना हिसाब निपटा ही ले। मेरे अंदर क्या चल रहा है इससे किसी को क्या लेना। साला दुनिया का कोई भी चना, गुड़ आ गोरस अगर सूँघने की सामर्थ्य देता हो तो समझ में भी आता। कौन समझाये इनको कि बउवा कूदने-फाँदने में नहीं ऐसा हुआ है। खैर कोई जानना भी चाहे तब तो... साला जिस चहेटन के चलते हमारी ये गत है उ त भोसड़ी के काका बने हुए हैं आ बउवा चुतिया।

"पता नहीं कैसे बाप हैं, झूठे हम कपार में घुसाये बैठे हैं कि हम बेटी हैं इसलिए ई बउवा को ही कहाँ छोड़ रहे हैं, अरे इससे तो बढ़िया होता किसी कसाई के घर पैदा हो जाते।" पिंकिया फुसफुसा रही थी।

मेरे मन में लोटा भर प्यार पिंकिया के लिए फूट पड़ा।

"अरे कौन समझाये इस आदमी को...कहाँ लड़का उल्टी पुलटी करके हलकान है आ कहाँ ई अलगे राग छेड़े हुए हैं। गाय भी ऐसे कसाई के खूँटे पर न बंधे ई त औलाद ही हैं।" माई धीरे-धीरे मेरे सर पर हाथ फेर रही थी।

"होने लगी टहल साहब की; तुम्हीं लोग मारी हो कि सहका के बिगाड़ दी हो। करो सेवा, कमाई कर के जो आये हैं। अरे माँगने पर भीख न मिलेगी बताये देता हूँ।" इन्हीं आवाजों के साथ जूते की आवाज यह इशारा कर रही थी कि एक मुसीबत फिलहाल कुछ वक्त के लिए दूर जा रही है।

मैने आहिस्ता-से आँख खोला। नरपत आसपास नहीं था। शायद उसको हमारी किस्मत पर दया आयी हो और वो खिसक लिया हो। पिंकिया कमर पर हाथ रखे आँखों में आँसू की कुछ बूँद भरे मेरी तरफ देख रही थी। माई मेरे सिरहाने बैठी मेरे सर पर आहिस्ता-अहिस्ता सा हाथ फेर रही थी। दरवाजे की तरफ से दुलार काकी भी अन्दर आ रही थीं। एक दो लोग और आते दिखाई दिये। मैंने आँख बंद कर लिया था।

"जिद्द है लड़के की, नहीं तो पूरी एड़ियाँ फट गयी हैं और सुबह-सुबह उठकर ही चला जाता है सड़क पर दौड़ने के लिए। कई बार समझाती हूँ थोड़ा बिहान हो जाने दो तब जाया करो...पर न धुँधलके में बरगद के नीचे जाना है तो अपने बाप का ही बेटा न। अब कौन जाने कोई साया-वाया लग गया हो तो। नहीं तो जवान बेटा है आ ऐसे बेजान पड़ा हुआ है।" माई बोलती रहती आ दुलार काकी हामी भरने लगतीं। बरगद पर रहने वाली किसी प्राचीन कालीन चुड़ैल की अर्वाचीन कथा-प्रसंग के दौरान वाचित किया जाता।

दुलार काकी, बधावन काकी और माई मिलकर यह निगमित करते...इस तरह से चलते-फिरते लड़के का बेहोश हो जाना, कै करना मामूली बात तो कतई नहीं है। किसी हकीम मौलवी से जंतर लेकर मेरे दायें-बायें बाजू में बाँधने का निर्णय कर लिया जाता। बधावन काकी तक यहाँ तक सुना जातीं कि जान है तो जहान है। कुछ दिन बउवा अगर उधर न ही जाये तो बढ़िया रहेगा। माई

विडम्बना कथा सुनाती "का कहें अम्मा सब करम किस्मत की ही न बात है, पता नहीं कैसे आदमी के खूँटे से बाप बाँध गये कि जब बोलेगा तो जहर ही बोलेगा। लड़की कहती रही पढ़ा दो पर नहीं बियाह करेंगे, अरे आज कल बड़े बड़े घरों की लड़कियाँ क्या नहीं जाती हैं कॉलेज करने, पर ना नहीं पढ़ाना तो नहीं पढ़ाना। बेटा ऐसा की, जानता है कि बाप कसाई है फिर भी अगर करम किस्मत से बाप उसको बनारस का राह दिखा ही दिया था तो रहता वहीं, पढ़ता लिखता। पर नहीं जब करम ही नशा गया हो आ किस्मत में गोबर घोला हो तो फिर कोई करे तो करे क्या, चला आया वापस, आखिर औलाद त अपने बाप का ही न है, खून तो असर दिखायेगा ही।"

माई रोने लगती। बधावन काकी, दुलार काकी, पिंकिया सब माई को धीरज देते। आ बधावन काकी कहतीं "जानती हो पिंकिया के माई, बउवा का लौटकर आना, बरगद के पेड़ के नीचे दौड़ने जाना आ इस तरह की बेहोशी, सब एक ही बात लगता है। पहाड़िया के मियाँ जी से ताबीज लो, ले जाकर मजार पर झड़वा लो, सब ठीक होगा पीर बाबा, सैय्यद बाबा सबका दुःख हरते हैं।"

मेरे मन में नाश होते करम की बदली छा जाती और चारों तरफ जैसे करमनासा छपा जाता, दरो-दीवाल पर भी आ किस्मत के बही-खाते में भी और मैं नींद के आगोश में होता।

***

पंडित जी की कही हुई कथा में से एक लाइन बार-बार याद आती कि इस सकल ब्रम्हाण्ड में सबसे तीव्र वेग किसी का होता है तो वो मन का होता है। ये मन होता है जो चाहे तो अतीत की किन्ही गलियों में ले जाकर आपको भटका डाले या अगर साध लिया गया तो भविष्य अदृश्य-सा, संभावित-सा वो भविष्य जो कहीं सुदूर कहीं समय के गर्भ में सम्भावना के रूप में पल रहा होता है, को प्रत्यक्ष आपके सामने कर दे। योग से मन की शक्ति को साध लेने वाला साधक, अपनी इच्छा से जब चाहे तब समय की रेखा पर सवार हो तीव्र गति से सुदूर तक यात्रा क्षण भर में कर सकता है। इस तरह एक योगी आपका भविष्य आपका अतीत अपनी योग की शक्ति से जान सकता है। यह कोई ज्योतिष नहीं है, यह सिद्धि है। मुझे तब अचम्भा होता, पर आज जब हम अर्द्धनिद्रा की आगोश में होते तो आश्चर्य की यह रेखा और सुदूर तक विस्तीर्ण हो जाती। साला कहाँ पंडित जी योगमाया की डींगें हाँककर चले गये, आ कहाँ बउवा अपनी सकल संचित शक्ति

लगाकर भी सुबह तक ये अंदाजा भी नहीं लगा पाता कि शाम तक अभी भजन मास्टर के मुख से कितनी गालियाँ सुननी शेष हैं या अभी कितना पनही बउवा की किस्मत में दर्ज है। निद्रा की अवस्था में मुँह पर हल्की-सी मुस्कराहट तैर जाती। दिमाग पर अतीत के किसी विस्मृत स्मृति को सजीव करने की कोशिश करता, पर करमनासा शब्द के अक्षर किसी मोटी रेखाओं से उकेर दिये जाते। अपने जीवन का अब तक का सारा पुण्य प्रताप से जोर लगाता कि दिमाग को भटकाव दिये जाए, तब जाकर हलकी तस्वीरें उभरनी शुरू होतीं।

जनवरी का महीना शाम होते ही लगता जैसे आधी रात ढल गयी हो। पूरा गाँव सिवान में सियारों के मुँह से निकली आवाज़ें गूँजने लगतीं। उनके हुआँ हुआँ में एक खास अनुक्रम होता। एक सियार कहीं दूर से हुआँ की ध्वनि बहुत संगीतमय अंदाज में निकालता, फिर उसकी आवाज जहाँ तक पहुँच पाती वहाँ तक से ध्वनि का अनुनाद पैदा होता। धीरे-धीरे दूर से आने वाली आवाज़ें गाँव बस्ती के करीब होती जाती। कुछ देर में तो ऐसा लगता जैसे बैठक के चारों तरफ सियारों ने डेरा डाल दिया हो। एक दहशत का माहौल हो ज़ाता। इन्हीं आवाजों से डर के बचपन में कई बार मैंने मूत्र विसर्जन चौखट पर खड़े-खड़े ही कर लिया था, पर धीरे-धीरे मैं वय को प्राप्त कर चुका था, ऐसे में भजन मास्टर मुझे अक्सर ताने देते "का ससुर शेर की कोख से सियार पैदा हो गये हो। "

मैं उनके मुख की तरफ बहुत ध्यान से देखता "मतलब हद है खुद के मुँह मियाँ मिठ्ठू, भाई कहाँ से ई शेर लगते हैं।" फिर घर आकर आँगन की तरफ मिट्टी की दीवाल में चिपके हुए शीशे में अपना मुँह निहारता। मूछें भी आ रही हैं अब तो, फिर टी शर्ट की आस्तीन हलका ऊपर चढ़ाकर बाँहों को किसी बॉडी बिल्डर की तरह ऐंठकर देखता, उसे कसता, पर बाहर से उनमें कोई उभार जैसा तो नहीं हीं दिखता, जैसा अक्सर गाँव में लगने वाले वीसीआर में हीरो लोगों का होता था। अगले दिन से तुरंत आनन-फानन में दो ईंट बैठक पीछे रख लेता सँभालकर। फिर उसे दोनों हाथों से भाँजता। दस बार ईंट भाँजने के बाद जाकर एक बार फिर आइने में निहारता। अब मुझे बाँहों में कुछ उभार जैसा दिखता। मैं हथेलियों को दूसरे हाथ में कुहनी के ऊपर फिराता। लगता बल्लियाँ बन रही हैं। फिर मैं आत्मविश्वास से लबरेज हो भजन मास्टर की तरफ देखता। लगता अब भला बोल के देखें तो बताऊँगा कि शेर की कोख से सियार नहीं पैदा हुआ हूँ। अभी इस आत्मविश्वास को पैदा हुए कुछ दिन ही बीते थे। एक दिन

मैं बैठक से बाहर निकला, आराम से सफेद खारे जल की धार छोड़ते हुए ऊपर आसमान में तारों की तरफ देख रहा था। सात तारों का समूह, सतवहा तारा, आधा आसमान पार कर चुका होता। मन में खयाल आता ये सात महर्षियों के समूह हैं जो आसमान में दीप्त रहते हुए चक्कर काटते हैं ऐसा राय सर बताते हैं। लगता छोटे-छोटे टिमटिमाते तारे, कितना दूर होंगे न! राय सर बताते हैं कि सूरज धरती से कई गुना बड़ा है। ये तारे सूरज से भी कई गुना बड़े हैं। वैसे धरती कितनी बड़ी है आधा ऊँघते हुए सोचता रहता। जल की धार सूख चुकी होती। ओस से भीगी धरती पर कुछ फेन जैसा उठता फिर घास-फूस के अंदर विलीन हो जाता। दूर-दूर तक झींगुर की आवाज गूँज रही थी। साले बिते भर के होते हैं, आवाज तुर्रम खान टाइप की। पता नहीं किधर से इतना बोल लेते हैं। तब तक एकाएक जोर से आवाज किसी लहर की माफ़िक उठती"हुआँ-हुआँ-हुआँ s"। फिर दूर-दूर तक चहुँ-दिश यहीं आवाज गूँजती चली जाती। ताजा ताजा आया आत्मविश्वास काफूर हो जाता। मैं चीख पड़ता। पर सूखे कण्ठ से आवाज भी नहीं फूटती। गला फाड़ने में क्या-क्या फट जाता है, अंदाज लगाना मुश्किल होता। ठंड से पूरा बदन सिहर उठता पर पसीने के सोते पता नहीं कहाँ से फूट पड़ते। लगता सियारों ने सामूहिक हमला कर दिया है। थोड़ी देर बाद खुद को बैठक में पाता। राय गुरुजी कपार पर हाथ फेर रहे होते प्रेम से, आ भजन मास्टर साहब बरस रहे होते "बोले थे ससुर को कि शेर की कोख से सियार पैदा हुए हो, पर ना मानेंगे नहीं। अरे घर पर सोते, अपने माई का चोका पीते हुए पड़े रहते, पर ना इहाँ बाप का पेल्हड़ पीने आयेगे।"

राय मास्टर साहब समझाते "क्या बकबक करते रहते हैं चौबे जी, अरे बालक है डर गया, वैसे भी अब थोड़ा सँभल के जुबान चलाया करिए लड़का बड़ा हो रहा है।"

"तो क्या कपार पर चढ़ा लें, बड़ा हो रहे हैं तो हों न, पर ई त दिन पर दिन लाह की जुंजी बनते जा रहे हैं।" भजन मास्टर साहब रौ में थे।

यह पक्का बेइज्जती जैसा लगता। मन-ही-मन कसम खाता अब चाहे कुछ भी हो जाये डरूँगा नहीं...पर ई बात सही नहीं है कि हमें इतने ताने दिए जायें। पता नहीं किस जन्म का पाप किये थे कि इनके घर पैदा हो गये। राय सर पर मेरी श्रद्धा उमड़ आती। तब से मैं तभी बैठक में सोता था जब राय सर हों अन्यथा घर पर माई के पास ही सोना पसन्द करता था। तब जब राय मास्टर साहब आ गये थे

सो कोई संशय नहीं था कि मैं भी बैठक में ही सोने वाला था। पर शाम होते ही बैठक के चारो तरफ सियारों की तेज आवाज़ें गूँजने लगी थीं। पिंकिया ने कहा "क्या बउवा कैसे जाओगे अब, सियार सब तो बैठक घेर लिये होंगे।"

मैं चीख पड़ा था "देखो ज्यादे दाँत न चिहारो, हमको पता है सबको ठण्ड लग रही है इसलिए रो रहे हैं।"

"बहुत ज्ञान बटोर लिए हो, देखना सबेरे बिस्तर न सुखवाना पड़े।" बोलते हुए पिंकी ने एक लोटा गर्म दूध मुझे सौप दिया।

मैं लोटे का दूध हाथ में थामे गीत गुनगुनाते हुए बैठक की तरफ चल दिया।

"बसंती चमन में चमक जाला केहू, हो ऊमर अइसने ह बहक जाला केहू"।

भजन मास्टर अंदर से ही चीखते हुए सुनाई दिए, देख रहे हैं न राय साहब, ई हुजूर क्या गा रहे हैं, इन पर ज्यादा बसंती चमन सवार है; अभी कपार पर चार पनही छाप देंगे तो आप कहेंगे बारह साल के बाद लड़कों को नहीं मारा जाता। तो क्या कपार पर बैठा के शौच कराया जाता है? पढ़ाई-लिखाई नौ बाईस है, पर उमर की उमंग महसूस कर ले रहे हैं। अरे हम कह रहे हैं पूछ कौन रहा है बाभन-छतरी के लौंडों को, बस उमर के साथ बहकते जा रहे हैं। भजन मास्टर की भुनभुनाहट सुनकर मुझको लगा वापस हो लेते हैं, पता नहीं क्या चाहते हैं हमसे। कुछ भी करें हम तो इनको गड़बड़ ही लगेगा। पर खुद कौआ "क", छोड़कर और कुछ काहे नहीं पढ़ा लेते। पाँचवीं क्लास के लघुत्तम के सवाल लगाने को कह दो तो पसीना निकलने लगेगा, पर बेटा इनको आर्यभट्ट चाहिए। कहाँ से बन जाऊँ आर्यभट्ट, अपने न दूसरों को ताना देते हैं कि बोया पेड़ बबूल का तो आम कहाँ से होय। तो वहीं बात इनपे भी लागू होगी कि नहीं कि कौआ "क" की कोख से कभी आर्यभट्ट नहीं निकलते। अगर गलती से निकल भी गये तो इसमें आर्यभट्ट की खूबी होगी। पर इनको लगता है कि इनके झल्लाहट से आ पनही के डर से बउवा सुबह होते-होते पक्का कोई आर्यभट्ट की अनुकृति बन जायेगा। मन हुआ लोटे का दूध वहीं धनगा दें फिर वापस चले जायें। तब तक चहेटन काका खाँसते हुए बोले "का भजन, मतलब बउवा का बसंती चमन नहीं आयेगा तो तुम्हारा आयेगा, मतलब तुम क्या कम गुल खिलाए हो! अब बस भी करो नहीं तो हमको याद दिलाना पड़ेगा, अरे बच्चा है कुछ न कुछ गायेगा बजायेगा, अब अईसने सब गीत-गवनई ही चल रहा है तो वो राम भजन कहाँ

से सीख ले।"

मुझको थोड़ा हौसला मिलता। भजन मास्टर भी बाहर की चुप्पी से अंदाजा लगा लिये थे कि संदेश पहुँच गया है सो लगा फालतू में चहेटन काका को जवाब देने के चक्कर में अपनी कथा-कहानी खुलवा बैठे तो नाक कट जायेगी सो चुप हो लिये। रात गहराते ही राय मास्टर साहब अपनी कथा-कहानी शुरू कर देते। कहानी में पात्र होती वो शापित नदी जिसके बारे में यह किंवदंती है कि उसका पानी अगर हरे वृक्ष पर पड़ जाये तो वो भी सूख जाये। तो कथा जारी रहती। राज्य करते त्रयारुड़, अपनी जिद्द और कर्मों के चलते बड़वा पहाड़ी के आसपास के जंगलों में भटकते सत्यव्रत, नाराजगी में बादलों को दूर देश खींचकर ले जाते इंद्र, वशिष्ठ की गायों को मारकर वाल्मीकि के परिवार का भरण पोषण करते सत्यव्रत अंततः अयोध्या की गद्दी पर जा विराजते। फिर जिन्दा स्वर्ग जाने की जिद्द या राजनितिक तिकड़म उलटा लटके सत्यव्रत के मुँह से लार की नदी बह निकलती। राय सर कथा जारी रखते। तब तक चहेटन काका चिल्लम का जुगाड़ बनाने निकल लेते। भजन मास्टर खर्राटों से अलग ही शमा बाँधते।

एक मैं ही था जो थिर था। हालाँकि मुझे भी लगता कि पानी का सोता निकलने को अब तब हुआ है, पर मैं दबाये हुए बैठे रहता, रजाई में दुबकते हुए, करवट बदलते हुए। ऐसा नहीं था कि राय गुरुजी के कहानी में मैं ज्यादा तल्लीन हो चुका था बल्कि बाहर अकेले निकलने में फट भी रही थी। ऐसे में चहेटन काका जब जम्हाई लेते हुए कमर के पास लपेटे हुए चिलम, पुराने चिथड़ा को थामे भोले बाबा का नाम लेते हुए बाहर की तरफ चले तो मैं भी उठ खड़ा हुआ। चहेटन काका ने टॉर्च की रौशनी से बुझ रहे बोरसी में आग टटकोरा और फिर उसमें सुतली को गाँठ बाँधकर डाल दिया। मैं भी धीरे से बाहर की ओर चल दिया। बाहर ओसारी के ओरवान पार करते हुए मेरे पैर काँपने लगे। साला इसी भूमि पर कभी सत्यव्रत भी घूमे होंगे, कभी इंद्र और विश्वामित्र की कुश्ती हुई होगी। अब रात में डीहवार का पहरा होता है। धीरे-धीरे हिम्मत करके मैं आलू के खेत की तरफ कदम बढ़ाता और खड़े-खड़े सिंचाई का काम शुरू कर देता। मन में खिचड़ी के मेले में नजर आयी उस लड़की का चित्र गझिन हो जाता जिसके बालों का जुड़ा मुझे बया के घोंसले से खूबसूरत लगे थे। तब तक सामने खेतों में बनती एक आकृति गाढ़ी होती जाती। उसके चारों तरफ कुहरे के बादल लिपट जाते। कहीं ये लँगट बो तो नहीं हैं। अभी दो साल पहले ही तो लँगट बो जहर

खाकर मरी थीं, तबसे रोज आधी रात को सफेद साड़ी पहन के घूमती हैं। मैं जोर लगाकर पूरी ताकत से धार छोड़ता। साला रावण ने मूत्र से तालाब बना दिया, सत्यव्रत ने लार से नदी निकाल दिया, मैं कहीं मूत के सागर न बना दूँ। नीचे से उठता हुआ वाष्प मेरी आँखों पर छा जाता। सामने बनी अनुकृति और करीब आ जाती। तब तक दूर से हुआँ की आवाज गूँजती। ना...डरेंगे एकदम नहीं। पर एक ठण्डी हवा के झोंके के साथ रोंगटे खड़े हो जाते। लगता जैसे आत्मा सिहर गयी हो। मैं सागर निकालने का इरादा त्यागते हुए वापस मुहँ करता। तब तक धक्क से एक लाल गोला चमकता और धुआँ ऊपर की तरफ छल्ले बनाते हुए चल देता। डर से सोता फिर फूट जाता। काँपते हुए मैं अंदर भागता। ओसारी में जय शिव शम्भो कहते हुए चहेटन काका कश लगा रहे होते। मैं माथा पीट लेता। पर भीगे हुए पैंट का क्या करूँ? रजाई के अंदर घुसते हुए पैंट को खोलकर सिरहाने रखता। एक खारी गन्ध कमरे में घुल जाती।

"अरे भाई बउवा चौखट के पास ही कर लिये क्या, थोड़ा आगे चले जाया करो बाबु!" राय मास्टर साहब बोलते।

मैं सोचता पूरे खपड़ैल में चिलम की गन्ध घुली हुई है, पर चहेटन काका को ना बोलेंगे, इनको बउवा के मूत की गन्ध समझ में आ जा रही है। तब तक बाहर से जोर से आवाज गूँजती "लिहो-लिहो-लिहो, हई देखो, पूरा सिवान का जजात छोड़कर इनको काका की आलू ही मीठी लग रही है हई-हुल!"

चहेटन काका ने आज अपनी आलू बचा ली थी। नीलगाय के झुण्ड को पड़ोसियों के खेत की तरफ का रास्ता दिखाकर अंदर की तरफ आये।

"सब मैय्या च्चो सोये हुए हैं मेहर दबा के, जो कुँवारे हैं मुट्ठ मार के पड़े हैं आ सबकी खेत अगोरें बुढ़ापे में हम।" "हमारे इसपे नहीं गया, आलू होगा तो खाली हम ही थोड़े न खायेंगे।" चहेटन काका अपने मूत्र-विसर्जन स्रोत की तरफ इशारा करते हुए बोल रहे थे।

"ई ससुर भजन के दामाद वहीं आलू के खेत के मेड़ पर खड़ा होकर घण्टा पर मूते हैं पर बताये नहीं कि काका तुम्हारे खेत में नीलगाय पड़ी है।" चहेटन काका डण्डे के एक सीरे खोदते हुए बोलते, फिर अपनी कथरी में पैर घुसेड़ गर्माने लगते।

"बाबू करम का नाश कभी-कभी नया जन्म की तरह होता है। करम की

गठरी से लदी ये जिंदगी बोझिल होती जाती है। फिर क्या रिश्तों के नातों के, करमों के हिसाब में आदमी भूल जाता है खुद को। ऐसे में करमों को कृत्यों को सबको बहा आओ किसी करमनासा में, सच मानो मुक्त हो जाओगे आप। एक गट्ठर निकल जायेगा दिमाग के अंदर से, आप फिर से एक अबोध बालक होओगे अबोध! यह सदेह मुक्ति होगी। यह कोई गंगा नहीं दे सकती आपको, इसे सिर्फ करमनासा देती है कर्मनाशा। क्यों? जानते हो बउवा, क्योंकि गंगा सिर्फ कुकर्मों का नाश करती है अतः गंगा एक तरह से भेदभाव करती है। पर करमनासा कर्म कुकर्म दोनों में कोई भेद नहीं करती। समाहित कर लेती है दोनों को आपसे बाहर निकाल के और ले बहती है दूर उसी गंगा में उड़ेलने के लिए जिसने केवल कुकर्म निकालकर कर्मों का गट्ठर आपके कपार पर छोड़ दिया था। बउवा, करमनासा के तट पर खड़ा हर आदमी एक बालक होता है बालक जो करम-कुकरम दोनों से मुक्त होता है, एक नयी जिंदगी प्राप्त करते हुए।" राय गुरूजी पता नहीं क्यों कर्मनाशा को करमनासा बोलते, जैसे उनको भविष्य पता हो।

मुझको लगता कोई बहुत बड़ी बात कही है राय साहब ने, नींद में ऊँघते हुए, कोई ख़्वाब देखते हुए। मैं एक शिष्य की तरह उसे गुरुमंत्र की तरह सहेज लेता। हम जब कभी बड़े होंगे तो हम कर्मनाशा नहाएँगे, फिर कक्षा एक में मिट्टी का स्लेट पकड़े हुए उसे पानी से नहला देंगे। कर्मनाशा के तटों पर बैठे हुए हम फटे हुए बनियान में स्लेट को पोंछते हुए आराम से गुनगुनायेंगे "पाताल में का पानी पाताल में जो"। कर्मों का नाश मतलब फिर से कक्षा एक में जाना होता है न। तितली पकड़ के उसे फिर उड़ा देना, फिर उसे उड़ते हुए देखकर ताली बजाना। शायद भजन मास्टर इसीलिए कक्षा एक से ऊपर नहीं पढ़ाते हैं। मुझको नींद आ रही थी। सिरहाने से हल्की-सी ठण्डी हवा, साथ में खारा-सा गन्ध। बाहर से कोई चिल्ला रहा था "गज़ब का कोढ़ी है ई चहेटन ककवा भी, साला जब हाँक ही रहा था तो उधर दूर तक हाँक देता, लेकिन नहीं गाँजा फूँकने के बाद दम ही कहाँ रह जाता है।"

एक मंद मुस्कुराहट फिर से चेहरे पर फ़ैल जाती। लगता कि करमनासा जिंदगी ही यथार्थ है। कहते रहें भजन मास्टर जो कहना हो लेकिन करमों का नाश मतलब फिर से उस सुखद अबोध जिंदगी को पा लेना होता है, है न...यही तो बोले थे राय सर। तो बउवा करमनासा ही ठीक है, करम मुक्त बउवा!

बहाली और जिंदगी क्रमशः

बात तब की होगी जब बीसवीं सदी की अंतिम साँझ ढलने ही वाली थी और इक्कीसवीं सदी कहा जाने वाला वर्तमान सदी अपना सूरज लेकर पूर्व से उदित होने की तैयारी कर रहा होगा। हम तब अभी हाईस्कूल के विद्यार्थी ही थे। गाँव में समाचारों के पहुँचने के कुछ गिने-चुने साधनों में से एक रेडियो सेट हुआ करता था। टेलीविजन वगैरह के दर्शन कभी-कभार हुआ करते थे-यथा शादी-बरात में जब वीसीआर आता या किसी अमीरजादे का विवाह होता और विदाई में एक टीवी मिल जाती, जिसका मूल काम सजावट की तरह एक टेबल पर पड़े रहकर समाज में उसका स्टेट्स ऊपर करना, जिसके घर उसे पड़े रहने का ठौर मिलता। बिजली के अभाव में बैटरी से चलने वाले ब्लैक एंड व्हाइट टेलीविजन भी शनिवार रविवार में किसी दिन विशेष मौके पर ही चलते, जब कोई बैटरी रिचार्ज करा कर लाता। तब पूरे आँगन में मजमा जुट जाया करता था। सो एक बेचारा रेडियो ही था जो हर हाथ में होता और कभी गीत-संगीत तो कभी समाचार का वाचन करता रहता। कुछ रेडियो तो बस चौबीसों घंटे ऑन रहा करते थे। बस कुछ भी अंट-संट अरबी-फ़ारसी-तमिल-तेलगु आता रहे, सुनने वाले भाषा बोली के बन्धनों से मुक्त हो सुनते रहते। तब अक्सर भजन मास्टर के बैठक में लोगों की महफ़िल जमा करती थी। रेडियो पर तब तक समाचार उद्घोषिका सुदूर कश्मीर की पहाड़ियों में छिड़े किसी जंग का उद्घोष करती। एक नये जोश से समूह लबरेज हो जाता। चहेटन काका अक्सर बोलते कि नहीं सपर रहा है तो हमहीं को भेज दें, साला यहीं छिकुनी पाकिस्तान के पिछवाड़े में डालकर मुँह से निकाल लूँगा। वो भी और गाँव वाले भी बहुत नाराज थे कि साला पाकिस्तान अंदर तक घुस आया आ इहाँ प्रधानमंत्री जी पता नहीं कहाँ का धैर्य दिखा रहे हैं। भजन मास्टर गरियाते कि साला कविता से युद्ध नहीं लड़ा जाता, युद्ध वीरता से लड़ा जाता है, ई फैसला स्वीकार नहीं हमको।

तो राय साहब धैर्य बंधाते "अरे भाई भजन गुरूजी ई सब इतना आसान

थोड़े न होता है अंतर्राष्ट्रीय राजनीति में कि जहाँ मन हुआ घुस गये, उहाँ कोई कमजोर आ बलवान नहीं होता; कोई बड़वा गाँव आ ठाकुर गाँव की लड़ाई तो है नहीं कि अंदर घुस गये बेधड़क आ मार पीट के आ गये। उहाँ तमाम समीकरण साधने पड़ते हैं नहीं तो दाँव उलटा भी पड़ सकता है।"

"तो इनसे तो ठीक इन्दिरवा ही थी न, घुस गई पकिस्तान के अंदर आ तोड़ के बना दी बांग्लादेश। औरत होकर भी जबर निकली। का उसको नहीं साधना रहा होगा ई समीकरण।" भजन मास्टर टेक लेते।

"अरे भाई तब... तब का समीकरण साधना था। तब सोवियत यूनियन था, उसे अकेले साधकर आप दुनिया को बैलेंस कर सकते थे। इंदिरा ने साधा था उसे। अमेरिका किचकिचा के रह गया था। निक्सन दाँत पीसते रहे, चीन दर्शन पढ़ाता रहा, पर सोवियत खड़ा रहा इंदिरा के साथ। तब दोनों के पास एटम बम भी नहीं था। आज परिस्थितियाँ अलग हैं, सो आज... आज वाला समीकरण साधना है। जितना मिला है उसे विजय ही समझिए। यह सेना का शौर्य है।" राय गुरूजी समझाते, हम भी जोर लगाकर सुनते।

थोड़ी-थोड़ी बात समझ में आती। राय गुरूजी का दिया गया नारा भी जो उनके अनुसार कभी १९६२ की लड़ाई में दिया गया था "इस दुनिया के तीन कसाई, निक्सन-याहिया-चाऊ उन लाइ।"

ये निक्सन इसी तिकड़ी के भाग थे जो हिंदुस्तान के खिलाफ था। पता नहीं, मुझे न तब पता था न आज है। मुझे बस एक बात समझ में आयी थी-वो ये कि राय गुरूजी ने बोला कि बउवा का भी देह-धजा सहिए गठित हो रहा है, मेहनत करेगा तो बड़े आराम से फ़ौज में चला जायेगा। भजन मास्टर हामी भरते हुए बोलते कि अगर बउवा फ़ौज में गया तो मेरा मूँछ समाज में ऊपर हो जायेगा, मैं भी आइने के सामने जाकर अपना शरीर निहारता और सोचता चलो कहीं और से भले कमजोर हूँ पर देह-धजा से तो मजबूत तो हूँ ही। तब तक चहेटन काका बोलते "आजकल के लड़कों को रह कहाँ गया है देह में माटी लपेटने का शौख। नहीं तो हमलोगों का जमाना था जब तक अखाड़े में कान न फट जाये जवानी आयी मानी ही नहीं जाती थी। अरे जवानी त धातु से है न, आ देह में धातु नहीं त जवानी नहीं। आजकल के पट्ठों को देखिए, डाड़ पर बेल्ट बाँधेंगे आ मुँह में पुड़िया, कंधे तक बाल झुलाते हुए चल देंगे, जैसे कोई मेहरिया।"

सब होहो करके हँस पड़ते। राय गुरूजी बोलते "अरे नया फैशन है काका।"

"नया फैशन नहीं काका का फोद है, ससुर देह में जान रहेगा तब न फैशन करेंगे; देह टिटहरी हुई जा रही है आ गाँड़ फैशन में फट रहा है। अरे राय साहब जब तक सुबह उठ के पाँच किलोमीटर चौकड़ी मार के बीस ठो डण्ड नहीं पेल लिया तब तक जवान काहे का, फैशन त उसके बाद की बात है न!" काका बमक जाते।

मेरे सामने मेरा बीता वाकया सजीव हो जाता। मुँह में कुछ खट्टे-मिट्ठे द्रव भर जाते और अब तक जग रही जिज्ञासा के भाव का परिवर्तन वितृष्णा के एक अजब से भाव में हो जाता।

तब तक राय गुरूजी बताते "कसरत तो जरूरी चीज है वैसे भी। बिना मिट्टी और पसीना के शरीर में तमाम तरह की गुप्त व्याधियाँ तो पनप ही जाती हैं। आ ये भी सही है कि कसरत और दौड़-धूप के साथ फ़ौज में जाने का, देश के लिए लड़ने का मार्ग भी प्रशस्त होता है।"

मुझे बात मार्के की लगती। सबसे ज्यादा मार्के की बात इसमें ये होती कि कसरत से गुप्त व्याधियाँ खत्म होती हैं, माटी से धातु पुष्ट होता है।

इस तरह श्री नेहरू उच्च विद्यालय में पठन-पाठन और मेरी शिक्षा-दीक्षा चलती रहती...साथ में मेरा शनैः शनैः बड़ा होना भी। इन सबके बीच में जो बढ़ता जाता वो था मैगजीन जो, सस्ते में सरस्वती पुस्तक भण्डार पर उपलब्ध होती उसकी लत, राय गुरूजी के किस्से और धीरे-धीरे मीठी सुपारी की जगह तम्बाखू युक्त सुपारी की लत। रोज सुबह उठकर सड़क की तरफ जाना, सड़क के किनारे अक्सर नंगे पाँव दौड़ने की कोशिश, फिर पुश-अप्स, बैठक में दो गोल के ऊपर बँधे बाँस से बीम खींचना, लम्बी कूद, ऊँची कूद, फिर माटी उठाकर हाथ-पाँवों में रगड़कर मिलने वाला संतुष्टि का भाव। सब मिलाकर एक ख्वाब भी विकसित हो रहा था। वो ख्वाब था वर्दी पहनने का ख्वाब, फ़ौज में जाने का ख्वाब। क्योंकि जितना मैं अपने पास-पड़ोस और परिवेश से सुनता, यही प्रतीत होता कि कोई और नौकरी तो मिलने से रही, सो मिला-जुलाकर एक ही नौकरी थी जो सुनाई देती कि अलनवा का लग गया, फलनवा का लग गया, वो थी सिपाही की। किसी ने शायद ही कभी हमें बताया हो कि सिपाही छोड़कर साहब कैसे बनते हैं। इस ख्वाब को जगाने में कश्मीर की पहाड़ियों में लड़ी गयी उस

लड़ाई ने भी योगदान दिया था। उन चंद महीनों तक मेरी मैगजीन भी वर्दीधारी फौजियों से, रंगबिरंगे तोपों से, उड़ते लड़ाकू विमानों से भरी होती थी। गाँव के चौपाल पर, बैठक पर रोज चकल्लस होती। इन फोटुओं में एक अजब-सा आकर्षण होता। लड़ाकू विमान, हेलिकॉप्टर, दुश्मनों के छक्के छुड़ाती बोफोर्स तोप, वर्दी और तमाम तरह के हथियारों से लैस सेना के जवान, सब खींचते अपनी तरफ...यहाँ तक कि तिरंगे में लिपटे शव भी कोई मुर्दा से भाव से ग्रस्त न लगकर एक जीवंत कहानियों से लगते। मैं कई बार सोच में डूब जाता और कल्पनाओं में देश का सिपाही होता। तोपों में गोले भरता मैं, हथगोले फेंकता मैं, दुश्मनों का बंकर उड़ाता मैं अंततः अपनी कल्पनाओं में तिरंगे से लिपट जाता। मेरे भावों को आप बस इतने से समझ सकते हैं कि उन दिनों सहज सलिल में छपने वाली प्रश्नोत्तरी और रंगीन फोटो मेरे लिए महत्त्वपूर्ण नहीं रह गये थे बल्कि शुरुआत में छपने वाली फोटुएँ और सैन्य दास्तान मेरे ख्वाबों में कहीं-न-कहीं जगह पा चुके थे।

सब मिलाकर अतीत के वो दौर, वर्तमान और मन के अन्दर पनपे हुए ख्वाब और भजन मास्टर के तानों से निजात पाने की जिद्द, इस करमनासा बन चुके बउवा को एक अभिप्रेरणा प्रदान करती। पैरों में उभरे कचट को देशी बबूल के काँटों से निकाल फेंकता, फटी हुई बेवाइयों के दर्द को गुदगुदी के एहसास में बदल डालता। फिर बेतहाशा भागता सड़क के बीचोंबीच, पहाड़ी के किनारे, लम्बी कूद में पंद्रह फीट की लाइन पार कर जाता, पर ऊँची कूद में रस्सी के ऊपर मूलाधार लटक जाता। तब नरपत मुझे हवा में कमर मोड़ के कलटिया मारना सिखाता। पोली हुई मिट्टी पर सीधे गर्दन के बल जा उठँगता...लगता बस बची-खुची हसरत भी लगे हाथ पूरी हो गयी। नरपत की तरफ गुस्से से देखता। वो हँसता हुआ मुझे पीठ के बल लिटाकर पास में पनपे हड़जोड़ की पत्तियों से गर्दन का मसाज करता। उठते हुए आँखों के समक्ष अँधेरा छा जाता। लगता बस बउवा हो गया तेरा, आखिर में शाप तो लगता ही है न! मुझे लड़खड़ाते देखकर कई लोग हँसने लगते। तब तक नरपत आकर संवेदना के साथ हाथ थामता।

"पहिले हमको देखो भाई जी ध्यान से; नीचे आते समय पीठ आने देना है, गर्दन को मोड़कर ऊपर कर लेना है।" बताते हुए वो एक बार फिर साढ़े छह फीट की ऊँचाई सहजता से डाँक जाता। अपनी लम्बाई से भी छः इंच ज्यादा फाँद जाना कोई मजाक तो नहीं ही है। मैं पूरा ध्यान लगाकर सीखने-समझने की

कोशिश करता, पर गर्दन से उठ रही लहर मेरी हिम्मत का संज्ञा हरण कर लेती। मैं मुँह लटकाकर लगभग हार स्वीकारते हुए वापस होने लगता।

नरपत लगा रहता मुझे सिखाने में। पता नहीं इस प्रक्रम में उसकी अभिप्राप्ति क्या होती, पर मेरे मन में उसके प्रति लगाव विकसित हो जाता, जब वो संस्कारशाला में मेरे हाथों में आये हुए चिल्लम को छीन लेता, फाड़ते हुए पुड़िया को लेकर दूर फेंक देता।

"भाई जी इसको कम करिए नहीं तो फेफड़े की ताकत कम हो जायेगी, दौड़ निकालने के लिए, दर्जन भर बीम खींचने के लिए फेफड़े में ताकत की जरूरत होती है।" नरपत मुझे समझाता।

मुझे उसकी बातें कितनी समझ में आतीं नहीं पता, लेकिन एक बात जो शनैः शनैः विकसित हुई थी वो यह कि मैनें नरपत के सामने धीरे-धीरे पुड़िया खानी छोड़ दी। चिल्लम फिर मैनें कभी नहीं पकड़ी और धीरे-धीरे उसके दिये हिम्मत के कारण इंटर पास करते-करते साढ़े चार फीट से लेकर पाँच फीट तक मैं भी डाँकने लगा था। इस तरह गाँव में एक नयी जोड़ी बहाली अटेंड करने के लिए तैयार हो गयी थी।

***

ले-दे के मैं इंटर पास कर गया था। पिंकिया, पिंकी कुमारी से कुल खानदान के रवायतों के अनुसार पिंकी देवी बनकर बिदा हो चुकी थी। भजन मास्टर का ले-देकर जीवन का अब एक ही उद्देश्य बचा था, वो यह कि उनका इकलौता लड़का शिवबाबू चौबे अर्थात मैं बउवा भी कहीं न कहीं सेटल हो जाये। हमारे सपोर्ट में कभी-कभार खड़े हो जाने वाले, मिला जुलाकर हमारे जीवन में जिन्होंने थोड़ा बहुत ज्ञान जिसने दिया था वो राय मास्टर साहब रिटायर्ड होकर वापस अपने गाँव नगर की तरफ जा चुके थे। श्री नेहरू उच्च विद्यालय में कभी सहपाठी रहे गाँव-जवार के साथी मित्रों से मुलाकात अब कोई विरल-सी घटना हो गयी थी। खैर जाते-जाते राय मास्टर साहब ने भजन मास्टर के मोटे खोल वाले दिमाग में कुछ गूढ़ बातें तो डाल ही दी थी...उनमें से ही एक बात ये भी थी कि मास्टर साहब अब वो जमाना नहीं रहा जब बाप होना ही अपने आप में इज्जत पाने के लिए काफी होता था; वैसे भी शास्त्रों में लिखा हुआ है कि पूत जब जवान हो जाये तो उससे सखा की तरह व्यवहार करना चाहिए। तो कुल मिला-

जुलाकर निचोड़ यह है कि ये कुछ भी अंट-संट बोल देने वाली आदत पर थोड़ा लगाम लगाइए। बउवा अब सेयान हो गया है, क्या पता कल को गुस्सा के कुछ उलटा-पुलटा ही कर दे, भा कुछ जवाब ही दे दे तो इज्जत आपकी ही जायेगी।

"अंट-संट वो करे आ हम बोलें भी न ये कहाँ का न्याय है मास्टर साहब; अरे हम बोलते हैं तो उन्हीं साहब की भलाई के लिए न बोलते हैं। अरे दो पैसा पायेंगे तो अपनी मेहर को सिंदूर बिंदी लाकर देंगे, अपने बाल-बच्चे का देखेंगे... भजन का क्या, सरकार की नौकरी किये हैं, अंतिम साँस तक सरकार झोला भर कर देती रहेगी।" भजन मास्टर राय मास्टर साहब की बातों को समझते हुए भी अपनी वाली रख ही देते।

"ठीक है चौबे जी ठीक है ये सब, पर आदमी को जमाने के हिसाब से चलने आना चाहिए। देखिए एक बात तो साफ़ ही है कि बउवा में न कोई ऐसी क्षमता है कि वो जज कलक्टर बन जाये, न यहाँ कोई ऐसा माहौल, न आपने, हमने ऐसा कुछ किया ही है। ऐसे में आज के समय में लड़का अगर कुछ भी दो पैसा जीने कमाने भर पा जाये तो ये मामूली मत समझिएगा। लाख दोष है लड़के में,पर कुछ गुण भी हैं। आ जमाना तो बैठा है दोष देखने के लिए न, तो आप गुण देखिए। गुण यह है कि बउवा में जिद्द है, मेहनत कर रहा है जज्बे के साथ, बड़े बुड्ढों की इतनी इज्जत तो करता है न कि मुँह पर कभी कुछ उलटा-पुलटा जवाब नहीं देता। देह-धजा ठीकठाक बन ही गया है तो वो अपना कर्म कर रहा है। आप भी जेब थोड़ी मजबूत रखिएगा...जहाँ जैसे बन पड़े, ले देकर बना लीजिएगा। नहीं तो ये जमाना हरिश्चन्द्र बनने का नहीं है, समझ रहे हैं न?" राय मास्टर साहब बोलते।

"हम अपनी तरफ से उठा नहीं रखेंगे मास्टर साहब, लेकिन एक गुजारिश है, इतना दिन आप साथ में रहे अब आपसे क्या अलगाव, घर-परिवार के ही आदमी हो गये हैं तो देखिएगा, अगर कहीं कुछ जुगाड़-वुगाड़ हो तो नजर में रखिएगा बउवा के लिए, बाकी मास्टर साहब हम भी तो मानते ही हैं उसको; अब कुछ बोल देते हैं तो क्या करियेगा, बचपन से ही ये साला जुबान ही ऐसा बन गया है।"

राय मास्टर साहब हँसने लगते। एक भावभरी विदाई राय मास्टर साहब को फुलवरी, मोछी की कच्ची रसोई खिलाकर की जाती।

भजन मास्टर सच में काम भर के बदल जाते। उनकी मेरे प्रति सदयता कई बार मुझे ही बनावटी लगने लगती।

बीए में नाम लिखवाने के साथ ही हम एनसीसी भी ज्वाइन कर लेते। एनसीसी कैडेट्स की वर्दी पहनकर कभीकभार जब कॉलेज ग्राउंड में पीटी परेड्स करते तो सीना फख्र से चौड़ा हो जाता। एनसीसी वाला उस्ताद बोलता कि चौबे वर्दी जमती है तुम पर, तुम सेना में चला जा अच्छा रहेगा। उसका बोलना मुझे अच्छा लगता, पर नरपत का चाहते हुए भी कॉलेज में नाम न लिखवा पाना क्षुब्ध करता मुझको। नरपत बोलता कि का करेंगे बीए करके जबकि बहाली के लिए तो मैट्रिक ही काफी होता है।

कॉलेज से वापस आते समय गुमटी पर तरह-तरह की भर्तियों के विज्ञापन टँगे दिखते-"रेलवे में गैंगमैन, ट्रैकमैन की बम्पर भर्ती", "आठवीं पास के लिए नौकरी का सुनहरा मौका", "आयुध कारखाने में बम्पर भर्ती-योग्यता दसवीं पास", मेरी नजरें बस भर्तियों के इन पोस्टर्स के इर्द-गिर्द भटकती रहती। तब तक कोने में एक तरफ लगे पोस्टर्स की तरफ बच्चों की भीड़ दिखती। मेरी नजरें वहीं जाकर अटक जातीं। "सेना में भर्ती होने का शानदार मौका, गया में रैली बहाली" आँखों में एक ज्योति-सी जल उठती। तुरंत दुकान पर से दो फॉर्म खरीदता, बाहर फैली हुई तरह-तरह की पत्रिकाओं में से 'सहज-सलिल' पत्रिका लेकर चलते बनता। 'सहज-सलिल' के कवर पर छपी हुई युवती और उसके होंठों के रंग जैसे जाने-पहचाने से लगते। होठों पर चढ़े हुए बैजयंती की पंखुड़ियों वाला रंग...बरबस ही दिव्यवा याद आ जाती। रास्ते में भजन मास्टर की कृपा से प्राप्त एवन साइकिल पहेटते हुए नजर के सामने नरपत का चेहरा चमक उठता। घंटे भर के अंदर ही गाँव के संस्कारशाला के पास स्टॉप लेता। ताश की पत्तियाँ और गप्प लड़ाते हुए लोग, पकौड़ियाँ तलता हुआ राजू, पन्नी से प्लास्टिक के गिलास में कुछ निकालते हुए एक-दो परिचित चेहरे।

"अरे आइए आइए बउवा जी, बहुत जम रहे हैं भाई इस वर्दी में, बहाल हो गए क्या?" राजू चहकते हुए बोलता।

"अरे नहीं भाई ई एनसीसी का ड्रेस है।" तुरंत एक पुड़िया फाड़ते हुए मुँह में भर लेता।

बगल में टेप रिकॉर्डर पर गीत बज रहा होता "अंगूरी घीउवा में छउ चाही,

कुछउ ना चाही, हमके हउ चाही।"

तब तक विष्णु कोच आकर रुकता। बधावन काकी, अपनी बहू के साथ विष्णु कोच से बड़वा गाँव के सिवान की धरती पर पैर रखतीं और इस गीत के "हउ चाही" वाले आवाज के साथ ही पास में ताश खेलते, सुरा सेवन करते हुए युवक मंडली के हाथ और अँगुलियाँ चतुर्दिक उठकर "हउ चाही" वाला आवाज निकालते हुए हर्षित ध्वनि निकालती।

बधावन काकी गाली देते हुए, शाप देते हुए निकल जातीं।

"पता ना का जमाना आ गया है, न लाज है न शरम, न बोल है, न गीत, बस यही छिनरी-बुजरी को भजन बना डाले हैं, आग लगे इस बाजा को।"

"ई कवन है रे बउवा? बधवना की बहू भी माल है माल, क्या टनाका चलती है आय हाय।" ताश पार्टी से कोई आवाज लगाते हुए पकौड़े की जुगाली करता।

मैं चारों तरफ नरपत के तलाश में नजर दौड़ाता। आखिर वही तो था जो बोला था जाते समय कि भाई कॉलेज से आते समय एक बार 'विज्ञापन सेंटर' पर फॉर्म-वार्म देखते आना।

तब तक नरपत आकर खड़ा हो जाता। पिछले शिवरात्रि में गुप्तधाम तक काँवर लेकर जाते समय जोगिया रंग का जो हाफ पैंट आ गंजी ख़रीदा था सो तब से वही उसका ड्रेस हो गया था। पैंट कई जगह से फट चुका था और गंजी में जैसे चूहों ने शरारत में छेद बना डाला हो।

"चलो भाई उधर चलते हैं, इहाँ की महफ़िल ठीक नहीं है अभी।" नरपत बोलता।

"का रे मैया च्चो गुदरिया का औलाद, क्या बोला रे कि यहाँ की महफ़िल ठीक नहीं है।" तब तक अंदर संस्कारशाला से आवाज आती।

"अरे ना चाचा, हमलोग बस आपस में बतिया रहे हैं।" मैं सँभालता।

"हाहाहा, अच्छा भजन भौजी वाला टिटहरी भी साथे है।, जाओ बउवा जाओ तुमलोग।" तब तक उसी महफ़िल से एक तीसरा इशारा करता। गुस्सा तो मुझे खूब आता, पर पता था कि यह सनातन चीज है जो यहाँ स्थापित हो चली है। आगे बढ़ते हुए एक बार दीवाल पर पड़े शिलापट्ट की तरफ नजर डालता

"विकास पुरुष, माननीय सांसद, श्री........ जी के सांसद विकास निधि से निर्मित" "यात्री विश्राम गृह"। अन्दर बैठे यात्री, दूर धूल उड़ाते हुए जाता विष्णु कोच और साइकिल का हैंडल पकड़कर नरपत के साथ गया बहाली अटेंड करने जाने का प्लान बनाते चलते हम और विश्राम गृह के पास खड़ा बरगद का पेड़, चूल्हे पर चढ़ी हुई चाय की केतली, यही उस शाम का दृश्य होता। इस चित्र में रंग भरता नरपत का जोगिया रंग का परिधान, जो मिट्टी की मुहब्बत में और शाम के सूरज की लालिमा में घुलकर अलग ही रंग ले चला था।

* * *

भभुआ रोड स्टेशन अर्थात मोहनियाँ स्टेशन का भोंपू एक मधुर और तय आवाज में आवाज लगाता कि मुगलसराय से चलकर सासाराम, डिहरी, गया होते हुए को जाने वाली पैसेंजर गाड़ी अब से थोड़ी ही देर में प्लेटफॉर्म क्रमांक एक पर आने वाली है। हम हड़बड़ी में इधर उधर देखते और यह सुनिश्चित करते कि जिस प्लेटफॉर्म पर हम बैठे हैं वो एक नम्बर ही है। आवाज दुबारा तिबारा से आती। एक ही आवाज एक ही तरह से। कितनी ट्रेंड लड़की होगी न, नहीं तो यहाँ हम खुद का नाम दस बार में दस रंग से ले डालते हैं। मैं दिमाग पर जोर डालता, लगता कि यहाँ से लेकर मुगलसराय, बनारस सब जगह से जो भोंपू में आवाजें आती हैं एकदम हूबहू एक ही तो होती हैं। साला कमाल है, एक ही तरह से बोलने वाली इतनी लड़कियों को ये लोग कहाँ से भर्ती कर लाते हैं। सोचते हुए घर से मिले हुए लिट्टी पर हम टूट पड़ते। जिधर तक नजर जाती उधर तक कंधे पर बैग, झोला टाँगे, तरह-तरह के परिधानों में बस लौंडों का ही हुजूम दिख रहा था। कोई हजार दो हजार लड़के तो खाली भभुआ रोड स्टेशन पर ही दिख रहे हैं। रास्ते में पड़ने वाले कई सारे स्टेशन और सब जगह ट्रेन में सवार होते इतने ही लौंडे, साला ट्रेन में तो पिन रखने की भी जगह नसीब न हो, देह कहाँ रखा जायेगा।

"भाई जल्दी से निपटा लो, ट्रेन आते ही जैसे-तैसे कोशिश करके अंदर कर लेना है। एक बार सवार हो जाओ तो जगह बन जाती है। सो जो डब्बा सामने मिले, बस उसी में देह घुसाड़ लेना।" नरपत मुँह में एक लिट्टी समूचा निगलकर पगुराते हुए बोलता।

मेरी नजर उसके पैर में पड़े चप्पलों की तरफ जाती। चप्पल और पैर के संघर्ष में पैरों ने चप्पल पर अपना लगभग अमिट निशान छोड़ दिया था। संघर्ष

में पैरों के सफलता का लेवल इतना था कि एड़ी और पंजे के पास से चप्पल इस्तीफा देकर मोक्ष प्राप्त कर चुका था, अब शेष स्थान से ही चप्पल-चप्पल था बाकी जगह से वो पैर से लगभग अभिन्न-सा हो गया था। मैनें नरपत के मुँह की तरफ देखा, एक अजब आत्मविश्वास के साथ वो कंधे पर मेरा बैग और हाथ में अपना झोला सँभाले खड़ा था, जैसे ट्रेन आते ही वो हवा के वेग से जगह लूट लेगा। मैनें अपने चारों तरफ नजर दौड़ायी। युवकों का हुजूम, सबके अपने- अपने किस्से, अपने-अपने अनुभव, पर सबके चेहरे पर एक उम्मीद भरी चहक। सबका गंतव्य लगभग एक ही था-गया में होने वाली रैली बहाली। सबके पैरों में पड़े जूत्ते-चप्पल उनके संघर्षों के दास्तान थे। मुझे पता था आज जो परिधान इनके देह पर है, यही अधिकांश के एकमात्र और सर्वश्रेष्ठ परिधान थे। मेरे पैरों में पड़े गोल्डस्टार के नये जूते, नरपत के पैरों के चप्पल के साथ मेल तो कतई नहीं खा रहे थे। मैनें मन-ही-मन हिसाब लगाया कि कुल पाँच सौ रुपये मुझे इस रैली बहाली को अटेंड करने के लिए मिले हैं, अगर मिला-जुलाकर डेढ़ सौ भी बचा लिया तो नरपत के पैरों में भी एक पीटी शू तो आ ही जायेगा।

तब तक स्टेशन का भोंपू फिर बजता और एक हड़बड़ाहट से भरी डाँटती हुई आवाज कानों में गूँज उठती "पैसेंजर प्लेटफॉर्म क्रमांक एक पर आ रही है। यात्री लोग अपना-अपना स्थान ग्रहण कर लेवें।"

"साला वो लड़की जब बोल ही रही थी कभी से तो ई भाई साहब कहाँ से डरवाने चले आये।"

"अरे उ लड़की नहीं भाई कम्प्यूटर बोलता है।" नरपत मुस्कुराते हुए समझाता।

तब तक हॉर्न बजाता हुआ पहले से ही हाउसफुल पैसेंजर मंथर गति से आगे की तरफ बढ़ता। नरपत ट्रेन के साथ ही, ट्रेन की गति से मुझे इशारे करते हुए तेजी से दौड़ पड़ता। मैं जब तक समझ पाता, तब तक वो ट्रेन के अंदर होता। मैं बस डब्बे के साथ साथ आगे की तरफ तब तक दौड़ता, रहता जब तक ट्रेन खड़ी नहीं हो जाती। ट्रेन के अंदर से बाहर आने वाले बाहर की तरफ धक्का लगाते और सवार होने वालों का अपना ही प्रेशर उलटे दिशा में होता। भीड़ आपस में रस्साकशी खेलने लगती। तब तक किसी की नैतिकता जागती और भीड़ इस बात पर एकमत हो जाती कि पहला हक़ उतरने वालों का है। कई लोगों का झोली बोरी हम दरवाजे के पास से खींच-खिंचवा के नीचे करते, पर ट्रेन के अंदर से इतने लोगों के उतर आने के बाद भी रत्ती भर भी जगह न बनती। दरवाजे

तक धान की बोरी में भरे धान की तरह ठुँसाये लोग, बड़वा गाँव के विष्णु कोच से भी जबर भीड़। लेकिन मैं भी बरम्ह बाबा को सुमिर के जैसे-तैसे पावदान पर लटक लेता। सवार होने वाले दबाव बनाते और पता नहीं कैसे हम ठूँसाते हुए डब्बे के अन्दर तक पहुँच जाते। पूरा शरीर अपने होने-न-होने के एहसास से मुक्त हो जाता, बस नाक था जो साँस खोजने के प्रयास में मुँह को ऊपर करके डब्बे में बचे हुए थोड़ा बहुत प्राणवायु को बटोरता। लोग बोलते अरे घबराओ मत, ट्रेन चलेगी सब नॉर्मल हो जाएगा। हमें लगता अगर ट्रेन न भी चले तो क्या फर्क पड़ना है। खैर ट्रेन के डब्बे हिलते, झटका देते और ट्रेन चल पड़ती। पूरा डब्बा बजरंग बली की जय के जयकारे से गूँज उठता। ऐसा लगता जैसे हम सब किसी धार्मिक यात्रा पर निकले हैं। अभी तक की मची हुई खींचतान और धक्कमपेल शांत हो जाता। सब एक-दूसरे से भाईचारा निभाते हुए जगह बनाने लगते। साला हिंदुस्तान की एकता और वैविध्य अगर देखना हो किसी को न तो पैसेंजर ट्रेन के डब्बे में कभी सवारी करके देख लीजिएगा एकदम जीवंत एहसास होगा यह।

"थोड़ा सा ये वाला पैर उधर कर लो, हाँ बस देखो तो अब जगह बन गयी।" "भाई साहब आप ये झोला वहाँ उपर बाँध दीजिए।" "थोड़ा सा इस साइड में खिसक जाइए।" "अरे खिसकिए तो।"

बस ऐसे ही कुछ शब्दों के साथ समझौते चलते रहते, ट्रेन आगे बढ़ती रहती। तब तक अंदर सामान रखने के लिए बने टाँड़ पर सवार नरपत आवाज लगाता। पब्लिक सहर्ष भाव से रास्ता दे देती। कुछ लोग हमारी अच्छी किस्मत का उलाहना देते तो कुछ हरामखोर बाद में आने वालों के लिए जगह बनाने हेतु नरपत की कार्यवाही को सदी का सबसे बड़ा अन्याय घोषित कर देते। तब तक ट्रेन झटका लेकर रुक जाती। एक रेला अंदर आने के लिए तैयार हो जाता। अंदर वाले पूरी एकता से किसी भी बाहरी अतिक्रमण से सुरक्षा के लिए तैयार हो जाते।

अंदर किस्से-कहानियों का दौर चलता रहता। चाचा नेहरू से लेकर, महात्मा गांधी तक, इंदिरा से लेकर अटल तक कौन नहीं आता इन शाकाहारी सर्वाहारी कहानियों की जद में। इन किस्सों की बुनावट कुछ ऐसी होती कि पूरा डब्बा जो सिर्फ और सिर्फ लौंडों से भरा हुआ था, हँसी के फव्वारों में डूब जाता। फिर अनुभवों को बयान करने का दौर चलता। जो चित्र मानसपटल पर बनते

वो भयावह टाइप के होते, पर मन में एक रोमांच भी पैदा करते। एक साथ दौड़ते पाँच सौ हजार की भीड़ और आर्मी वालों की घड़ी में तेजी से भागता समय। सब बताते कि कहने को तो छ: मिनट में सोलह सौ मीटर का दौड़ होता है, पर साला पाँच मिनट का टाँका पार किया कि रस्सी गिरा दी जाती है। पाँच बीम मारो तो एक गिनते हैं सब साले...ऊपर से लम्बी कूद, पन्द्रह का बारह अरे वो मीटर वाले फीते से नापें तब न जान पायें साले किलोमीटर वाला फीता निकाल लाते हैं। खड़े होकर फुलाए जा रहे हैं सीना आ साला कस के पकड़ा हुआ टेप खिसक ही नहीं रहा है। पाँच सेंटीमीटर का सीने का फुलाव मीटर बराबर लगने लगता है। मुँह में साँस भरने के चक्कर में गाँड़ से पाद निकल आता है, पर साला उनके मापनी में तीन सेंटीमीटर भी बमुश्किल ही पहुँच पाता है। सबके अपने-अपने अनुभव होते और अपने अनुभवों को दूसरे के अनुभवों से ऊपर रखने के चक्कर में कई बार तर्क-कुतर्क और चुनौतियों का दौर भी चल निकलता। ऐसे में अनुभव के आधार पर जनसमुदाय फैसला सुनाता। दोनों पक्षों से लोग जानना चाहते कि कितना बहाली किसने अटेंड किया। जिसने ज्यादा किया उसके पक्ष में फैसला आ जाता। दूसरा पक्ष यह कहकर संतोष कर लेता कि साला इतना बहाली अटेंड करके भी अभी तक कुछ न उखाड़ पाये। तब तक उसी धसड़ में सर पर डलिया उठाये किसी कुशल तैराक की तरह चिनिया बादाम बेचने वाला आ जाता। सबके पेटों में फिट भट्ठियाँ दहकने लगतीं, पर जेब में पड़ा हुआ संसाधन इतना नहीं होता कि हर घण्टा आध घण्टा पर कुछ खरीदकर खा सकें। कुछ लोग तब भी हिम्मत दिखाते और पाँच-पाँच रूपये का चिनिया बादाम पेपर में रखकर, मिर्ची अदरख की चटनी और नमक की बुकनी के साथ टाइमपास हो जाता। लेकिन ऐसे बहादुर जिनका बजट साथ नहीं देता, वो हाथ बढ़ाकर सर पर रखे डलिया में से कुछ साफ़ कर लेते। इस तरह देखते-ही-देखते पूरा डब्बा चिनिया बादाम के साथ सफ़र का टाइम पास करने लगता और सर पर रखे डलिया का वजन हल्का पाकर बेचारा फेरी वाला भी अपनी तैराकी के कौशल को श्रद्धांजलि देकर डब्बे से उतर जाता।

देखते ही देखते गया स्टेशन आ जाता और पूरी ट्रेन ऐसे खाली हो जाती जैसे सवारी कभी बैठे ही न थे। लड़कों का जत्था अलग-अलग माध्यमों से भर्ती स्थल वाले गंतव्य की तरफ रवाना हो जाता।

***

मन में एक अजब-सा घबराहट और जिज्ञासा का सम्मिश्र भरे हुए हम भी भर्तीस्थल पर पहुँचते। शहर से थोड़ा हट के बसा कैंट और भर्तीस्थल का तब तक बाहर बाहर से घूम-घूम के मुआयना किया जाता जब तक पैर जवाब देने की स्थिति में न आ जाते। रात ढलते ही लड़के अलग-अलग समूहों में बँट जाते। पाँच की पाँच मिलने वाली पुड़िया यहाँ बीस रुपये की पाँच के हिसाब से बिकतीं। कच्चे-पक्के आलू में सड़ी-गली सब्जियाँ मसलकर बीच-बीच में कीमती मोती की तरह बिखराये गये काले चने के साथ पककर दोने में भरकर पूड़ी के साथ सर्व कर दी जातीं। जनता जनार्दन टूट पड़ते। साला पहले बीस रूपये जमा करो, फिर किस्मत आजमाओ। अगर किस्मत सही रही तो पूड़ी के साथ सब्जी भी नसीब हो जाती, नहीं तो कोई सूखी पूड़ियाँ ही चबा रहा है तो कोई दोने में मिली सब्जी को ही किस्मत समझ के सुड़क रहा है। दस-बीस हजार लड़कों के भीड़ का भूख सँभालने के लिए ये चार-पाँच ठेले कम पड़ जाते, सो बढ़ती हुए माँग के साथ कीमत आसमान छूने लगती।

"चलो भाई हमलोग स्टेशन की तरफ ही चलते हैं, वहीं कुछ खाकर सो लिया जायेगा।" नरपत सलाह देता।

"पर सुबह समय से अगर न पहुँच पाये तब?" मुझे लगता जब इतना मेहनत कर ही डाले हैं तो कहीं ऐसा न हो कि छोटी-सी बेवकूफी के कारण बहाली छूट जाये।

"अरे नहीं छूटेगा, सुबह होने से पहले हमलोग यहाँ आ जायेंगे।"

"अच्छा।"

"सही कह रहे हो एकदम, हमलोग भी चलते हैं, कम-से-कम वहाँ खाने-पीने की चीजें थोड़ी सस्ती तो मिल जायेंगी।"

हमारे भीड़ में कुछ और साथी जुड़ जाते। तब तक ठेले के पास एक दो सादे ड्रेस वाले लोग आकर अपनी मोटरसाइकिल रोकते, ठेले वाले मुट्ठी बंद करके कुछ पकड़ाते जाते। हम आगे बढ़ते रहते। लड़के ठेले वालों को ताना देते रहते कि "लूट लो बेटा तुमलोग लूट लो, चोरी का धन कमाओगे तो मोरी में ही जायेगा।"

"अरे लूट लगता है तो कहीं और जाकर खा लो न तुमलोग, ई ठेला लगाने के लिए रोज का हजार रुपया देते हैं आ तुमलोगों को लूट लगता है...कल को यहीं

पूड़ी खाकर पहन लोगे वर्दी तब तुम भी आकर उसी रौ में माँगोगे जिसमें अभी वो माँगकर गया है, तब का हम घर से लाकर देंगे।"

"हमलोग आर्मी भर्ती वाले हैं कोई टुच्चे पुलिस वाले नहीं जो तुमसे पैसा वसूलेंगे।" एक युवक सीना चौड़ा करके बोलता।

"काहेका आर्मी आ काहेका पुलिस वाला, माटी इंसान इंसान का एक ही होता है, ई फ़ौज वाला भी तो लेता है हमसे, मुफ्त में छोड़ देता है क्या।" ठेला वाला गुस्से में सब्जी का पानी निकालकर दो दोने में भर देता और पापड़ जैसी पूड़ियों के साथ दे मारता।

हमलोग आगे बढ़ जाते। स्टेशन पर मिल रहे सूखी लिट्टियों को आलू के चोखे और भंटा की चटनी के साथ चबाकर पूरा प्लेटफॉर्म छान मारते। अन्त में स्टेशन के बाहर खारे गंध से भरी हवा को नथुनों के माध्यम से फेफड़े तक पहुँचाते हुए सड़क किनारे बेडशीट आ पेपर का बिछौना बनाकर उठँग जाते। पूरी रात बदन में एक अजीब-सी खुजली होती रहती। ऐसा लगता जैसे गाँव के चिरकुट की खाट पर सोये बउवा का मीठा खून पीने के लिए खटमल और चिल्लरों ने एक साथ गया के मच्छरों से समझौता किया हो और भोजभात का निमंत्रण लेकर पिल पड़े हों। एक-दो बार बेचैनी में उठकर स्टेशन का चक्कर लगा आता, फिर आँखों पर छा रही खुमारी और इस भय से कि कहीं ऐसा न हो कि रात भर जागने के कारण सुबह दौड़ के वक्त हवा निकल जाये, वापस उसी आलीशान बिछावन की तरफ कदम बढ़ जाते।

सुबह होने तक इन्तजार करने भर का सब्र नहीं था। उफान की तरह आयी नींद ने जब अपनी लहर समेटी तो देह की चुनचुनाहट बढ़ गयी। इस तरह सुबह सूरज का रथ निकलने से पहले ही हमलोगों का जत्था सुबह-सुबह का नित्यकर्म करने के उपरान्त दातुन चबाते हुए भर्तीस्थल तक पहुँच चुका था। भर्तीस्थल के बाहर फल के नाम पर केले का मेला लगा हुआ था।

"दौड़ने से पहले अगर चार पाँच केले खा लो तो देह में ताकत अंतिम दम तक बनी रहती है।" जत्थे में से एक लड़के ने आधा दर्जन केले ख़रीदे थे।

हमें भी लगा था केले अगर ताकत देते हैं तो हम भी ले ही लेते हैं, सो दौड़ के लिए जरूरी ताकत और जेब में पड़े रुपयों का हिसाब लगाते हुए अपने और नरपत दोनों के लिए डेढ़ दर्जन केले लेकर बैग में ठूँस लिया। नरपत हँसने लगा

था कि भाई जी इतना केला क्या करोगे। हम बस मुस्कुराकर रह गये थे। भर्ती के लिए एंट्री शुरू होने में अभी टाइम था, सो हम केले पर टूट गये। दो-तीन केले नरपत ने, सात आठ केले अकेले हमने और बाकी साथ वाले ग्रुप से कुछ और जनों ने हजम कर लिये थे। बेचैनी और भीड़ साथ-साथ बढ़ रही थी। तब तक सुबह के सात बजते-बजते गेट के पास एक टेम्परररी प्रवेशद्वार के पास कुछ वर्दीधारी फौजी खड़े होकर एंट्री शुरू होने का ऐलान कर रहे थे। उनके हाथों में हथियार के नाम पर बड़ी-बड़ी फटी हुई लकड़ियाँ थीं, जिन्हें फरनाठी कहते हैं। साला सारा सिस्टम उलटा हुआ था यहाँ। दरवाजे के पास से ही छटनी शुरू थी। कहाँ भर्ती के विज्ञापन में हाइट १६७ सेंटीमीटर माँगी गयी थी आ कहाँ इहाँ दरवाजे पर ही १७० सेंटीमीटर तक का गेट बना दिया गया था। अगर उसके बराबर या उससे ऊँचे हैं तो अन्दर जाइए आ नहीं तो पिछवाड़े पर होता हुआ प्रहार आपके किस्मत के दरवाजे को वहीं बंद कर देता। अंदर दो तीन टेबल लगे हुए थे जहाँ फॉर्म जमा करना, कागज का जाँच कराना सब एकदम फटाफट हो रहा था। उतनी ही तेजी से छटनी भी हो रही थी। फिर ग्रुप वाइज एक बार में कम-से-कम तीन-चार सौ लोगों के जत्थे को पास में मैदान की तरफ मोड़ दिया जाता।

किस्मत से हम दोनों एक ही जत्थे में गाली-गुली सुनते हुए, धक्के खाते हुए मैदान के एक सिरे पर थे। यहाँ पहली बार यह देख पा रहे थे साला इस घुड़दौड़ में आपकी क्षमता के साथ-साथ किस्मत भी मायने रखती है। जब हमें दौड़ के लिए खड़ा कराया गया तो नरपत हमारी पीछे की पंक्ति में था। गाँव में किसी अनुभवी उस्ताद के दिये टेकनिक के हिसाब से हम दोनों पैरों को पीछे रखते हुए मेढक बने नत थे। हमने चारों तरफ नजर दौड़ायी। साला केवल पाँव ही पाँव नजर आ रहे थे। लगा इस पोजीशन में आसपास में दौड़ने के लिए पोजीशन लेने वाले केवल हमीं हैं। अकल आयी और खड़े हो गये। नरपत हँसते हुए बोला कि "क्या हुआ भाई जी, काहे खड़े हो गये।"

"हाँ वैसे ही लेट जाइए भाई जी, पोजीशन बहुत अच्छा था।" किसी हरामी लौंडे ने चटखारा लिया। समूह में हो हो की आवाज गूँज गयी। पास खड़े सिपाही ने गाली दिया कि हँस लो सालों अभी कचूमर निकलेगा तो कराहते हुए जाओगे।

बहुत तेज गुस्सा आया। लगा घुमा के थमा दूँ अभी दो हाथ तुरंत पोजीशन अकल में आ जाएगी।

"घबराना मत भाई हम हैं पीछे से।" नरपत ने हिम्मत दिया।

तब तक सीटी बज गई। पाँव धरती पर एक नियत थाप देने लगे। प्रतियोगी दौड़ में एक-दूसरे से आगे निकल जाने के लिए ताकत लगाने लगे। जो पीछे छूटते उन्हें नेक्स्ट टाइम, खा-पीकर आना बोलते हुए फ़ौज के जवान मैदान से बाहर कर देते। डेढ़ चक्कर तक भागते हुए हमने आत्मविश्वास हासिल कर ली थी। तब तक मेरे टाँगों से किसी का टाँग उलझ गया। मुँह जमीन पर बिखरे हुए कंकड़ों और बजरीयों का चुम्बन करने लगा। चारों तरफ बस पाँवों का जमीन पर गिरना-उठना भर दिखाई दे रहा था, जैसे नियत गति से ओखलों में मूसल गिर रहे हों। पीठ पर, कमर पर, कई सारे पैरों का पड़ना महसूस होता। कानों में गालियों और तानों के बौछार सुनाई देते। कोई घसीटता हुआ हमें एक तरफ ले जाता। तब तक गाली देता हुआ एक फौजी हमें बेरहमी से घसीटकर बाहर कर देता। सामने बैठा हाँफता हुआ नरपत पूछता "भाई जी ठीक तो हो न!"

पीठ और कमर में उठ रहे एक तेज लहर जैसी अनुभूति को इग्नोर करते हुए मैं उससे पूछता "क्या हुआ तुम्हारा दौड़ निकला?"

"अरे भाई जी क्या मजाक करते हैं, अब आपको मरते हुए छोड़कर मैं बहाली पूरा करता फिर क्या जवाब देता गुरूजी को।" नरपत एकदम सहज भाव से जवाब देता।

मेरी आँखों में आँसू आ जाते। सच में अगर थोड़ी देर वहाँ बीच में पड़ा रहता तो पक्का आगे कोई बहाली अटेंड करने लायक नहीं रह जाता।

"थोड़ा सुस्ता लीजिए फिर घर चलते हैं, अब ये बहाली तो गया, लेकिन आगे कई बहालियाँ देखनी हैं।" नरपत बोलता।

थोड़ी देर बाद ही हम ट्रेन में होते। सामने से गुजरते स्टेशन पर किसी हकीम साहब का विज्ञापन टँगा होता। उसे पढ़ते हुए देह में उठती दर्द की लहरों को मैं भूल जाता। लगता ये हकीम साहब लोग भी गज़ब का जादू जानते हैं, साला बनारस से लेकर गया तक हर स्टेशन के आसपास की दीवालों को सफ़ेद चूने से रंग डालते हैं। दिमाग में विचारों का उथल-पुथल चलने लगता। ट्रेन अपने नियत स्पीड से आगे बढ़ जाती, पर दीवाल पर लिखे विज्ञापन का चित्र दिमाग के अंतस से स्मृतियों को उभार लाता। मेरे अंतस में बसी स्मृतियाँ डरावने तरीके से उभर आतीं। नरपत को मैं कुरेदता कि क्या वो भी जानता है इन महारोगों के

बारे में, वह हमें स्वप्नदोष का विश्लेषण समझाने लगता।

"पता है बीज जो होता है न वो ताकत होता है मरद जात का, एक-एक बूंद में पूरा देह को निचोड़ के जो रस बनता है वो मिला होता है उसमें। अब सपने में उसका देह से बाहर आ जाना आदमी को कमजोर तो करता ही होगा। लेकिन हमको सच में नहीं पता कि ई बीमारी होती है कि नहीं आ होती भी है त कतना बड़हन बीमारी होती है ई हम नहीं जानते। पर अगर ऐसा होता है त आदमी जरूर कमजोर होता रहेगा।"

"त तुमको भी होता है का ई।" मैं स्मृतियों से लड़ता और बातों की कड़ियों को जोड़ने की कोशिश करता।

"अरे ई कवन-सा बात है भाई साहब।"

"अरे बताओ तो नरपत।"

"पहले हो जाता था एकाध बार, जब छोटे थे तो, लेकिन बाद में जब दौड़ने धुपने लगे तो लगा साला अगर ऐसे ही चलता रहा तो खुराकी भी तो नहीं है अपने घर में। अब माड़ भात आ नून रोटी पर दौड़ के लिए ताकत जुटेगा कि नाइट फाल के लिए। सो बहुत मेहनत किये;अब जब रात में सपना-वपना आता है तो कुछ हो उससे पहले ही जाग जाते हैं, आँख पर पानी का छींटा मारते हैं, तब अब नहीं होता।"

मैं उसकी तरफ देखने लगता। लगता कि उपाय तो ठीक ही बता रहा है लेकिन साला हम पर तो ये उपाय भी नहीं लागू होता। हमारी धातु की पोटली तो सपने में भी बिना कुछ हुए फट जाती है, सो कब और कैसे जाग जाये आ पानी का छींटा मारकर खुद को बचा लें धर्मसंकट से। लगता हो न हो ई ताकत की कमी ही थी जो डेढ़ चक्कर में ही उठँग गये थे। साला नरपत को देखो माड़ भात पर भी हमसे ज्यादा ताकत संचित कर लिया है आ इहाँ माई सजाव गोरस रखी रहती है तब भी ये हाल है।

इस तरह पहली बहाली अटेंड करके और भजन मास्टर का मूँछ समाज में काम भर का नत करके हम पुनः बड़वा गाँव की धरती पर होते।

***

बहाली में कचराया हुआ देह लेकर जब बड़वा गाँव की भूमि पर जाते, तब भजन मास्टर के शब्द हमारे करमनासा होने का यकीन दिलाते। संस्कारशाला

के विद्वान ताश की पत्तियों के साथ हमारी मेहनत और लगन को झटक के जोर से पटकते हुए अट्टहास करते।

"अरे तो ऐसे ही थोड़े न बहाल हो जाते हैं लोग, देह में ताकत होनी चाहिए ताकत।" एक लोग मामले को विश्लेषित करते हुए सुर्ती को जीभ से होंठों के तह में कहीं दबाते हुए बोलते। उसी सुर्ती में से एक चुटकी मसाला मेरे हाथों में भी होता। लगता सहिए कह रहे हैं। गुप्त रोग, बहता हुआ धातु आ ताकत सब एक ही साथ नहीं आ जाते।

"अरे का करोगे सिपाही बनकर, बना तो है शैलेषवा, का करता है साला।" एक दूसरे विद्वान झटके से बेगम को जोर से पास में बिछे गमछे के बिछावन पर पटकते। उसी गमछे पर जिस पर आजकल सैयाँ जी दिल माँगा करते हैं। आ जिसे हम अभी तक नहीं समझ पाते कि साला सैयाँ जी कोई सर्जन वैद्य हैं का, जो गमछा बिछा के दिल काढ़ने की बात करते हैं। बेचारी बेगम गमछे पर पड़े पड़े बादशाह का बाट जोहती।

"अरे किया काहे नहीं है, दो तल्ले की बिल्डिंग आ दो बिगहा खेत ख़रीदा तो है न!" इस बात के साथ ही तीसरे जन बादशाह को भी पटक ही देते। पर करिया पान की बेगम को लाल ईंट वाले बादशाह बिलकुल न भाते। इस तरह पूरा मसाला इकट्ठा होकर दूसरे वाले विद्वान के समक्ष जा लगता।

"बिल्डिंग आ खेत साला यही जिन्दगी है का रे! मैया च्चो जब साहब का कुकुर घुमा के, उनकी मेहर का कच्छा कचार के आ पेल्हड़ पर तेल लगा के ही खेत खरीदना हो तो ई हमारे इस पे गया सिपाही की नौकरी आ दो तल्ले का घर।" विजयी मुस्कान के साथ गर्व के भाव को सान खरपत जिउवा बोलता और नया चाल खोल देता।

"हँ त ठीके कह रहे हो, ये भी बात है ही।" चाल को आगे बढ़ाते हुए बात को जारी रखा जाता।

"अरे त इहो मरद था अपने जमाने में, मजाल था क्या कि चार गाँव में कोई हाथ मिला के लगा लेता रेस; बहाली में जाता था तो सब अभी दूसरे-तीसरे चक्कर पर लगे रहते आ खरपत चौबे की रेस कम्प्लीट।"

"अरे त रेस का क़द्र हो तब न, उहाँ त कच्छा कचारने वाले लोग खोजे जाते हैं, कर सकते हो तो जाओ। हम भी अपना कच्छा खोल के दिखा आये लो रखो

अपनी नौकरी ई चौबे जी से ई सब नहीं होगा।" खरपत अपनी आत्माभिव्यक्ति जारी रखता। इस तरह शनैः शनैः हमारी हिम्मत का फालूदा बनाया जाना भी जारी रहता।

तब तक नरपत हमारे कंधे पर हाथ रखता और बोलता चलो भाई जी आगे तक घूम के आते हैं। मैं उठ खड़ा होता। बगल में शानदार आवाज में गीत बजता रहता "बहे जब जब पुरवैया हो, मन बिगड़े तहिया हो।"

राजू के पास उन्नति के सूचक के रूप में चमकीले डिस्क से चलने वाला सीडी प्लेयर आ गया था। यह बड़वा गाँव की उन्नति का सूचक था। जहाँ अभी तक बिजली और ढंग की सड़क नहीं पहुँची थी, वहाँ टेक्नोलॉजी और कोक की बोतलें पहुँचने लगी थीं। पास में ही रखे हुए थर्माकोल की पेटी में पानी बन चुके बर्फ के टुकड़ों के बीच आप्लावित होते कोक के बोतल, बड़वा गाँव के बहुराष्ट्रीय हो जाने की मुनादी कर रहे होते।

"ई देखो चल दिया हीर-रांझा की जोड़ी पुरवैया का झोंक मिटाने खेतों की मेड़ पर।" संस्कारशाला के अंदर से आती आवाज के साथ होहो-हाहा का स्वर गूँज उठता। साथ ही सहमति, अर्द्ध-सहमति में उठते कई शब्द कि भजन के औलाद भी बढ़िया रास्ता पकड़ लिये हैं।

"भाई जी मत बैठा करो इहाँ, सब साले हरामखोर और जलनखोर हैं, अपने त जीवन भर यहीं दाँत चिहारते रहे आ चाहते हैं कि सब ऐसे ही पड़े रहें। हौसला टूटता है इन लोगों की बातों से।" नरपत समझाता।

आगे से संस्कारशाला पर बैठकी धीरे-धीरे छूट ही जाती हमारी। बहालियों का दौर चलता रहता। हिंदुस्तान का कोना-कोना नाप डाला जाता। इस दौरान यह ज्ञात होता कि अजब-सी अभिशप्त जिंदगी है हम बिहारियों की भी। विकल्प के नाम पर न कुछ है, न कुछ चाहते ही हैं हम...बस एक जज्बा है जिसे लेकर देश की चौहद्दी नाप लेते हैं सिर्फ ये सुनने के लिए कि बिहारी चोर होते हैं, बेइमान होते हैं। दिल्ली पुलिस की बहाली में जाते तो दिल्ली-हरियाणा वालों की सुनकर आते, महाराष्ट्र में जाते तो अलग ही लट्ठ चल जाते। साला समझ में नहीं आता ये कहाँ उलझी हुई है जिंदगी। इससे बढ़िया तो यही होता कि बैल हाँकते हुए जीवन व्यतीत कर लिया जाता। पर नरपत समझाता "कोई नहीं भाई जी जब भर्ती हो जायेंगे तो यही लट्ठ उलाट के उनके अंदर डाल देंगे।"

मैं हँस के रह जाता कि ये भी बढ़िया है। जब ख्वाब बुनकर ही जिंदगी को सुंदर बनाना है तो ये ख्वाब भी बेहतर ही है। तब तक दो-चार लट्ठ नरपत के ऊपर भी पड़ जाता। हम भागते हुए ट्रेन पकड़ लेते। टिकट-बे टिकट यात्रा करते, बस भागते रहते। कहीं सीने के फुलाव में छँट जाते, तो कहीं थका हुआ देह दौड़ने में ही हार जाता, तो कहीं लिखित परीक्षा के नाम का ढकोसला बाहर करने के लिए पर्याप्त होता। पता नहीं पात्रता-अपात्रता से इतर पात्रों को भी छांटने के लिए सिस्टम ने बहानों का कोई तंत्र तैयार कर लिया था शायद। हद तो तब होती जब कन्धों के माप में भी हमारी अयोग्यता करार दे दी जाती।

लेकिन हम ये दौर भी मनोरंजन और हँसी वाले भाव के साथ जीना सीख लिये थे। अब एक तरह से हम असली बेहया हो चुके थे। स्टेशन के प्लेटफॉर्म पर भविष्य बाँचता ज्योतिषी, अलग-अलग तरह का सुर अलाप कर लइया चना बेचता फेरी वाला, या वो अद्भुत हकीम, सब मनोरंजन प्रदान करते।

यही वो दौर था जब हमारे अन्दर यह विश्वास घर करने लगा था कि बिना लिये-दिये यहाँ कुछ न होना जाना है। ये जो पेपर में इतने बड़े-बड़े विज्ञापन आते हैं, भर्ती के नाम पर जो इतना तामझाम किया जाता है, सब ढकोसले होते हैं सिर्फ, असल खेल परदे के पीछे चलता रहता है। ऐसे ही वक्त राय मास्टर साहब का सन्देश भजन मास्टर को प्राप्त होता। अबकी बार आयोजित होने वाली रैली में जुगाड़ एकदम से पक्का था। कोई उनका दूर का रिश्तेदार सेना में ड्राइवर था, इस समय उसका पौ बारह था, क्योंकि वो जिसकी गाड़ी चला रहा था वो कोई मामूली आदमी नहीं भर्ती केंद्र का ऑफिसर इंचार्ज कोई कर्नल चोपड़ा साहेब थे। राय मास्टर साहब ने बताया था कि कुल दो लाख की व्यवस्था करनी होगी। दौड़ में कोई कम्प्रोमाइज नहीं, दौड़ तो निकालनी ही पड़ेगी। लेकिन दौड़ के बाद का पूरा व्यवस्था उसके जिम्मे। डेढ़ लाख कर्नल साहब के आ पचास हजार मिडीएटर के, बस वहाँ जाकर इस पते पर सम्पर्क करना होगा।

"भर्ती से दो दिन पहले जाकर पैसा और कैंडिडेट का नाम और हमारा संदर्भ दे दीजिए काम हो जायेगा पक्का, नहीं तो चौबे जी ज़माना खराब आ गया है, हवा उलटी बह रही है; चालाकी इसी में है कि हवा के साथ बह लीजिए।" राय मास्टर साहब बताते, जो पेंशन सम्बन्धी किसी काम के लिए इधर आये थे तो लगे हाथ भजन मास्टर का आतिथ्य स्वीकारने भी आ गये थे।

"पर मास्टर साहब दो लाख बहुत होते हैं आ अगर डूब गया तो और

मुश्किल, हमारा तो कलेजा ही फट जायेगा।" भजन मास्टर अपने दिल की बात बोल ही देते।

"अरे का चिंता करते हैं चौबे जी, अगर बउवा की नौकरी लग जायेगी तो वसूल ही लेंगे दहेज़ में पूरा माल। अरे पाँच लाख से कम लेंगे क्या जो सोच रहे हैं। आ अगर नहीं हुआ, जो सम्भव नहीं लगता तो पैसा हम वापस करायेगे भाई।" राय मास्टर साहब जोर देकर बोलते।

भजन मास्टर राजी हो जाते। कानाफुसी ये बात भी राय मास्टर साहब के सलाह के मुताबिक तय हो जाती कि पैसा लेकर कैंडिडेट अर्थात बउवा स्वयं जायेगा। कई लोगों के इनवाल्व होने से मामला खराब भी हो सकता है। डरते डराते भजन मास्टर मान लेते बात को।

***

भजन मास्टर अबकी के बहाली के लिए जिद्द करते कि हम अकेले जाये और वो हमारे साथ चलें।

"ठीक है, चोपड़ा साहब के ड्राइवर से तुम ही जाकर मिलोगे, लेकिन कम-से-कम मैं आसपास में रहूँगा तो, रूपये-पैसे की बात है आ तुम अभी बच्चे हो।" भजन मास्टर बोलते। वो हमें बच्चा बोलते आ हमको बेवकूफ सुनाई पड़ता। मेरे मन में साथ में सफर करते भजन मास्टर की तस्वीरें उभर आतीं। हिंदुस्तान में बापों की छवि ऐसी गढ़ दी जाती है या वो खुद ही ऐसे बन जाते हैं जो जवान बेटा भी अगर साथ में सफर करे तो खुलकर साँस लेने में भी पचास बार सोचे। इधर नहीं देखना है, उधर नहीं जाना है। बगल में कोई हसीना आकर बैठी है, पर चोरी छुपे अगर नजर भी डालो तो ऐसा भाव परिलक्षित करना है जैसे सगी बहन को देख रहे हों। ऊपर से भजन मास्टर जैसा बाप अगर हो तो मामला और अजब और असहज करने वाला हो जाये। पता नहीं किस बात पर खुल जाये आ पूरे ब्रह्माण्ड में सबसे नालायक पूत के रूप में बउवा को स्थापित कर डालें। सो हम भी अपनी जिद्द पर अड़ जाते।

"ना कुछ भी हो जाये जब आपका कोई काम ही नहीं तो जाकर क्या करेंगे, हम खुद ही जायेंगे, आ बेवकूफ नहीं हैं हम जो हित-अनहित की बात न समझ पायें।"

भजन मास्टर अंत में हार मान जाते। पन्नी में लपेटते हुए नोटों का बण्डल

मेरे बैग में ठूँस देते। पहली बार मेरे बैग के ऊपर लगे जिप में बाजार से ख़रीदा एक ताला लटक रहा था। मुझे गाँव से बाहर तक पहेटने आते। तरह-तरह के गुरुमंत्र देते हुए बोलते "हम ए सब इसलिए कर रहे हैं ताकि कल को ये न कह सको कि भजन ने तुम्हारे लिए कुछ उठा नहीं रखा, बाकी करम-किस्मत तो सब तुम्हारा ही है न, अब ऐसी तो कोई व्यवस्था हो नहीं सकती कि तुम्हारे जगह पर भजन जाकर दौड़ निकाल आयें... सो देखना, बरम्ह बाबा को ध्यान में रख के दौड़ आना आ अपनी किस्मत लिख लेना नाहीं त करम नास कर यहीं गोबर थापना।"

विष्णु कोच हॉर्न देते हुए आगे बढ़ जाता। बस की छत पर बैठे हम बरगद की टहनी जो सड़क के ऊपर तक फैली हुई थी, से बचने के लिए गर्दन नीचे कर लेते। गाँव की तरफ वापस लौटते हुए भजन मास्टर हाथ हिलाते हुए आशीष दे जाते। बस थोड़ी देर आगे जाकर रुक जाती। हाथ में बोरे का बना हुआ डिजायनर एयरबैग, जो पास के ही किसी टेलर द्वारा विकसित स्थानिक प्रोडक्ट होता, थामे हुए खिड़कियों पर पैर रखकर बस की छत तक नरपत पहुँच आता। यह पहले से तय योजना के हिसाब से होता। अब रैली भर्ती से दो दिन पहले गया जाना और ड्राइवर साहब से मिलने तक तो बात ठीक थी, पर वहीं पर दो दिन अकेले बिताना समझ में नहीं आ रहा था। न रुकने का ठौर न खाने का ठिकाना, सो अकेले बउवा कहाँ भटकता सड़कों पर अतः नरपत को भी साथ चलने के लिए राजी कर लिया था। साथ में बस पकड़ने पर भजन मास्टर, जो पहले से ही समझा रहे थे कि ई सब गुप्त बातें होती हैं, जिसकी भनक दीवालों नहीं होनी चाहिए। अगर नरपत को भी साथ देखते तो पक्का भड़क जाते, सो नरपत गाँव से थोड़ा हट के बस पर सवार होता। बस हिचकोले खाते हुए आगे बढ़ जाती। लगभग तीन चौथाई सड़क अब एकदम फिटफाट हो चुकी थी। पहले कभी जिस सफ़र में तीन घंटे तक लग जाया करते थे, वो सफ़र अब पौन घंटे में ही पूर्ण हो जाता। सड़क अच्छी होने के कारण अब विष्णु कोच की प्रतियोगिता में कई जीप, पिक-अप वैन भी उतर चुके थे, सो बस के हिचकोले शीघ्र ही एक स्मूथ गति में बदल गयी थी। शीघ्र ही साधन बदलते हुए हम भभुआ रोड स्टेशन पर होते।

एक संक्षिप्त चर्चा के बाद हम इस निष्कर्ष पर होते कि इतना पैसा बैग में रखकर विदाउट टिकट यात्रा करने का रिस्क नहीं लिया जा सकता। अभी

ट्रेन आने में घंटे भर से अधिक का वक्त था सो हमलोग वहीं स्टेशन के बाहर टहलने लगते। मुख्य प्रवेश के पास ही सो कॉल्ड टैक्सी स्टैंड के पास एक जगह मजमे की तरह भीड़ लगी होती। भीड़ के मुख्य केंद्र में तरह-तरह के शीशी, बोतल से घिरा हुआ एक व्यक्ति लोगों के आकर्षण के केंद्र में होता। शीशियों में तरह-तरह के रंगीन तेल भरे होते। आसपास में सुसज्जित तरीके से तरह-तरह के जड़ी-बूटी रखे होते। लाल रंग के तेल से भरे एक गमले में एक गोह टाइप का मृत जीव जैसा कुछ पड़ा रहता। हम भी वहीं उसी भीड़ के भाग हो जाते।

"मरद के लिए सबसे शर्म की बात क्या होती है, बता सकता है कोई?" वह जोर देकर पूछता, फिर एक-एक करके भीड़ में कई लोगों की तरफ विशेष तरीके से पॉइंट करके जानना चाहता। भीड़ से तरह-तरह की आवाजें उभर आतीं।

"दंगल में हार जाना, कुश्ती अभी शुरू नहीं हुई आ पहलवान चित्त।" वह बोलता। लोगों में हँसी के फव्वारे छूट जाते।

"समझे?" वो मुझसे पूछता।

मैं नरपत की तरफ देखता। वो मुस्कुराता रहता। हम भी बस मुस्कुरा के रह जाते।

"अगर समझे हो तो बताओ तो?" वो फिर से पूछता।

"नहीं मैं नहीं समझा?" मैं बोलता।

"ये हुई न बात, यहाँ खड़े अधिकतर लोग इस बात को नहीं समझे होंगे। सोचो कि बहुत मर्द बनते हो तुमलोग, अखाड़ते हुए चलते हो, खूब गर्व है मर्दानगी पर, लेकिन क्या सच में कोई लड़ाई हार जाना शर्म की वजह हो सकती है? नहीं...मरद जात तब नहीं शर्माता है, मर्द को शर्म तब आती है जब ताव में गये मूछें ऐंठते हुए किसी स्त्री के पास, गुत्थमगुत्था हुए, तब तक पहलवान पस्त। शर्म मन के अन्दर कहीं उफान मार रही होती है तब तक स्त्री के मुँह से निकलता है कि बस हो गया यही है मर्दानगी। वो कनखियों से देख के मुस्कुराती है आ शर्म बाँध तोड़कर बहने लगती है। यह होता है असली शर्म। मर्ज ऐसा कि किसी से न कह सकें, न इसके साथ जी सकें। यह डूब मरने वाली बात होती है, होती है कि नहीं!" पूरी भीड़ से सहमति के स्वर उभर आते।

"किसी को पता भी है ऐसा क्यों होता है?" वो फिर बोलता। सब एक-दूसरे का मुँह ताकने लगते।

"कभी कुश्ती लड़े हो तुमलोग?" वो पूछता। भीड़ में खड़े अधिसंख्य लोग हँसने लगते।

"अरे हम उस कुश्ती की बात नहीं कर रहे, हम इस कुश्ती की बात कर रहे हैं।" वो अपने फटे हुए कानों की तरफ इशारा करता। लोग फिर हँसने लगे।

"चलो सोचो एक पहलवान है, खूब मेहनत से दाँव-पेच के साथ अखाड़े में उतरता है, घंटों कुश्ती लड़ता है। अब उसकी रगों में खून एक सौ अस्सी की स्पीड से भाग रहा है, बिलकुल राजधानी वाली स्पीड से। अब वो कुश्ती लड़कर बाहर निकला तब तक दो बाल्टी ठण्डा पानी किसी ने उड़ेल दिया। भागती हुई ट्रेन का चक्का जाम आ पहलवान को धर लिया गठिया रोग। तो बात समझे आपलोग।" वो जारी रहता। लोग बीचबीच में होहो-हाहा करके माहौल को रोचक बनाये रखते।

"मतलब समझिए आपलोग, मतलब यह कि बचपन में, जब नया-नया जवान हुए थे तब अकेले पड़े हुए हैं कहीं खेत में, खलिहान में, घर के अकेले कमरे में, आ मन में आकर बैठ जाती है तब तक कोई छम्मिया या इन रंगीन किताब के पन्नों को उलटते हुए मदहोश हुए जा रहे हैं। अब आपका पहलवान कुश्ती के लिए तैयार है। खून राजधानी की स्पीड से भाग रहा है, तब तक अपना हाथ जगन्नाथ आ मामला खल्लास। तुरंत भागे कहीं पास में बहते नहर नाले की तरफ, कमरे के बाथरूम की तरफ, आ दो मग पानी पहलवान पर उड़ेल दिये। अब जिस पहलवान को आज कुश्ती लड़ना है उसको उसी समय धर लिया गठिया रोग। अब या तो कुश्ती लड़ नहीं पाते या अधूरा छोड़कर चले आते हैं। परिणाम वही घर में रोज-रोज कोलाहल।" साला लगता कि जैसे बहुत सारे मामले में कांसेप्ट क्लियर हो गया हो।

"अब आपलोग सोच रहे होंगे कि समस्या का समाधान क्या है, तो इस समस्या का समाधान इस तेल में है। शुद्ध सांडे का तेल, एकदम आयुर्वेदिक मेथड से बनाया हुआ, पहलवान के गठिया की बेजोड़ दवा। इसको कुछ दिन पहलवान पर यूज करिए और खोयी शक्ति को फिर प्राप्त करिए।" वो लगभग भीड़ को मंत्रमुग्ध कर चुका था। मुझे ऐसा लग रहा था कि एक शीशी मैं भी खरीद लूँ तो अपने शीघ्रपतन वाले समस्या से निजात पा लूँ। हाथ जेब की तरफ बढ़ते, मुँह से बोल फूटने को होते तब तक नरपत बोल पड़ता।

"क्या भाई जी लेना है?" शर्म के मारे सारे भाव अन्दर चले जाते। उसका बोला हुआ एक-एक बात सच जान पड़ता। साला जब इस मामले में पुरुषों के सामने आदमी इतना शर्माता है तो स्त्री के सामने तो आत्महत्या ही कर ले। मन में पूर्व में किया हुआ निश्चय दृढ हो जाता कि चाहे कुछ भी हो जाये बउवा शादी नहीं करेगा, न रहेगा बाँस न बजेगी बाँसुरी। तब तक ट्रेन आने का एनाउंसमेंट होता। हमलोग प्लेटफॉर्म की तरफ बढ़ते। कुछ लोग उस सदी के सर्वश्रेष्ठ सेल्समैन से सांडे के तेल के ओर्जिनल होने के सम्बन्ध में गारंटी माँग रहे होते।

पूरी रात प्लेटफॉर्म पर बिताने के पश्चात् अलसुबह हम ड्राइवर साहब का पता ढूँढ रहे होते। गली-मुहल्लों का ख़ाक छानते हुए अंततः उनके घर के समक्ष होते हम। यह सुनते ही कि भरत राय गुरूजी की तरफ से हम भेजे गये हैं और फलाना काम के लिए आये हैं, घर के अन्दर बुलाने का नेवता वो कैंसल कर देते। तुरंत हमलोगों को लेकर आगे वीरान-स्थल की तरफ निकल लेते। नाम-पता सब विवरण लेने के बाद वो बताते कि पूरे दो लाख पड़ेंगे। हम तपाक से नोटों की गड्डी निकालकर उनके हाथों में थमा देते। आसपास का निरीक्षण करते हुए वो चौकन्ने भाव से बताते कि दौड़ हमें ही निकालना पड़ेगा, इसमें वो कोई मदद नहीं कर सकते। अब हर दौड़ने वालों का हिसाब किसी तकनीक की सहायता से रखा जाता है, अगर दौड़ निकल गया तो आगे का वो सँभाल लेंगे।

"पर उससे पहले नापजोख में ही अगर छँट गये तो?" मैं पूछता।

"वो हम पर छोड़ दो, तुम दोनों का है न?"

"नहीं केवल मेरा है।" मैं बताता। वो अपना मोबाइल नम्बर देते। बोलते "किसी पीसीओ से फोन करके सम्पर्क कर सकते हो, लेकिन पैसे-रुपए की बात इस पर मत करना। हाँ अगर नहीं हुआ तो पैसा आकर ले लेना, ये काम इमानदारी से करते हैं हम।"

हम विदा लेते और अगले दिन वहीं सड़कों पर भटकते रहते और शाम होते ही प्लेटफॉर्म पर सो जाते। नरपत बहुत प्रसन्न दिखता, हौसला बढ़ाता कि अबकी दौड़ तक एकदम नहीं छँटना है भाई जी, साला बहुत सॉलिड जुगाड़ मिला है तुमको।

मैं उसकी तरफ देखता। उसके चेहरे पर कुछ ढूँढ़ने की कोशिश करता, तब तक वो खुद ही बोल पड़ता "हमरे पास भी पैसा होता तो दे देते।"

उसकी आँखों से आँसू की बूँदें ढुलक पड़तीं। मुझे सहसा लगता कि काश यह जुगाड़ मैं नरपत के लिए ही लगा देता। लगता कि भजन मास्टर कच्चा चबा जायेंगे मुझे।

"पता है ये आखिरी बहाली है भाई जी, अब वैसे भी न उम्र रही न हिम्मत, घर की स्थिति तो छुपी नहीं है, ऊपर से ई रोज-रोज की किचकिच। लगता है अब ई बहाली सहाली छोड़कर निकल जाऊँ दिल्ली बम्बे, दो पैसा कमाऊँगा तो कम-से-कम कुछ तो कर पाऊँगा। बहाली आप थे तो अटेंड भी करता था अब हमसे नहीं होता, ऊपर से देखे ही हैं बिना लिये-दिये कुछ होता नहीं।" नरपत बोलता।

मुझे लगता कि जैसे नरपत के न बहाल होने के पीछे जिम्मेदारी अगर किसी की है तो वो हम ही हैं शायद। रात ढलती और प्लेटफॉर्म पर हम ढुलक जाते। नरपत की आँखों में मुझे भाव सम्मिश्र दिखते। रातों में नींद से ज्यादा ख्वाब छा जाते। अगली सुबह का दृश्य, भागता हुआ मैं, बहाल होता मैं, भूतकाल में दौड़ के दौरान गिरता-पड़ता मैं, फिर आज दिन का स्टेशन वाले मेले में बोलता वो सांडे के तेल वाला आदमी, रंगीन एल्बम के पन्ने, श्री नेहरू उच्च विद्यालय का प्रांगण, बरम्ह बाबा के चबूतरे से पहले का पोखरा। तब तक पोखरे के तट पर पता नहीं कहाँ से दिव्यवा दिख पड़ती। गड्डमगड्ड होते सपने के दृश्य सहसा रंगीन हो जाते। प्लेटफॉर्म पर सोया मैं किसी दिव्य एहसास में खो जाता। रंगीन होते सपनों के साथ रक्तप्रवाह की गति तीव्र हो जाती, फिर सहसा पुनरावृत्ति के एहसास के साथ नींद खुल जाती। प्लेटफॉर्म पर लगी घड़ी में भोर के चार बज रहे होते। नरपत को सोते छोड़कर पाठक जी के बनाये सुलभ शौचालय की तरफ भागता।

समय से पहले ही हम बहाली के मैदान पर पहुँच चुके होते। मैदान के एक सिरे पर लगे टेंट के पास टहलते हुए ड्राइवर साहब हमें नजर आते। रात की घटना आँखों पर एक चलचित्र का आवरण चढ़ाते हुए निकल जाती।

पता नहीं क्यों आज की दौड़ प्रारम्भ होने से पूर्व ही आत्मविश्वास डिगा हुआ रहता। कमजोरी का एक एहसास जैसे अंदर के वीर्य को सुखा डालता। दौड़ प्रारम्भ होते ही शैथिल्य की अनुभूति होती। तीसरा चक्कर पूरा होते-होते ही दौड़ पूरा होने की सीटी लग चुकी होती। नरपत सेलेक्शन लाइन के अंदर होता और हम बहुत ही दूर लगभग डेढ़ सौ प्रतिशत बाहर। नरपत के शाम वाले आँसू मुझे याद आ जाते। मैं दौड़ते हुए उधर किनारे लगे टेंट की तरफ जाता। ड्राइवर

साहब एक तरफ खिसक जाते।

"हाँ बताओ?" वो पूछते।

"सर अगर किसी भी तरह हो सके तो हमारे साथ आये उस लड़के का करा दीजिए उसी पैसे से।"

"तमाशा समझ रखे हो क्या, भाग जाओ यहाँ से।" वो आहिस्ता से लगभग डाँटते हुए बोलते।

"सर बहुत गरीब है बेचारा, घर में उसके खाने भर का बमुश्किल से होगा कुछ।"

"फिर वापस कुछ न मिलेगा।"

"कोई बात नहीं सर, हम आपके पैर पड़ते हैं।" मैं लगभग साष्टांग हो गया था।

"कोई नहीं, चलो जाओ यहाँ से, हम देखते हैं।" ड्राइवर साहब चले गये थे। वहाँ से जाकर टेंट के अंदर कुर्सी पर बैठे साहब से कुछ बोल रहे थे।

शाम तक मैं वहीं बाहर घूमता रहा। शाम को जब नरपत बाहर आया तो उसका सेलेक्शन लगभग कन्फर्म हो चुका था, केवल मेडिकल परीक्षण बाकी था। हमने मेडिकल परीक्षण पूरा होने तक रुकने का फैसला किया। अंतत: दो दिन बीतते-बीतते नरपत का सेलेक्शन हो गया था। वो आँखों में आँसू भरे हुए जब आया तो मुझसे लिपट गया था...ऐसे जैसे नरपत हमसे एकदम विलग न हो। उसके ख़ुशी के एहसास मेरे जिंदगी के सर्वश्रेष्ठ एहसास में से एक है।

"यह तुम्हारे बिना सम्भव नहीं होता भाई जी!" वो लगभग रोते हुए बोला था।

"धत हमने थोड़े न कुछ किया है, सब बरम्ह बाबा की महिमा है, नहीं तो देखो हमने पैसा दिया पर हमारी नौकरी नहीं हुई, पर तुम्हारी हो गयी।"

"पर अगर तुम न होते तो हम इस बार बहाली में तो नहीं ही आने वाले थे।" वो बोलता। ख़ुशी में डूबे हुए हम वापस बड़वा गाँव की धरती पर आ चुके होते। पूरे गाँव में गुदरी के दिन फिरने के चर्चे होते। नरपत का सम्मान एकाएक गाँव समाज में बढ़ जाता। वो संघर्ष का सच्चा मिसाल बन जाता। ये बात हमें अंदर तक संतुष्टि और सुख के एक भाव से भर देती। वहीं हमारी अपनी निजी जिंदगी

करमनासा होने के उलाहने से भर जाती। भजन मास्टर हमें देखते ही पनही लेकर दौड़ाने वाली मुद्रा में आ जाते। माई भी लगभग में हमारे कर्म दरिद्रता को स्वीकार ही चुकी थी, नहीं तो इतना रूपया-पैसा खर्च करके बनारस भेजा गया आ हम वहीं बड़वा गाँव की धरती पर महिना बीतते-बीतते ही वापस होते आ दो लाख रूपये बस्ते में भरकर सारा मामला तय करके बहाली के लिए भेजा जाता आ हम एक अदना-सा दौड़ भी न निकाल पाते। इस तरह हमारा नाम सच में बेहया बउवा से करमनासा बउवा हो जाता। पर नाम से क्या फर्क पड़ता है, जब किसी की खुशियों में इंसान ने अपनी ख़ुशी तलाश ली हो तो।

***

कहा जाता है न कि समय से पहले और किस्मत से ज्यादा कभी कुछ नहीं मिलता। जिंदगी में सबका वक्त आता है। समय होने पर ही वृक्ष में फल आता है, तो हमारा समय शायद तब तक इंतज़ार में था या मजे ले रहा था कहीं कोने में बैठकर। बेमन और बिना किसी तैयारी के बस यूँ ही निकल लिये थे अपनी अंतिम बहाली के लिए। भजन मास्टर ने एक कौड़ी देने से भी साफ़ मना कर दिया था। बोले थे फ़ालतू में बहाली अटेंड करने के नाम पर ले जाकर उड़ाने के लिए हमारे पास कुछ नहीं है। माई ने अपना पूरा बक्सा झाड़ा था तब जाकर कोई पाँच सौ रुपए निकलकर आये थे। वही पैसा हमको देते हुए बोली थी कि बाबूजी की बातों का बुरा मत माना करो। हम उस थाती के साथ ही निकल लिये थे। न कुछ खोने का डर था न पाने की चाहत। पहली बहाली थी जो अकेले अटेंड करने जा रहे थे।

कुछ दिन पहले ही नरपत वाले मामले का पर्दाफाश हो चुका था। भजन मास्टर ने फोन करके राय मास्टर साहब से पैसे का तकादा किया था। राय मास्टर साहब ने दो-तीन दिन का वक्त माँगा था। तीन दिन बाद जब राय मास्टर साहब ने सारा वाकया भजन मास्टर को शब्द बाई शब्द सुनाया तो भजन मास्टर सिरे से उखड़ गये थे। क्या-क्या नहीं सुनाये थे। हमें तब पहली बार जैसे पता चला था कि भजन मास्टर ने रुपयों का कोई पेड़ नहीं लगा रखा है, खुद कमा के एक पैसा किसी भिखारी को भी दान देंगे तब समझेंगे, ई बाप की कमाई को जो हम उड़ाये चले जा रहे हैं। पिटाई हुई थी सो अलग। इतनी पिटाई कि आदमी का भूत बन जाये, शरीर का तापमान बढ़कर बुखार चढ़ जाने का एहसास देने लगा था। पर हम भी जिद्द में अपनी गलती जैसा कुछ स्वीकार करने को तैयार

नहीं थे। सो भजन मास्टर माई के बीचबचाव और अपने फ्रस्ट्रेशन का दो-चार हाथ माई पर भी उठाने के बाद जब थक गये थे तब बोले थे कि छह महीने के अंदर वो पैसा हमको लाकर देना है, हम नहीं जानते की कैसे। इस वाकये ने हमारे और भजन मास्टर के बीच रही-सही कसर भी पूरा कर दिया था। बाप-बेटे के बीच संवाद लगभग एकदम से बंद था, सो आगे बढ़ते हुए मन में हम ठानते कि अगर अबकी बहाली नहीं हुई तो वापस बड़वा गाँव का मुँह तो नहीं ही देखेंगे।

किस्मत जब अच्छी होती है तो आप हनुमान बन जाते हैं। चुटकियों में जलधि लाँघ जाते हैं। किस्मत जब खराब हो हनुमान वाली शक्ति भी तुच्छ हो जाती है। मेरे जीवन की पहली बहाली यह ऐसी थी कि दौड़, ऊँची कूद, लम्बी कूद, गोला फेंक, सब स्मूथली निकलता चला गया। शाम होते-होते हम सबको मैदान में बैठा दिया गया। हाथों में एक एक प्रश्न सह उत्तर पुस्तिका थमा दी गयी। दो निबंध, दो अपठित गद्यांश और दो गणित के प्रश्न एकदम सहज तरीके से लेखनी चलती गयी। महिला सशक्तीकरण पर निबंध लिखते समय पता नहीं कहाँ से स्वीटी, पिंकी और अन्त में दिव्यवा जैसे उद्धरण की तरह समक्ष उपस्थित हुए और कहानियों की तरह छपते गये। गणित के प्रश्नों ने थोड़ा उलझाया था, पर जब बरम्ह बाबा साक्षात सहाय हों तो फिर कोई क्या बिगाड़ सकता है भला।

अगले दिन फिर आने के निर्देश के साथ सभी सेलेक्टेड कैंडिडेट्स को छोड़ दिया गया था। रात को वहीं बहाली वाले मैदान के बाहर सोते समय विचारों के घोड़े दौड़ रहे थे। क्या हो अगर लिखित परीक्षा में चयन हो जाये तो? गाँवों में फैली किवदंतियाँ सामने से जीवंत होकर गुजर जातीं। मेडिकल रूम में खड़ा मैं... अनावृत-सहसा एक सुन्दर डॉक्टर साहिबा आतीं और मेरे गुप्तांगों का अपने हाथों से छूकर परीक्षण करने लगतीं। पूरा देह झंकृत हो जाता। साँसों को बाँधने की कोशिश में धातु का सैलाब बह जाता। कानों में तेज आवाज गूँजती "यू आर रिजेक्टेड।" घबराते हुए मैं आँखें खोलता। खुद को मैदान के एक किनारे सोते हुए पाता। आसपास अन्य प्रत्याशियों की चहल-पहल बनी रहती। काफी जोर डालने पर लगता अरे नहीं मैं तो सपना देख रहा था। आँखें फिर बंद हो जातीं। दृश्य बदल जाता। फिर उसी कमरे में मैं अनावृत खड़ा होता। हाथ में एक धातु मढ़ा पतला-सा डण्डा लिए पुरुष डॉक्टर खड़ा होता। सीधे क्या खड़े हो तन के झुको आगे की तरफ। हाँ थोड़ा और झुको, बस एकाएक पृष्ठ भाग में दर्द की एक तीव्र लहर उठती। धातु पर रक्त की लालिमा चढ़ी होती। फिर वहीं आवाज

सुनाई देती "यू आर रिजेक्टेड।" अबकी आवाज किसी पुरुष की होती। मैं हड़बड़ी में उठ बैठता। पसीने से तरबतर मैं घबराहट में चारो तरफ नजर फेरता। अब न सोने की कसम खाकर टहलने लगता।

सुबह नौ बजे तक हम फिर अंदर होते। लिखित परीक्षा के परिणाम घोषित किये जाते। वहाँ ऊँचे चबूतरे पर खड़ा जवान सबसे पहले हमारा नाम पुकारता "शिवबाबू चौबे पुत्र श्री रामभजन चौबे"। हमको सहसा यकीन नहीं होता। वो बोलता जाता कि शिवबाबू जी को लिखित परीक्षा में सर्वश्रेष्ठ अंक मिले हैं। मारे घबराहट के मेरे पाँव काँपने लगते। मैं दूसरी तरफ जा बैठता, जिधर सेलेक्टेड लोगों को बैठना होता। मेडिकल परीक्षण का दौर शुरू होता। साँसें अटक जातीं। गाँव की परीकथाएँ और रात के स्वप्न आकर आत्मविश्वास की परीक्षा लेते, पर मैं पूरे आत्मविश्वास से खड़ा रहता। अधिकतर कथाएँ और ख्वाब अर्द्धगल्प साबित होते। मैं अंततः सेलेक्ट होता।

सेलेक्शन के साथ ही भजन मास्टर की मूछें समाज में सहसा तलवार की तरह तन जातीं। दो लाख वाला कर्ज हमारे ऊपर से उतरकर नरपत के ऊपर चढ़ जाता। गाँव में तमाम सफल लोगों की कहानियों में मेरी भी कहानी जुड़ जाती। सहसा नात-रिश्तेदारों से लेकर गाँव भर का प्रेम हम पर उलाचा जाने लगता। आपका एक चयन एक झटके में आपको जमाने का हीरो बना डालता है। पता नहीं ये समाज इतना दोहरा रवैया कहाँ से पाता है जो किसी व्यक्ति का चरित्र और कर्म नहीं बल्कि उसका सेलेक्शन उसके सफलता-असफलता और उसके प्रति प्रेम को निर्धारित करता है। मैं पता नहीं क्यों इन सबके साथ ही अपने सपने के साकार हो जाने के बावजूद उदासीनता के भाव से ग्रस्त हो जाता।

***

सूखकर छुहारा हो जाना किसे कहते हैं, देखना हो तो कभी किसी फ़ौज से ट्रेनिंग पाकर लौटे रँगरूट को देखिएगा। माई हमको देखते ही एक हाथ कपार पर रखती आ दूसरा करेजा से साटकर बोलती "मुद्दैया सब हमरे लाल को का से का कर डाले हैं न! पूरा जीवन जतन से पाली पोसी आ ई सब इसी आठ नौ महीने में सारी खुराकी निकाल डाले हैं।"

मैं उसे बस टुकुर-टुकुर देखता। वो बोलती रहती "खाने पीने के लिए नहीं देते थे बेटा तुमको?"

फिर पता नहीं किसका-किसका न उद्धरण लाकर रख देती। "उ गुदरिया का बेटवा नरपतवा आ उ फलनिया का बेटा चिलनिया उ लोग भी तो गये थे ट्रेनिंग पर, देखो त एकदम लाल होकर लौटे थे।"

पास खड़ी बधावन काकी बोलतीं "अरे सब टाइम कुटाइम खाना-पीना आ ऊपर से कड़ा टरेनिंग, अब कहाँ से मोटा जाये लड़का।"

"अरे काहे मोटायेगा अम्मा, बचपन से लड़के के गाँड़ के पीछे लगती थी तब त जाकर भोजन करता था, ऊपर से छुरी से छीलकर मिठाई खाने की आदत। अब सब जगह माई तो बैठी नहीं है जो हाथ में कौर लेके पीछे लगी रहेगी।" माई जारी रहती। मैं माई की तरफ एक नजर देखता। दुनिया में कितनी अनूठी चीज होती है न माई की मुहब्बत भी, सागर भर के दिल के अंदर रहता है पर काफी उछलने पर भी लोटा भर ही दिखता है। दुनिया में और लोग मुहब्बत करते कम और दिखाते ज्यादा हैं, पर एक माई ही होती है जिसके मुहब्बत की तो थाह ही नहीं होती, पर जब दिखाने की बारी आती है तो औने-पौने चीजों में दिखा डालती है।

बधावन काकी बोलतीं "अब का, नौकरी लग ही गयी आ टरेनिंग हो ही गया खूब खिलाओ न भर-भर हाथ।"

"अरे सब आप लोगों का आशीष है अम्मा, आ अब हम का ही खिलायेगे, बस लड़के का बियाह कर दें आ नाती खिला लें फिर तो चला चली का ही बेरा है।" माई की आँखों में आँसू छलक आते।

"अरे का पिंकिया की माई अब इस ख़ुशी के वखत भी कोई रोता है का। आ काहे का चलाचली का बेरा, अरे खूब नात-परनात खेलाओ आ बगिया गहगह करे कि।" बधावन काकी भर आँचल आशीष देतीं आ माई आँचल फैला के रोप लेती। तब तक भजन मास्टर हाथ में चमचम मिष्ठान्न केंद्र का झोला टाँगे आ ख़ुशी से हरियर होते हुए आ धमकते।

"साला ई फ़ौज वाले खिलाते-पिलाते नहीं हैं क्या जी!" झोले को आँगन में पड़े खाट पर रखते हुए वो बोलते।

"काहे का हुआ?"

"अरे मुँह देखे हो अपना, कैसे गये थे आ कैसे आये हो।"

"अरे भजन लाओ भाई मिठाई बाहर भी लाओ कि पूत कमाकर आया

तो बस अंदर बैठकर खुद ही हजम कर जाओगे। आ का देह देख रहे हो लड़के की, जितना बचा है वो हीर है हीर।" बाहर खड़े चहेटन काका हमेशा की तरह दालभात में मूसलचंद का किरदार निभाने आ टपकते। उनके आने के साथ ही मेरे चेहरे के भाव बदल से जाते।

भजन मास्टर माई से लेकर डब्बे में से मिठाई निकालने लगते...बेलग्रामी और चमचम। बधावन काकी से स्पेशल अनुरोध करके उन्हें एक प्लेट में दो तीन बेलग्रामी और एक चमचम परोस देते। बधावन काकी थोड़ा-सा टुकड़ा उठा-कर मुँह में रखते हुए शेष मिठाई को फाड़ के एक सिरे से बाँधकर किसी काम के अकाज होने का हवाला देते हुए चलती बनतीं। एक प्लेट में मिठाई निकाल कर लेकर बैठक की तरफ निकलते हुए माई से बोलते जाते कि "बउवा को उ सब दिखाकर इसकी भी बात जान लो, नहीं तो हम पूछेंगे तो साहब बोलेंगे नहीं आ बाद में पता चला मेहर का मुँह साहब को नहीं पसंद आ दोषी भजन मास्टर हो जायेंगे।"

हमको साला समझ में नहीं आता ऐसी कौन-सी आफत मची है जो बउवा का बियाह भागा जा रहा है। आ रुक जाते साल दो साल, हम भी देखा-तका लेते तब तक इसके बाद करने में का दिक्कत है इन लोगों को। साला इतनी दूर से आकर बैठे हुए हैं आ मिला क्या वहीं सूखा हुआ भतुआ पाग और पानी, बगल से आये चहेटन काका के लिए प्लेट भर बेलग्रामी। ऊपर से भुनभुनाते हुए गये कि देखना मिठाई सब हिसाब से ही यूज करना...नहीं तो हित गन लोगों के आने का समय चल रहा है आ दुवार पर कोई आया तो बताशा पानी लेकर भेज दिया, ऐसे नहीं होता है लड़के का बियाह...अरे लड़का साला मुँह फाड़े बैठा है यहीं पर, लेकिन बेलग्रामी हित गन लोग खायेंगे, अजब इंसाफ है इस समाज का भी। अरे बियाह करने आने वाले भी जैसे लड़का नहीं बेलग्रामी खोजने आते हैं। आ सारा इज्जत इसी में बंद रहता है। तब तक दिमाग में उचट के गुप्त रोग आ जाता और भहरा के इज्जत का किला ढह जाता। का करेंगे बियाह करके ये लोग, जबकि असल बात इन लोगों को पता ही नहीं। मैं सोचता चाहे कुछ भी हो जाये बियाह तो नहीं ही करूँगा, कम-से-कम इलाज-उलाज कराने से पहले तो नहीं ही।

तब तक माई खटिया के एक तरफ एक लिफाफा लेकर बैठ जाती। शाम का पहर होता। सूरज पश्चिम में ढलने की तैयारी कर रहा होता।

"देखो बाबू! माई अब हाथ घिसते-घिसते बुढ़ा गयी है, कमर, घुटने में दर्द

बना रहता है, उपर से ई रोज-रोज के देखुआर, रिन्ह-रिन्ह के खिलाओ, कहाँ तक करूँ मैं।" माई बोलती।

"तो हम कहते हैं का कि खिलाओ उन लोगों को, ई मजमा त मास्टर साहब ही लगाते हैं न आपके, तो मना काहे नहीं कर देतीं कि हम नहीं बना-खिला पायेंगे।" पता नहीं क्यों मन खिन्न हो जाता। शायद भजन मास्टर, चहेटन काका वाला खीझ भी माई के ऊपर निकल जाता।

"अरे कैसे मना कर दें, दुआर पर कोई बेटी का बाप आया है आ हम बिना खिलाये-पिलाये वापस कर दें।" माई बोलती।

"तो नहीं वापस करोगी तो फिर खिलाओ रिन्ह के।" हम अपनी खीझ कम करते-करते भी सब दफ़न नहीं कर पाते और थोड़ा उलच ही देते।

"अब चोन्हाओ मत आ ई लिफाफा में कुछ फोटो है, देख लो आ बताओ कोई सुन्दर लगे त।" माई बोलती। हम मुँह दूसरी तरफ घुमा के बैठ जाते।

"वैसे हमको ई लड़की बहुत पसंद है, पिंकिया को भी यही अच्छी लगी थी। एकदम कबूतर की तरह मुँह है आ सूरज के जोन्ह की तरह गोरी है, हमको त लगता है बस यहीं हमारी पतोह बन जाती त आँगन गहगह हो जाता।" माई एक फोटो निकालकर मेरी तरफ बढ़ाती।

अन्दर से एक सिहरन उठती लहर समूचे शरीर को आप्त कर लेती जैसे। मन स्मृतियों में खो जाता। श्री नेहरू उच्च विद्यालय का प्रांगण, बरम्ह बाबा का चबूतरा, पोखरे के पास घुघची तोड़ती, खिड़की के पास बैठकर मुस्कुराती, गणतंत्र दिवस की उस सुबह लाल फ्रॉक पहनकर बालों में तितली वाली हेयरबैंड लगाकर मुस्कुराती हुई लड़की सहसा सजीव होकर मेरे इर्द गिर्द छा जाती। उसके लाल लाल भटकौयें की तरह गाल, बैजयंती की पंखुड़ियों की तरह होंठ, मुस्कराहट ऐसी जैसे एक मुस्कान के साथ गुलमोहर पलाश खिल उठते हों, कलेजा किसी छन्द ताल में थिरक रहा था जैसे। यह क्या था आखिर। मन को थिर करने में घंटों लग गये हों जैसे। कभी माई की तरफ देखता कभी उसके हाथों में रखे उस फोटो की तरफ। समझ में नहीं आता क्या बोलें? माई हमको देखकर जैसे सबकुछ समझते हुए मुस्कुराते रहती।

"ठीक है तू चुप ही रह, अब हम तो इसी लड़की को पतोह बनायेंगे अपनी।" माई बोलती। हम कोशिश करते कि खुलकर बोल दें कि ठीक है लड़की हमको

पसंद है, पर शादी नहीं करनी मुझे। पर होंठ किसी अनजान से जादू ने सिल दिये थे जैसे! साला समय आने पर नियति भी ऐसे मजे लेगी ये हमको नहीं पता था। माई के हाथ में फोटो दिव्यवा का था। उसी दिव्यवा का, जिसने कभी हमको चिट्ठी देकर बुलाया था आ हम घुघची के दानों के साथ खेलती दिव्यवा को देखकर फरार हो गये थे। रात के स्वप्न जो किसी दुस्वप्न की तरह हम पर छाये हुए हैं, उनमें भी स्त्री पात्र वहीं तो थी। भभुआ रोड स्टेशन के बाहर मुनादी करता वो सेल्स मैन जैसे समक्ष हो जाता, याद दिलाते हुए "पता है एक मर्द के लिए सबसे ज्यादा शर्म का कारण क्या होता है?"

एक अनजान-सा भय चारों तरफ घूम जाता। सहज सलिल में लिखी हुई पंक्तियाँ सजीव हो जातीं। दरवाजे पर खड़ी दिव्यवा अतृप्त भाव से बाहर काम कर रहे मजदूरों की तरफ किसी अनजान से प्यास भरी नज़रों से ताकती प्रतीत होती। मेरी अंतरात्मा हमको कोस रही होती "छिः छिः दिव्यवा के बारे में ऐसा सोचते हुए तुमको शर्म नहीं आती बउवा।"

मैं खुद को आलोडित करता। मन में कसम खाता कि चाहे जो भी हो मैं यह शादी नहीं करूँगा। तब तक हमसे दूर जाती दिव्यवा दोनों हाथ बढ़ाकर हमको आमंत्रित करती। समझ में नहीं आता कि इस बवण्डर से कैसे निकलूँ। उठकर बाहर की तरफ चल देता। दरवाजे से बाहर निकलते ही चार-पाँच लोगों का समूह बैठक की तरफ बढ़ते हुए दिखता। उसमें ब्राउन पैंट और सफ़ेद शर्ट वाले व्यक्ति को मैं पहचानता 'बिपिन दूबे' 'दिव्या के पापा'।

मैं आगे बढ़ जाता। गाँव के बाहर की तरफ।

***

रात होते ही बैठक से फरमान आ जाता। हम टालमटोल कर वहीं आँगन के पास बरामदे में पड़े रहते। माई पायस पकाती हुई बोलती रहती "थोड़ा बाल में कंघी-ओंघी कर लेना फिर जाना। सबका पैर छू लेना फिर ढंग से बैठना एक तरफ। कुछ भी मत बोलने लगना बुड़बक की तरह।"

"तुमको का उड़नखटोला भेजना पड़ेगा।" तब तक भजन मास्टर भी आ टपकते।

लगता जैसे शनिचर आकर कपार पर खड़े हो गये हैं। साला इतनी बियाह की पड़ी है तो खुद ही काहे नहीं कर लेते। किसी को इस बात की नहीं पड़ी है कि

बउवा को का चाहिए, बस एक जने कमर आ गोड़ का दर्द लेकर बैठी हुई हैं तो दूसरे जन को पता नहीं क्या हड़बड़ी है।

"हमको नहीं करना बियाह सियाह।" झटके से हम बोलते, पर नजर के सामने दिव्यवा का खिलखिलाता हुआ चेहरा नाच जाता। साला दूसरे झटके में देह सुन्न पड़ जाता।

"तो साहब कुँवारे रहेंगे आ ई देखुआर सब भजन को देखने के लिए खाट तोड़े जा रहे हैं का। जितना बोलता हूँ उतना करो नहीं तो भजन के जूते में जंग नहीं लग गया है।" बोलकर भजन मास्टर उलटे पैर निकल लेते।

"नहीं करेंगे बियाह, अरे तुमसे पूछ कौन रहा है।" भुनभुनाते हुए भजन मास्टर बैठक की तरफ निकल लेते।

न चाहते हुए भी हमको जाना पड़ता। शर्म के मारे गर्दन ही न उठती। समझ में नहीं आता कि जाकर पहले क्या करना है। माई बाल में हल्का-सा कालिख पोत देती "चमक रहे हो लाल, जल्दी ही हल्दी भी लगेगी। अभी इसको लगा लो नहीं तो दस लोगों का नजर दस तरह का होता है।"

"हमको नहीं लगाना हल्दी, हम कालिख के लायक ही हैं।" बोलते हुए हम निकल लेते।

माई हँसती रहती। जाकर बैठक में एक तरफ सिकुड़-बटुरकर बैठ जाते, जैसे कोई नयी नवेली दुलहन मुँह दिखाई के लिए बैठी हो। भजन मास्टर बिफर पड़ते।

"अरे पैर ओर छूने का भी कौनो रिवाज है या भजन मास्टर की नाक कटाने की कसम खा रखे हो।"

हम कातर-सी नजरों से उनको देखते। मन में कुढ़न सी होती कि पता नहीं बाप पल्ले पड़े हैं या कसाई। अरे यही बात प्रेम से भी तो बोल सकते थे। जब देखो तब बस पा गये हैं बउवा को अपनी खीझ निकालने को।

"अरे जाने दीजिए न मास्टर साहब, पहिचानते कहाँ हैं ये हमलोगों को।"

"पहिचानते नहीं हैं तो क्या दूबे जी, अरे इतनी तो अकल होनी चाहिए न कि बाभन के दुवार पर बाभन ही बैठा होगा, आ जब उम्र में बड़ है तो इतना तो धरम बनता ही है कि नहीं।" भजन मास्टर चुप होने का नाम ही नहीं लेते जैसे।

हम उठकर पैर छूने में ही भलाई समझते। दिव्या के पापा बिपिन दूबे हमारे हाथों में हजार रूपया रख देते। हम चाहकर भी मना नहीं कर पाते, लेकिन साथ ही लगता कि सगुन के रूपये हाथ आने के साथ ही किस्मत तय हो गयी हो जैसे! चौथा आदमी मेरे पैरों पर नत होने से पहले ही दोनों हाथ बढ़ाकर मना कर देता।

"नहीं नहीं हमको नहीं बाबू।"

हम एक नजर उस भले आदमी की तरफ देखते। बाद में पता चलता वो किसी और छूत बिरादरी का ही है, ब्राह्मण कुमार से पैर छुआ के पाप से बचने के लिए उसने ये भलमनसाहत दिखाई थी। हमें हँसी भी आयी थी कि साला बाहर यही ब्राह्मण कुमार ट्रेनिंग के दौरान न जाने किस-किस जात को सैल्यूट दागता है आ सैल्यूट दागते-दागते घुटने बोल जाते हैं आ उसी ट्रेनिंग और नौकरी के मोह में बउवा यहाँ मोस्ट डिमांडिंग बछड़ा बना हुआ है, पर इहाँ पैर छुआने में पाप लग जाता है। साला इस पापबोध से मुक्त होते ही आदमी का डिमांड बढ़ जाता है जैसे।

"लड़का हमका पसंद करेंगे मास्टर साहब, अरे जिसको सरकार ने पसंद कर लिया उसको हम लोग कैसे नापसंद कर सकते हैं भला।" बिपिन दूबे जी बोलते।

"अरे नाहीं भाई, सरकार की पसंद अपनी जगह आ आपलोगों की पसंद अपनी जगह, सरकार की बेटी का बियाह थोड़े न होना है भजन मास्टर के बेटे से, उ त आपही का न होना है।" भजन मास्टर हँसते हुए बोलते।

"ई त एकदमे से ठीक कह रहे हैं आप, लेकिन आजकल सरकार खुद ही इतना चाल के चुनती है कि पूरा बाभन समाज में दिया लेकर खोजने पर तो एक दो नौकरिहा मिलते हैं, अब लड़की का बाप उसमें भी छाँटने लगे न मास्टर साहब त हो चुका बियाह।"

"अरे लेकिन हक़ है भाई आपलोगों को कि छाँटिए।"

"नहीं मास्टर साहब लड़का पसंद है हमलोगों को, आप आगे की बात भी करिए।"

"अब आगे की बात क्या करना है, लड़का पसंद है त ले जाइए भाई, घर की ही तो बात है।"

"ऐसे कैसे ले जायें मास्टर साहब, पहले कुछ ऋत-रिवाज है उसकी भी तो

बात हो जाये।"

"अब सब कुछ हम अलग से का कहें, हर चीज की महँगी है, बाकी समाज की स्थिति देख ही रहे हैं, ऊपर से बाभन-छतरी में नौकरी वाला लड़का मिलता कहाँ है त ऐसे में सब सोच-विचार के ही आये होंगे न आप।" भजन मास्टर कोई कच्चे खिलाड़ी नहीं थे।

"अरे लड़की का बाप क्या ही सोचेगा मास्टर साहब, उसकी पगड़ी तो बस बेटे के बाप के पैरों में होती है।" हम वहीं कोने में बैठे रहते। भजन मास्टर हमें निकलने का फरमान सुनाते। हम बैठक के बाहर निकल के वहीं खिड़की के पास उठंग जाते।

"अरे त कुछ त सुनायेंगे आप, कुछ त सोचे होंगे कि का लेना-देना है। जब बेटी पैदा हुई है त उसका हिस्सा भी तो होता है न!" भजन मास्टर लपेट के चाल पुनः वापस कर देते।

"देखिए मास्टर साहब हम हैं खेतिहर आदमी, अब आपकी तरह सरकार महीने में एक बार नोट छाप के डाल नहीं देती हमारे खजाने में। पेट काट-काट के बचाया हूँ, उसी में कुछ बेटी को पढ़ाने में खर्च डाला आ कुछ अभी भी बियाह-शादी के लिए है हमारे पास; अब उसी दो-तीन लाख में जितना आप कहें आपको दे देते हैं आ बाकी का हम रख लेते हैं, आखिर में दरवाजे पर लगा बरात भी तो सँभालना है।"

"अब तीन लाख अगर पूरा भी दे देंगे त उससे का नौकरिहा लड़का मिल जायेगा आपको; लड़की को बीएससी कराये हैं भा कलक्टरी पढ़ाये हैं आकर उसे त चूल्हा ही जलाना है न दूबे जी, अरे उससे बियाह त हो नहीं जाता। हमें लगा आपको पता होगा हमारे बारे में। अगर पाँच लाख तक कर देंगे त बियाह पक्का मानिए नहीं तो पचहत्तर लोग भजन मास्टर के दरवाजे पर पैर पटक रहे हैं। आपको अगर ये ज्यादा लग रहा है त वो भी बताये देते हैं कि अभी कल ही एक जन आकर सात लाख गिन रहे थे, लेकिन उ का है कि इसके माई को आपकी बिटिया थोड़ा ज्यादा पसंद आ गयी है इसलिए आपका बाट जोह रहे थे।"

"अरे त मास्टर साहब रुपया लेकर का करेंगे, पतोह लाइए न! ऐसी कि चार गाँव में किसी के आँगन में उतरी न हो। अन्हरिया रात में आँगन अँजोर हो जायेगा आपका बस इतने कहना है।" लड़की पक्ष से आये एक महानुभाव

ने कहा।

"ई अन्हरिया अँजोरिया लेकर का चाटना है भजन को, अरे सुंदर-असुंदर का क्या वो रूप तो देखने वालों की आँखों में होता है।" भजन मास्टर हार मानने को तैयार नहीं थे। दाँव पर दाँव दोनों तरफ से खेले जा रहे थे। आ दाँव पर जो था वो बउवा था। साला माई अपने पूड़ी थापने का दोष हमारे मत्थे मढ़ रही है आ इहाँ खेल भजन मास्टर खेल रहे हैं। जो काम चुटकियों में हो सकता है, उसको महीनों तक खेलने में कौन-सा आनंद आता है भगवान जाने!

"देखिए मास्टर साहब इस पगड़ी की लाज रख लीजिए।" दूबे जी हाथ में लिए हुए सफ़ेद गमछे को भजन मास्टर के पाँवों में रख देते।

"माई की बात अपनी जगह है, हमारी भी सुन लीजिए, हम इन्हीं के यहाँ बियाह करेंगे आ अगर हमारी बात का बुरा लगा हो किसी को त अँगरेजी वाला सॉरी। आ ई सब दाँवपेच ख़त्म करिए आ आप समझिए कैसे कराना है हमारा बियाह।" पता नहीं कहाँ से हिम्मत आ जाती हमारे अन्दर। भजन मास्टर हतप्रभ होकर देखने लगते। दिव्यवा के पापा के चेहरे पर उम्मीद की लौ दिखती। इसके बाद क्या होता ये नहीं पता हमको, पर रात में भजन मास्टर घर की तरफ किसी बेचैनी में आकर खूब गरियाते हमको...बेलज्ज, बेहया और पता नहीं कौन कौन सी उपमाओं से नवाजते। मेरे कारण से दहेज़ के व्यवसाय में दो लाख का घाटा आ नरपत वाला दो लाख मिलाकर चार लाख की चपत होने का हिसाब कर डालते। बोलते ज्यादा जवानी उछाल मार रही है त पहले उ चार लाख लाकर दे दूँ फिर क्रांति का ढोल पिटूँ। माई समझाती अरे का करेंगे रुपया-पैसा बटोरकर। सब इसी के लिए न कर रहे हैं आ जब इसकी ख़ुशी है उस चीज में त झूठे बनबना रहे हैं, जाइए आ तय करिए बियाह-शादी का दिन, शुभ-शुभ काम को मन मसोस के नहीं करना चाहिए। मैं भी बोल देता कि दे दूँगा वो चार लाख, सूद समेत। भजन मास्टर वापस बैठक की तरफ चले जाते। माई कोई मंगल गीत गाने लगती। हम निद्रा में निमग्न हो जाते। मन के पर्दे खुलते और गुप्त व्याधियाँ प्रगट हो जातीं। सहसा लिया गया निर्णय मन में अभी भी एक दुविधा और अनिर्णय जैसी स्थिति में बदल जाता।

***

चट मँगनी आ पट ब्याह वाली स्थिति से सहसा हमें गुजार दिया जाता।

भारतीय समाज में पता नहीं क्यों विवाह को इतनी प्राथमिक अवस्थिति प्रदान की गयी है। तब लाख जोर देकर सोचता पर नतीजा सिफ़र ही रहता। भजन मास्टर हमको देखते ही बमक पड़ते "गज़ब का औलाद जनी हो पिंकिया की माई, अब ई ससुर का कोहड़े की तरह मुँह फुलाए घूम रहे हैं। अरे भजन कोई अपनी पसंद से त बियाह कर नहीं रहे हैं यही त ससुर क्रान्ति का शंख फूँकने गए थे नाहीं त एक से एक लोग पाँच पाँच लाख लेकर घूम रहे थे आ इहाँ आधे पर मामला निपटाकर संतोष कर लिये कि जाने दो बेटे की संतुष्टि की बात है।"

"अरे अंदर ही अंदर लड्डू फूट रहे होंगे साहब के, सब पता चला है हमको।" पिंकिया बीच में ही टपक पड़ती।

"का पता है तुमको?" मैं पिंकिया की तरफ मुड़ता।

"अरे जाने दो बेटा मुँह मत खुलआवो।" पिंकिया हँसते हुए अंदर चली जाती। भजन मास्टर मेरी तरफ आँखें गड़ाये पता नहीं क्या पढ़ते रहते। मैं अपनी नजरें इधर-उधर फेरता कि कब ये शनिचर जायें आ हम दो कौर खाकर चैन से सोयें।

"जाने दीजिए न, अब चहकते हुए घुमने लगेगा तब भी त कहेंगे कि बेलज्ज हो गया है।" माई, भजन मास्टर का ध्यान भटकाती। दोनों जन लग जाते आगे की प्लानिंग में। कहाँ से गहना लेना है, कितने भर का चैन बनेगा, कितने का टिका, कै थान गहना जायेगा आदि-आदि तरह की चर्चाएँ।

माई अड़ जाती कि इकलौती पतोह है हार और कंगन भी जरूर रहेगा चढ़ाव में। भजन मास्टर बमक जाते कि "सोने का भाव पता भी है तुमको आ भजन कोई पैसे का पेड़ लगाए हैं नहीं, जो मिला है वो जानती ही हो।"

"हम कुछ नहीं जानते कैसे होगा आ कहाँ से होगा।" माई अड़ जाती।

हमको भजन मास्टर की बात भी ठीक ही लगती। पूरे समाज को कहाँ पता है कि भजन मास्टर पाँच लाख भँजाये हैं, वहीं सच्चाई तो बेटे की क्रांति की बलि चढ़ चुकी होती। हालाँकि लोग कानाफूसी ये भी बोलते कि बिपिन दूबेया के पास पाँच देने की औकात तो नहीं ही है, भजन झूठे ही लपेट रहे हैं। पर भजन मास्टर के सामने लोग उनको झूठे चढ़ाते।

"अरे मास्टर जिउवा रिकॉर्ड दहेज़ पाया है तो बरियात भी रिकॉर्ड ही रहना चाहिए, तिलक में पाँच रंग से कम छेने का मिठाई नहीं मिलेगा।" कोई बोलता।

"अरे शादी में मिर्जापुर का आर्केस्ट्रा करिए गुरूजी, एकदम मस्त मस्त टिकोरा नाचने वाली रखा है। दिक्कत हो तो हम चल के तय करा देंगे।" तब तक कोई दूसरा प्रस्ताव रखता।

"एकदम एकदम भाई, एक ही त लड़का है बउवा, अब हम इसकी शादी में खर्च न करेंगे त कहाँ करेंगे।" भजन मास्टर बोलते। उनलोगों को निकलते ही भजन मास्टर का रुख कुछ और ही होता।

"टिपोर चटा देंगे भजन, ससुर लोग चले आते हैं जैसे खैरात बंट रहा हो।"

तब तक विचारों की लय टूट जाती। सामने चल रही प्लानिंग हार और कंगन पर अटक जाती। माई का कहना भी ठीक ही लगता कि जब खुदे समाज में चिल्ला चिल्ला के पाँच लाख, पाँच लाख हल्ला किये हैं त समाज को दिखाना भी त पाँचे लाख वाला न पड़ेगा नहीं त का इज्जत रह जायेगी। भजन मास्टर भी अपनी जगह ठीक ही होते कि दिखाने के चक्कर में गाँड़ पर पैबंद तो नहीं न साट लेंगे। अन्त में समझौता करके राह निकाला जाता कि हार त सोने का ख़रीदा जायेगा पर कंगन चाँदी का लेकर पानी चढ़ा लिया जायेगा। फिर चढ़ाव के साड़ियों की प्लानिंग होती। भजन मास्टर के खाना खाकर जाने के बाद ही पिंकिया आ माई का प्लानिंग शुरू होता। बीच-बीच में हमारे लिए शिगूफे छोड़े जाते, व्यंग्य बाण छोड़े जाते। साला समझ में नहीं आता कि शादी तय होते ही ई अलग मसाला कहाँ से उमड़ने लगता है। ऊपर ऊपर से सामान्य दिखता मैं अन्दर से सही में एक अलग और अनजान से भय से सहमा रहता।

गाँव में जहाँ पाँच लोग मिलें बस शादी की ही बात। दो-चार दिन पहले राहुल भी गाँव आ गया था। उसने पता नहीं एक नया शिगूफा उड़ा दिया था कि बउवा की मेहरारू आ बउवा की दोस्ती स्कूल के दिनों से ही है। अकेले में पूछता बात करना शुरू किये कि नहीं। तब तक कोई बताता कि बउवा की मेहरारू को देखे हैं हम, क्या पतोह पाये हैं भजन मास्टर, साला वैसी तो सच में सात गाँव में उतरी नहीं होगी। तब तक चहेटन काका कहीं से टपककर पूछते "अरे समधन कैसी है ये बताओ भाई, पतोह का जान के हम का करेंगे।"

मुझे लगता बोल दूँ कि नहीं इनको कोई बताओ कि नवहा बच्चे कितने हैं, ई समधन का भी का करेंगे। साला इहाँ हमारे मन में क्या बवंडर चल रहा होता ये जानने वाला कोई नहीं था, सबको तो बस यही लग रहा था जैसे कि बउवा के

मन में मेवे फूट रहे होंगे। पर बउवा तो अलग ही उठापटक से गुजर रहा होता। ऐसे में एक दिन छोटन मिलता। मजा लेते हुए बधाई देता। हम उससे ही पूछते कि वो तुम्हारा बचपन वाला गुप्तरोग ठीक हो गया। वो बोला हाँ वो त कब का हो गया। दिखाया था बीएचयू के आयुर्वेद वाले विभाग में वाजीकरण में, तीन महीना का दवाई खाये आ फिटफाट हो गये। ज्यादा समझ में नहीं आता बस हम बहाने लेकर निकल जाते बनारस की तरफ महानगरी बस पर सवार होकर।

बीएचयू मुख्य द्वार से अंदर जाकर आयुर्वेद विभाग के अंदर पर्ची कटाते हुए ही कण्ठ सूख जाता। अंदर बैठी लड़की पूछती "अरे चुप क्यों हो गये समस्या बतायेगे तभी न हम विभाग मार्क करेंगे।"

"वाजीकरण! हाँ हाँ वाजीकरण यहीं।" मैं दिमाग को तेजी से दौड़ाते हुए समस्या की जगह विभाग पर जम्प कर जाता। लड़की मुस्कुराते हुए पर्ची काटकर मेरी तरफ बढ़ा देती। पर्ची को समेटकर लगभग छुपाते हुए मैं आगे बरामदे में विभागों का नाम पढ़ते हुए बढ़ जाता। ओपीडी में पर्ची जमा करते हुए रही-सही हिम्मत भी जवाब दे जाती। साला अन्दर बैठे हुए लड़के-लड़कियों की फ़ौज जैसे मुझे घूरते हुए प्रतीत होती। पर्ची लेकर रजिस्टर पर कुछ चढ़ाते हुए लिपिक बोलता कि बाहर बेंच पर बैठकर इंतजार करिए, नाम बुलाने पर आना है। मैं बाहर जाकर बेंच पर बैठता ही कि एक लड़की भी उसी लिपिक को पर्ची जमा करते हुए उसी बेंच पर आकर आसीन हो जाती। हमको लगता "धत तेरे की, इसका मतलब लड़कियों को भी ई गुप्त रोग होता है क्या!"

मैं उस लड़की की तरफ बार-बार देखते हुए असहज फील करता। तब तक वो पूछती "डॉक्टर साहब कब तक बैठेंगे?"

मेरे प्राण सूख जाते। साला हमसे ज्यादे हिम्मत वाली तो ये बालिका ही है, गुप्त रोग दिखाने आयी है आ डॉक्टर साहब ही आयेंगे ये भी जानती है, पर गज़ब के कांफिडेंस से बैठी हुई है। मैं उसकी तरफ देखता और इतना बोलने में भी कि "हमें नहीं पता है" खुद को असमर्थ पाता। बस उठकर चल देता। चोर नज़रों से कभी उस बालिका तो कभी अंदर बैठी फ़ौज को देखते। लगता साला इससे बढ़िया तो यही रहेगा कि दिव्यवा को ही बता देंगे कि हाँ भाई हमको गुप्त रोग है आ इसके बाद जितनी शर्म आयेगी सब झेल लेंगे, इतने लोगों के बीच में इज्जत का फालूदा बनाने से तो अच्छा ही है न! नहीं तो बउवा कण्ठ खोल के अभी बोला ही कि हमको शीघ्रपतन की बिमारी है ,तब तक चार लड़कियाँ, राम

राम क्या सोचेंगी भला। मैं बरामदे में बेचैन-सा तेजी से टहलता तब तक कानों में आवाज टकराती।

"क्या बाबु इधर कहाँ से आये हैं?" मैं चौकता।

दिव्या के पापा सामने खड़े होते, कंधे पर प्रेम से हाथ धरे। मुझे समझ में नहीं आता कि इस बला से कैसे निपटें... क्या बता दें इनको भला। बता दूँ कि आपके होने वाले दामाद को गुप्त रोग है। जैसे-तैसे दिमाग में बहाना उत्पन्न करता और बता देता कि बनारस वर्दी सिलवाने आया हूँ, अभी दुकान नहीं खुली होगी न इसलिए चले आये थे इधर ही टहलते हुए। वो बोलते कि दवा लेकर वो भी साथ ही चले चलेंगे। साला उधर बरामदे में मेरा नाम पुकारा जाता आ इधर हम श्वसुर जी का दवा लेकर वर्दी सिलाने चल देते। बउवा का गुप्त रोग गुप्त ही रह जाता।

***

जल्द ही तिलक चढ़ जाता, सगुन नेवत दी जातीं। भजन मास्टर का घर चहल-पहल से भर जाता। कल तक के टिपोरचंद बउवा के गाँड़ में भी हल्दी लग जाती। तरह-तरह के उम्र तरह-तरह के राय देते। पिंकिया बताती कि पहली बार मुँह दिखाई में दे देना भौजाई को कुछ बढ़िया, आ हम त वैसे भी दुवार रोकाई ले ही लेंगे। नरपत भी छुट्टी लेकर आ जाता। धीरे से आकर हाथ में पचास हजार रूपये थमा देता "धीरे-धीरे सब चुका दूँगा बउवा, तुम्हारा उपकार मैं जिंदगी भर नहीं भूलूँगा।"

हम दोनों जाकर एक मुद्रिका खरीद लाते। दरवाजे पर बाजे-गाजे आ पाहुन को सेट पहनायी देते हुए, रूठने-मनाने का अनुक्रम चलता और बारात विदा हो जाती। मन के अंदर उठता बवंडर शादी की चहल-पहल में थिर हो जाता। कोहबर के अन्दर दिव्यवा का चेहरा देखते ही जैसे आँखें पत्थर की हो जातीं। एकटक देखती हुई विस्मित सी आँखें। आखिर कौन सा पुण्य किया था बउवा तुम जो सपने से भी सुन्दर बीवी मिली। चाँदनी पर गुलमोहर का सिंगार, ऐसा लग रहा था स्वयं रति प्रगट हो गयी हों जैसे। मुझे लगता कि होलिका और इलोजी की जोड़ी जैसी जोड़ी है न यह। पता नहीं किस लोक के सैर पर होता मैं। स्त्री के सौन्दर्य में ऐसा कौन-सा जादू होता है जो न सिर्फ सम्मोहित करता है बल्कि चेतना को एक शीर्ष आनन्द की अवस्थिति में ले जाता है। ऐसा लगता कि

नजर भी उस सौन्दर्य को धूमिल कर सकती है। मैं अपनी नजरों को इधर-उधर हटाता, पर मन भटककर वहीं चला जाता। अतीत के पन्ने पलट जाते। बिदाई में दुलहन लिए मैं वापस घर की दहलीज पर होता।

माई गीत गा रही होती “हँसत खेलत मोर बाबू गइलें, मन धूमिल काहें अइलें....”

उलाहने में सास, समधन को गालियाँ, ससुराल की स्त्रियों की नजर लग जाने का उपालम्भ। मेरे मन के अन्दर से कुम्हलाये हुए भाव अँगड़ाई लेकर जग पड़ते। दुवार छेकती हुई पिंकिया और उसकी फ़ौज को मैं जेब झाड़ के सब दे देता। सब उलाहने देतीं कि अंदर जाने की इतनी जल्दी। फिर पूजा-पाठ, कथा वार्त्ता, एक लम्बा दौर और अन्त में मुझे ढकेल दिया जाता उसी कमरे में जहाँ मैं जाने की हिम्मत नहीं जुटा पाता।

अन्दर बिस्तर पर बैठी दिव्यवा किसी गट्ठर की माफिक जान पड़ती। आहट पाकर चौंकती। मेरी तरफ देखते ही सकुचा के एक किनारे हट जाती। मैं वहीं दरवाजे से लगा खड़ा रहता हतप्रभ सा। दिव्यवा के माथे पर लगा टीका चमकता और एक अलग ही कन्ट्रास्ट निर्मित कर जाता। बिजली सहसा कट जाती। बाहर एक शोर गूँज जाता। पिंकिया के पति दरवाजे से हौसला देने के अंदाज में कुछ बोलकर चले जाते। शर्माती हुई दिव्यवा के गाल लाल होकर अँधेरे में भी अपनी उपस्थिति का एहसास देते। मेरे अंदर का अंतद्वन्द अपने शीर्ष पर जाकर बैठ जाता। मन सहसा जैसे कदम को आगे खींचता, लेकिन स्मृतियाँ उसे पीछे खींच ले जातीं। क्या हो अगर दिव्यवा के पृष्ठ भाग पर सरकती हथेलियों के साथ सत्व निकल जाये तो। सहस्त्र बार स्वप्न में अनुभूत स्थिति यथार्थ में आ जाये तो क्या होगा? सहसा कोई चलचित्र सा चल जाता। असफल होते बउवा को मुस्कुराकर “बस इतना ही!” बोलती दिव्यवा। फिर कोलाहलपूर्ण असफल वैवाहिक जीवन। अतृप्त स्त्री के रूप में दिव्यवा का चित्र छप जाता। सहज सलिल के पन्ने फड़फड़ाने लगते। पढ़ी-लिखी दिव्यवा चिट्ठी लिखकर सलाह मांगती कि पति सम्बन्ध बनाने में असफल रहते हैं हम क्या करें? साला असफल पति के रूप में बउवा की आकृति छप जाती। कपार पर हाथ रखे हताश, निराश और असफल बउवा। माथे पर पसीने की बूँदें छलछला जातीं। लगता साला सारा दोष करम का ही है, नहीं तो बचपन में गये डॉक्टर के यहाँ तो अल्बेन्डाजोल लेकर आ गये, आ जवानी में गये तो ससुर जी ही

शनिचर बनकर टपक गये। साला अब होता है वैवाहिक जीवन कोलाहलपूर्ण तो होने दो, किसी ने पूछा क्या बउवा से कि उसकी क्या समस्या है आ जब विवाह का मतलब यही सब होता है तो पहले से ही किसी टेस्ट-वेस्ट का व्यवस्था काहे नहीं करा देते लोग, साला शर्मिंदा होने की नौबत ही न आयेगी। लेकिन अगले पल ही खयाल आता कि नहीं अगर सच में ऐसी व्यवस्था होती तो साला समाज में खड़े-खड़े इज्जत का खोल उतर जाता। बउवा को लोग नामर्द घोषित कर देते आ भजन मास्टर तो मार ही डालते। तब तक चूड़ियों की आवाज कानों में पड़ती, पायल छम्म से बोल जाता। पूरे कमरे में एक सम्मोहित करती सुगंध भर जाती। शरीर में एक अजब-सा तनाव और घबराहट का भाव भर जाता...बिलकुल वैसा ही जैसा सपने में दिव्यवा को छूते हुए होता।

"अरे खड़े ही रहेंगे क्या।" दिव्यवा ही सन्नाटा तोड़ती।

उसके आवाज के साथ कानों में जैसे मिसरी घुल जाती। अब तक चल रहे वैचारिक उथल पुथल जैसे थम से जाते। आँखें पहली बार थिर होकर सामने देखतीं। दिव्यवा पास में खड़ी मिलती।

"छूकर देख लो मुझे कि मैं सच में हूँ और लड़की ही हूँ कि भागने का इरादा है उस दिन की तरह।" बोलकर दिव्यवा खिलखिलाकर हँस पड़ती। हम भी अपनी उस समय की बेवकूफी पर हँस पड़ते। गुरूता लिया हुआ माहौल सहसा एकदम सहज सामान्य हो जाता। मैं बिस्तर पर बैठते हुए जेब से मुद्रिका निकालकर उसकी तरफ बढ़ा देता।

"उहूँ! ऐसे थोड़े न।" वो अपनी अनामिका उँगली आगे की तरफ बढ़ा देती। फैली हुई हथेलियों में मेहँदी की खुशबू महसूस की जा सकती थी।

उसकी उँगलियों में मुद्रिका पहनाते हुए मैं काँप-सा जाता। यह कौन सा एहसास है समझ में नहीं आता।

"अब..." वो मेरी तरफ देखते हुए पूछती।

"कुछ नहीं।"

"अरे मुझे छूकर नहीं देखोगे कि मैं औरत हूँ भूत नहीं।" वो फिर से खिलखिला पड़ती।

मैं शरमाकर गठ्ठर बन जाता। बिजली का स्विच ऑफ़ कर वो बिस्तर की तरफ बढ़ते हुए बोलती "इतनी गर्मी और सतहत्तर आवरण, बर्दाश्त नहीं होता।"

वो अपने आभूषण और दुलहन वाली चादर वहीं साइड टेबल और श्रृंगार टेबल पर रखकर आकर बिस्तर पर निढाल हो जाती। मेरा कलेजा बस धकधक कर चलता रहता, अनियत-सी गति के साथ।

"मैं बस सोना चाहती हूँ सुकून के साथ।" वो अपना सर मेरे सीने के पास रखकर मुझे जोर से जकड़ लेती। मेरे किसी अधोमार्ग से सत्व निकलने की प्रतीति होती। शरीर की अकड़ शनैः शनैः कम हो जाती। मैं भी दिव्या की पीठ पर हथेली रखे सोने का उपक्रम करने लगता। आगे के जीवन का चित्र एक नैराश्य से डूबता हुआ प्रतीत होता।

***

समय का पहिया अपनी नियत गति से घूमता रहता। धीरे-धीरे अवकाश के दिन ख़त्म हो चलते। अब बस एक दो दिन में विदाई की बेला नियत रहती। माई समय-कुसमय अपने अरमानों को आशीष बना हम पर उलाच देती। अपने जल्द नात खेलाने के अरमानों को येन-केन-प्रकारेण उजागर करती रहती। बोलती किसी और से आ सुनाई हमको पड़ता। यह भी एक अद्भुत कौशल ही होता है। भजन मास्टर अलग ही चरस बोये रहते, जहाँ-तहाँ हमें पकड़ के बस समझाना शुरू कर देते कि "बेटा बउवा अब लड़कपन छोड़ दो, थोड़ा होशियार बनो, नहीं तो हमारा क्या, शादी विवाह कर ही दिये, कुछ दिन में राम का नाम लेते हुए बैकुण्ठ निकल जायेंगे, आ तुम अगर थोड़ी दुनियादारी नहीं सीखोगे तो बिलाला के पाती बने रहोगे।"

मुझे लगता साला बउवा की निजी जिंदगी में क्या चल रहा है इससे किसी को कोई मतलब नहीं, बस सबको अपनी चलानी है। एक जन को नात चाहिए आ एक जन दुनियादारी सिखा रहे हैं। अगर इधर का उधर करना आ पश बनकर खाली अपना सोचना ही दुनियादारी है तो नहीं चाहिए हमको। तब तक चहेटन काका टपक पड़ते। तुरंत भजन मास्टर की तरफ से अपना ज्ञान बघार देते।

"का समझा रहे हो भजन, अरे अब मेहर आयी है वही समझायेगी, नहीं तो खुदे अकल आ जायेगी। वो कहते हैं न कि माथ पर मउर आ पिछवाड़े में लउर।" बोलते हुए चहेटन काका अपने नकली दाँत निपोरते।

मन में अजीब सी कुढ़ होती। बुढ़ापे तक अपनी फुसी लेकर यहाँ-वहाँ

किसी बउवा की तलाश में घूमने वाले चहेटन भी इन भजन को बुद्धि की खान लगते हैं आ बउवा बेवकूफ।

"पहले जाके खुद अकल सीख लीजिये आपलोग, हमको नहीं सीखनी अकल।" मैं आँखें तरेरते हुए निकल लेता।

"ससुर नौकरी क्या पा गये ताव आ गया है इनको, आज तक इनके बाप नहीं बोले होंगे ऐसे चहेटन को।" चहेटन काका पीछे कुछ भजन को, कुछ हमको सुनाते हुए बोलते रहते।

घर के अंदर जाते ही एक अजब-सी शांति आ स्तब्धता पसरी हुई मिलती। ऐसा लगता जैसे यत्र तत्र बस कुछ फुसफुसाहट चल रही हो। एक गम्भीर फुसफुसाहट। मैं कान देकर सुनने-समझने की कोशिश करता और टुकड़ों में सच को पा पाता।

"कल की आयी हुई लड़की जवाब देना सीख गयी।" "अरे सुन्दर हो त क्या बाकी लोग गोबर की चोत थोड़े हैं।" "अरे अभी बियाह हुए जुम्मा जुम्मा सात दिन भी नहीं हुआ आ सिंगार-पटार सब उतर गया।" "मरद आदमी का त मुँह होता ही है, सतहत्तर बरतन पायेगा आ सतहत्तर जेवनार खायेगा। ई त तिरिया का काम होता है न कि अपना जेवनार किस कला से परोसती है।, हम त कह रहे हैं माई कि इस सहूर पर तुमको दस साल तक नात नहीं मिलेगा।"

इस तरह टुकड़ों में मिला हुआ सच। मैं दालान से अन्दर की तरफ बढ़ता। फुसफुसाहटें कम हो जातीं। लगता जैसे मेरे आहट ने महिला सभा के मुँह सिल दिये हों जैसे। आखिर में ऐसा क्या कर दिया दिव्यवा ने जो इन लोगों को सभा बैठानी पड़ रही है। मैं तेजी से अंदर की तरफ बढ़ता। दरवाजे के ओट के पास खड़ी दिव्यवा पकड़ के हमको लिपट जाती। उसकी सिसकियाँ थोड़ी उन्मुक्त होकर निकल पड़तीं। लगता बाहर खिड़की के पास कोई खड़ा होकर सुन रहा है। मैं उसके पीठ पर हाथ फेरता। उसके ठुड्डी को पकड़ के ऊपर उठाता। फूट रही सिसकियाँ दफ़न हो गयी थीं कहीं, लेकिन आँखों से फूटे सोते अभी भी अनवरत बह रहे थे। समझ में नहीं आता क्या करूँ। उससे पूछता, पर उसके कण्ठ से बोल नहीं फूटते। बस पकड़कर लिपटी रहती। मैं सोचता चलकर बाहर ही पूछ लूँ ऐसा क्या कर दिया दिव्यवा ने जो आपलोग पूरी धरती, आसमान पर उठाये फिर रही हैं। पाप-पुण्य का डर नहीं लगता क्या इन लोगों को? आखिर ये भी

तो इन्हीं की तरह लड़की ही है। सुंदर है तो इसमें इसका क्या दोष। माई ने खुद भी तो पसंद किया था कि पतोह आयेगी तो आँगन उजियार हो जायेगा, त अब क्या घट गया इनलोगों का। मेरे मन में अन्यान्य प्रश्न उमड़ पड़ते। मैं दिव्यवा की पकड़ से मुक्त होने के लिए कोशिश करता, पर उसकी पकड़ मजबूत हो जाती। सहसा उसके होंठ हरकत करने लगते। मैं महसूस करता कि शारीरिक शक्ति सौष्ठव में हमसे कमतर दिव्यवा कहीं अलग अलौकिक शक्ति से युक्त है। स्त्रियों के पास प्रेम की शक्ति होती है शायद। हम बस बँधे रह जाते उसके बाहुओं के घेरे में। उसके होंठ मेरे होंठो से उलझकर रह जाते। हाथों की पकड़ मजबूत होती जाती। मैं जड़ बना स्थिर खड़ा रहता वहीं। धीरे-धीरे शरीर होने की अनुभूति विलीन होती जाती। समझ में नहीं आता यह कौन-सी अनुभूति है जो बउवा को शरीर के घेरे से कहीं बाहर लेकर जा रही है। धीरे-धीरे पूरा शरीर किसी यौगिक अवस्था में होता। लगता जैसे योगमाया के प्रभाव से मैं किसी अन्य लोक का विचरण कर रहा हूँ। पूर्णतया मुक्त, साथ में चारों तरफ खिली चाँदनी, वातावरण में खिले गुलमोहर, पलाश के पुष्प, हवा में उड़ते सेमल के कोमल रेशे जैसे गुदगुदी का एहसास जगाकर जा रहे हों। सहसा किसी बेला चमेली के सुगंध से कमरा भर जाता। मैं खुद को बिस्तर पर पड़े हुए पाता।

"कुछ तुम भी करोगे कि सब मैं ही करती रहूँ।" कोई मुझे झकझोरकर जगा रहा होता। मैं आँखें खोलकर देखता। योगमाया से साक्षात् किया हुआ सम्पूर्ण सौन्दर्य, सम्पूर्ण अनुभूतियाँ जैसे एक में समाहित हो जातीं। दिव्यवा का रूप सौन्दर्य और अलौकिक हो जाता। मन करता कि बस ऐसे ही देखता रहूँ सहस्त्र वर्षों तक। भूल जाता थोड़ी देर पहले के संसार को। लगता कि करमनासा हो जाने की असल अनुभूति यही हो शायद। पाप-पुण्य, करम और कर्त्तव्य के भाव से तिरोहित हो चुका इंसान, आत्मदिप्त, पूर्ण सानन्द की अवस्था को प्राप्त-जीवन-मरण के चक्र से मुक्त। मैं दिव्यवा को ताकता रहता। किसी ध्यान अवस्था में प्राप्त होने वाली अनुभूति को सहज ही प्राप्त कर लेता।

"क्या ? क्या करना है, क्यों करना है।" मैं हड़बड़ाकर पूछता।

"इस चादर पर दाग चाहिए न उनलोगों को।" दिव्यवा की आँखों में फिर से आँसू छलक जाते।

वो बताती कि उसे कुछ नहीं चाहिए, लेकिन रोज रोज पिंकी दीदी का उसके कमरे में आना और उसकी चादर की सिलवटों में कुछ ढूँढ़ना उसे अच्छा नहीं

लगता। बुआ जी समझाती हैं कि नयी बहू हो तुमको सज-धज के रहना चाहिए। मरद को खींचना औरत का काम होता है, नहीं तो तुम्हारा पति कहीं यहाँ-वहाँ खिसक लेगा, किसी और बर्तन में खायेगा। अम्मा जी नात माँगती रहती हैं और आप किसी और दुनिया में ही मगन रहते हैं। सच बताऊँ त हमें नहीं चाहिए वैसा कुछ, हमें प्रेम चाहिए वो आपसे मिल जाता है। मैं घर से यहाँ आते समय सच में बहुत डरी हुई थी कि क्या पता तुम छिनाझपट करने लगे तो क्या करूँगी? तुम्हारी सनक तो देख ही चुकी थी स्कूल में। लेकिन फिर भी मन पता नहीं क्यों पसंद करता था तुम्हें। पापा ने जब तुम्हारी फोटो दिखायी थी शादी के लिए तो मैं शरमा गयी थी। मुझे याद आया था कि किस तरह से तुम भागे थे पोखरे के किनारे से। लेकिन अगले ही पल हेड सर को मारते तुम किस तरह से झिड़के थे मुझे ये भी तो आ गया था सामने। मैं अनिर्णय की स्थिति में थी, लेकिन प्रेम जीत गया था। वो बताते जा रही थी और आँखों से बहता आँसुओं का सोता सूख सा चला था। मैं पोखरे वाली घटना का अपना पक्ष बताता, वो पेट पकड़ के हँसती। हँसती हुई दिव्यवा और सुंदर हो जाती। ऐसा लगता जैसे बिना मौसम के वसंत छा गया हो। काश! मैं कालिदास होता तो किसी महाकाव्य की रचना कर डालता। "अभिज्ञानशाकुंतलम जिसकी छन्दों और श्लोकों को शास्त्री सर अक्सर बोला करते थे, उससे भी ज्यादा सुन्दर हो तुम।" मैं दिव्यवा को बताता।

"धत!" वो शर्मा जाती। उसके गालों पर एक सुर्ख लाल रंग छा जाता। सौन्दर्य आपस में एक-दूसरे से होड़ करते हुए कन्ट्रास्ट युक्त आभा निर्मित कर डालते। कमरा बिना किसी विशेष सजावट के विश्व का सर्वोत्कृष्ट शयनकक्ष बन जाता।

"सच में वो किट्स वाली कविता द ब्यूटी की सदाबहार सौन्दर्य तुम्हीं हो कभी भी क्षीण न होने वाली।" मैं बोलता जाता। मेरे शब्दों के चयन पर मुझे खुद अचम्भा होता। लगता कि ये स्त्री ही होती है जो शब्दशक्ति से इस विश्व को युक्त करती है, नहीं तो नीरस और बेभाव से पुरुषों में कवित्व का यह भाव प्रेम के बिना संचरित होना असम्भव होता। स्त्री जब पुरुष को प्रेम के रंग से रंग डालती है तो पुरुष कर्त्ता हो जाता है। कर्त्तव के भाव से युक्त पुरुष नाहक व्यामोह में होता है जबकि कला की प्रेरणा स्त्री के कोमल भावों के बिना सम्भव ही नहीं होता।

"तब!" वो लिपट जाती मुझसे। किसी लता की तरह। अब तक असहज असम्भव लगने वाली चीज सहसा एक सहज भाव के साथ घटित हो जाती,

अस्तित्व विलीन से हो जाते एक दूसरे में। यथार्थ, स्वप्न से कितने अलग होते हैं यह आज मैं जान पाता। दिव्या बिस्तर के एक तरफ निढाल पड़ी होती, मैं अपनी अनुभूतियों को सहेजने का प्रयास कर रहा होता। अतीत के पन्ने फड़फड़ा रहे होते। मैं दिव्यवा की तरफ देखकर उसके संतुष्टि के एहसास को स्केल पर नापने का प्रयास करता। अपने कपड़े की सिलवटें सहेजती दिव्या से मैं पूछता "कैसा लगा?"

वो शर्मा जाती। बिना कुछ बोले चुप रह जाती। मैं उसकी कलाई पकड़ लेता और फिर से वही प्रश्न दुहरा देता। वो एक मीठी-सी झिड़की देती कि ये भी कोई पूछने की चीज होती है भला!

पर मैं अड़ा रहता जैसे कोई बड़ा भेद जानना हो। दिव्यवा के चेहरे की अनुभूतियों से अंदाज लगाना बड़ा असहज और असम्भव-सा काम जान पड़ता। "वो बोलती बड़ा अजीब घर है भाई ये, बहन चादरों में धब्बे खोज रही है और भाई सब कुछ कर चुकने के बाद ये अजीब-सा प्रश्न।"

"जाने दो नहीं बताओगी तो।" मैं लगभग नाराज होते हुए बोलता।

"पूछ तो ऐसे रहे हो कि जैसे सब तुमने किया हो।" वो हँसने लगती। मेरा चेहरा लटक-सा जाता।

"अरे सच में अच्छा था बाबा!" वो हँसते हुए भाग जाती बाहर की तरफ। उसके चेहरे पर संतुष्टि के जो भाव दिखते, वो असल जान पड़ते। मेरे मन के अंदर जो वहम के घोंसले बने होते वो भरभराकर ढहने लगते। लगता काश ये छुट्टियाँ आगे बढ़ जातीं।

***

जीवन और मोक्ष

वो दूर आसमान में चमकता हुआ चाँद, पात-गात से छिटकती हुई चाँदनी, आसमान में राई के दानों की तरह बिखरे हुए तारे और निर्गुण का राग अलापता झींगुर, संगीन पर माथा टेका हुआ मैं, बस इतनी सी तो है इस रात की कहानी। अरे नहीं, इतनी-सी ही कैसे है... यहाँ से मीलों दूर कहीं इसी तरह के पहाड़ियों के नीचे बसे बड़वा गाँव में नींद के आगोश में पड़ी दिव्यवा, उसकी भी तो कहानी इसी रात की कहानी है, वो भी तो इसी धवल चाँदनी को ऐसे ही देख रही होगी, अपलक-सी किसी आश्चर्य में खोयी हुई। उसके माथे पर पड़े हुए टीके से चाँदनी की किरणें प्रकिर्णित हो आँगन के एक सिरे पर दिवार से लगे दर्पण तक जाकर टकराती होंगी। फिर पूरे आँगन में श्वेत-धवल सी चाँदनी एक स्वर्णिम आभा से युक्त हो जाती होगी। विस्मय से फैली हुई आँख की पुतलियों से वो आँगन के स्वर्णिम रंग को देखती होगी और दोनों बाँहें फैलाकर खुशियों को समेटने को लपक पड़ती होगी। तब तक चूड़ियों की खनक घर आँगन में गूँज जाती होगी।

सीमेंट की बोरियों की घेरेबंदी में सिमटा मैं, कहाँ पूरे गाँव जवार में कुलाँचे मारा करता था। लगता ही नहीं कि कहाँ एक आवाज से पूरे गाँव को जगाने वाला युवक यहाँ निःशब्द-सा एक नीरव शांति के बीच पड़ा हुआ है किन्हीं ख्वाबों की तलाश में। कौन से ख्वाब? कौन सा भविष्य? वो भविष्य अब वर्तमान है जिसका मैं खाका बुना करता था। अरे नहीं कौन से खाके? हमने कहाँ बुना था किसी भविष्य का खाका! वो तो समाज था, समय था जिसने हमारे भविष्य का लिहाफ बुनकर थमा दिया था हमें और हम, सुबह जब दुनिया मलमली लिहाफों में लिपटी आदर्शों के खाके तैयार कर रही होती है, तब सरपट नंगे पाँव कंकड़-पत्थर से भरी राहों पर भागना इतना भी आसान नहीं होता। सुदूर गाँवों में अलसुबह भागता हुआ बचपन, मिट्टी को श्रृंगार के लिए बदन पर मलती जवानियाँ इन सबको कहाँ पता होता है कि जिन आदर्शों के खाके उनसे बुनाये जा रहे हैं उनका कीमत क्या चुकाना होगा।

खैर कीमत... यह बहुत जटिल बुनावट वाला शब्द है। अब हमें मिलने वाला पगार और जाया होता वक्त, कौन किसका कीमत है इसका अंदाज कौन लगाये और क्यों लगाये भला! संगीन थामकर खड़ा एक मासूम-सा युवक भला पारिश्रमिक के रूप में प्राप्त उन चंद रुपयों से दूर कहीं गाँव के आँगन में छिटकती चाँदनी, खनकती चूड़ियों का कीमत चुका पायेगा क्या कभी!

जिंदगी में सब सीधा-साधा और सपाट-सा क्यों नहीं होता। बचपन में लगता था कि फलनवा आदमी की नौकरी लग गयी, चिलनवा आदमी बहाल हो गया। अब क्या...उसके घर में पैसों के सोते फूट निकलेंगे और आनंद ही आनंद होगा।

भजन मास्टर गरियाते "कहाँ से शेर की कोख से सियार पैदा हो गये ससुर, चार कदम चलने में हुकहुकाने लगते हो, अरे थोड़ा दौड़ो धुपो, देह में जान ले आओ ना त जिनगी भर यही नरक में गाँड़ ठेठाते रह जाओगे।"

मैं उनको देखता और सोचता कहाँ से ये विपत कपार पड़ गये बाप बन कर। कहाँ नरक है आ कहाँ गाँड़ ठेठाना है कुछ पल्ले नहीं पड़ता। बस लगता भागना है, हुकहुकाना नहीं है। तो मैं अलसुबह उठकर भागने लगता। जीवन का एक ही सपना होता कि बहाल हो जायें। कहाँ? क्यों? कैसे? ये सब बड़े प्रश्न होते और हम उतने बड़े तब तो नहीं ही थे कि इन सब में उलझते, लेकिन फिर भी इन सपनों के बनने की, बिखरने की, फिर सपनों के यथार्थ हो जाने की अपनी ही कहानी होती।

उन कहानियों को जी लेने के उपरांत जब जीवन का सुख चरमोत्कर्ष को प्राप्त करता, तब तक मैं दूर इन पहाड़ों में पड़ा होता। महीने-दो-महीने की छुट्टियाँ कब ख़त्म हो जातीं समझ में ही नहीं आता। जीवन की खूबसूरती दिवार पर टँगे उस कैनवास के रंगों की तरह उभर आती जिसके ऊपर वर्षों से तह बनाकर बैठे धूल को कोई क्षण भर में साफ़ कर डालता...उस दिन दिव्यवा से मेरा मिलन कुछ ऐसा ही था। वहम के दिवार भरभरा कर गिर गये थे जब उसने हमारी अंतर्व्यथा सुनने के बाद अपने मोती जैसे दाँत दिखाये थे तो।

"धत! ऐसा भी कहीं कुछ होता है क्या भला।" वो मेरी तरफ कुछ अलग ही भाव से देखते हुए बोली थी।

मैं बस न यकीन कर सकने वाले नज़रों से देखता रहा था उसे। सब कुछ तो

बयान कर दिया था कि उस दिन उसको देखकर क्यों भागा था, उससे क्यों दूरी बनाया था और सपनों में उसके आने की कहानी तक।

"तुम बहुत ही इनोसेंट हो!" कहते हुए मेरे गालों को उसने अपनी जादुई चुटकियों से मसल दिया था।

मैं बस हँसकर रह गया था।

"अब कैसा लगता है?" पूछते हुए वो हँस पड़ी थी।

"अब तुम्हारे साथ बिताया हुआ वक्त हमें करमनासा-सा एहसास देता है। जानती हो दिव्या, बचपन में एक बार राय गुरूजी ने कर्मनाशा की कहानी सुनायी थी, बड़ा हुआ तो मुझे ही सब करमनासा कहने लगे थे। बात-बेबात में कभी करमनासा तो कभी बेहया बनता बउवा, अच्छे बुरे की तोहमत से लदता बउवा। पर बउवा को कभी कोई शिकायत नहीं थी या अगर कभी शिकायत रही भी हो तो अब त बिलकुल ही नहीं है।" मैं बताते हुए गम्भीर रूप धारण कर लेता।

"..." बिना कुछ बोले वो मेरी तरफ बस देखती, जैसे पूछ रही हो बहुत सारे प्रश्न एकसाथ या जानना चाह रही हो करमनासा का रहस्य।

"जानती हो दिव्या, राय गुरूजी ने बताया था कि करमनासा विभेद नहीं करती पाप और पुण्य के बीच में। जीवन का असल आनंद तभी है जब आदमी कर्मों के झमेले से मुक्त हो जाये; राय गुरूजी ही मेरे गुरु हैं जिन्होंने जीवन का मर्म समझाया है मुझे। अब सोचो कर्मों के झमेले में लिपटा इंसान सुख का ज्ञान कैसे करता होगा भला! राय गुरूजी ही बोलते थे कर्मों से निर्लिप्त हो जाना ही मोक्ष है, आदमी ब्रम्ह बन जाता है जब कर्म उसके शरीर से झड़ जाते हैं तो। पवित्र गंगा जो केवल पापों से मुक्त करती है आपको और छोड़ देती है पुण्यों के गट्ठर को कपार पर। आदमी उसी को ढोता हुआ मद में मत्त रहता है आ जब तक यह कर्म रहते हैं आदमी लिपटा रहता है उन्हीं से और कर सकने वाले भाव से...फिर वह जो कुछ भी करता है उसका सुख नहीं एहसास कर पाता है।" मैं पागलों की तरह बोलता रहता... वो बस देखती रहती। मुझे खुद नहीं समझ आता कि ये इतने सारे शब्द किस शब्दकोश से निकल रहे हैं।

"तुमसे मिलना, तुम्हारे साथ रहना भी हमें बस मुक्त रखता है दिव्या; अतीत का बोध और भविष्य की चिंता उन कुछ क्षणों में विलीन से हो जाते हैं कहीं अदृश्य में। हम तुम अलग होते हुए भी कैसे एकाकार हो जाते हैं यह

अचम्भित करता है। क्या पाप, क्या पुण्य, यह महीन विभाजन रेखा मिट जाती है और जो समक्ष होता है वो साक्षात आनन्द होता है। यह जो आनंद होता है न वो सच में करमनासा ही तो होता है, नहीं तो पाई-पाई जोड़ती जिंदगी, यहाँ वहाँ से बस हाय-हायकर के कुछ बटोरती हुई। कुछ पुण्य बटोरने की चाहत में परेशान, कुछ पापों का शार्टकट लेकर बस भागते हुए। दुःख और तड़प से भरी जिंदगी में न पुण्य आपको खुश रखता है न पाप, फिर यह कर्मनाशा अभिशप्त क्यों हो जाती है। जीवन का आनंद इतना सुलभ चीज है, अब तुम्हीं बताओ सबने हमको करमनासा, बेहया की तोहमतों से लादा और मेरे गोद में संसार की सर्वोत्तम ख़ुशी है।" मैं उसे अंक में भर लेता। शर्माती हुई वो और मेहँदी का गाढ़ा रंग पकड़ते उसके गाल... हम फिर एक नये शीर्ष की तरफ निकल लेते।

पश्चिम आसमान में चाँद डूब जाता और सुखद चाँदनी काली रातों का चादर तानकर सो जाती।

यादों के घरौंदे में पड़ा बउवा बेबस होकर अपनी डायरी अपने बैग के अंदर रखता। युद्धक सामग्री के साथ-साथ यादों का गठ्ठर सँजोता हुआ डायरी बउवा के बैग में हमेशा पड़ा रहता। कंधे के एक तरफ झूलता इंसास राइफल और किसी अज्ञात की तरफ से सतर्क बउवा। समझ में नहीं आता उसे कि सीमा सुरक्षाबल देश के अंदर किन सरहदों की सुरक्षा में भटकती फिरती है। पर समझ के करना क्या था, देश तो देश होता है न, एक विशाल क्षेत्र, विविध भाषा संस्कृतियों को सहेजता हुआ देश। फिर एक अदना-सा सिपाही ये सब जानकर क्या करता भला। वो बस तारों को देखता हुआ उस नीरव शांति के मध्य ड्यूटी बजाने पर लगा रहता।

समय तेजी से कितना आगे बढ़ गया था। अब दिव्यवा सामुदायिक अस्पताल में ड्यूटी करने जाती। स्कूटी पर सवार दिव्यवा, जत्थे में स्कूल जाती लड़कियाँ, साइकिल के पहिये घूमते हुए वक्त को सूचित करते। ऐसा लगता यह स्वीटीया थी जिसने गाँवजवार में एक नये क्रान्ति का सूत्रपात किया था, नहीं तो भजन मास्टर जैसा आदमी आ स्कूटी पर सवार हो सदर अस्पताल की तरफ जाती उनकी बहू, ससुराल के स्कूल में पढ़ाने जाती उनकी बेटी और शान से मूँछों पर ताव देते भजन, इतना विरोधाभासी दृश्य कहाँ सम्भव था! वह गाँव की पहली लड़की, पहली बहू थी जो स्कूटी सवार हो सड़कों पर फर्राटे भरती। जीवन और परिवार खुशियों से भर उठा था जैसे और इन्हीं खुशियों को पूरा

करती हमारी छोटी सी पिट्टू और क्या चाहिए था भला किसी को।

***

सुदूर तक फैला घना जंगल, वृक्षों के वितानों से छनकर आती प्रकीर्णित रश्मियाँ और पाँवों तले पड़ने वाली पत्तियाँ और पहाड़ी पगडंडियों के सहारे आगे बढ़ती सीमा सुरक्षाबल की एक छोटी-सी टुकड़ी और बार-बार पीछे की तरफ छूटता हुआ वो जवान, जिसने कंधे पर बट फ्री इंसास राइफल टाँग रखा था। टुकड़ी का नेतृत्व करता इंस्पेक्टर सुबोध बारम्बार आवाज देता "साला मरवायगा तू हमसब को, जब देखो तब पता नहीं कहाँ खोया रहता है, अरे तेज चल बहादुर तेज चल।"

"अरे साहब छोड़ दो उसे, जोरू की याद उसे आगे नहीं बढ़ने देती।" टुकड़ी का हवलदार थोड़ा मसखरी करता।

जवान आगे की तरफ देखता, टुकड़ी से कदम ताल मिलाने के लिए दौड़ लगाता। फिर थोड़ा आगे बढ़ते बढ़ते पिछड़ जाता। लोग फिर छेड़ते कि छोड़ दो साहब इसको फिर से छुट्टी काट आये, साला जोरू के काजल में ही उलझा रहता है।

जवान इन सबको अनसुना करते हुए आहिस्ता-से नीचे झुकता और हाथ में ढेर सारी मिट्टी भर लेता। लाल बजरी से युक्त मिट्टी, एकदम रक्तिम सी हो जैसे। वो अपनी हथेलियों को खोलकर देखता, मिट्टी सजीव-सी हो उठती।

कितना इतिहास छुपा होता है न इस एक मुट्ठी माटी में। उसे आश्चर्य हो आता। हजारों सैकड़ों वर्षों तक रगड़ते-घिसते चट्टान, निर्जीव से निष्प्राण से एकाएक सजीव से कैसे हो जाते हैं। बेजान माटी में वो सामर्थ्य कहाँ से आ जाता है कि वो दुनिया में जान का आधार बन प्रस्तुत हो जाये। खैर जान-बेजान सब कहीं भ्रम के स्तर पर ही तो हैं, नहीं तो कहाँ किताबों में पढ़ाया गया संवेदना विहीन प्रक्रिया "माटी निर्माण की प्रक्रिया" और कहाँ मिट्टी के कण-कण में समाहित होता पसीना, उसे श्रम से सिंचित करता जीव जगत, भौतिक देह को अर्पित करता हुआ किसी दधीचि की तरह। गलती हुई दधीची की हड्डियाँ ही माटी में जान फूँकती हैं यह कोई क्यों नहीं बताता है।

उसे लगता यह मिट्टी एक जीवंत संस्कृति है; यह इतिहास है उन पूर्वजों की, उन संस्कृतियों की जिसे इसी मिट्टी ने खुद पाला था किसी माँ की तरह, फिर खुद

में ही समाहित कर लिया आँचल फैलाकर। माया का मृग रचती माटी आपको उलझा देती है माया में, फिर आप माटी के पुतले की तरह इसी में समाहित हो जाते हैं।

उसने थोड़ा-सा प्रयास किया कि वो अपना भी इतिहास देख सके। अनिश्चित भविष्य से युक्त इतिहास। यही तो होता है मानव जीवन, जिसमें वर्तमान का शायद कोई अस्तित्व ही नहीं होता है, बस जो अस्तित्व में होता है वो इति होता है या समय के घोड़े पर सवार... पर दूर कहीं तैयार होता भविष्य का धुँधला सा खाका।

अब उसे ही ये कब पता था कि नहीं भविष्य में कभी जब उसे लगेगा कि उसके जीवन ने नियत मुकाम हासिल कर लिया तब वो बेवजह भटकेगा। समूह में, जहाँ सबके अपने अतीत हैं, सबके अपने भविष्य, पर वर्तमान...उसका क्या, वो जोर से हँस पड़ता।

"वर्तमान!" सब उसकी तरफ अचम्भित से देखते। टुकड़ी वापस बेस कैम्प में होती।

"पागल हो गया है क्या बउवा?" एक करीबी साथी पूछता। "पागल! हाँ ये सही है भाई, मैं नहीं बल्कि हम सब पागल ही तो हैं।" वो बस जोर से हँसता रहता।

"ले दो पैग एक्स्ट्रा मार साथी, गम कपूर बनकर उड़ जायेगा।" एक दूसरा साथी पैग उसकी तरफ बढ़ाता। टुकड़ी ठहर जाती वहीं, लेकिन गम पिघलने से इंकार कर देता।

जिंदगी की यही तो खूबी होती है कि जब आपको लगता है वाह ये रहा सपनों का जीवन और आप बरम्ह बाबा को धन्यवाद बोलने के लिए गर्दन झुकाते हैं, तब तक दृश्य बदल गया होता है। उस ख्वाब-सी दिखने वाली जिंदगी के पोरों से कैक्टस की कँटीली झाड़ियाँ निकल आयी होती हैं। ये मजाक नहीं तो और क्या होता है भला! साला जिंदगी खुद में चलती-फिरती करमनासा है। भाग्य की रेखाओं को एक सँजोता इंसान जिंदगी की बेतरतीब-सी चाल से हमेशा अचम्भित रह जाता है।

"हमको ई फैशन नहीं पसंद तो नहीं पसंद।" भजन मास्टर बैठक में अपने पुराने खाट पर बैठे हमको समझाते।

"लेकिन पिताजी दिव्यवा भी त ठीके कह रही है न...अब ई बड़वा गाँव में रह के पिट्टू की पढ़ाई लिखाई त नहीं ही हो पायेगा न!" मैं भजन मास्टर को समझाने की कोशिश करता।

"अरे काहे नहीं हो जायेगी पढ़ाई लिखाई, हमारी पीढ़ियाँ यहीं इसी बड़वा गाँव से न अपना जीवन चलायी हैं। तुम भी, पिंकिया भी, आ दिव्या खुद ही इसी गाँव के पूर्वजों के बनाये स्कूल से पढ़कर निकले हो। ई जो स्कूल देखते हो न बेटा, इसके नींव में जो पत्थर पड़ा है उसे किसी और ने नहीं बल्कि तुम्हारे बाप-दादों ने डाला है। तो ये पचासों बिगहा जमीन, आ दिन-रात पसीने को सोते की तरह बहाते तुम्हारे अपने ही पुरखे चुतिया थे क्या या तुमलोग अब ज्यादे चालाक हो गए हो जो उन्हें चुतिया सिद्ध करने पर लगे हुए हो?" भजन मास्टर मेरी तरफ देखते।

मैं क्या बोलता भला। साँप छुछुंदर वाली दशा में फँसा हुआ मैं। माई की भाषा में बोलता तो हमारे लिए तो वहीं दशा होती कि पुतवो मीठ आ भतरो मीठ, तो हम किसको तीखा कहने की जहमत उठाते। उधर दिव्यवा की भी जिद्द अलग ही थी। उसके पिताजी आकर हमको समझा जाते "अपना भविष्य तुम लोगों के अपने हाथ में है, अब ई गाँव-देहात में न कोई स्कूल है, न कोई मास्टर, त देख-ताककर भभुआ बनारस में जगह जमीन ले लीजिए, आ थोड़ा कर्जा लोन लेकर घर-वर बना लीजिए।"

"बाबूजी रिटायर हुए हैं आ सारा पैसा यहीं घर मकान में फूँक डालने की जिद्द ठाने हुए हैं, अब उन्हें कौन समझाये कि अपने लिए नहीं त हमीं लोगों के लिए सही इसे सही जगह पर इन्वेस्ट करते कम-से-कम।" दिव्यवा बोलती।

"कहना क्या चाहती हो?" मैं अचम्भित-सा दिव्या की तरफ देखता।

"अरे तुम सही में बउवा के बउवा ही रह गये; का करेंगे वो इहाँ बड़वा गाँव में दो तल्ले का मकान उठाकर, किसे रहना है यहाँ।"

"क्यों क्या बुराई है यहाँ रहने में?" मैं अचम्भित-सा पूछता।

"नहीं है बुराई तो आकर रहो न तुम्हीं, हमसे त नहीं हो पायेगा। यहीं पड़े पड़े सड़ते रहो...अरे हम नहीं पढ़ पाये तो क्या पिट्टू को तो पढ़ाना है कि उसे भी यहीं चूल्ह झोंकने के लिए शापित कर दोगे आपलोग...आ पिट्टू ही क्यों अभी कल कोई और होगा त का उसे भी तुम्हारी तरह बन्दूक पकड़ा कर बूट पटकने के

लिए भेज देंगे?" दिव्यवा भड़क जाती।

"देखो बचवा, जमाना बदल रहा है त का तुम्हारे बाप नहीं बदले हैं, उ भी त बदल ही गये हैं न, नहीं त कहाँ हमलोगों का जमाना था कि घुँघट अगर ठुड्डी से उपर खिसका त खैर नहीं, आ कहाँ दिव्या का जमाना है कि पूरा केश खोलकर लहराते हुए फटफटिया पर सवार होकर जाती है और उधर भजन मास्टर मूँछों पर ताव देते हुए शान से बताते हैं कि उनके बेटा-बहू दोनों नौकरी करते हैं।" माई भी पंचायत में कूद पड़ती।

"देखो बेटा, तुम त घर से दूर पड़े रहते हो, यहाँ बहू का मुँह हमेशा फुला ही रहता है हमलोगों से, पता नहीं क्या गलती किया है हमलोगों ने। अरे पूरी जिंदगी हम मेहनत किये तब न हमें सरकार ने आज लाख पचास हजार दिया है, अब हम चाहें त उसका महल उठाएँ आ चाहें त दान कर दें, लेकिन ई हमसे त नहीं ही हो पायेगा न कि हम अपनी ई कर्मभूमि छोड़कर चलें शहर-बाजार की मरी माटी में बँगला बनाये।" भजन मास्टर अपना तर्क मजबूत करते।

"जाने दीजिए बहू भी त आपकी बेटी ही है न!" मैं थोड़ा अकल वाली बात बोलने की कोशिश करता।

"बोलना बहुत आसान होता है आ करना उतना ही कठिन। अगर भजन मास्टर उनको अपनी बेटी नहीं मानते त बीडीओ सीओ से लेकर मुखिया प्रमुख के यहाँ गाँड़ घसीटकर उनकी नौकरी नहीं लगाये होते। पूरे जवार में किसको नहीं पता है कि लाख टका गिने हैं भजन तब आज जा रही हैं नौकरी करने, ऊपर से जवने सवारी पर बैठकर जाती हैं उसे भजन के ही रोकड़े से ख़रीदा गया है; तो महारानी को समझाओ कि दुश्मन नहीं हैं भजन उनके, आ जिस दिन खुद कमा के खरीदने लायक हो जायेंगी लंडन जाकर घर बनवा लेंगी, लेकिन ई कहाँ की जिद्द है कि भजन खुद ही अपनी कमाई अपनी माटी में न खपाकर बेगाना हो जायें इस भूमि से।" भजन मास्टर ताव में आ जाते।

"सबकी दुश्मन तो मैं ही हूँ न! अगर सब लोग यही चाहते हैं कि हम भी इन्हीं लोगों की तरह यहीं मर-खप जाये त ठीक है...अरे हम क्या गलत कह रहे हैं भला, लेकिन अम्मा-बाबूजी को पिंकी दीदी की बातें समझ में आ जाती हैं, उनको पता नहीं क्या-क्या के लिए पचास हजार निकाल के दे दिये लोग, तब हम कुछ बोले क्या...अरे हम त यहीं चाहते हैं कि घर में पाँच पैसा है तो कहीं ढंग

की जगह पर लगे कम-से-कम, नहीं तो ऐसे ही निकल जायेगा सब।" दिव्यवा अपनी बात रखती।

"अरे काहे नहीं खर्चते वो...पिंकिया बेचारी को ही देखो, उसका घर बन रहा था सासाराम में तो दिये न पैसा उसको। क्या करते? अब बाप बेटी, को कैसे न कह देगा भला; लेकिन अपनी मिट्टी छोड़कर जाने का किसको मन करता है, तुमलोगों को त रोके नहीं हैं, जहाँ रहना है रहो जाकर।" माई कहती।

हम आँगन में एक तरफ लगे तुलसी की बिरवाई को देखते। पहली बार लगता कि आँगन में लगी तुलसी भी बात कर रही हो जैसे। नहा-धोकर आयी दिव्यवा तुलसी की जड़ों में जल डालती।

"दिव्या, सहिए त कह रहे हैं बाबूजी, क्या करोगी भभुआ में घर बनवाकर? अब अगर तुम भभुआ चली गयी तो आँगन की तुलसी मुरझा नहीं जायेंगी।" मैं अपने शयनकक्ष वाले कमरे में प्रवेश करते हुए दिव्या से पूछता।

"अच्छा तो तुम्हें तुलसी की चिंता है, तो कल से तुम्हीं आकर उन्हें जल दिया करना; रोज जल मैं ढारती हूँ और चिंता में तुम गले जा रहे हो, ये कहो न कि अम्मा-बाबूजी ने तुम्हें सिखा-पढ़ा दिया है।"

मैं अवाक हो देखता रहता। ऐसा लगता जैसे मैं कोई मिठ्ठू सुग्गा हूँ, जिसे जब दिव्यवा पढ़ाती है तो उसी तरीके से वो माई पिताजी के सामने जाकर बोलता है आ जब माई पिताजी पढ़ाते हैं तो वो दिव्यवा के सामने आकर बोलता है। कमरे के दीवारो की तरफ हमारी नजर जाती। ऐसा लगता जैसे वो कमरा हमें किसी भावपाश में जकड़ रहा हो। दीवारो में लगी एक-एक ईंटें भावनाओं के ज्वार-भाटा की साक्षात गवाह रही हों जैसे। एक सुखद अतीत अपने पन्ने खोलकर खड़ा हो जाता। उस रोमांच में मैं भीग जाता। सहसा फैलती हुई बाँहें दिव्यवा को अंक तक खींच लातीं। दिव्या किसी झटके के साथ दूर चली जाती। एक मुर्दनी-सा भाव पूरे कमरे में फ़ैल जाता। मन के सुदूर तक कोई अकथ भाव लिखता रोमांच सहसा किसी शून्य में विलीन हो जाता।

"जब दिव्यवा दुश्मन ही है आपलोगों की तो ये बनावटी प्यार क्या दिखा रहे हैं।" दिव्यवा गुस्से से मुँह फुलाते हुए बोलती।

"बनावटी प्यार!" मैं सोचता। पहली बार यह लगता कि प्यार भी बनावटी हो सकता है। समझ में नहीं आता आखिर सहसा जिंदगी किस बवण्डर में फँस

गयी है।

फ़ौज में वैसे ही रूखे आदेश बजाते, दिन भर टाँग घसीटते, पीठ पर तीस किलो के किट बैग लादे बस बिना किसी उद्देश्य के चलते सिपाही की जिंदगी एकरस-सी हो जाती है। फिर वो सिपाही बड़े जतन से झूठे-सच्चे वजहों को गिनाते हुए छुट्टी का आवेदन करता है। रोल कॉल में टाँगों को जोर से घुटने के पास से मोड़कर पटकते हुए सैल्यूट दागता सिपाही अर्जी लगाता है।

"जय हिन्द साहब! साहब घर पर जोरू बीमार है, छुट्टी चाहिए साहब।" कभी जोरू की बीमारी, कभी माँ-बाप की बीमारी, कभी कुछ कभी कुछ जैसे वजह गिनाता सिपाही जब यूनिट से अवकाश पर रवाना होता है तो उसकी आँखों में सपने होते हैं, एक संसार होता है जहाँ मुहब्बत होती है। आत्मीय वातावरण होता है। और एक जगह होती है जहाँ वह केवल हुक्म का गुलाम नहीं होता। जहाँ उसकी अपनी भावनाएँ भी किसी के लिए स्वर्ण की तरह मूल्यवान होती हैं। जहाँ कोई खिलखिलाता बचपन उसके अपने बचपन का याद दिलाता है। पर ऐसे में जिंदगी बेमुरौव्वत-सा खेल खेल जाती है तो वो बेचारा समझ नहीं पाता कि जाना किधर है। प्रेम का यथार्थ के धरातल पर अवतरण प्रेम के जैसा तो आदर्श कतई नहीं होता। कभी-कभी मुझे अर्थात बउवा को लगता साली-प्रेम मुहब्बत जैसी चीज कोई दिमागी फितूर ही होती है, नहीं तो दुनियाँ में प्रेम अपनी जगह और जिंदगी अपनी जगह। खतो किताबत करते प्रेमी जोड़े जब जिंदगी से साक्षात करते हैं तो चिट्ठियों में दर्ज प्रेम बड़वा पहाड़ की चोटी पर आराम फरमाने चला जाता है। फिर इंसान को लगता है ये वाला नहीं, अगर वो वाला चुने होते तो जिंदगी ज्यादा आसान होती। लेकिन जिंदगी वहीं ताखे पर बैठी मुस्कुराती है कि साला जो सहज हो जाये वो काहेकी जिंदगी। इस तरह घर के महाभारत में छुट्टियाँ व्यतीत हो जातीं। निकलते समय बस इस वायदे के साथ निकलता कि चाहे जैसे भी हो मैं दिव्यवा को उसका ड्रीम होम बनाकर दूँगा। मुस्कुराती दिव्यवा घर की दहलीज तक हमको छोड़ती। भजन मास्टर बस पकड़ाकर वापस जाते हुए निहारते रहते। गाँव का सिवान हमारी नज़रों से ओझल होता रहता। मन के अंदर पूर्वजों का ड्रीम होम खँडहर होता रहता।

"मैं दोनों पेग तुरंत गटक डालता।" मेरे साथी मुझे हतप्रभ-से देखते रहते।

"साले तुम अगली बार अपनी बीवी को भी लेते आना इसी किट बैग में रखकर।" वो लोग हँसते।

अनंत तक विस्तीर्ण जंगल में मुस्कुराती हुई दिव्यवा किसी कैनवास पर छपी हिरोइन की तरह अंकित हो जाती। यथार्थ जगत् में विलीन होता प्रेम फिर से जीवंत हो जाता।

***

सुबह से सत्रह किलोमीटर टाँग घसीट चुके बउवा को खाली टांग ही घसीटना होता तब भी सुकून था। साला इहाँ दोनों टाँगें जंगल में लाल माटी के ऊपर तलवे घसीट रही थीं, रीढ़ की हड्डी किसी गुप्त खतरे से निपटने के लिए लदे हुए तीसेक किलो तक के युद्धक सामग्री, पानी बिस्किट को ढोने में टेढ़ा हुआ जा रहा था। उधर कान के अंदर घुसा हुआ कनठेपी दिमाग के भीतर कहीं दूर तक पहुँच के अपना ही चरस बो रहा था। साला पत्तियों की एक हलकी सी सुरसुराहट के साथ ही कलेजा बवाल काट देता, शरीर सतर्क होने के लिए बोलता, लेकिन फोन पर अलग ही दुनिया की आवाज आती।

बचपन में वीसीआर पर बॉर्डर फिल्म देखते हुए किसकी आँखों में आँसू नहीं भर जाते थे भला। साला चिट्ठियों का अपना ही नशा था, पर जबसे जिंदगी में इस मोबाईल फोन ने चरस बोया है, तबसे भावों के रस निचुड़ से गये हैं जैसे। साला दुनिया का जंग लड़ता सिपाही अपनी निजी दुनिया में अलग ही जंग लड़ रहा होता है।

"तुमको हमारी बात सुननी कहाँ है, दिव्यवा है क्या तुम्हारे लिए कुछ।"

अब क्या समझा दें कि दिव्यवा क्या है हमारे लिए। बचपन से दिमाग पर बैठे हुए फितूर को किसने साफ़ किया था भला क्या पता नहीं है इसे। क्या हम रोज-रोज अलग से बताते चलें कि जबसे तुमको देखा था सपने में सिर्फ और सिर्फ तुम्हीं आती थी। अब यह क्या स्टाम्प पेपर पर लिख कर देना पड़ेगा कि बैजयंती की पंखुड़ियों की तरह होंठ, गुलमोहर की तरह रंग और ख्वाब की तरह सुंदर अब दिव्यवा हमारे लिए कुछ नहीं होगी त कौन होगा भला... ऊपर से पिहू भी तो है। किसके लिए भटक रहे हैं हम यहाँ जंगल झाड़ में। साला इंसान के साथ सबसे बड़ा दिक्कत यही होता है कि अनगिनत असंख्य भावों को व्यक्त करने के लिए कुछ सीमित से शब्द खोजकर वो तुर्रम खान बना फिरता है।

"बोल काहे नहीं रहे हो?" उधर से फिर से आवाज गूँजती।

सारे जवान पोजीशन ले लेते। झाड़ियों के बीच कोई हरकत होते हुए सुनाई

देती। एकदम से शांति फ़ैल जाती, अब ऐसे में क्या बोल दें भला बउवा समझ नहीं पाता।

"देखो बोलो या न बोलो एक बात कान खोलकर सुन लो।"

बउवा के कान और चौड़े हो जाते। साला पहले से ही एक कान में छुपा कर लगाये हुए इयरफोन पर कुसंवाद करना और साथ में ही टुकड़ी के साथ मार्च करना वो भी उड़ीसा के इन जंगलों में यह इतनी भी सामान्य बात तो नहीं है न। मोबाएल फोन ने रिश्तों में पता नहीं कौन-सा भाव घोला है कि संवाद सामान्यतः कुसंवाद ही बनकर रह जाते हैं। घंटे भर की रोमांटिक-सी लगती बरसात जब महीने भर खिंच जाती है तो रोमांचित मन खिन्न हो जाता है।

"हम कोई दुश्मन नहीं हैं तुम्हारे, न हमें तुम्हारे माँ-बाप से कोई दिक्कत है, लेकिन ये कौन-सी बात होती है कि इस छोटी पिट्टू का कोई सोचे ही न! अब यह सनक कौन सी है कि गोइठे में घी सुखाने के लिए सब उतावले हुए जा रहे हैं। अरे तुम्हारे बाबूजी सनके हुए हैं तो तुम तो समझाओगे कमसे कम, किसके लिए बना रहे हैं ये सब आ बहू यहाँ किराये की कोठरी में पड़ी हुई है।"

"तुम चुप ही रहोगे पता है, नहीं तो फोन काटकर बंद कर दोगे, फिर बहाने बनाओगे कि जंगल में नेटवर्क नहीं रहता। इस तरह से तुमलोग बाप-बेटा मिलकर दिव्यवा को बेवकूफ बनाते रहोगे। देखो कान खोलकर सुन लो, हम इस किराये की कोठरी में ज्यादे दिन नहीं रह पायेंगे।"

"हमको सब समझ में आता है कि तुम्हारा पैसा सब कहाँ जा रहा है। उहाँ बड़वा गाँव में महल तैयार हो रहा है आ इहाँ बीवी अँधेरे कमरे में पड़ी है, पर का चिंता है साहब को।"

दिव्यवा बोलती रहती। फोन सच में कट हो जाता। सामने झाड़ी में दुबका हुआ सियारों का एक झुण्ड निकलकर भाग जाता। सब राहत की साँस लेते। टुकड़ी आगे की तरफ मार्च करती। बउवा के पाँव भी आगे बढ़ जाते। मन पीछे की तरफ उलझता जाता। दिव्यवा की शिकायतें पहाड़ की तरह बड़ी हो जातीं, कुछ जायज कुछ नाजायज। दिव्यवा अक्सर बोलती "नौकरी आ पिट्टू की देखभाल अकेले कैसे कर लें हम।"

उसकी शिकायत जायज ही तो होती। पर शिकायतें। ही शिकायतें, फिर जो दौर निकलता वो मीठे भावों के साथ निकली शिकायतों को रुक्ष कर जाता।

"देखो बेटा ई गाँव-देहात में कुछ रह नहीं गया है अब, त देख ताक के कहीं भभुआ बनारस में जगह जमीन कर लो।" दिव्यवा की माई समझाती हमको।

हम बस उनकी तरफ देखते हुए जी हाँ, हूँ करते रहते। मन में उनके कुछ दिन पहले के संवाद उमड़ते रहते, जिसमें उनकी शिकायतों का अम्बार लगा होता।

"हमको तो आजकल की बहुओं का समझ में ही नहीं आता कि क्या चाल चलन है, आज आयी नहीं कि तुरंत लोटा थाली अलग करने की नौटंकी शुरू... कभी पेट में दर्द तो कभी मुँह में दर्द, एक गोड़ त उनका शहर-बाजार में ही पड़ा रहता है।"

लगता कि जैसे समूचा समाज ही एक अजब से गुप्त रोग से ग्रस्त है। साला गुप्त रोगों का वहम पाले हम जिन्दा रहे बचपन से, लेकिन गुप्त रोगों ने समूचे समाज को ही ग्रस्त कर रखा है जैसे।

गरजते हुए भजन मास्टर आ खड़े होते "कौन सा लड्डू-पेड़ा गड़ा हुआ है उहाँ बाजार में जो रानी साहिबा उहाँ सती हुई जा रही हैं, अरे हमारा मन नहीं करता क्या कि पोते-पोतियों को रोज गोद में खिलायें।"

नरपत मिलते ही तपाक से शुरू हो जाता "भाई जी हमने जमीन लिया है भभुआ में, कहिए तो आपके लिए भी देख लूँ; इहाँ मायामोह में कुछ भी नहीं है, उपर से भौजाई किराये पर रहती है ई अच्छा नहीं लगता।"

माई के चेहरे पर एक अजब मुर्दहिया भाव दिखता।

"अब हाड़-मांस इहाँ गला दिये त बुढ़ापा काटने बाजार में त नहीं ही जायेंगे, अब बहू को अच्छा लगता है त रहे, बना ले अपना घर, लेकिन हम बुढ़ा लोग त यहीं लिट्टी थाप के खा लेंगे।"

महीने-डेढ़-महीने की छुट्टी में गाँव गया मैं दो तरफ के भावों के बीच फँस-कर रह जाता। समझ में नहीं आता कि दिव्यवा के साथ रहूँ या माई के पास। अक्सर महीने-दो-महीने का अवकाश भी बस सफाई पेश करते हुए बीत जाता।

तरह-तरह के भाव उमड़ते रहते। हम टुकड़ी के साथ आगे बढ़ते रहते। टुकड़ी के रेडियो सेट पर कोई गुप्त सन्देश प्राप्त होता। टुकड़ी, प्राप्त लोकेशन की तरफ बढ़ जाती। रास्ते में झोपड़ी और मिट्टी के घरों के समूह दिखते। मवेशी चराते लोग। हम आगे बढ़ते रहते, पर मन खोया रहता।

रह तो रही थी दिव्यवा पूरे साल भर से बाजार में किराये पर कमरा लेकर, साथ में पिहू भी थी, पर अपना घर न होने की बात तो सालती ही रहती थी न।

"नात-रिश्तेदार सबका तो घर है इहाँ पर, अब भजन मास्टर की बहू किराये पर रहे यही रुचता है तो ठीक ही है, यही न इज्जत है तुमलोगों के चौबे खानदान की।" दिव्यवा बोलती।

"देखो बातबेबात खानदान पर मत आया करो, रोती तो रहती है तुम्हारी माँ तुम्हारी भौजाई को लेकर।"

"मेरी माँ को क्या ला रहे हो बीच में, मिल जाती कोई मेरी भौजाई की तरह न त नाचते-नाचते तुमलोगों का लँगोट न खुल जाता त हम भी देखते।"

मामला बिगड़ जाता। साला हमको समझ में नहीं आता कि जिंदगी हमीं को इतना झण्ड क्यों करती है।

तब तक माई का फोन आता और अलग ही रोना लेकर बैठ जाती "बेटा बोल दिया करो दिव्यवा को कि हफ्ते दो हफ्ते में पिहू को लेकर आ जाया करे, पूरा घर-आँगन सूना पड़ा हुआ है जैसे। अरे तुम्हारे बाबूजी ठीक है बोलते कड़ा हैं, पर दिल के खराब नहीं हैं वो, आखिर वही न दौड़भाग के बहाल कराये हैं दिव्या को।"

हमको लगता जैसे जिंदगी ने हमको एक झूले से उतारकर दूसरे झूले पर बैठा दिया है। साला झूले के दोनों सिरे पर जैसे दुःख ही दुःख है। उस कविता पाठ का अर्थ झण्ड होता लगता जहाँ दुःख और सुख दो किनारे होते निर्झर के। काव्यपाठ करती हुई दिव्यवा की छवि अंकित होती और क्षणिक सुख दे जाती। पर जिंदगी के दोनों छोरों पर जैसे दुःख ने भँवर निर्मित कर लिया था। समझ में नहीं आता मुहब्बत को चुनें या माँ को। लगता इसी जंगल में धँस मर जाते तो मुक्त हो जाते। तब तक हँसती हुई पिहू आकर हाथ थाम लेती। साली जिन्दगी जीने के लिए एक न एक वजह दे ही जाती है। ये बात दीगर है कि झण्ड होती जिंदगी भी अक्सर सामने वालों की नजर में भव्य तस्वीर रचती है।

"साला बउवा से बेहतर है कौन है आज गाँव में। मेहनत किया है मेहनत, तब जाकर आज सब कुछ पा पाया है।" संस्कारशाला में बैठा एक ज्ञानी हमारी जिंदगी का खाका खींचता।

"अरे भजन मास्टर का पाँचो उँगली घी में है।" इस तारीफ़ के साथ ही

राजू के दुकान से उस दिन के पानपत्ती का खर्च हमारे ऊपर थोप दिया जाता।

मार्च करती हुई टुकड़ी घेरेबंदी करती हुई सतर्क हो जाती। सामने से किसी अज्ञात दुश्मन के आहट की प्रतीक्षा में हम तैनात हो जाते। मन भय का सामना होते ही थिर हो जाता।

फोन की घंटी फिर से बजती। पास ही हवा में सन्न की आवाज आती। फिर उँगलियाँ सतर्क तरीके से ट्रिगर पर चली जातीं। वर्दी पर कुछ गर्म तरल पदार्थ रेंगता हुआ लगता। हथेलियों से वर्दी को आहिस्ता-से छूता। हथेलियों पर उड़हुल की लालिमा छप जाती। रक्त का लाल रंग धीरे-धीरे काला होता जाता। आसपास चार-पाँच साथी मेरी तरह ही लाल रंग से सने दिखते। ऊपर पहाड़ी से बुलेट्स बरस रहे होते। सहायता की माँग से रेडियो सेट गूँज जाते। हम असहाय-से पड़े रहते, जिंदगी अपना कालचक्र बुनती रहती। सूने पड़ते घर-आँगन, ताला लटके हुए दरवाजे, मुरझाई हुई दिव्यवा, पिट्टू की याद में चौखट पर बैठी हुई माई, बुढ़ापे में जिद्द को ढोते भजन मास्टर, कथा सुनाते हुए राय मास्टर साहब, और गाँजे का कश खींचते हुए चहेटन काका। साला जिंदगी सहज सलिल के पन्नों की तरह तो कभी नहीं होती है। असफल वैवाहिक जीवन के लिए गुप्त रोग की पर्ची विज्ञापन साटते हकीम साहब मुस्कुरा जाते, जैसे उन्हें जिंदगी का रहस्य पता हो। साला लगता कि असफल वैवाहिक जीवन से वैवाहिक का विसर्ग कर देना चाहिए। असफल तो जीवन होता है, है न! आ गुप्त रोग फालतू की अपेक्षाएँ होती हैं। उन्हीं अपेक्षाओं के बोझ में दबा हुआ बचपन कभी जवानी की उधेड़बुन में फँसा हुआ ऐसे ही बेवजह रक्त से सन जाता है। लगता कहानियों के दौर, गगनभेदी नारों और बउवा के शहादत के किस्से से अख़बार के पन्ने, टीवी के स्टूडियो भर जायेंगे, लेकिन उस जिंदगी की कहानी शायद ही कोई समझ पायेगा जो बेवजह इस मोड़ पर आ खड़ी हुई। अब यह कौन जानना चाहेगा भला कि जिंदगी और मौत से जूझता बउवा जिंदगी के मोर्चों पर भी जूझता ही रहा था शायद। आज इन पहाड़ियों में अनजान दुश्मनों से मोर्चा लेता बउवा की कभी बैठक के गिर्द घेराबना कर बोलते सियारों से भी फटती थी। गुप्त रोगों के फंगस दिमाग में नहीं समाज में उगते हैं और भावनाएँ जब बिना वजह के आहत होती हैं तो जिंदगी की दीवारो पर उग आये सीलन से पोषण पाते हैं। वो फंगस सहसा बड़े हो जाते, वितानों की तरह तने हुए। ऐसा लगता जैसे उन्हीं वितानों के मध्य जिंदगी खोखली रंगीनियत लिये नाचे जा रही है

कमर लचकाते हुए। लचकती हुई कमर में गठिया का दर्द उभर आता सहसा। फिर सांडे का तेल लिये स्टेशन का मदारी खड़ा होता समाज को आइना दिखाता हुआ।

जिंदगी के तानों में पता नहीं कहाँ से मकड़ी के जाले उग आते। ध्यान से देखता तो स्पष्ट होता कि इन जालों को इंसान ही अपने कर्मों से रच डालता है जैसे। क्या पाप और क्या पुण्य, सब तो तैयार करते हैं इन जालों को। कर सकने के गुमान से भरा इंसान चारों तरफ मौत के जाले रचता रहता है, नहीं तो सुदूर बड़वा गाँव में पला-बढ़ा बउवा और किसी और पहाड़ी गाँव के झोपड़ियों में पले उन बंदूकधारी लोगों के बीच में ऐसी कौन-सी जन्मजात दुश्मनी थी भला। लगता कर्मों के जाले से लिपटा इंसान, गंगा में डुबकी लगाता है, पर जाले जस-के-तस रह जाते हैं। गंगा मुस्कुराती हुई खड़ी रहती हैं, जैसे कह रही हों कि भाई ये तुम ही हो जो यह मानकर डुबकी लगाये हो कि पाप तुमने किया ही नहीं। तो हमने तुम्हारे पुण्य तुम्हारे हिस्से में छोड़ दिया, जबकि मुझे ही बेरंग कर दिया है तुमलोगों ने। पास में ही कर्मनाशा बह रही होती उपेक्षित, शापित... इंसानी दम्भ ने जिसे तिरस्कृत छोड़ दिया हो कि नहीं पुण्यों का नाश करने वाली कर्मनाशा का भला क्या मोल। पाप, जिसे इंसान मानता ही नहीं कि उसने कभी किया है उसे धोने के लिए दूर गंगा तक चौकड़ी मारता है।

दूर कहीं से माई की आवाज आती "बउवा देखो इन दीवारो को, इस आँगन को, इस तुलसी के बिरवाई को; इनमें तुम्हारे पित्तरों की हड्डियाँ, रक्त सब मिले हुए हैं, यहाँ की मिट्टी आइना है तुम्हारे अपने अतीत का, अब तुम नहीं चाहते क्या कि तुम्हारी पिट्ठू इस अतीत के साथ बड़ी हो।"

तब तक चहेटन काका की छवि उभर आती। अतीत विकृत-सा हो जाता जैसे, नहीं, कौन चाहेगा इस अतीत के साथ पिट्ठू के भविष्य का निर्धारित होना। न जाने अतीत में कितने चहेटन और कितने बउवा हुए होंगे। गाँव के दक्षिण पूर्व के कोने की तरफ खड़ा वो बड़ा-सा कोट साक्षात खड़ा हो जाता अतीत को बयान करते हुए। दीवारों में पितरों की छवियाँ उभर आतीं, जलती हुई स्वीटीया की चिता जैसे बहुत कुछ कहने के लिए खड़ी हो जाती। समझ में नहीं आता कि इतनी सारी छवियाँ क्यों आ रही हैं दिमाग के भीतर। तब तक हेलीकॉप्टर की गड़गड़ाहट की ध्वनी के साथ ही सारे दृश्य कहीं काफूर से हो जाते। जब होश आता तो मैं खुद को यहाँ पाता, आपके साथ।

पास में बैठा इंस्पेक्टर सुबोध डायरी के आखिरी पन्ने पढ़ते हुए उसे किनारे रखता। बउवा अपने आखिरी कुछ वक्त के हाल रुक-रुक के सुनाता रहता। हॉस्पिटल के गहन चिकित्साकक्ष में लगे स्क्रीन पर जीवन को सूचित करती रेखाएँ स्थिर होती लगतीं।

"साहब हमारी जिंदगी करमनासा ही रह गयी; कोशिश तो किया ही करने का, पर कर कुछ नहीं पाया।" उसके होंठों से जैसे आखिरी कुछ बोल फूटे हों जैसे।

"ऐसा नहीं है चौबे, सब इस जिंदगी में बस जूझ ही तो रहे हैं जैसे तुम जूझे हो।" इंस्पेक्टर सुबोध, बउवा का हाथ पकड़ लेते। तब तक गहन चिकित्सा-कक्ष का दरवाजा खुलता। आँखों में आँसू भरे दिव्यवा ठिठक के खड़ी हो जाती। पिहू दौड़ते हुए जाकर बउवा से लिपट जाती। बउवा की आँखों से आँसू छलक जाते।

इंस्पेक्टर सुबोध पीछे हटता, लेकिन स्क्रीन पर कुछ हलचल दिखाई देती जैसे।

"और नन्ही पिहू आकर हाथ थाम लेती जैसे...." इंस्पेक्टर सुबोध के कानों में बउवा के कुछ आखिरी शब्द गूँजते...करमनासा। जिन्दगी कर्मनाशा के तटों को सुपुर्द कर दी जाती...उस कर्मनाशा के तट पर, जो शापित थी, अभिशप्त थी शायद!

एक साधारण जिन्दगी एक असाधारण से मार्ग पर होती। उस वीर सपूत पर सब फख्र करते हुए, शहीद शिवबाबू चौबे अमर रहें के नारे के साथ गगन भेदते हुए इंसानी जत्थे कर्मों के, अपेक्षाओं के, व्यामोहों के उन्हीं जालों में उलझते हुए जाते रहते। इंस्पेक्टर सुबोध बस खड़ा देखता रहता एकटक। सिपाही बउवा मोक्ष के मार्ग पर होता।

दूर कहीं दक्षिण की तरफ फैली हुई कैमूर की पहाड़ियों के शीर्ष की तरफ देखती दिव्यवा की आँखों से आँसू के दो बूँद ढुलक जाते.

***

www.ingramcontent.com/pod-product-compliance
Lightning Source LLC
LaVergne TN
LVHW060237051026
849517LV00005B/1648

* 9 7 8 9 3 9 0 9 4 4 7 4 3 *